CUCARACHAS

CUCARACHAS

Jo Nesbø

Traducción de Bente Teigen Gundersen
y Mariano González Campo

R

ROJA Y NEGRA

El papel utilizado para la impresión de este libro ha sido fabricado a partir de madera procedente de bosques y plantaciones gestionadas con los más altos estándares ambientales, garantizando una explotación de los recursos sostenible con el medio ambiente y beneficiosa para las personas. Por este motivo, Greenpeace acredita que este libro cumple los requisitos ambientales y sociales necesarios para ser considerado un libro «amigo de los bosques». El proyecto «Libros amigos de los bosques» promueve la conservación y el uso sostenible de los bosques, en especial de los Bosques Primarios, los últimos bosques vírgenes del planeta.

Papel certificado por el Forest Stewardship Council®

Título original: *Kakerlakkene*
Primera edición: junio de 2015

© 1998, Jo Nesbø. Publicado por acuerdo con Salomonsson Agency
© 2015, de la presente edición en castellano para todo el mundo:
Penguin Random House Grupo Editorial, S. A. U.
Travessera de Gràcia, 47-49. 08021 Barcelona
© 2015, Bente Teigen Gundersen y Mariano González Campo, por la traducción

Esta traducción ha sido publicada con el apoyo financiero de NORLA

Printed in Spain – Impreso en España

ISBN: 978-84-16195-07-7
Depósito legal: B-9.600-2015

Compuesto en Fotocomposición 2000
Impreso en Liberdúplex (Sant Llorenç d'Hortons, Barcelona)

RK 9 5 0 7 7

Penguin
Random House
Grupo Editorial

Entre la comunidad noruega de Tailandia corre el rumor de que el embajador noruego que perdió la vida en un accidente de tráfico en Bangkok a principios de la década de los sesenta fue en realidad asesinado en extrañas circunstancias. El Ministerio de Asuntos Exteriores no ha confirmado tal rumor y su cuerpo fue incinerado al día siguiente sin que se llevase a cabo ninguna autopsia oficial.

Ninguna persona o suceso en este libro corresponden a personas o sucesos reales. La realidad es demasiado poco creíble para ello.

Bangkok, 23 de febrero de 1998

1

El semáforo se puso en verde y el rumor de los coches, las motos y los taxis tuk-tuk fue creciendo hasta tal punto que Dim pudo observar cómo temblaban los cristales de los grandes almacenes Robertson. Volvieron a ponerse en movimiento, y el largo vestido rojo de seda que había en el escaparate desapareció tras ellos en la oscuridad de la noche.

Dim cogió un taxi. No un autobús repleto de gente ni un tuk-tuk oxidado, sino un taxi con aire acondicionado y un conductor que permanecía callado. Apoyó la nuca contra el reposacabezas e intentó disfrutar del trayecto. No hubo problemas. Una moto les esquivó y la chica montada en la parte de atrás se agarró a una camiseta roja con casco de visera y les dirigió una mirada vacía. Agárrate bien, pensó Dim.

En Rama IV el conductor se colocó detrás de un camión que vomitaba humo de gasoil tan negro y denso que ella no fue capaz de ver la matrícula. Tras atravesar el dispositivo del aire acondicionado, el humo se había enfriado y se había vuelto casi inodoro. Solo casi. Ella sacudió la mano discretamente para dar a entender lo que opinaba al respecto, y el conductor miró el retrovisor y dio un giro para adelantar el camión. Sin problema.

Su vida siempre había sido así. En la granja donde Dim se crió eran seis hermanas. Según su padre, las seis sobraban. Ella tenía siete años cuando se quedaron despidiéndose y tosiendo en medio del polvo amarillo, mientras el carruaje que transportaba a su hermana mayor se alejaba por el camino que había junto al canal de aguas marrones. La hermana llevaba ropa limpia, un billete de tren a Bangkok y una dirección de Patpong anotada en la parte de atrás de una tarjeta de visita. Lloraba a lágrima viva, por mucho que Dim moviera la mano con tanta fuerza para despedirse que parecía que se le iba a caer al suelo. La madre acarició el pelo de Dim diciendo que no era fácil, pero que tampoco estaba tan mal. Por lo menos, la hermana se libraba de ir de granja en granja como *kwai*, tal como había hecho su madre antes de casarse. Además, la señorita Wong había prometido que la iba a cuidar bien. Su padre asintió con la cabeza mientras escupía el betel entre unos dientes negros, y añadió que los *farang* de los bares pagaban muy bien por las chicas nuevas.

Dim no entendía bien lo de *kwai*, pero no quiso preguntar. Por supuesto, ella sabía que *kwai* era un buey. Al igual que la mayoría de las granjas de la zona, ellos no se podían permitir tener su propio buey y, por tanto, alquilaban uno cuando se disponían a labrar los cultivos de arroz. No fue hasta más tarde cuando se enteró de que a la niña que acompañaba al buey también la llamaban *kwai*, ya que sus servicios iban incluidos. Esa era la tradición, y con un poco de suerte daría con un granjero que quisiera quedarse con ella antes de que se hiciera demasiado mayor.

Un buen día, cuando Dim tenía quince años, su padre la llamó por su nombre mientras se aproximaba a ella vadeando por el campo de arroz, con el sol a la espalda y su sombrero en una mano. Ella no le respondió de inmediato. Enderezó la espalda y contempló detenidamente las verdes colinas que rodeaban la pequeña granja, cerró los ojos y escuchó el canto del pájaro trompeta entre las hojas, a la vez que inhaló el aroma de los eucaliptos y los gomeros. Sabía que había llegado su hora.

El primer año vivieron juntas cuatro chicas en un cuarto donde compartían todo: cama, comida y ropa. Esto último era especialmente importante, puesto que sin ropa bonita una no accedía a los mejores clientes. Dim aprendió a bailar, a sonreír y a distinguir entre quienes solo querían pagar copas y quienes querían comprar servicios sexuales. Su padre había acordado con la señorita Wong que mandara el dinero a casa, y por esa razón ella apenas lo vio durante los primeros años. Sin embargo, la señorita Wong estaba contenta y con el tiempo iba dejando más dinero para Dim. La señorita Wong tenía todos los motivos del mundo para sentirse satisfecha. Dim trabajaba duro y los clientes gastaban dinero en copas. La señorita Wong podía darse por satisfecha por el hecho de que todavía siguiera allí, puesto que había estado a punto de perderla en un par de ocasiones. Un japonés quiso casarse con Dim, pero desistió cuando ella le pidió dinero para el billete de avión. Un americano la llevó con él a Phuket, pospuso su viaje de regreso y le compró un anillo de diamantes. Ella lo empeñó al día siguiente de su partida.

Algunos pagaban muy mal y la mandaban al carajo si se quejaba; otros se chivaban a la señorita Wong si ella no accedía a todos sus deseos. No entendían que, al pagar para liberarla de la barra, la señorita Wong se quedaba con lo suyo y Dim se convertía en su propia dueña. Su propia dueña. Ella pensaba en aquel vestido rojo del escaparate. Su madre tenía razón: no era fácil, pero tampoco estaba tan mal.

Y ella había conseguido mantener su sonrisa inocente y su risa jovial. A ellos les gustaban esas cosas. Quizá por eso obtuvo la oferta del trabajo que Wang Lee anunció en *Thai Rath* bajo el encabezamiento A. R. H., o «Agente de Relaciones con el Huésped». Wang Lee era un chino pequeño y casi negro encargado de un motel bastante alejado en Sukhumvit Road, cuyos clientes eran en su mayoría extranjeros con deseos peculiares, aunque no lo demasiado peculiares para que ella no pudiera hacer nada al respecto. A decir verdad, a ella le agradaban mucho más esas tareas que bailar en la barra durante horas y horas. Además, Wang Lee pagaba bien. El único inconveniente era que tardaba mucho en llegar desde su piso de Banglamphu.

¡El maldito tráfico! Otra vez se había detenido, y Dim le dijo al conductor que quería bajarse, aunque ello significase que tendría que cruzar seis carriles para llegar al motel situado al otro lado de la carretera. El aire la envolvió como una toalla caliente y húmeda cuando se bajó del taxi. Buscó algún resquicio mientras se tapaba la boca con la mano, aunque era consciente de que de nada serviría, ya que en Bangkok no existía otro aire que respirar, pero al menos se libraba del olor.

Se deslizó entre los coches. Tuvo que apartarse al paso de una camioneta con la plataforma de carga llena de chicos silbando, y a punto estuvo de que un Toyota desbocado se le echara encima. Al final logró cruzar.

Wang Lee alzó la mirada cuando Dim entró en la vacía recepción.

—¿Una noche tranquila? —preguntó ella.

Él asintió vehementemente con la cabeza. Durante el último año había habido unas cuantas noches así.

—¿Has comido?

—Sí —mintió ella.

Él tenía buena intención, pero a ella no le apetecían los tallarines aguachinados que preparaba en el cuarto trasero.

—Habrá que esperar un rato —dijo—. El *farang* quería dormir primero. Llamará cuando esté listo.

Ella resopló.

—Lee, usted sabe bien que tengo que volver a la barra antes de medianoche.

Él miró el reloj.

—Dale una hora.

Ella se encogió de hombros y se sentó. Un año atrás él seguramente la habría echado de allí por hablar de aquella manera, pero ahora necesitaba con urgencia cualquier tipo de ingreso. Por supuesto que se podría largar, pero entonces habría desperdiciado aquel largo viaje. Además le debía alguna que otra a Lee. No era el peor chulo para el que había trabajado.

Tras apagar el tercer cigarrillo, se enjuagó la boca con el amargo té chino de Lee y se levantó para comprobar por última vez el maquillaje ante el espejo que había sobre el mostrador.

—Voy a despertarle —dijo ella.

12

—Hummm… ¿Tienes los patines?

Ella levantó el bolso.

Sus tacones crujían sobre la gravilla del desértico corredor abierto que había entre las habitaciones inferiores del motel. La habitación 120 se encontraba en la parte más interior. No vio ningún coche fuera, pero en la ventana había luz. Tal vez se había despertado ya. Una leve brisa levantó su corta falda, pero no le refrescó lo más mínimo. Ella añoraba el monzón tras la lluvia. De la misma manera que, tras unas semanas de inundaciones, calles llenas de barro y ropa enmohecida, echaba de menos los meses secos y sin viento.

Llamó a la puerta con suavidad, adoptó una sonrisa ingenua y su boca tenía ya preparada la pregunta «¿Cómo te llamas?». Nadie contestó. Volvió a llamar y miró la hora. Seguramente podría regatear a fin de sacar aquel vestido rojo por unos cientos de baht menos, aunque fuera en Robertson. Giró el pomo de la puerta y descubrió sorprendida que la puerta estaba abierta.

Estaba tumbado bocabajo en la cama, y su primera impresión fue que estaba dormido. A continuación vio el destello de vidrio azul del puñal que sobresalía de la americana de color amarillo fosforescente. Era difícil determinar cuál fue el primer pensamiento que le vino de todos los que pasaban por su cabeza, pero uno de ellos fue que el viaje a Banglamphu había sido definitivamente en vano. Al final consiguió recuperar el control de sus cuerdas vocales. Sin embargo, su grito fue ahogado por el estrepitoso claxon de un camión que esquivaba a un tuk-tuk despistado en la Sukhumvit Road.

2

«Nationaltheatret», anunció por el altavoz una voz nasal y somnolienta antes de que se abrieran con estruendo las puertas del tranvía y Dagfinn Torhus saliera a aquella mañana de invierno húmeda, fría y apenas luminosa. El aire aguijoneó sus mejillas recién afeitadas y en el resplandor de la modesta iluminación de neón de Oslo vio cómo el vaho salía de su boca.

Era la primera semana de enero y él sabía que todo mejoraría según avanzara el invierno, el fiordo se cubriera de hielo y el aire se tornara más seco. Empezó a subir por Drammensveien en dirección al Ministerio de Asuntos Exteriores. Un par de taxis solitarios pasaron cerca de él. Por lo demás, las calles estaban prácticamente vacías. El reloj de la compañía de seguros Gjensidige, que iluminaba de rojo el oscuro cielo invernal por encima del edificio que tenía enfrente, tan solo marcaba las seis.

En el exterior de la puerta sacó su tarjeta de acceso. Encima de la foto de un Dagfinn Torhus diez años más joven que miraba fijamente a la cámara con mentón prominente y mirada decidida tras unas gafas de montura de acero, se leía PUESTO: JEFE DE NEGOCIADO. Pasó la tarjeta por el lector, marcó el código y empujó la pesada puerta de cristal de Victoria Terrasse.

No todas las puertas se le habían abierto con la misma facilidad desde que llegara aquí con veinticinco años, hacía ya casi tres décadas. En la Escuela Diplomática, como se conocía el curso para aspirantes al MAE, se integró no sin cierta dificultad debido a su marcado acento de los valles del este y a sus «modales rurales», como había señalado uno de los chicos de su promoción oriundo de Bærum. Los demás aspirantes eran licenciados en ciencias políticas, economistas y juristas cuyos padres eran académicos, políticos o pertenecían a la aristocracia del Ministerio de Asuntos Exteriores al que pretendían acceder. Él era hijo de un granjero graduado en la Escuela de Agronomía de Ås. No es que le preocupara mucho, pero sabía que tener los amigos adecuados sería importante para el desarrollo de su carrera. Al mismo tiempo que Dagfinn Torhus trataba de aprender los códigos sociales, compensaba su desventaja trabajando todavía más duro. Fueran cuales fuesen las desigualdades, todos compartían el hecho de tener apenas una vaga idea de adónde querían llegar en la vida. Tan solo sabían hacia dónde se dirigían: hacia arriba.

Torhus suspiró y saludó con la cabeza al vigilante de Securitas, que le pasó los periódicos y un sobre por debajo de la ventana de cristal.

–¿Alguien más…?

El vigilante negó con la cabeza.

–El primero como de costumbre, señor Torhus. El sobre proviene del Departamento de Comunicación, lo entregaron anoche.

Torhus miraba los números de las plantas que se encendían y apagaban mientras el ascensor subía por el edificio. Pensaba que cada planta simbolizaba un período determinado de su carrera, y por tanto cada mañana se dedicaba a repasarlo.

La primera planta representaba los primeros dos años en la Escuela Diplomática, las largas discusiones sin compromiso sobre política e historia y las clases de francés con las que tanto sufrió.

La segunda planta representaba la oficina de gestión de destinos. Le enviaron a Canberra los dos primeros años, y luego a Ciudad de México durante otros tres. Ciudades bonitas por lo general. En realidad, no tenía razón para quejarse. Es cierto que había elegido Londres y Nueva York como primeras opciones, pero esos eran lugares de mucho prestigio que otros también habían solicitado y decidió que no tenía por qué tomárselo como una derrota.

En la tercera planta regresaba a Noruega, sin los generosos suplementos que se recibían durante las estancias en el extranjero y sin los subsidios para vivienda que le habían permitido disfrutar de la vida en una especie de modesta abundancia. Conoció a Berit, esta se quedó embarazada, y cuando le tocó solicitar un nuevo destino en el extranjero esperaban ya su segundo hijo. Berit procedía de la misma región que él y hablaba con su madre por teléfono todos los días. Él había decidido esperar un poco y trabajar a destajo redactando análisis kilométricos sobre el comercio bilateral con los países en vías de desarrollo, elaborando discursos para el ministro de Asuntos Exteriores y cosechando cierto reconocimiento en las plantas superiores. No hay otro lugar en el aparato estatal en que la competencia sea tan feroz como en el servicio exterior, donde la jerarquía es harto evidente. Todos los días, Dagfinn Torhus acudía al despacho como un soldado al frente, con la cabeza agachada, la retaguardia al descubierto y preparado para disparar en cuanto tuviera a alguien a tiro. Le dieron un par de palmaditas en la espalda: sabía que se había «hecho notar» e intentó explicarle a Berit que probablemente le asignarían París o Londres. Sin embargo, por primera vez en un matrimonio carente hasta el momento de dramatismo, ella se opuso rotundamente. Él cedió.

Entonces le tocó la cuarta planta y más análisis, una secretaria y un sueldo algo más elevado, antes de pasar fugazmente por la unidad de personal de la segunda planta.

Trabajar en la unidad de personal era algo especial en el Ministerio de Asuntos Exteriores. Normalmente indicaba que uno tenía vía libre para ascender. No obstante, ocurrió algo. En colaboración con la oficina de gestión de destinos, la unidad de personal proponía a los candidatos que enviarían a las diferentes misiones en el extranjero, una tarea que se inmiscuía directamente en las carreras ajenas. Seguramente colocasen su nombre en una ordenanza equivocada, o tal vez él mostrase su desaprobación respecto a alguien que, a pesar de todo, salió adelante y actualmente se encontraba en algún lugar tirando de las invisibles cuerdas que controlaban la vida de Dagfinn Torhus y otros trabajadores del ministerio.

Así pues, su ascendente carrera se detuvo imperceptiblemente y, de repente, una mañana se encontró en el espejo del baño con un trasnochado jefe de negociado, un burócrata de moderada influencia que jamás sería capaz de dar el salto a la quinta planta, dado que apenas le quedaba una década para la edad de jubilación. A menos que realizara una hazaña espectacular, claro. Pero el gran inconveniente de esa clase de hazañas era que normalmente conllevaban el ascenso o el despido.

Sin embargo, él seguía como antes, intentando estar por delante de los demás. Era el primero en llegar a la oficina todos los días para poder leer los periódicos y los telefaxes tranquilamente, a fin de tener ya las conclusiones preparadas cuando los demás seguían frotándose los ojos de sueño en las reuniones matutinas. Era como si tuviera la ambición metida en la sangre.

Abrió con llave la puerta del despacho y vaciló un instante antes de encender la luz. También había una anécdota al respecto: la historia de la linterna de cabeza. Por desgracia, tal anécdota se había filtrado y acabó siendo un clásico en el ministerio. Hacía varios años, el entonces embajador de Estados Unidos pasó una temporada en Oslo y, una mañana muy temprano, llamó a Torhus para preguntarle su opinión sobre las afirmaciones que Carter había hecho la noche anterior. Torhus acababa de entrar en su despacho, no había leído los periódicos ni los faxes y no supo qué responder. Por supuesto, aquello le arruinó el día. Y la cosa empeoraría aún más. A la mañana siguiente, el embajador le llamó justo en el momento en que se disponía a leer el periódico para preguntarle cómo afectarían los sucesos de esa misma noche a la situación en Oriente Próximo. Y a la mañana siguiente llamó por otro asunto. Torhus tartamudeó unas respuestas insustanciales, plagadas de reservas y faltas de información.

Empezó a acudir al trabajo más temprano aún. Sin embargo, el embajador parecía tener un sexto sentido, ya que cada mañana el teléfono sonaba justo en el momento en que Torhus se sentaba en la silla de su despacho.

No entendió la relación hasta que casualmente supo que el embajador se alojaba en el pequeño hotel Anker, justo enfrente del ministerio. El embajador, cuyo gusto por madrugar todo el mundo conocía, había descubierto que en el despacho de Torhus se encendía la luz antes que en los demás y quería tomarle el pelo a aquel meticuloso funcionario público. Torhus adquirió una linterna de cabeza y a la mañana siguiente, antes de encender la luz, leyó todos los periódicos y telefaxes. Y siguió haciendo lo mismo durante tres semanas, hasta que el embajador finalmente lo dejó en paz.

Pero, justo en ese momento, a Dagfinn Torhus le importaba un bledo aquel embajador gracioso. Abrió el sobre del departamento de comunicación, y la copia descifrada del criptofax con el sello de ALTO SECRETO contenía un mensaje que le hizo derramar café sobre el informe geográfico que tenía extendido por el escritorio. El breve texto dejaba mucho a la imaginación. Sin embargo, en esencia venía a decir lo siguiente: El embajador de Noruega en Tailandia, Atle Molnes, hallado con un cuchillo en la espalda en un puticlub de Bangkok.

Torhus volvió a leer el mensaje antes de dejarlo.

Atle Molnes, ex político del Partido Democristiano y ex presidente del comité de finanzas, también se había convertido en aquel momento en ex todo. Aquello resultaba tan increíble que no pudo evitar echar un vistazo al hotel Anker para ver si algo se movía detrás de las cortinas. El remitente era, lógicamente, la embajada noruega en Bangkok. Torhus juró en arameo. ¿Por qué tenía que pasar esto justo ahora, justo en Bangkok? ¿Debería informar a Askildsen en primer lugar? No, él ya lo sabría a su debido tiempo. Torhus echó una mirada al reloj y levantó el teléfono para llamar al ministro de Asuntos Exteriores.

Bjarne Møller llamó prudentemente a la puerta antes de abrirla. Las voces en la sala de conferencias enmudecieron y todos los rostros se giraron hacia él.

—Les presento a Bjarne Møller, jefe del departamento de homicidios —dijo la comisaria mientras indicaba que podía tomar asiento.

–Møller, le presento al secretario de Estado, Bjørn Askildsen, del gabinete del primer ministro, y al jefe de negociado del Ministerio de Asuntos Exteriores, Dagfinn Torhus.

Møller asintió con la cabeza, sacó una silla e intentó encajar sus piernas increíblemente largas bajo la gran mesa ovalada de roble. Le parecía haber visto el rostro joven y terso de Askildsen en la tele. ¿Gabinete del primer ministro? Debía de tratarse de complicaciones de suma importancia.

–Le agradecemos que haya podido acudir con tanta brevedad –afirmó el secretario de Estado con erres uvulares mientras tamborileaba con sus impacientes dedos sobre la superficie de la mesa–. Hanne, haga un breve resumen de lo que hemos hablado.

Veinte minutos antes, Møller había recibido una llamada de la comisaria en la que, sin más explicaciones, le daba quince minutos para presentarse en el Ministerio de Asuntos Exteriores.

–Han encontrado a Atle Molnes muerto en Bangkok, presuntamente asesinado –comenzó la comisaria.

Møller observó que el jefe de negociado ponía los ojos en blanco tras sus gafas de montura de acero y, al oír el resto de la historia, entendió su reacción. Seguramente uno tenía que ser policía para afirmar que un hombre encontrado con un cuchillo introducido por el lado izquierdo de la columna vertebral, que había perforado el pulmón izquierdo y el corazón, había sido «presuntamente» asesinado.

–Fue encontrado en la habitación de un hotel por una mujer…

–En un burdel –interrumpió el hombre de las gafas de acero–. Por una puta.

–He tenido una conversación con mi compañero en Bangkok –dijo la comisaria–. Un hombre sensato. Ha prometido mantener el caso en secreto durante un tiempo.

La primera ocurrencia de Møller fue preguntar por qué iban a esperar antes de hacer público el asesinato, puesto que en muchas ocasiones una cobertura mediática inmediata ayudaba a recabar información mientras la gente todavía conservaba los recuerdos y las huellas estaban aún frescas. Sin embargo, intuía que aquella pregunta sería tomada por ingenua. Preguntó, en cambio, cuánto tiempo creían que sería posible mantener en secreto una cosa así.

—Esperamos que el tiempo necesario para que podamos elaborar una versión digerible —dijo Askildsen—. La actual no nos sirve.

¿La actual? Møller sintió la necesidad de sonreír. La versión verdadera había sido evaluada y desechada. Como reciente JDP —jefe del departamento de policía—, Møller había sido dispensado de tratar demasiado con políticos, pero sabía que cuanto más ascendiera, más dificultades tendría para mantenerlos alejados.

—Entiendo que la versión actual es incómoda, pero ¿a qué se refiere usted con que no sirve?

La comisaria miró a Møller a modo de advertencia. El secretario de Estado sonrió débilmente.

—Tenemos poco tiempo, Møller, pero déjeme de todos modos darle un curso acelerado sobre política práctica. Por supuesto, todo lo que le diga es estrictamente confidencial.

Se arregló el nudo de la corbata de modo automático. Era un movimiento que Møller recordaba haber visto en las entrevistas televisivas.

—Veamos. Por primera vez en la historia de la posguerra tenemos un gobierno de centro con ciertas posibilidades de supervivencia. No porque exista un fundamento parlamentario para ello, sino porque resulta que el primer ministro se está convirtiendo en uno de los políticos menos impopulares de este país.

La comisaria y el jefe de negociado sonrieron.

—No obstante, su popularidad descansa sobre el frágil cimiento que constituye el capital de cualquier político: la confianza. Lo más importante no es ser simpático ni carismático, lo más importante es inspirar confianza. ¿Usted sabe por qué Gro Harlem Brundtland gozó de tanta popularidad, Møller?

Møller no tenía la menor idea.

—No porque fuera un encanto, sino porque el pueblo confiaba en que ella era quien afirmaba ser. Confianza, esa es la palabra clave.

Todos los que estaban sentados alrededor de la mesa asintieron con la cabeza. Evidentemente aquello formaba parte del plan de estudios.

—Atle Molnes y el primer ministro estaban muy unidos, tanto por una íntima amistad como por sus trayectorias políticas. Estudiaron juntos, ascendieron juntos en el partido, lucharon durante la modernización de la organización juvenil del partido e incluso compartieron piso cuando ambos, a una edad muy temprana, obtuvieron sus escaños en el Parlamento. Molnes fue quien se apartó voluntariamente cuando ambos llegaron a convertirse en los delfines del partido. En cambio, concedió su pleno apoyo al primer ministro, con lo cual se evitó una traumática lucha interna entre aspirantes. Todo ello implica que el primer ministro estaba en deuda con Molnes.

Askildsen se humedeció los labios y miró por la ventana.

—Por así decirlo, Molnes no asistió a la Escuela Diplomática del Ministerio de Asuntos Exteriores y es poco probable que hubiera llegado a Bangkok sin que el primer ministro moviera los hilos. Puede que suene a amiguismo, pero se trata de una forma de amiguismo aceptada, introducida y extendida durante el gobierno del Partido Laborista. Reiulf Steen tampoco había hecho carrera en el ministerio cuando le asignaron el puesto de embajador en Chile.

Su mirada regresó a Møller, con una chispa alegre asomando en algún lugar de su interior.

—Supongo que no es necesario subrayar el hecho de que la confianza en el primer ministro podría quedar perjudicada si se descubre que un amigo y compañero de partido, a quien él mismo había asignado una misión en el extranjero, ha sido encontrado in fraganti en un burdel… y encima asesinado.

Haciendo un gesto con la mano, el secretario de Estado pasó de nuevo la palabra a la comisaria. Sin embargo, Møller no pudo contenerse:

—¿Quién no tiene un amigo que haya frecuentado algún que otro puticlub?

La sonrisa de Askildsen se heló levemente y el jefe de negociado carraspeó bajo sus gafas de acero:

—Usted ya tiene toda la información necesaria, Møller. Déjenos a nosotros hacer los juicios oportunos, por favor. Necesitamos a alguien que se encargue de que la investigación de este caso no... tome un giro indeseado. Evidentemente, todos queremos que se detenga al asesino, o asesinos, pero las circunstancias que rodean al homicidio deben mantenerse ocultas hasta nuevo aviso. Por el bien del país. ¿Lo entiende?

Møller bajó la vista a sus manos. Por el bien del país. Cierra el pico. En su familia nunca habían sentado bien las amonestaciones. Su padre no llegó a ser más que un mero agente.

—La experiencia nos muestra que la verdad a menudo es difícil de ocultar, señor jefe de negociado.

—Es cierto. Yo me encargaré de esa operación por parte del Ministerio de Asuntos Exteriores. Como usted comprenderá, es un asunto muy delicado en el que se requiere la cooperación de la policía tailandesa. Dado que la embajada está involucrada, tenemos cierto margen de maniobra: la inmunidad diplomática y esas cosas, pero caminamos en la cuerda floja. Por tanto, deseamos enviar a alguien con amplios conocimientos en materia de investigación y con experiencia en trabajo policial internacional de eficacia demostrada.

Se detuvo y miró a Møller, quien se preguntaba por qué sentía una aversión instintiva hacia aquel burócrata de mentón agresivo.

—Podríamos formar un equipo con...

—Nada de equipos, Møller. Cuanto menos ruido, mejor. Además, su comisaria ya nos ha explicado que presentarse con todo un pelotón no facilitaría la cooperación con la policía local. Solo un hombre.

—¿Un hombre?

—La comisaria ya nos ha sugerido un nombre y nos parece una propuesta válida. Se trata de alguien que está bajo su mando y le hemos llamado para conocer su opinión al respecto. Según la conversación que ha mantenido la comisaria con su homólogo de Sidney, llevó a cabo una notable misión allí el año pasado en relación con el asesinato de Inger Holter.

–El invierno pasado leí algo sobre aquel asunto en los periódicos –dijo Askildsen–. Impresionante. Sin duda será nuestro hombre, ¿no?

Bjarne Møller tragó saliva. Al parecer, la comisaria había propuesto enviar a Harry Hole a Bangkok. La comisaria le había convocado para asegurarles que Harry Hole era el mejor profesional que el cuerpo policial podría ofrecer, el hombre perfecto para aquella misión.

Echó un vistazo alrededor de la mesa. Política, poder e influencias. Era un juego del que no tenía el más mínimo conocimiento. Sin embargo, comprendió que de una forma u otra aquello podría trabajar a su favor. Se percató de que lo que dijera e hiciera en ese momento podría tener repercusiones para su futura carrera. La comisaria había dado la cara al proponer un nombre. Seguramente alguno de aquellos hombres había solicitado que las cualificaciones de Hole fueran confirmadas por su superior más inmediato. Miró a la comisaria e intentó interpretar su mirada. Por supuesto, cabía la posibilidad de que todo fuera estupendamente con Hole. Si él desaconsejaba que le enviaran a él, ¿no colocaría a la comisaria en mal lugar? Le pedirían que sugiriera otro nombre, y en el caso de que la persona en cuestión fallase, ¿no sería su cabeza la única que rodaría?

Møller alzó la vista hacia un cuadro que colgaba por encima de la comisaria, desde el que Trygve Lie, secretario general de la ONU, le miraba de modo imperativo. Otro político más. A través de las ventanas podía ver los tejados de los edificios de la ciudad bajo la monótona luz invernal, la fortaleza de Akershus y una veleta oscilando a causa de las heladas ráfagas de viento en lo alto del hotel Continental.

Bjarne Møller sabía que era un policía muy competente. Sin embargo, esto era diferente. No conocía las reglas de este juego. ¿Qué consejo le daría su padre? Bueno, el agente Møller jamás había tenido que lidiar con cuestiones políticas. Sin embargo, sabía lo que hacía falta para ser tomado en consideración, y prohibió terminantemente a su hijo que se matriculara en la Academia de

Policía antes de acabar el primer tramo de los estudios de derecho. Hizo tal como le dijo su padre, y tras la ceremonia de graduación el orgulloso hombre no paró de carraspear mientras daba palmaditas en la espalda de su hijo hasta que este tuvo que pedirle que parara.

—Es una buena elección —se oyó decir Bjarne Møller en voz alta y clara.

—Bien —dijo Torhus—. La razón por la que necesitábamos su opinión con tanta urgencia es que todo este asunto corre mucha prisa. Hole debe dejar cualquier otro caso en el que esté trabajando. Se marcha mañana.

En fin, puede que lo que necesite Hole en este momento sea exactamente una misión como esta, pensó Møller, esperando que así fuera.

—Lamentamos tener que privarle de un hombre tan importante para usted —dijo Askildsen.

El JDP Bjarne Møller tuvo que esforzarse para no echarse a reír.

3

Le encontraron en el restaurante Schrøder de la calle Waldemar Thrane, un antiguo y venerable abrevadero situado en la confluencia de las zonas este y oeste de Oslo. Aunque, para ser sincero, el lugar era más antiguo que venerable. Su carácter venerable residía principalmente en el hecho de que la autoridad municipal había tenido a bien preservar aquel inmueble marrón con olor a tabaco. Sin embargo, la preservación no comprendía a la clientela, una atormentada especie en peligro de extinción formada por viejos bebedores, eternos estudiantes que procedían de las zonas rurales y seductores trasnochados cuya fecha de caducidad había expirado hacía tiempo.

Los dos agentes vieron a aquella figura alta sentada bajo un cuadro de la antigua iglesia de Aker cuando la corriente de aire procedente de la puerta abrió un claro temporal en la nube de humo. Su cabello rubio era tan corto que tenía los pelos en punta y la barba de tres días que asomaba en su rostro enjuto y marcado mostraba algunas canas, aunque era poco probable que hubiera sobrepasado los treinta y tantos años. Estaba sentado solo, con la espalda recta y un abrigo tipo cabán, como si estuviera dispuesto a marcharse en cualquier momento. Como si la cerveza que tenía delante no fuera algo de lo que disfrutaba, sino un trabajo que había que hacer.

—Dijeron que le encontraríamos aquí —dijo el mayor de los dos policías sentándose en la silla situada frente a él—. Soy el agente Waaler.

—¿Ve al tipo de la mesa del rincón? —dijo Hole sin levantar la mirada.

Waaler se giró y vio a un anciano esquelético mirando el interior de una copa de vino tinto mientras se balanceaba de un lado a otro. Parecía tener frío.

—Le llaman el último mohicano.

Hole levantó la cabeza y sonrió ampliamente. Sus ojos eran como canicas de color blanco azulado tras una red de hilos rojos. Fijó la mirada en la parte inferior del pecho de la camisa de Waaler.

—Un marine de guerra —dijo con esmerada pronunciación—. Al parecer, hace unos años había muchos de ellos por aquí, pero ahora apenas quedan unos pocos. Ese fue torpedeado dos veces durante la guerra. Se cree inmortal. La semana pasada, después de la hora del cierre, me lo encontré durmiendo sobre un montón de nieve en la Glückstadgata. No había ni un alma en la calle, la oscuridad era absoluta y hacía dieciocho grados bajo cero. Cuando logré que volviese a la vida a base de zarandearle, simplemente me miró y me dijo que me fuera al carajo.

Rió a carcajadas.

—Escuche, Hole…

—Ayer me acerqué a su mesa para preguntarle si recordaba lo que había sucedido. Bueno, después de todo salvé a ese tipo de morir de frío. ¿Saben lo que me contestó?

—Møller le está buscando, Hole.

—Dijo que era inmortal. «Puedo vivir siendo un indeseable marine de guerra en este puto país», dijo. «Pero me toca los cojones que ni siquiera san Pedro quiera saber nada de mí.» ¿Lo han oído? Ni siquiera san Pedro…

—Tenemos orden de acompañarle a la comisaria.

Colocaron otra cerveza en la mesa con un golpe.

—Dígame ya cuánto le debo, Vera —dijo.

—Doscientas ochenta —contestó ella sin tener que mirar la nota.

—Dios mío —murmuró el agente más joven.

—Está bien así, Vera.

—Caramba. Gracias —dijo ella antes de desaparecer.

–El mejor servicio de la ciudad –explicó Harry–. En ocasiones hasta te ven sin que tengas que agitar ambos brazos.

Las orejas de Waaler parecieron estirarse hacia atrás hasta el punto de tensar la piel contra la frente, donde asomó una vena semejante a una serpiente azulada y nudosa.

–No tenemos tiempo para quedarnos a escuchar sus historietas de borracho, Hole. Le sugiero que deje la última cer…

Hole ya se había llevado el vaso con cuidado a los labios y estaba bebiendo.

Waaler se inclinó sobre la mesa intentando no alzar la voz:

–Ya le conozco, Hole. Y usted no me gusta. En mi opinión deberían haberle echado del cuerpo hace mucho tiempo. Los tipos como usted son los que hacen que la gente pierda el respeto a la policía. Pero esa no es la razón por la que estamos aquí ahora. Hemos venido a buscarle. El JDP es un buen hombre. Tal vez le dé otra oportunidad.

Hole eructó y Waaler retrocedió en su silla.

–¿Una oportunidad para qué?

–Para demostrar para qué sirve –dijo el agente más joven con una sonrisa que pretendía parecer juvenil.

–Ahora mismo le demostraré para qué sirvo –dijo sonriendo Hole mientras acercaba la caña de cerveza a la boca y echaba la cabeza hacia atrás.

–¡No joda, Hole!

A Waaler se le enrojeció la nariz mientras presenciaba cómo la nuez de Hole ascendía y descendía por su cuello sin afeitar.

–¿Satisfecho? –preguntó Hole colocando el vaso vacío sobre la mesa.

–Nuestro trabajo…

–Me la suda. –Hole se abrochó la chaqueta–. Si Møller quiere algo me puede llamar o esperar a que vaya al trabajo mañana. Ahora me voy a casa y espero no tener que ver vuestras jetas durante las próximas doce horas. Señores…

Harry levantó su metro noventa de estatura y dio un paso casi imperceptible.

—Gilipollas arrogante —dijo Waaler balanceándose adelante y atrás en la silla—. Jodido perdedor. Si los periodistas aquellos que escribieron sobre usted tras lo de Australia supieran los pocos cojones...

—¿Qué significa tener cojones, Waaler? —Hole seguía sonriendo—. ¿Dar hostias a los presos de dieciséis años porque llevan cresta?

El agente más joven miró a Waaler fugazmente. El año anterior habían corrido rumores en la Academia de Policía sobre unos jóvenes ocupas detenidos por consumo de cerveza en un lugar público, que posteriormente habían sido apaleados en prisión con naranjas envueltas en toallas húmedas.

—Usted nunca ha tenido ningún sentido de la solidaridad, Hole —dijo Waaler—. Solo piensa en sí mismo. Todos saben quién conducía aquel coche en Vinderen y por qué motivo un buen policía se partió el cráneo en dos contra aquel poste. Porque usted es un borracho y conducía bajo los efectos del alcohol, Hole. Debería darse con un canto en los dientes por el hecho de que el cuerpo escondiera los trapos sucios. Si no hubiera sido por consideración a la familia y la reputación del cuerpo...

El agente más joven era novato y todos los días adquiría nuevos conocimientos. Aquella tarde, por ejemplo, aprendió que no era buena idea insultar a otra persona mientras se balanceaba en una silla: uno se queda completamente indefenso si el sujeto ofendido de pronto da un paso al frente para asestar un derechazo entre los ojos del ofensor. Dado que no era extraordinario que la clientela del Schrøder se desplomase, se produjo un silencio tan solo durante un par de segundos antes de que volviera a oírse el runrún de las conversaciones.

Ayudó a Waaler a ponerse en pie mientras observaba cómo los faldones del abrigo de Hole revoloteaban al salir por la puerta.

—Caray, no está mal después de ocho pintas, ¿no? —dijo, aunque cerró la boca rápidamente al cruzarse con la mirada de Waaler.

Las piernas de Harry caminaban con torpeza por la helada Dovregata. Los nudillos no le dolían, aunque, de todas formas, ni el dolor ni los lamentos se presentarían hasta la mañana siguiente. No bebía durante la jornada laboral. Todavía no. Aunque sí lo hiciera antes, y aunque el doctor Aune afirmase que cualquier recaída empezaba donde acababa la anterior.

Aquel clon de Peter Ustinov, canoso y gordísimo, rió sacudiendo su papada cuando Harry le explicó que se había mantenido alejado de su viejo enemigo Jim Beam y que ahora se limitaba a la cerveza. Y que la cerveza no le gustaba especialmente.

—Usted ha estado en las cloacas, y en el momento en que abra una botella volverá allí. No hay término medio, Harry.

Bueno. Al menos lograba volver a casa por su propio pie, conseguía normalmente quitarse la ropa y acudía al trabajo al día siguiente. Pero no fue siempre así. Harry llamaba a esto el término medio. Simplemente necesitaba un poco de anestesia para poder dormir, eso era todo.

Una chica con un gorro negro de piel le saludó al pasar. ¿La conocía? La primavera del año anterior le saludaron muchas personas, especialmente tras la entrevista del programa *Redacción 21*, donde la periodista Anne Grosvold le preguntó cómo se sentía uno al disparar a un asesino en serie.

—Bueno, mejor que estar aquí contestando esta clase de preguntas —respondió con una sonrisa torcida, y aquello se había convertido en el éxito de la primavera, la cita más reproducida desde aquellas conocidas palabras de cierta política de izquierdas: «Las ovejas son animales majos».

Harry metió la llave en la cerradura del portal. Sofies Gate. No tenía muy claro por qué se había mudado el pasado otoño a la zona de Bislett. Tal vez fuera porque los vecinos de Tøyen habían empezado a mirarle de modo extraño, manteniendo cierta distancia que él, a decir verdad, había interpretado al principio como respetuosa.

Estaba bien. Aquí los vecinos le dejaban en paz, aunque salían a comprobar que todo estaba bien en las raras ocasiones en que trastabillaba en algún escalón y caía rodando de espaldas hasta el siguiente descansillo de la escalera.

Las caídas de espaldas no habían empezado hasta entrado el mes de octubre, tras venirse abajo en relación con el caso de su hermana. Se había desmoronado y había vuelto a tener pesadillas. Y solo conocía una forma de mantenerlas alejadas.

Intentó armarse de valor y llevó a su hermana a la cabaña de Rauland, pero ella se había vuelto cada vez más retraída tras haber sido víctima de una brutal violación y ya no sonreía con la misma facilidad de antes. Llamó a su padre un par de veces; no fueron conversaciones muy largas, pero sí lo suficiente como para que él entendiese que su padre quería que le dejasen en paz.

Harry entró y cerró la puerta del piso, anunció en voz alta que ya estaba en casa y movió satisfecho la cabeza al no recibir respuesta alguna. Los monstruos se manifiestan de muchas formas. Sin embargo, mientras no le estuvieran esperando en la cocina al llegar a casa, aún cabía la posibilidad de dormir tranquilamente esa noche.

4

El frío llegó tan de repente que cuando Harry salió por la puerta de la calle resolló instintivamente. Miró al cielo rojizo por entre las viviendas y abrió la boca para airear el sabor a bilis y Colgate. En la plaza de Holberg llegó justo a tiempo para coger el tranvía que se acercaba con gran estruendo por Welhavensgate. Buscó un asiento y desplegó el *Aftenposten*. Otro caso de pedofilia. Durante los últimos meses se habían producido tres, todos ellos noruegos cogidos in fraganti en Tailandia.

El editorial del periódico recordaba la promesa que había realizado el primer ministro durante la campaña electoral de reforzar las investigaciones relacionadas con los delitos sexuales –también en el extranjero–, y se preguntaba cuándo se verían los resultados de dicha promesa.

El secretario de Estado Bjørn Askildsen, del gabinete del primer ministro, declaró que seguían trabajando para alcanzar un convenio con Tailandia sobre la investigación in situ de pedófilos noruegos y que, una vez firmado dicho convenio, los resultados no se harían esperar.

«¡Es urgente! –concluía el editor jefe del *Aftenposten*–. La gente espera que se haga algo. Un primer ministro cristiano no puede tolerar que sigan ocurriendo atrocidades de ese tipo.»

–¡Pase!

Harry entró y miró directamente al interior de la boca bostezante de Bjarne Møller, quien se estiraba hacia atrás en la silla de tal modo que sus largas piernas sobresalían por debajo del escritorio.

—Dichosos los ojos. Le estuve esperando ayer, Harry.

—Recibí el mensaje. —Harry se sentó—. No acudo al trabajo en estado de embriaguez. Y viceversa. Es un principio que he adquirido. —Se suponía que tenía que sonar irónico.

—Un policía es un policía las veinticuatro horas del día, Harry, sobrio o borracho. ¿Sabe?, tuve que convencer a Waaler para que no le abriera ningún expediente.

Harry se encogió de hombros para indicar que no tenía más que añadir sobre el asunto.

—De acuerdo, Harry, no discutamos sobre ello ahora. Tengo un trabajo para usted. Se trata de una misión que, en mi opinión, no merece, pero que de todos modos tengo intención de asignarle.

—¿Le haré feliz si digo que no lo quiero? —preguntó Harry.

—Deje ese numerito a lo Marlowe, Harry. No le va nada —dijo Møller de modo arisco.

Harry esbozó una sonrisa torcida. Sabía que le caía bien al jefe de departamento.

—Ni siquiera le he dicho de qué se trata.

—Dado que manda un coche a buscarme durante mi tiempo libre, lógicamente entiendo que no se trata de controlar el tráfico.

—Exacto. ¿Por qué no deja que termine de hablar?

Harry soltó una risa seca y corta inclinándose hacia delante en la silla.

—¿Hablamos con la mano en el corazón, jefe?

¿Qué corazón?, quiso preguntar Møller. Sin embargo, se limitó a asentir con la cabeza.

—En estos momentos no soy un hombre para grandes misiones, jefe. Imagino que usted mismo ha observado cómo funcionan las cosas últimamente. O cómo no funcionan. O solo a duras penas. Cumplo rutinariamente con mi trabajo, procuro no ser un obstáculo para los demás e intento llegar y marcharme sobrio. Si yo fuera usted, le daría este trabajo a cualquier otro de sus hombres.

Møller suspiró, recogiendo con dificultad las rodillas para levantarse.

—¿La mano en el corazón, Harry? Si de mí dependiera, le asignaría el trabajo a otro. Sin embargo, ellos le quieren a usted. Así que me haría un gran favor, Harry…

Harry alzó la vista con cuidado. Bjarne Møller le había sacado de bastantes apuros el año anterior, y sabía que solo era cuestión de tiempo tener que empezar a saldar su deuda.

—¡Alto! ¿Quiénes son «ellos»?

—Gente de las altas esferas. Gente que puede convertir mi vida en un infierno si no se sale con la suya.

—¿Y qué obtengo yo a cambio si me presto a ello?

Møller frunció el ceño todo lo que pudo, pero siempre le resultaba complicado conseguir que su evidente cara de niño pareciera irritada.

—¿Qué obtiene usted? Su sueldo. Mientras le dure. ¿Qué obtiene usted? ¡Joder!

—Me hago cargo de la situación, jefe. Algunas de esas personas de las que habla usted opinan que el Hole que resolvió el asunto en Sidney el año pasado debe de ser un tío cojonudo, y su trabajo es que el tío siga siéndolo. ¿Me equivoco?

—Harry, por favor, no se pase de la raya.

—No me equivoco. Tampoco me equivoqué ayer cuando vi el careto de Waaler. Por tanto, ya lo he consultado con la almohada y esta es mi propuesta: seré un buen chico, aceptaré el trabajo, y cuando haya acabado usted me proporcionará dos investigadores a tiempo completo y pleno acceso a todos los recursos informáticos durante dos meses.

—¿De qué me está hablando?

—Ya sabe de qué estoy hablando.

—Si todavía se trata de la violación de su hermana, lo lamento, Harry. Imagino que recordará que el caso se dio por cerrado definitivamente.

—Lo recuerdo, jefe. Recuerdo el informe donde consta que ella tiene síndrome de Down y que por tanto no es improbable que se hubiera inventado la violación a fin de ocultar el hecho de haberse quedado embarazada de un desconocido cualquiera. Vaya si lo recuerdo...

—Desde un punto de vista técnico, no había...

—Su intención era mantenerlo oculto. ¡Venga, hombre! Yo la visité en su piso de Sogn y por casualidad encontré un sujetador empapado de sangre en el cesto de la ropa sucia. Tuve que obligarla a que me enseñara los pechos. Le habían cortado un pezón y llevaba más de una semana sangrando. Mi hermana cree que todo el mundo es como ella, y cuando aquel tipo trajeado la invitó primero a cenar y luego le preguntó si quería ver una película con él en su habitación del hotel, ella pensó que se trataba de una buena persona. Y aunque hubiera recordado el número de habitación, habrían pasado el aspirador, limpiado y cambiado las sábanas más de veinte veces desde que ocurrió aquello. En esos casos, los indicios técnicos son escasos.

—Nadie recordaba que hubiera unas sábanas ensangrentadas...

—Yo he trabajado en un hotel, Møller. Le sorprendería la cantidad de sábanas ensangrentadas que uno cambia en un par de semanas. ¡Joder, parece que la gente no haga más que sangrar!

Møller negó enérgicamente con la cabeza.

—Lo siento. Tuvo su oportunidad para probarlo, Harry.

—No fue suficiente, jefe. No fue suficiente.

—Nunca es suficiente. Pero en algún momento hay que poner punto final. Con los recursos que tenemos...

—Por lo menos deme libertad para trabajar por mi cuenta. Durante un mes.

Møller levantó la cabeza de repente y cerró con fuerza un ojo. Harry sabía que le había calado.

—¡Cabrón! Quería este trabajo desde el principio, ¿verdad? Solo tenía que negociar un poco antes...

Harry dejó caer el labio inferior mientras meneaba la cabeza de un lado a otro. Møller se puso a mirar por la ventana. A continuación lanzó un suspiro.

—De acuerdo, Harry. Veré lo que puedo hacer. Pero si la caga en este asunto tendré que tomar ciertas decisiones que, según varias personas del cuerpo, debería haber tomado hace tiempo. ¿Sabe lo que eso significa?

–De patitas a la calle, jefe –sonrió Harry–. ¿En qué consiste el trabajo?

–Espero que su traje de verano haya pasado por el tinte recientemente y que recuerde dónde puso el pasaporte la última vez. Su vuelo sale dentro de doce horas y se irá lejos.

–Cuanto más lejos, mejor, jefe.

Harry estaba sentado en una silla situada junto a la puerta de la angosta vivienda social de Sogn. Su hermana se hallaba junto a la ventana mirando los copos de nieve que caían atravesando el cono de luz de la farola exterior. Sorbió por la nariz un par de veces. Dado que estaba de espaldas, Harry no pudo determinar si era por culpa del resfriado o de la despedida. Llevaba dos años viviendo allí y, dadas las circunstancias, se las apañaba bien. Después de la violación y del aborto, Harry se había traído algo de ropa y su neceser para vivir con ella, pero al cabo de solo unos días dio muestras de que ya estaba bien. De que ya era una chica grande.

–Volveré muy pronto, Søs.

–¿Cuándo?

Estaba tan cerca de la ventana que se formó una nube de vaho en el cristal.

Harry se sentó detrás de ella y colocó una mano en su espalda. Por el débil temblor sabía que estaba a punto de llorar.

–En cuanto atrape a los malos. Entonces volveré a casa enseguida.

–¿Es…?

–No, no es él. A él le atraparé más tarde. ¿Has hablado con papá hoy?

Ella negó con la cabeza. Harry dio un suspiro.

–Si no te llama me gustaría que tú le llamases. ¿Puedes hacer eso por mí, Søs?

–Papá nunca dice nada –susurró ella.

–Papá está triste porque mamá ha muerto, Søs.

–Pero eso fue hace mucho.

–Por eso ya es hora de que tú y yo le hagamos hablar de nuevo, Søs. Y tú me tienes que ayudar. ¿Lo harás? ¿Lo harás, Søs?

Ella se giró sin decir una palabra, se abrazó a él y enterró la cabeza en su cuello.

Él le acarició la cabeza y notó cómo se humedecía el cuello de su camisa.

La maleta estaba preparada. Harry llamó a Aune para decirle que se iba de viaje de trabajo a Bangkok. No tenía mucho que contar al respecto y Harry no sabía muy bien por qué le había telefoneado. ¿Tal vez porque se sentía bien informando a alguien que en un momento determinado podría preguntarse dónde se había metido? A Harry no le pareció bien llamar a los camareros del Schrøder.

–Llévate las inyecciones de vitamina B que te di –dijo Aune.

–¿Por qué?

–Te facilitarán las cosas en caso de que tengas a bien permanecer sobrio. Unas circunstancias nuevas, Harry, pueden ser una buena oportunidad, ya sabes.

–Lo pensaré.

–Pensarlo no es suficiente, Harry.

–Ya lo sé. Así que no será necesario llevar las inyecciones.

Aune refunfuñó. Era su particular manera de reír.

–Deberías ser humorista, Harry.

–Voy por buen camino.

Cuando Harry metió su equipaje en el maletero del taxi, uno de los muchachos del albergue situado calle arriba permanecía apoyado en la pared, con una chaqueta vaquera ajustada y tiritando de frío mientras daba frenéticas caladas a una colilla.

–¿Te vas de viaje? –le preguntó.

–Pues sí.

–¿Al Mediterráneo?

–Bangkok.

–¿Solo?

–Sí.

–No me digas más…

Levantó el pulgar y guiñó el ojo.

La mujer del mostrador de facturación le dio el billete y Harry se giró.

–¿Harry Hole?

Un hombre con gafas de montura de acero le miraba con una sonrisa triste.

–¿Y usted es…?

–Dagfinn Torhus, del Ministerio de Asuntos Exteriores. Queremos desearle buena suerte, aparte de asegurarnos de que ha entendido la… delicada naturaleza de la misión. Todo ha ocurrido con mucha rapidez.

–Gracias por su consideración. Entiendo que mi tarea consiste en buscar a un asesino sin chapotear demasiado en el agua, ¿no? Møller ya me ha dado instrucciones.

–Bien. La discreción es fundamental. No se fíe de nadie. Ni siquiera de las personas que se hacen pasar por empleados del Ministerio de Asuntos Exteriores. Puede que resulten ser, por ejemplo, del *Dagbladet*.

Torhus abrió la boca como para reírse, pero Harry entendió que estaba hablando en serio.

–Los periodistas del *Dagbladet* no andan por ahí con una insignia del ministerio en la solapa, señor Torhus. Ni con gabardina en pleno mes de enero. Por cierto, he visto en los documentos que usted es mi persona de contacto en el ministerio.

Torhus asintió automáticamente con la cabeza. A continuación sacó el mentón y bajó el tono de voz.

–Su vuelo saldrá en breve. Por tanto no le entretendré más. Simplemente escuche las pocas palabras que le tengo que decir.

Sacó las manos de los bolsillos de la gabardina y las cruzó por delante.

—¿Cuántos años tiene usted, Hole? ¿Treinta y tres? ¿Treinta y cuatro? Todavía tiene una posible carrera por delante. He hecho mis averiguaciones acerca de usted. Usted tiene talento y al parecer hay personas en las altas esferas a las que usted les cae bien y le protegen. Mientras todo vaya bien, las cosas podrán seguir así. Sin embargo, cualquier paso en falso puede hacerle caer de culo sobre la pista de hielo y, de paso, arrastrar a su pareja en la caída. Entonces descubrirá que sus supuestos amigos de repente se encuentran ya muy lejos. Así que no vaya muy rápido, y procure al menos mantenerse en pie, Hole. Por el bien de todos. Es un consejo bienintencionado de un viejo patinador.

Esbozó una sonrisa mientras escrutaba a Harry con la mirada.

—¿Sabe, Hole? Cada vez que vengo al aeropuerto de Fornebu siempre me entra una deprimente sensación de abandono. Abandono y despedida.

—No me diga —dijo Harry, a la vez que se preguntaba si le daría tiempo a tomarse una cerveza en el bar antes de que cerrasen la puerta de embarque—. En fin. A veces puede ser para bien. Me refiero a la novedad.

—Esperemos que así sea —dijo Torhus—. Esperemos que así sea.

5

Harry Hole se colocó bien las gafas de sol y miró la fila de taxis situada en el exterior del Aeropuerto Internacional Don Muang. Tuvo la sensación de haber entrado en un cuarto de baño donde acababan de cerrar el agua caliente de la ducha. Sabía que la única estrategia para soportar los altos índices de humedad en el aire era no darle ninguna importancia. Dejar que el sudor cayera y pensar en otra cosa. Lo de la luz era peor. Perforaba el barato plástico oscurecido de las gafas, penetraba en sus ojos vidriosos por el alcohol e hizo despertar su jaqueca, que hasta el momento había estado ardiendo silenciosa en sus sienes.

—¿Doscientos cincuenta baht o taxímetro, señor?

Harry intentó concentrarse en lo que le decía el taxista que tenía delante. El vuelo había sido un calvario. La librería del aeropuerto de Zurich solamente vendía libros en alemán y en el avión habían proyectado *Liberad a Willy 2*.

—Taxímetro está bien —dijo Harry.

Un danés parlanchín sentado en el asiento de al lado se había pasado el vuelo prodigándole consejos sobre cómo evitar que le engañaran a uno en Tailandia, haciendo caso omiso de que Harry estuviera borracho como una cuba. Seguramente pensaba que los noruegos eran seres humanos encantadores e ingenuos y que todo danés tenía el deber de protegerles de las estafas.

—Usted debe regatear en todo —le había dicho—. De eso se trata, ¿sabe?

—¿Y si no lo hago?

—Entonces nos perjudicará a los demás.

—¿Cómo dice?

—Contribuirá a que suban los precios. Tailandia se encarecerá para los que vienen detrás.

Harry observó más detenidamente a aquel hombre. Llevaba una camisa beige de Marlboro y unas sandalias nuevas de cuero. Así que no le quedó más remedio que pedir más bebida.

—Surasak Road 111 —dijo Harry.

El conductor sonrió, metió el equipaje en el maletero y sostuvo la puerta abierta para Harry, quien mientras trataba de acomodarse en el interior constató que el volante se encontraba en el lado derecho.

—En Noruega nos quejamos de que los ingleses insisten en seguir conduciendo por la izquierda —dijo mientras salían derrapando hacia la autopista—. Sin embargo, me he enterado hace poco de que en el mundo hay más gente que conduce por el lado izquierdo que por el derecho. ¿Sabe usted por qué?

El conductor miró por el retrovisor y lanzó una sonrisa más amplia aún.

—Surasak Road, ¿sí?

—Porque en China se conduce por la izquierda —murmuró Harry, alegrándose de que la autopista atravesara el paisaje de rascacielos en diagonal, como una flecha gris y recta.

Presentía que un par de curvas pronunciadas bastarían para que la tortilla de Swissair acabara en el asiento trasero.

—¿Por qué no está puesto el taxímetro?

—Surasak Road, quinientos baht, ¿sí?

Harry se recostó en el asiento y miró al cielo. Es decir, se limitó a mirar hacia arriba porque no había ningún cielo que ver, simplemente una bóveda nublada atravesada por un sol que tampoco se veía. Bangkok, «la ciudad de los ángeles». Los ángeles utilizaban mascarillas y cortaban el aire con un cuchillo intentando recordar el color del cielo de antaño.

Debió de quedarse dormido porque cuando se despertó estaban parados. Se incorporó en el asiento y vio que estaban rodeados de coches. Las tiendas y los pequeños talleres abiertos se alineaban uno tras otro por las aceras repletas de seres humanos que parecían saber adónde se dirigían y que corrían apresurados por llegar hasta allí. El conductor abrió una ventana y la cacofonía de los sonidos de la ciudad se mezcló con la radio. Olía a gases de combustión y a sudor en la ardiente carrocería del coche.

—¿Un atasco?

El conductor negó con la cabeza sonriendo.

Los dientes de Harry rechinaron. Había leído algo sobre que todo el plomo que uno inspira antes o después acaba en el cerebro. Y que uno se torna olvidadizo. ¿O era psicótico?

Como si de un milagro se tratase, de repente se reanudó el tráfico; motos y motocicletas revolotearon a su alrededor como insectos furiosos que se lanzaban sobre los cruces con total desprecio por la muerte. Harry contó hasta cuatro amagos de accidente con todas las de la ley.

—Es increíble que no ocurran más desgracias —comentó Harry por decir algo.

El conductor miró por el retrovisor y sonrió ampliamente.

—Ocurren. Muchas.

Cuando por fin llegaron a la comisaría de Surasak Road, Harry ya había tomado una decisión: no le gustaba esa ciudad. Quería aguantar la respiración, realizar su trabajo y regresar a Oslo en el primer vuelo, aunque no fuera necesariamente el mejor.

—Bienvenido a Bangkok, Harry.

El jefe de policía era menudo y oscuro. Al parecer, estaba empeñado en demostrar que en Tailandia también sabían saludar al modo occidental. Apretó la mano de Harry sacudiéndola con entusiasmo mientras sonreía ampliamente.

—Lamento que no pudiéramos ir a buscarle al aeropuerto, pero el tráfico de Bangkok… —Hizo un gesto con la mano señalando la ventana que tenía detrás—. En el mapa no está muy lejos, pero…

–Sé a lo que se refiere, señor –dijo Harry–. Eso mismo me dijeron en la embajada.

Se quedaron el uno frente al otro sin decir nada. El jefe de policía sonrió. Alguien llamó a la puerta.

–¡Pase!

Una cabeza completamente afeitada asomó por el umbral.

–Pase, Crumley. Ya ha llegado el detective noruego.

–Ah, el detective.

La cabeza adquirió un cuerpo y Harry tuvo que parpadear un par de veces para dar crédito a lo que veía. Crumley tenía unos hombros anchos y casi la misma estatura que Harry. Su rapada cabeza contaba con una mandíbula de músculos prominentes y un par de ojos intensos sobre una boca recta y estrecha. Iba vestida con una camisa de uniforme de color celeste, un par de enormes zapatillas Nike y una falda.

–Liz Crumley, subinspectora de la unidad de homicidios –dijo el jefe de policía.

–Dicen que es usted un gran investigador de homicidios, Harry –dijo ella con un pronunciado acento americano plantándose frente a él con los brazos en jarras.

–Bueno. No sé si yo exactamente…

–¿No? Algo debe de tener usted para que le manden al otro extremo del mundo, ¿no cree?

–Supongo.

Harry volvió a cerrar los ojos. Lo que menos necesitaba en aquel momento era una mujer mangoneando.

–Estoy aquí para ayudar. Si puedo ayudar en algo… –Se esforzó en sonreír.

–Entonces ha llegado el momento de permanecer sobrio, ¿no, Harry?

Detrás de ella, el jefe de policía soltó una sonora risita.

–Ellos son así –prosiguió la inspectora en voz alta y clara, como si el jefe de policía no estuviera presente–. Hacen lo que sea para que nadie se sienta mal. En este momento está intentando que usted no se sienta mal, fingiendo que estoy de broma. Pero no estoy bromeando. Soy responsable de la unidad de homicidio, y si hay algo que no me gusta lo digo. Esto último se considera una falta de educación en este país, pero yo llevo diez años haciéndolo.

Harry cerró los ojos completamente.

–Por lo colorado que se ha puesto entiendo que esto le parece embarazoso, Harry, pero, como comprenderá, no me sirven los investigadores borrachos. Vuelva mañana. Ahora buscaré a alguien que le lleve al apartamento donde se hospedará.

Harry movió la cabeza de un lado a otro y se aclaró la garganta:

–Miedo a volar.

–¿Cómo dice?

–Tengo miedo a volar. El gin-tonic me ayuda. Y tengo la cara colorada porque el alcohol ha empezado a evaporarse por los poros de la piel.

Liz Crumley le miró detenidamente antes de rascarse el reluciente cráneo.

–Lo siento por usted, detective. ¿Cómo lleva el jet lag?

–Estoy completamente despierto.

–Bien. Nos pasaremos por su apartamento de camino al lugar de los hechos.

El apartamento que le había prestado la embajada estaba situado en una urbanización de lujo frente al hotel Shangri-La. Era minúsculo y estaba equipado de modo espartano, pero tenía cuarto de baño, un ventilador junto a la cama y vistas al enorme río Chao Praya, que fluía de color marrón. Harry se acercó a la ventana. Unas alargadas y estrechas barcas navegaban a lo ancho y largo del río removiendo sus sucias aguas con las hélices. En la otra orilla, hoteles recién construidos y edificios de oficinas se erguían sobre una amorfa masa de casas blancas de piedra. Era difícil hacerse una impresión del tamaño de la ciudad porque esta desaparecía tras una bruma de un color marrón amarillento al intentar atisbar más allá de un par de manzanas, pero Harry supuso que era grande. Muy grande. Abrió una ventana y un rumor ascendió hacia él.

El taponamiento de los oídos ocasionado por el vuelo había desaparecido en el ascensor, y hasta aquel momento no había oído el ensordecedor ruido de la ciudad. Vio el vehículo de Crumley aparcado allá abajo junto a la acera, como un pequeño coche de juguete Matchbox. Abrió una lata de cerveza caliente que se había traído del avión y constató satisfecho que la Singha era igual de pésima que la cerveza noruega. El resto del día ya le pareció más soportable.

6

La subinspectora se apoyó sobre el claxon. Literalmente. Presionaba con sus pechos el volante del enorme Toyota todoterreno y el claxon no dejaba de aullar.

—Esto es muy poco tailandés —dijo riéndose—. Además, no funciona. Si tocas el claxon, lo único que consigues es que no te dejen pasar bajo ningún concepto. Tiene algo que ver con el budismo. Pero no puedo evitarlo. Joder, soy de Texas, no estoy hecha de la misma madera que ellos.

Se inclinó de nuevo sobre el volante mientras alrededor los automovilistas fingían mirar a otra parte.

—Entonces ¿sigue en la habitación del hotel? —preguntó Harry ahogando un bostezo.

—Órdenes de arriba. Normalmente se les practica la autopsia enseguida y se procede a incinerarlos al día siguiente. Sin embargo, querían que usted le echara un vistazo antes. No me pregunte por qué.

—Soy un investigador de asesinatos cojonudo, ¿o ya se le ha olvidado?

Ella le miró de reojo antes de girar bruscamente hacia un hueco en el tráfico a la derecha y acelerar.

—No se ponga tan chulito, guapo. Puede que las cosas no sean como se imagina, y puede que los tailandeses no piensen que es usted un tipo cojonudo por ser *farang*, más bien todo lo contrario.

—¿*Farang*?

—Blancucho. Gringo. Es medio despectivo, medio neutral, según se mire. Simplemente recuerde que no le pasa nada a la autoestima de los tailandeses aunque le traten de modo cortés. Afortunadamente para usted, hoy tengo por ahí a dos policías a los que es probable que consiga impresionar. Al menos espero que así sea, por su propio bien. Si mete la pata, tendrá graves problemas para seguir cooperando con el departamento.

—¡Vaya! Tenía la impresión que era usted quien tomaba aquí las decisiones.

—A eso me refiero.

Se incorporaron a la autopista y Crumley pisó a fondo el acelerador de forma resuelta, haciendo caso omiso a las protestas que el motor hacía. Ya estaba anocheciendo y por el oeste un sol de color rojo cereza descendía lentamente entre la bruma de los rascacielos.

—La contaminación ofrece al menos unas puestas de sol preciosas —dijo ella respondiendo a sus pensamientos.

—Hábleme del tráfico local de putas —dijo Harry.

—Es aproximadamente tan denso como el de coches.

—Eso ya lo sé. Pero ¿de qué va? ¿Cómo funciona? ¿Se trata de una prostitución tradicional de chulos, de burdeles fijos con proxenetas, o las putas trabajan por su cuenta? ¿Van a los bares, hacen striptease, se anuncian en la prensa o buscan clientes en los centros comerciales?

—Todo eso y más. Lo que no se haya intentado en Bangkok no se ha intentado en ninguna parte. Pero la mayoría trabaja en bares de gogós bailando para que los clientes pidan bebidas, de las que ellas obtienen una comisión. El propietario no tiene ninguna responsabilidad sobre las chicas, salvo proporcionarles un lugar donde exhibirse, y a cambio ellas se comprometen a quedarse hasta la hora de cierre del local. Si alguno de los clientes quiere irse con una de las chicas, tiene que comprar su libertad para el resto de la noche. El propietario del local se queda con el dinero, pero la chica suele alegrarse de no tener que estar toda la noche contoneándose en el escenario.

—Parece un buen negocio para el propietario.

—Lo que la chica gana después de que hayan comprado su libertad va directamente a su propio bolsillo.

—La chica que encontró a nuestro hombre, ¿procedía de un bar de estos?

—Sí. Trabaja en uno de los bares de King Crown, en Patpong. Sabemos que el propietario del motel también regenta una especie de círculo de *call girls* para extranjeros con deseos un tanto especiales. Pero no es fácil conseguir que la chica hable, puesto que en Tailandia tan delictivo es ser puta como chulo. Hasta ahora tan solo ha confirmado que se alojaba en el motel y que entró por la puerta equivocada.

Crumley explicó que probablemente Atle Molnes había encargado a la chica al llegar al motel, pero el recepcionista, que era el mismo propietario, negaba rotundamente haber tenido nada que ver en el asunto aparte del alquiler de la habitación.

—Hemos llegado.

Giró el volante y detuvo el todoterreno delante de un edificio bajo de piedra blanca.

—Los mejores puticlubs de Bangkok parecen tener debilidad por los nombres griegos —comentó ella en tono sarcástico mientras se bajaba del coche.

Harry alzó la mirada hacia un enorme cartel luminoso que anunciaba que el nombre del motel era Olympussy, o sea, Olimpcoño. La M parpadeaba sin cesar, mientras que la L se había extinguido para siempre, infundiendo tal tristeza que Harry recordó las cafeterías de carretera noruegas situadas en las regiones poco pobladas.

El motel era idéntico a la versión americana, con habitaciones dobles en torno a un patio y aparcamiento en el exterior de cada habitación. A lo largo del edificio había un porche donde los huéspedes podían sentarse en unas sillas grises dañadas por la humedad.

—Un lugar muy acogedor.

—Tal vez no lo crea, pero cuando apareció durante la guerra de Vietnam, este era uno de los lugares con más encanto de la ciudad. Construido expresamente para los soldados americanos cachondos de R&R.

—¿R&R?

–Reposo y Rehabilitación. Llamado popularmente P&P: Polvos y Priva. Los soldados llegaban en avión procedentes de Saigón con permiso de dos días. Sin el ejército de Estados Unidos, la industria del sexo de este país no hubiera sido lo que es actualmente. A una de las calles incluso le dieron oficialmente el nombre de Soi Cowboy.

–¿Y por qué no se quedaban allí? Esto está prácticamente en medio del campo.

–Los soldados tenían morriña y preferían follar de forma típicamente americana, esto es, en el coche o en una habitación de motel. Por eso construyeron esto. En el centro alquilaban coches americanos. Incluso tenían cerveza americana en el minibar de las habitaciones.

–Caramba, ¿cómo sabe todo eso?

–Me lo ha contado mi madre.

Harry se giró hacia ella, pero, pese a la luz de neón azulada que arrojaban sobre su cabeza las letras que aún funcionaban en OLIMPUSSY, estaba demasiado oscuro para que él pudiera ver la expresión de su cara. Ella se colocó una gorra con visera antes de entrar en la recepción.

La habitación del motel tenía una decoración sencilla. Sin embargo, el sucio empapelado de seda gris parecía indicar que había vivido días mejores. Harry se estremeció. No fue a causa del traje amarillo que hacía superflua cualquier labor de identificación más minuciosa del cadáver. Harry sabía que solo la gente del Partido Democristiano y el Partido del Progreso serían capaces de ponerse voluntariamente ese tipo de traje. Tampoco se debió al cuchillo con adornos orientales clavado en la espalda del traje, que hacía que se formara una joroba nada favorecedora a la altura de los hombros. El motivo fue simplemente que hacía un frío del carajo. Crumley le explicó que la fecha de caducidad de los cadáveres se cumplía rápidamente en ese clima, y que cuando supieron que tendrían que esperar dos días al detective noruego pusieron el aire acondicionado a tope, es decir, a diez grados, y el abanico a su máxima potencia. Las moscas, sin embargo, aguantaban bien, y una nube de ellas se alzó del cadáver cuando los dos policías tailandeses lo giraron cuidadosamente para colocarlo boca arriba. Los ojos vidriosos de Atle Molnes miraban fijamente hacia abajo de su nariz, como si intentaran ver las puntas de sus zapatos Ecco. El flequillo juvenil hacía parecer al embajador más joven de los cincuenta y dos años que tenía. Desteñido por el sol, ondeaba sobre la frente como si aún siguiera con vida.

—Su esposa y su hija adolescente... —dijo Harry—. ¿Ninguna de ellas ha venido a verle?

—No. Informamos a la embajada de Noruega, que nos comunicó que trasladaría el mensaje a la familia. De momento solo sabemos que nadie puede entrar aquí.

—¿Alguien de la embajada?

—La ministra consejera. No recuerdo su nombre...

—¿Tonje Wiig?

—Sí. Se mostró de lo más estirada hasta el momento en que le dimos la vuelta al cuerpo para que lo identificara.

Harry examinó al embajador. ¿Habría sido un hombre guapo? Un hombre que, si uno obviara aquel horrendo traje y un par de michelines alrededor de la tripa, podría hacer latir con fuerza el corazón de una joven ministra consejera. Su piel bronceada había comenzado a adquirir un tono pálido y su lengua azul parecía intentar abrirse camino a través de los labios.

Harry se sentó en una silla y miró a su alrededor. El aspecto de una persona cambia rápidamente al morir, y él había visto la suficiente cantidad de muertos para saber que no se obtenía mucho por examinarlos con mucho detenimiento. Los secretos que podrían desvelar su personalidad se los había llevado Atle Molnes hacía tiempo, y lo que quedaba de él era simplemente un cascarón vacío y abandonado.

Harry acercó la silla a la cama. Los dos policías se inclinaron por encima de él.

—¿Qué es lo que ve? —preguntó Crumley.

–Veo a un putero noruego que resulta ser embajador y cuya reputación, por tanto, ha de mantenerse intacta por consideración al rey y a la patria.

Ella alzó la mirada, sorprendida, y le observó detenidamente.

–No importa lo bueno que sea el aparato de aire acondicionado, es imposible mitigar el hedor –dijo él–. Pero ese es mi problema. En cuanto al tipo este... –Harry tiró de la mandíbula del embajador–. Rígor mortis. Está tieso, pero la rigidez ha empezado a remitir, lo cual es normal después de dos días. Su lengua está azul, pero el cuchillo indicaría que no ha habido asfixia. Habrá que comprobarlo.

–Ya se ha comprobado –dijo Crumley–. El embajador había bebido vino tinto.

Harry murmuró algo.

–Nuestro médico afirma que la muerte se produjo en algún momento entre las 16.00 y las 22.00 horas –continuó ella–. El embajador salió de su despacho antes de almorzar, y cuando la mujer le encontró eran casi las once de la noche, así que hemos podido delimitar algo más el margen de tiempo.

–¿Entre las 16.00 y las 22.00? Eso son seis horas.

–Bien calculado, detective. –Crumley se cruzó de brazos.

–Bueno. –Harry la miró–. En Oslo solemos determinar la hora de la defunción con un margen de veinte minutos en los cadáveres encontrados a las pocas horas.

–Eso es porque ustedes viven en el polo Norte. Aquí estamos a treinta y cinco grados y la temperatura del cadáver no desciende de modo significativo. La hora se calcula en función del rígor mortis, y entonces sí que es bastante aproximada.

–¿Y qué hay de las livideces? Deberían haber aparecido al cabo de unas tres horas.

–Lo siento. Como ve, al embajador le gustaba tomar el sol. Por lo tanto no se observan.

Harry recorrió con su dedo índice el trozo de tela por donde había penetrado el cuchillo. Una materia gris, parecida a la vaselina, se acumuló en la superficie de su uña.

–¿Esto qué es?

—Al parecer el arma estaba untada de grasa. Se han enviado a analizar unas muestras.

Harry examinó rápidamente los bolsillos y sacó una cartera marrón desgastada. Contenía un billete de quinientos baht, una tarjeta de identificación del Ministerio de Asuntos Exteriores noruego y una fotografía de una niña sonriente acostada en algo que parecía ser una cama de hospital.

—¿Llevaba algo más encima?

—No. —Crumley se quitó la gorra para espantar las moscas—. Comprobamos lo que llevaba y lo dejamos tal cual.

Desabrochó el cinturón del cadáver, le bajó los pantalones y giró de nuevo el cuerpo en posición boca abajo. A continuación le subió la americana y la camisa.

—Mire. La sangre ha corrido por la espalda... —tiró del elástico de los calzoncillos de la marca Dovre—... y se ha introducido entre sus nalgas. Ello quiere decir que es poco probable que le hayan acuchillado mientras estaba tumbado en la cama, más bien mientras estaba de pie. Midiendo la altura a la que clavaron el cuchillo y el ángulo del apuñalamiento podremos determinar la estatura del asesino.

—Eso suponiendo que el asesino estuviera a la misma altura que la víctima en el momento en que él o ella le apuñaló —añadió Crumley—. La víctima también pudo haber sido apuñalada mientras estaba tumbada en el suelo, ya que la sangre pudo haber chorreado cuando le subieron a la cama.

—En tal caso habría rastros de sangre en la alfombra —dijo Harry subiéndole los pantalones al difunto, abrochando el cinturón y girándose para mirarla a los ojos—. Además, no sería necesario especular, lo sabríamos con certeza. Sus técnicos forenses habrían encontrado fibras de la alfombra por todo su traje, ¿no?

Ella no desvió su mirada, pero Harry supo que había desvelado la pequeña prueba a la que ella le había sometido. Ella asintió débilmente con la cabeza y él se volvió a girar hacia el cadáver:

—Además hay un detalle victimológico que podría confirmar que esperaba compañía femenina.

—¿De veras?

–¿Ven el cinturón? Antes de que yo lo desabrochara lo tenía abrochado un par de agujeros más allá de este agujero desgastado de aquí. Los hombres de mediana edad con marcada barriga suelen abrocharse el cinturón un poco más ceñido de lo habitual cuando van a encontrarse con mujeres jóvenes.

Era difícil determinar si estaban impresionados. Los tailandeses se mostraron algo inquietos y cambiaron el peso de una pierna a otra. Crumley se mordió una uña y a continuación escupió un trocito entre sus apretados labios.

–Y aquí tenemos el minibar

Harry abrió la puerta del pequeño frigorífico. Botellines de Singha, Johnnie Walker y Canadian Club, y una botella de vino blanco. No parecía que lo hubieran tocado.

–¿Qué más tenemos?

Harry se giró hacia los dos tailandeses. Ambos intercambiaron una mirada antes de que uno de ellos señalara al patio.

–El coche.

Salieron al exterior, donde había un Mercedes nuevo azul oscuro con matrícula diplomática. Uno de los policías abrió el vehículo por el lado del conductor.

–¿La llave? –preguntó Harry.

–Estaba en el bolsillo de la americana de… –El policía señaló hacia la habitación del motel con la cabeza.

–¿Huellas dactilares?

El tailandés miró frustrado a su jefa. Ella carraspeó:

–Por supuesto que hemos comprobado si la llave tenía huellas dactilares, Hole.

–No preguntaba si habían comprobado las huellas dactilares, sino qué fue lo que encontraron.

–Las huellas de la víctima. Si no hubiera sido así, se lo hubiéramos comunicado enseguida.

Harry se mordió la lengua para no contestar de modo brusco. Los asientos y el suelo del Mercedes estaban repletos de basura. Harry se fijó en unas revistas, cintas de casete, paquetes de cigarrillos vacíos, una lata de Coca-Cola y un par de sandalias.

—¿Qué más han encontrado?

Uno de los policías sacó una lista y procedió a leerla. ¿Había dicho que se llamaba Nho?, se dijo Harry al mirarlo. Le costaba quedarse con los nombres exóticos. Seguramente a ellos les ocurriera lo mismo con el suyo. Nho tenía un cuerpo esbelto, casi como el de una niña, el cabello corto y un rostro franco y amable. Harry sabía que la expresión de su cara cambiaría en unos años.

—Alto —dijo Harry—. ¿Puede repetir eso último?

—Boletos para las carreras de caballos, señor.

—Por lo visto al embajador le gustaba apostar a los caballos —dijo Crumley—. Un deporte popular en Tailandia.

—¿Y esto qué es?

Harry se inclinó sobre el asiento del conductor para recoger una ampolla de plástico encajada entre el sistema de ajuste del asiento y la alfombrilla del suelo.

El policía repasó su lista, pero tuvo que darse por vencido.

—El éxtasis líquido viene en ampollas así —dijo Crumley, que se había acercado para echar un vistazo.

—¿Éxtasis? —Harry negó con la cabeza—. Es posible que los demócratas cristianos de mediana edad echen alguna que otra canita al aire, pero no consumen E.

—Debemos llevárnoslo para analizarlo —dijo Crumley.

Harry observó que mostraba cierto disgusto por haber obviado la ampolla.

—Echemos un vistazo al maletero —dijo él.

El maletero estaba tan ordenado y limpio como desordenado estaba el interior del coche.

—Un hombre meticuloso —dijo Harry—. Es obvio que las mujeres de la casa reinaban en el interior del cupé, pero que no las dejaba tocar aquí atrás.

Una bien surtida caja de herramientas emitió un destello bajo la luz de la linterna de Crumley. Estaba reluciente. Tan solo un poco de polvo de yeso en la punta de un destornillador revelaba que había sido usada.

—Un poco más de victimología, señores. Apuesto a que Molnes no era un hombre muy mañoso. Estas herramientas jamás han tocado el motor del coche. A lo sumo, empleó este destornillador para colgar una foto de familia en la pared de casa.

Un mosquito zumbó junto a su oído. Harry se dio un palmetazo en la cara y percibió al tacto que su húmeda piel estaba fría. El calor no cedía a pesar de que el sol ya se había puesto. En cambio no soplaba ni una ráfaga de viento y daba la sensación de que la humedad rezumaba desde la tierra condensando el aire de tal forma que hasta podía beberse.

Junto a la rueda de repuesto había un gato, también aparentemente sin estrenar, además de un fino maletín de cuero, de esos que uno espera encontrar en el coche de cualquier diplomático.

—¿Qué hay en el maletín? —preguntó Harry.

—Está cerrado —dijo Crumley—. Puesto que el coche oficialmente pertenece a la embajada y, por lo tanto, no se encuentra bajo nuestra jurisdicción, no lo hemos abierto. Pero dado que ahora contamos con una representación noruega, quizá podamos...

—Lo lamento, no tengo estatus diplomático —dijo Harry sacando el maletín del maletero y colocándolo en el suelo del patio—. Pero puedo constatar que este maletín ya no está en territorio noruego. Así que sugiero que ustedes lo abran mientras yo me acerco a recepción para charlar con el dueño del motel.

Harry atravesó el patio con pasos lentos. Sus pies estaban hinchados tras el vuelo. Una gota de sudor caía sensualmente por el interior de su camisa y Harry necesitaba tomar una copa. Salvo esos inconvenientes, no se sentía mal al tener que volver a trabajar de verdad. Había pasado cierto tiempo desde la última vez. Se percató de que la M se había apagado.

7

WANG LEE, DIRECTOR, decía la tarjeta de visita que el hombre tras el mostrador había entregado a Harry. Probablemente era una insinuación para que volviera al día siguiente. El hombre huesudo de la camisa de flores tenía los párpados casi pegados y no parecía mostrar interés alguno en tratar con Harry en aquellos momentos. Dejó de hojear unos papeles y soltó un gruñido al alzar la vista y comprobar que Harry seguía allí.

—Ya veo que es usted un hombre muy ocupado —dijo Harry—. Por eso le sugiero que terminemos con esto cuanto antes. Lo más importante es que nos entendamos. Es cierto que yo soy extranjero y usted tailandés…

—No soy tailandés. Soy chino —dijo con un nuevo gruñido.

—Bien. Entonces usted también es extranjero. Lo que quiero decir…

Desde detrás del mostrador llegaron un par de jadeos que tal vez pretendían ser una risa sarcástica. Al menos, el propietario del motel abrió la boca mostrando una colección de dientes con manchas marrones y repartidos aleatoriamente.

—No soy extranjero. Chino. Nosotros somos los que mantenemos Tailandia a flote. Ningún chino, ningún negocio.

—De acuerdo. Usted es un hombre de negocios, Wang. Déjeme pues que le haga una propuesta de negocio. Podrá hojear cuantos documentos quiera, pero regenta aquí un puticlub y eso es lo que hay.

El chino negó terminantemente con la cabeza.

—No hay putas. Un motel. Alquiler de habitaciones.

—Relájese, simplemente me interesa el asesinato. No es responsabilidad mía detener a los chulos. A menos que lo convierta en mi responsabilidad. Por eso tengo, como ya le he dicho, una propuesta de negocio. Aquí en Tailandia no se suele investigar muy a fondo a los tipos como usted. Simplemente hay demasiados. Y una denuncia formal tampoco serviría de nada. Supongo que paga unos cuantos baht en un sobre marrón para evitar que le molesten con este tipo de cosas. Por eso usted no nos teme demasiado.

El propietario del motel repitió el movimiento de cabeza.

—No dinero. Ilegal.

Harry sonrió.

—La última vez que lo comprobé, Tailandia ocupaba el tercer puesto mundial en materia de corrupción. Haga el favor de no tratarme como a un imbécil.

Harry se aseguró de mantener la voz baja. Las amenazas surtían mejor efecto cuando se presentaban en un tono de voz neutral.

—No obstante, su problema, y también el mío, es que el tipo encontrado en la habitación de su motel es un diplomático de mi país de origen. Si informo de que sospechamos que murió en un puticlub, todo esto se convertirá de repente en un asunto político y sus amigos de la policía ya no le podrán ayudar. Las autoridades se verán en la obligación de cerrar este lugar y meter a Wang Lee en prisión con el fin de demostrar su buena voluntad y que en este país las leyes se hacen cumplir, ¿no es así?

Era imposible discernir si había dado en el clavo ante aquel inexpresivo rostro asiático.

—Por otro lado, podría decir en mi informe que la mujer se había citado de antemano con ese hombre y que el motel fue una elección casual…

El chino miró a Harry. Parpadeaba con ambos ojos como si le hubiera entrado polvo. Después se giró, apartó una sábana que ocultaba una puerta e indicó a Harry que le acompañara. Tras la sábana había una pequeña habitación con una mesa y dos sillas. El chino le indicó a Harry que se sentara. Colocó una taza delante de Harry y sirvió de una tetera. El olor a menta era tan fuerte que le escocían los ojos.

—Ninguna de las chicas quiere trabajar mientras el cadáver siga allí —dijo Wang—. ¿Cuándo se lo podrán llevar?

La gente de negocios es gente de negocios en todas las partes del mundo, pensó Hole mientras encendía un cigarrillo.

—Depende del tiempo que tardemos en averiguar lo que ha sucedido.

—El hombre llegó sobre las nueve de la noche diciendo que quería una habitación. Estudió el menú y dijo que quería a Dim, aunque antes iba a descansar un rato. Llamaría para solicitar que ella viniera. Le dije que de todos modos tenía que pagar la habitación por horas. Dijo que le parecía bien y le di la llave.

—¿El menú?

El chino le tendió algo que, desde luego, parecía un menú. Harry lo hojeó. Contenía fotografías de jóvenes tailandesas con uniformes de enfermera, con medias de malla, corpiños de charol y látigo, con uniformes escolares y trencitas, e incluso con uniformes de policía. Al pie de las fotos, bajo el encabezado DATOS VITALES, se especificaban la edad, el precio y el origen. Harry observó que todas tenían entre dieciocho y veintidós años. Los precios oscilaban entre mil y tres mil baht y, supuestamente, casi todas las chicas hablaban idiomas y tenían conocimientos de enfermería.

—¿Estaba solo? —preguntó Harry.

—Sí.

—¿No había nadie más en el coche?

Wang negó con la cabeza.

—¿Cómo puede estar tan seguro? El Mercedes tiene las lunas tintadas y usted se encontraba aquí dentro.

—Suelo salir para comprobarlo. En ocasiones se traen a un amigo. Si son dos, deben pagar una habitación doble.

—Entiendo. Habitación doble, ¿precio doble?

—El precio no es el doble. —Wang mostró su rala dentadura de nuevo—. Es más barato compartir.

—¿Qué ocurrió luego?

—No lo sé. El hombre llevó el coche al número 120, donde sigue en estos momentos. Está al fondo y no se ve en la oscuridad.

Llamé a Dim. Vino y se quedó esperando. Cuando hubo pasado un buen rato, la mandé para allá.

—¿Y de qué iba vestida Dim? ¿De cobradora del tranvía?

—No, no.

Wang abrió la última página del menú y mostró con orgullo la fotografía de una joven tailandesa con un vestido corto de lentejuelas de plata, patines blancos y una enorme sonrisa. Posaba con un talón detrás de otro, una leve flexión de las rodillas y los brazos extendidos hacia el costado, como si acabase de ejecutar un programa libre de patinaje con éxito. Llevaba pintadas unas enormes pecas rojas en su cara morena.

—¿Y esta se supone que es...? —dijo Harry incrédulo mientras leía el nombre al pie de la foto.

—Exactamente, sí. Tonya Harding. La que mató a la otra americana, la guapa. Si usted quiere, Dim también se puede vestir como ella...

—No, gracias —dijo Harry.

—Es muy popular. Especialmente entre los americanos. Si usted quiere, también llora.

Wang se deslizó los índices por las mejillas.

—Ella le encontró en la habitación con un cuchillo clavado en la espalda. ¿Qué ocurrió a continuación?

—Dim vino corriendo y gritando como una loca.

—¿Con los patines puestos?

Wang miró a Harry de modo recriminatorio.

—No se pone los patines hasta que se quita las bragas.

Harry reconoció que sin duda era más práctico de ese modo, e indicó que podía proseguir.

—No hay más, señor policía. Volvimos a la habitación para comprobarlo de nuevo. Después cerré la habitación y llamé a la policía.

—Según Dim, la puerta estaba abierta cuando ella llegó, ¿verdad? ¿Dijo algo de si estaba entreabierta o simplemente sin cerrar con llave?

Wang se encogió de hombros.

—La puerta estaba cerrada, pero no con llave. ¿Eso es importante?

—Nunca se sabe. ¿Vio a alguien más cerca de la habitación esa noche?

Harry negó con la cabeza.

—¿Y dónde guarda usted el registro de huéspedes? —dijo Harry, quien ya empezaba a cansarse.

El chino alzó la mirada de repente.

—No hay registro de huéspedes.

Harry le miró en silencio.

—No hay registro de huéspedes —repitió Wang—. ¿Por qué iba a tenerlo? Nadie vendría si tuviera que registrarse con su nombre completo y dirección.

—No soy estúpido, Wang. No estoy diciendo que se registren oficialmente. Sin embargo, estoy seguro de que lleva usted un registro privado. Por si acaso. Por aquí pasan personas importantes de vez en cuando, y ese registro sería como un as bajo la manga por si algún día se mete en líos, ¿no es así?

El propietario del motel parpadeaba como si fuera una rana.

—No complique las cosas ahora, Wang. Quien no tenga nada que ver con el asesinato no ha de temer nada. Y menos los personajes públicos. Se lo juro. El registro, por favor.

El registro era un cuaderno de notas, y Harry examinó rápidamente las páginas llenas de signos tailandeses apretados e incomprensibles.

—Uno de mis compañeros vendrá a sacar una copia de esto —dijo.

Los otros tres le estaban esperando junto al Mercedes. Habían encendido los faros y el maletín se encontraba abierto bajo la luz del patio.

—¿Han encontrado algo?

—Al parecer el embajador tenía gustos sexuales extravagantes.

—Lo sé. Tonya Harding. A eso lo llamo yo ser un degenerado.

Harry se detuvo de pronto ante el maletín. Bajo la luz amarillenta de los faros del coche, se mostraban los detalles de una fotografía en blanco y negro. Se quedó petrificado. Había oído hablar de ello, incluso había leído informes y había hablado con sus compañeros de la unidad de delitos sexuales. Sin embargo, era la primera vez que Harry veía cómo un adulto se follaba a un niño.

8

Condujeron por Sukhumvit Road, donde los hoteles de tres estrellas y los chalets de lujo coexistían con las chozas de tablas de madera y hojalata. Harry no vio nada de todo esto. Su mirada parecía encontrarse fija en un punto justo enfrente de él.

—El tráfico es más fluido ahora —comentó Crumley.

—¿De veras?

Ella sonrió sin mostrar los dientes.

—Lo siento, en Bangkok se habla del tráfico del mismo modo que en otros lugares se habla del tiempo. No hace falta vivir aquí mucho tiempo para entender por qué. El tiempo no varía desde ahora hasta el mes de mayo. En algún momento del verano, dependiendo del monzón, empieza a llover. Y entonces llueve a cántaros durante tres meses. Es todo lo que hay que decir sobre el tiempo. Salvo que hace calor. Solemos hacer esa observación durante todo el año, pero no es algo que propicie una gran conversación. ¿Me está escuchando?

—Hummm.

—En cambio, el tráfico tiene mayor impacto en la vida diaria de los habitantes de Bangkok que unos cuantos miserables tifones. Cuando me monto en el coche por la mañana, nunca sé cuánto tiempo tardaré en llegar al trabajo. Puede ser entre cuarenta minutos y cuatro horas. Hace diez años tardaba veinticinco minutos.

—¿Y qué ha ocurrido?

—El crecimiento. Lo que ha ocurrido es que todo ha crecido. Los últimos veinte años han supuesto un boom económico continuo y Bangkok se ha convertido en la gallina de los huevos de oro de Tailandia. Aquí es donde se encuentra el trabajo, y la gente ha venido en grandes oleadas desde el campo. Cada mañana hay más gente que ha de acudir al trabajo, más bocas que alimentar y más cosas que transportar. El número de coches se ha disparado, pero los políticos se limitan a prometernos nuevas carreteras mientras se frotan las manos por los buenos tiempos.

—Los buenos tiempos no tienen nada de malo, ¿no?

—No es que yo piense que la gente no se merezca televisores en color en sus cabañas de bambú, pero todo ha ido jodidamente rápido. En mi opinión, crecer por crecer tiene la misma lógica que una célula cancerígena. A veces hasta me alegra que todo se viniera abajo el año pasado. Cuando tuvieron que devaluar la divisa fue como si alguien hubiera metido toda la economía en un congelador, y eso ya se nota en el tráfico.

—¿Quiere decir que la cosa ha sido incluso peor que ahora?

—Claro que sí. Mire aquello… —Crumley señaló un aparcamiento gigantesco donde había cientos de camiones hormigonera—. Hace un año ese aparcamiento estaba prácticamente vacío, pero ya no hay nadie que construya. Así que ahora la flota está cogiendo polvo, como puede ver. Y la gente acude a los centros comerciales solo porque tienen aire acondicionado. Han dejado de comprar.

Siguieron conduciendo en silencio durante un rato.

—¿Quién cree usted que está detrás de toda esa mierda? —preguntó Harry.

—Los especuladores de divisas.

Él la miró con expresión de no haber comprendido.

—Me refiero a las fotografías.

—Ah. —Ella le miró fugazmente—. No le ha gustado nada eso, ¿verdad?

Él se encogió de hombros.

—Soy un hombre intolerante. En ocasiones opino que habría que reconsiderar la pena de muerte.

La subinspectora miró la hora.

–Vamos a pasar por un restaurante de camino a su apartamento. ¿Qué le parece un curso acelerado de cocina tradicional tailandesa?

–Con mucho gusto. Pero no ha contestado a mi pregunta.

–¿Quién está detrás de esas fotografías? Harry, es probable que Tailandia tenga la mayor densidad de pervertidos del mundo, gente que ha venido solo porque tenemos una industria sexual que cubre todas sus necesidades. Y me refiero a «todas» sus necesidades. ¿Cómo diablos voy a saber yo quiénes están detrás de unas miserables fotos de pornografía infantil?

Harry torció el gesto y giró el cuello a un lado y a otro.

–Una pregunta. ¿Hace un par de años no hubo unos problemillas en Tailandia con un pedófilo que trabajaba en una embajada?

–Así es, desarticulamos una red de pederastas en la que estaba implicada una serie de gente de las embajadas, entre ellos el embajador de Australia. Fue un asunto muy bochornoso.

–Aunque no para la policía…

–¿Está loco? Para nosotros fue como ganar el mundial de fútbol y el Oscar al mismo tiempo. El primer ministro nos mandó un telegrama de felicitación. El ministro de Turismo entró en éxtasis y nos llovieron las medallas. Estas cosas ayudan a aumentar la credibilidad de la policía a ojos del pueblo, ya sabe.

–¿Y si empezamos a buscar por ahí?

–No sé. Primero, porque todos los que integraban la red ya están encerrados o han sido expatriados a sus países de origen. Segundo, porque no estoy muy segura de que las fotos tengan nada que ver con el asesinato.

Crumley dio un volantazo para entrar en un aparcamiento donde un vigilante le indicaba un espacio imposible entre dos coches. Ella pulsó un botón y la electrónica entró en funcionamiento haciendo que bajaran las dos ventanas laterales del todoterreno. Luego puso la marcha atrás y aceleró.

–No creo que… –comenzó Harry, pero la subinspectora ya había aparcado.

Los retrovisores de los coches que había a ambos lados se quedaron temblando.

—¿Cómo saldremos? —preguntó él.

—No es bueno preocuparse tanto, detective.

Ella salió agarrándose con ambos antebrazos por la ventanilla lateral y dio un salto hasta colocarse delante del todoterreno. Con cierta dificultad, Harry consiguió al fin realizar la misma maniobra.

—Con el tiempo aprenderá —dijo ella mientras empezaba a caminar—. En Bangkok todo está muy apretujado.

—¿Y qué pasa con la radio? —Harry miró las ventanillas abiertas, tan tentadoras ellas—. ¿Cuenta con encontrarla intacta cuando volvamos?

Ella sacó su placa de policía al vigilante, quien de inmediato se puso firme.

—Sí.

—El cuchillo no presenta huellas dactilares —dijo Crumley chasqueando satisfecha la lengua.

La *sôm-tam*, una especie de ensalada de papaya verde, no tenía el sabor tan extraño que Harry se había imaginado. De hecho estaba deliciosa. Y picante.

Crumley sorbía ruidosamente la espuma de la cerveza. Él miró a los demás clientes, pero al parecer nadie más se percató del ruido que hacía, probablemente porque el sonido era ahogado por una orquesta de cuerda que interpretaba polcas al fondo del restaurante, que a su vez eran ahogadas por el tráfico del exterior. Harry decidió que se tomaría dos cervezas. Y punto. Podía comprarse un paquete de seis de camino al apartamento.

—¿Podemos deducir algo de los ornamentos del mango del cuchillo?

—Nho cree que puede proceder del norte, de las tribus de los montes de la provincia de Chiang-Rai o alrededores. Es por algo relacionado con las incrustaciones de vidrio. No estaba seguro del todo, pero está claro que no se trata de un cuchillo cualquiera que se venda en las tiendas de por aquí. Así que mañana se lo enviaremos a un catedrático de historia del arte del Museo de Benchamabophit, que sabe todo lo que hay que saber sobre cuchillos antiguos.

Liz hizo una seña al camarero, que acudió con una sopera para servir la humeante sopa de leche de coco.

—Tenga cuidado con los pequeños trozos blancos. Y con los rojos. Te abrasan la boca —dijo ella señalando con la cuchara—. Ah, y los verdes también.

Harry examinó con escepticismo las diferentes sustancias que flotaban en su bol.

—¿Hay algo aquí que se pueda comer?

—Las raíces de galanga están bien.

—¿Tienen alguna teoría? —Harry preguntó en voz alta para tapar sus sorbidos.

—¿Sobre quién puede ser el asesino? Por supuesto. Muchas. En primer lugar, puede ser la prostituta. O el propietario del motel. O ambos. Por el momento, es mi predicción preliminar.

—¿Y cuál sería el móvil?

—Dinero.

—Había quinientos baht en la cartera de Molnes.

—Si sacó la cartera en la recepción y nuestro amigo Wang observó que le sobraba algo de dinero, lo cual no es para nada improbable, puede que la tentación fuera demasiado grande. Wang no podía saber que aquel hombre era diplomático y que se armaría tal jaleo.

—¿Y cómo cree que se cometió el asesinato?

Crumley se inclinó con entusiasmo hacia delante con el tenedor en alto.

—Esperan a que el embajador entre en la habitación, llaman a la puerta y, en cuanto les da la espalda, le clavan el cuchillo. Cae de bruces sobre la cama y le vacían la cartera, pero dejan quinientos baht para que no parezca un robo. Luego esperan tres horas antes de llamar a la policía. Wang probablemente tiene algún amigo en la policía que se encarga de que todo marche sobre ruedas. No hay móvil, no hay sospechosos, todos quieren esconder bajo la alfombra un caso que incluye prostitución. Y a otra cosa…

Los ojos de Harry parecieron desorbitarse. Agarró la cerveza rápidamente y se la llevó a la boca.

Crumley sonrió.

—¿Uno de los rojos?

Él recuperó el aliento.

—No es una mala teoría, subinspectora, pero creo que se equivoca —dijo con la voz ronca.

Ella frunció el ceño.

—¿Y eso?

—En primer lugar, ¿estamos de acuerdo en que la mujer no pudo llevar a cabo el asesinato sin la cooperación de Wang?

Crumley reflexionó.

—Veamos… —dijo al fin—. Si Wang no participó, hemos de suponer que no miente. Por tanto, ella no pudo matarle antes de que entrara allí sola a las once y media. Y el médico constató que la muerte ocurrió como muy tarde a las diez. Estoy de acuerdo, Hole, no pudo haberlo cometido sola.

La pareja que estaba sentada en la mesa de al lado miraba fijamente a Crumley.

—Bien —prosiguió Harry—. En segundo lugar, usted presupone que, en el momento del asesinato, Wang no sabía que Molnes era empleado de una embajada. Si hubiera sido así, no lo hubiera llevado a cabo puesto que ello conllevaría muchos más líos que si se tratase de un turista normal y corriente, ¿verdad?

—Pues sí…

—Lo que quiero decir es que el tío lleva un registro de huéspedes privado, seguramente repleto de políticos y gente de la administración pública, donde figura la fecha y la hora de cada visita. Y todo ello a fin de tener un medio de extorsión por si a alguien se le ocurre buscarle problemas a su local. Pero si se presenta alguien a quien no conoce, tampoco le va a pedir el carnet. Así que le acompaña afuera con el pretexto de comprobar si hay alguien más en el coche, ¿de acuerdo? Y de ese modo averigua quién es el huésped.

—Ahora no le sigo.

–Apunta el número de matrícula, ¿sabe? A continuación lo comprueba en el registro de tráfico. En cuanto vio la matrícula azul del Mercedes, Wang supo de inmediato que Molnes era diplomático.

Crumley le miró, pensativa. De repente, se giró bruscamente hacia la mesa de al lado con los ojos abiertos de par en par. La pareja dio un respingo en sus sillas y se apresuró a concentrarse en la comida.

Ella se rascó la pantorrilla con el tenedor.

–No ha llovido en tres meses –dijo.

–¿Cómo?

Hizo señas con la mano para que le trajeran la cuenta.

–¿Y eso qué tiene que ver? –preguntó Harry.

–No mucho –dijo ella.

Eran casi las tres de la madrugada. El zumbido monótono del ventilador sobre la mesilla de noche amortiguaba los ruidos de la ciudad. Aun así, Harry podía oír algún que otro camión pesado cruzando el puente de Taksin, y el rugido de algún solitario barco fluvial que zarpaba desde alguno de los muelles de Chao Phraya.

Cuando entró en el apartamento, vio una luz roja parpadeando en el teléfono y, tras toquetear un rato los botones, consiguió escuchar los dos mensajes. El primero era de la embajada noruega. La ministra consejera, Tonje Wiig, hablaba con voz nasal y, a juzgar por su acento, procedía de la zona oeste de Oslo o sentía un fuerte deseo de pertenecer a ella. Le pedía a Harry que se presentara en la embajada a las diez de la mañana siguiente, pero enseguida cambió la hora a las doce tras descubrir que tenía una reunión a las diez y cuarto.

El segundo mensaje era de Bjarne Møller, y en él le deseaba suerte a Harry. Simplemente eso. No parecía encontrarse muy a gusto hablando con contestadores automáticos.

Harry permanecía acostado en la oscuridad, parpadeando. A pesar de todo, no había comprado el paquete de seis cervezas.

Y las inyecciones de B12 estaban todavía en la maleta. Tras la monumental borrachera de Sidney se había quedado sin sensibilidad alguna en las piernas. Sin embargo, una inyección le bastaba para levantarse cual Lázaro. Suspiró. ¿Cuándo había tomado la decisión en realidad? ¿Cuando le dijeron que le mandaban a Bangkok? No, fue antes. Hacía varias semanas que se había puesto un plazo: el cumpleaños de Søs. Sabe Dios por qué había tomado aquella decisión. Tal vez fuera porque estaba cansado de no estar presente. Los días que pasaban sin ni siquiera darse cuenta. Algo así. En ese momento no le apetecía elucubrar sobre por qué Jeppe, el personaje de la obra de Ludvig Holberg, ya no quería beber. En cualquier caso, como siempre que Harry tomaba una decisión, esta era firme, implacable e inamovible. No había lugar para las concesiones ni las prórrogas. «Puedo dejarlo en cualquier momento.» ¿Cuántas veces había oído a los tipos del Schrøder tratar de convencerse a sí mismos de que no llevaban mucho tiempo convertidos en alcohólicos acérrimos? Él era tan alcohólico como cualquiera, pero era el único que sabía que podía realmente dejar de beber cuando se lo proponía. El cumpleaños no sería hasta dentro de nueve días, pero dado que el doctor Aune tenía razón al decir que aquel viaje era un buen punto de partida, él incluso se adelantó. Harry gimió y se acostó de lado.

Se preguntó qué estaría haciendo Søs. Si se habría atrevido a salir esa noche. Si habría llamado a su padre, tal y como le había prometido. Y, en ese caso, si él habría sido capaz de hablar con ella, aparte de limitarse a contestar sí y no.

Eran más de las tres de la madrugada y, aunque en Noruega solo eran las nueve, él prácticamente no había pegado ojo en día y medio y debería quedarse dormido sin problemas. No obstante, cada vez que cerraba los ojos aparecía en su retina la imagen de un niño tailandés desnudo bajo la luz de los faros del coche, así que prefería volver a abrirlos durante un rato. Tal vez debería haber comprado las cervezas después de todo. Cuando al final se quedó dormido, ya había comenzado el ajetreo matutino sobre el puente de Taksin.

9

Nho entró por la puerta principal de la jefatura de policía. No obstante, se detuvo al ver al policía alto y rubio que intentaba comunicarse a voces con un vigilante sonriente.

–Buenos días, señor Hole, ¿le puedo ayudar?

Harry se giró. Iba con los ojos entrecerrados y enrojecidos.

–Sí, puede ayudarme a que este cabezota me deje pasar.

Nho hizo un gesto con la cabeza al vigilante, que se apartó a un lado para dejarles pasar.

–Ha dicho que no me reconocía de ayer –dijo Harry cuando se detuvieron delante del ascensor–. Joder, ¿tan difícil es recordar a alguien de un día para otro?

–No lo sé. ¿Está seguro de que es el mismo guardia que estaba aquí ayer?

–Al menos era uno que se parecía.

Nho se encogió de hombros.

–Tal vez todas las caras tailandesas le parezcan iguales.

Harry se disponía a contestar cuando vio la sonrisita sarcástica en los labios de Nho.

–De acuerdo. ¿Me está intentando decir que para ustedes todos los blancos parecen iguales?

–Pues no. Distinguimos entre Arnold Schwarzenegger y Pamela Anderson.

Harry descubrió los dientes. Le había caído bien aquel joven policía.

–De acuerdo. Lo pillo. Uno a cero para ti, Nho.

—Nho.

—Sí, Nho. ¿No es lo que he dicho?

Nho negó sonriente con la cabeza.

El ascensor estaba lleno de gente y olía mal. Era como meterse en una bolsa de gimnasio con ropa deportiva usada. Harry les sacaba dos palmos a los demás. Algunos miraron al noruego alto y rieron impresionados. Uno de ellos preguntó algo a Nho y luego exclamó:

—Ah, de Noruega... ¿No es de ahí...? No logro recordar su nombre... por favor, ayúdeme.

Harry sonrió intentando excusarse abriendo los brazos, pero no había sitio para ello.

—¡Sí, sí, muy famoso! —insistió el hombre.

—¿Ibsen? —sugirió Harry—. ¿Nansen?

—No, no, más famoso.

—¿Hamsun? ¿Grieg?

—No, no.

El hombre les miró de manera hosca cuando salieron del ascensor en la quinta planta.

—Ahí está su mesa —dijo Crumley, señalando.

—Pero ya hay alguien sentado ahí —dijo Harry.

—Ahí no. Ahí.

—¿Ahí?

Vio una silla pegada a una larga mesa donde la gente estaba sentada prácticamente codo con codo. En el trozo de mesa que había delante de la silla apenas cabían un cuaderno de notas y un teléfono.

—Trataré de buscarle otro sitio si su estancia se prolonga.

—La verdad, espero que no —murmuró Harry.

La subinspectora convocó a sus tropas a la reunión matutina en su despacho. Sus «tropas» eran en realidad Nho y Sunthorn, los dos policías a los que Harry había conocido la noche anterior, y Rangsan, el investigador más veterano del departamento.

Rangsan estaba aparentemente sumergido en la lectura del periódico, pero de vez en cuando soltaba comentarios en tailandés que Crumley apuntaba en su pequeño cuaderno negro.

—De acuerdo —dijo Crumley cerrando el cuaderno—. Se supone que nosotros cinco tenemos que investigar a fondo este asunto. Y puesto que nos acompaña un colega noruego, a partir de ahora toda la comunicación se llevará a cabo en inglés. Empecemos con un examen técnico de las huellas. Rangsan está en contacto con los chicos del departamento forense. Adelante.

Rangsan dobló el periódico con esmero y carraspeó. Tenía poco pelo y un par de gafas colgadas de una cuerda se balanceaban en la punta de su nariz. A Harry le recordaba a un profesor de instituto muy quemado que miraba a su alrededor de forma levemente despectiva y sarcástica.

—He hablado con Supawadee, del departamento forense. No fue ninguna sorpresa que encontraran un montón de huellas dactilares en la habitación de hotel, pero ninguna que perteneciera a la víctima.

Las demás huellas no habían sido identificadas.

—Y tampoco resultará fácil —dijo Rangsan—. Aunque el Olympussy no sea un lugar muy frecuentado, seguramente en su interior hay huellas de al menos cien personas.

—¿Encontraron huellas en el pomo de la puerta? —preguntó Harry.

—Lamentablemente hay demasiadas. Y ninguna está completa.

Crumley puso sus pies calzados con zapatillas Nike sobre la mesa.

—Molnes probablemente se acostó en la cama nada más entrar en la habitación —dijo—. No hay ningún motivo para que deambulara por el cuarto dejando huellas por todas partes. Y al menos dos personas tocaron el pomo después del asesino, Dim y Wang.

Dirigió un gesto con la cabeza a Rangsan, que volvió a abrir el periódico y prosiguió:

—La autopsia demuestra lo que supusimos: que el embajador murió a causa de la puñalada. El cuchillo atravesó el pulmón izquierdo antes de alcanzar el corazón y llenar el pericardio de sangre.

—Taponamiento —dijo Harry.

—¿Cómo?

—Así se denomina. Es como meter algodón en una campana, el corazón no puede latir y se ahoga en su propia sangre.

Crumley hizo una mueca.

—De acuerdo, dejemos de lado los aspectos técnicos de momento y centrémonos en el asesinato. Por cierto, nuestro colega noruego ya ha desechado la teoría de que el móvil del asesinato sea el robo. Harry, ¿podría explicarnos de qué clase de asesinato cree usted que se trata?

Todos se giraron hacia él. Harry meneó la cabeza.

—Todavía no tengo ninguna teoría. Simplemente creo que existen un par de detalles curiosos.

—Somos todo oídos, detective.

—Veamos. El VIH está relativamente extendido en Tailandia, ¿no es así?

Silencio. Rangsan alzó la mirada por encima del periódico y dijo:

—Según las estadísticas oficiales hay medio millón de infectados. Se calcula que en los próximos años habrá entre dos y tres millones de portadores.

—Gracias. Molnes no llevaba preservativos encima. ¿Quién tendría relaciones sexuales con una prostituta en Bangkok sin usar condón?

Nadie contestó. Rangsan murmuró algo en tailandés y los otros rieron a carcajadas.

—Más gente de la que usted cree —tradujo Crumley.

—Hace un par de años, solo una pequeña parte de las prostitutas de Bangkok sabía lo que era el VIH —dijo Nho—. Pero ahora la mayoría lleva sus propios condones.

—De acuerdo, pero si yo fuera un padre de familia como Molnes, creo que de todos modos llevaría los míos propios para asegurarme.

Sunthorn resopló.

—Si yo fuera un padre de familia, no me iría con una *sŏphenii*.

—Puta —tradujo Crumley.

—Claro que no —dijo Harry repiqueteando distraídamente con un lápiz sobre el brazo de la silla.

—¿Hay algo más que le resulte curioso, Hole?

—Sí. El dinero.

—¿El dinero?

—Solamente llevaba quinientos baht encima, es decir, unos diez dólares americanos. Sin embargo, la chica que había escogido costaba mil quinientos baht.

Se hizo el silencio durante un momento.

—Buena observación —dijo Crumley—. Pero cabe la posibilidad de que ella se cobrara sus honorarios antes de avisar de que le había encontrado muerto.

—Se refiere a que le robó, ¿no?

—Hombre, lo que se dice robar... Ella cumplió su parte del trato.

Harry asintió con la cabeza.

—Tal vez. ¿Cuándo podremos hablar con ella?

—Esta tarde. —Crumley se recostó en la silla—. Si nadie tiene más que añadir, mi intención es pedirles que se larguen.

Nadie tenía más que añadir.

Nho aconsejó a Harry que calculase unos tres cuartos de hora para llegar a la embajada. Al bajar en el ascensor, oyó una voz entre la multitud que le resultó familiar:

—¡Ya lo sé, ya me he acordado! ¡Solskjær! ¡Solskjær!

Harry giró la cabeza, confirmándolo con una sonrisa.

Así que ese era el noruego más famoso del mundo. Un futbolista, delantero de segunda en una ciudad industrial inglesa, había destronado a todos sus compatriotas exploradores, pintores y escritores. Al reflexionar sobre el asunto, Harry llegó a la conclusión de que aquel hombre seguramente tenía razón.

10

En la decimoctava planta, tras una puerta de roble y dos controles de seguridad, Harry encontró una placa de metal con el león nacional noruego. La recepcionista, una tailandesa joven y encantadora de boca pequeña, una nariz aún más pequeña y unos ojos de color marrón aterciopelado en una cara redonda, frunció el ceño mientras examinaba su tarjeta de identificación. A continuación descolgó el teléfono, susurró tres sílabas y colgó.

—El despacho de la señorita Wiig es el segundo a la derecha, señor —dijo ella con una sonrisa tan deslumbrante que Harry consideró la idea de enamorarse en el acto.

—Pase —contestó a voces la ministra consejera cuando Harry llamó a la puerta.

En el interior, Tonje Wiig se encontraba inclinada sobre un escritorio de teca, aparentemente muy ocupada tomando notas. Levantó la mirada y sonrió levemente. Se giró en la silla, levantó su cuerpo largo y flaco enfundado en un traje de seda blanco y se dirigió a él con la mano tendida.

Tonje Wiig era el polo opuesto a la recepcionista. En su rostro alargado competían la nariz, la boca y los ojos, y, obviamente, triunfaba la nariz. Recordaba a un tubérculo nudoso, pero por lo menos cumplía la función de proporcionar un mínimo de distancia entre sus enormes ojos, profusamente maquillados. Tampoco podía decirse que la señorita Wiig fuese fea. Algunos hombres incluso afirmarían que su rostro tenía cierta belleza clásica.

—Qué bien que finalmente haya llegado, inspector. Una lástima que tenga que ser en unas circunstancias tan trágicas.

Harry apenas llegó a tocar sus dedos nudosos antes de que ella retirara la mano de nuevo.

Quiso asegurarse de que se encontraba a gusto en el apartamento proporcionado por la embajada, y le pidió que no dudara en comunicarle a ella u otro funcionario del cuerpo diplomático cualquier cosa que necesitase.

—Estamos ansiosos por pasar página en este asunto cuanto antes —dijo, frotándose un lado de la nariz cuidadosamente para que no se le corriera el maquillaje.

—Lo entiendo.

—Han sido unos días muy duros y tal vez esto pueda sonar cruel, pero el mundo sigue y nosotros seguimos con él. Hay gente que se imagina que los representantes de las embajadas nos pasamos la vida yendo de cóctel en cóctel y pasándolo bien, pero la verdad no puede estar más alejada de eso, se lo aseguro. En estos momentos tengo a ocho noruegos hospitalizados y a seis en prisión, cuatro de ellos por posesión de drogas. El periódico *VG* llama todos los días. Resulta que uno de ellos, una mujer, encima está embarazada. El mes pasado murió un noruego en la ciudad de Pattaya al caerse por una ventana. Es la segunda vez que ocurre este año. Un jaleo tremendo. —Meneó la cabeza frustrada—. Marineros borrachos y contrabandistas de heroína. ¿Ha visto las prisiones de por aquí? Horrendas. Y si alguien pierde el pasaporte, ¿cree usted que tienen seguro de viaje o dinero para regresar a casa? Pues no, tenemos que encargarnos de todo. Por lo tanto, comprenderá que es importante que volvamos a funcionar cuanto antes a pleno rendimiento.

—Entiendo que usted se ha convertido automáticamente en la máxima responsable ahora que el embajador ha fallecido.

—Sí, soy la encargada de negocios.

—¿Cuánto tiempo suele pasar hasta que se nombra a un nuevo embajador?

—No mucho, espero. Normalmente suelen tardar uno o dos meses.

—¿No se siente cómoda teniendo que asumir sola tanta responsabilidad?

Tonje Wiig esbozó una media sonrisa.

—No me refería a eso. De hecho, ya era encargada de negocios seis meses antes de que destinaran a Molnes. Solo digo que espero que haya una resolución permanente cuanto antes.

—¿Quiere decir que cuenta con que le asignen el puesto de embajadora?

—Bueno. —Las comisuras de sus labios se levantaron—. No tendría nada de extraño. Pero me temo que nunca se sabe con el Real Ministerio de Asuntos Exteriores de Noruega.

Una sombra se acercó por detrás y, de repente, Harry tenía una taza delante de él.

—¿Bebe usted *chaa rawn*? —preguntó la señorita Wiig.

—No lo sé.

—Discúlpeme —dijo ella riéndose—. Se me olvida fácilmente que no todo el mundo está familiarizado con las costumbres de aquí. Es té negro tailandés. Verá, aquí suelo practicar el *high tea*. Aunque, según la tradición tetera inglesa, en rigor se debería tomar después de las dos de la tarde.

Harry aceptó, y la siguiente vez que miró hacia abajo alguien había llenado ya su taza.

—Pensé que esas tradiciones desaparecían con los colonizadores.

—Tailandia jamás ha sido una colonia —sonrió ella—. Ni de Inglaterra ni de Francia, como lo fueron sus países vecinos. Los tailandeses se sienten muy orgullosos de ello. Más orgullosos de lo debido, si quiere saber mi opinión. Un poco de influencia inglesa nunca ha hecho daño a nadie.

Harry sacó un cuaderno de notas y preguntó si cabía alguna posibilidad de que el embajador estuviera involucrado en algún asunto turbio.

—¿Turbio, inspector?

Explicó brevemente a qué se refería con lo de «turbio»: que en más del setenta por ciento de los casos de homicidio, la víctima estaba involucrada en algo ilegal.

—¿Ilegal? ¿Molnes? —Ella sacudió enérgicamente la cabeza—. No es… no era esa clase de persona.

—¿Sabe usted si tenía enemigos?

—No me lo puedo imaginar. ¿Por qué me lo pregunta? No creerá que pueda tratarse de un atentado, ¿verdad?

—De momento sabemos muy poco, así que no descartamos ninguna posibilidad.

La señorita Wiig explicó que, el lunes que murió, Molnes salió para ir a una reunión justo después del almuerzo. No dijo adónde iba, pero no era nada inusual.

—Siempre llevaba encima el teléfono móvil para que pudiéramos contactar con él en caso de urgencia.

Harry solicitó ver el despacho. La señorita Wiig tuvo que abrir otras dos puertas, instaladas por «razones de seguridad». La habitación estaba intacta, tal como había pedido Harry antes de partir de Oslo, y se encontraba desbordada de papeles, carpetas y objetos de recuerdo que aún no habían sido colocados en estanterías o paredes.

Los reyes de Noruega les contemplaban majestuosamente por encima de los montones de papeles y miraban más allá de la ventana, que según Wiig le informó tenía vistas al Queen's Regent Park.

Harry encontró una agenda, pero las anotaciones eran escasas. Comprobó la página de la fecha del asesinato, pero lo único que figuraba era «Man U», la abreviatura usual de Manchester United, si no andaba equivocado. Tal vez algún partido de fútbol que quería acordarse de ver en la tele, pensó Harry abriendo diligentemente un par de cajones. No obstante, se dio cuenta rápidamente de que era misión imposible para un único hombre revisar todo el despacho del embajador sin ni siquiera saber lo que buscaba.

—No veo su teléfono móvil —dijo Harry.

—Como ya le he dicho, siempre lo llevaba encima.

—No encontramos ningún móvil en el lugar de los hechos. Y no creo que el asesino fuera un ladrón.

La señorita Wiig se encogió de hombros.

—¿Tal vez alguno de sus compañeros tailandeses lo haya «incautado»?

Harry decidió no hacer comentarios al respecto. En cambio preguntó si alguien había llamado a Molnes desde la embajada la fecha en cuestión. No estaba muy segura, pero prometió que lo comprobaría. Harry echó un último vistazo a la habitación.

—¿Quién fue la última persona de la embajada que vio a Molnes?

Ella se quedó pensativa.

—Debió de ser Sanphet, el chófer. El embajador y él entablaron una buena amistad. Está muy afectado, así que le he dado un par de días libres.

—Si es el chófer, ¿por qué no llevó al embajador el día del asesinato?

Volvió a encogerse de hombros.

—Lo mismo me he preguntado yo. Al embajador no le gustaba exponerse solo al tráfico de Bangkok.

—Mmm… ¿Qué me puede decir del chófer?

—¿Sanphet? Lleva aquí toda la vida. Nunca ha estado en Noruega, pero se conoce todas las ciudades de memoria. Y también la lista de todos los reyes. Además, ama a Grieg. No sé si tiene un tocadiscos en su casa, pero sí posee todos sus discos. Es el típico anciano tailandés adorable.

Ladeó la cabeza mostrando las encías.

Harry preguntó si ella sabía dónde podía encontrar a Hilde Molnes.

—Está en su casa. Me temo que terriblemente afectada. Le aconsejo esperar un poco antes de hablar con ella.

—Le agradezco el consejo, señorita Wiig, pero la espera es un lujo que no nos podemos permitir. ¿Le importaría llamar y comunicarle que voy para allá?

—Lo entiendo. Disculpe.

Harry se giró hacia ella.

—¿De dónde es usted, señorita Wiig?

Tonje Wiig le miró sorprendida. A continuación lanzó una risa cristalina y un tanto forzada.

—¿Me está sometiendo a un interrogatorio, Hole?

Harry no contestó.

—Si tiene tanto interés en saberlo, me crié en Fredrikstad.

—Eso es lo que he creído oír —dijo él, guiñándole un ojo.

La delicada mujer de la recepción se había recostado en la silla y estaba a punto de aplicarse un vaporizador por la nariz. Se sobresaltó cuando Harry tosió discretamente, riendo azorada con los ojos llenos de líquido.

—Perdone. El aire de Bangkok es pésimo —explicó.

—Ya me he dado cuenta. ¿Me puede dar el número de teléfono del chófer?

Ella negó con la cabeza, moqueando.

—No tiene teléfono.

—¿No? ¿Tiene un lugar donde vivir?

Aquello pretendía ser una broma, pero se dio cuenta de que a ella no le hizo ninguna gracia. La mujer anotó la dirección y le dirigió una levísima sonrisa de despedida.

11

Cuando Harry subía por la alameda que conducía a la residencia del embajador, un sirviente le estaba esperando ya en la puerta. Atravesando dos grandes salones amueblados con buen gusto y en los que predominaban el junco de Indias y la teca, acompañó a Harry hasta la puerta de la terraza que llevaba al jardín que había detrás de la casa. Las orquídeas relumbraban en intensos tonos de amarillo y azul, y bajo los enormes sauces umbrosos las mariposas revoloteaban como papel de colores. Encontraron a la esposa del embajador, Hilde Molnes, junto a una piscina con forma de reloj de arena. Estaba sentada en una silla de mimbre con una bata rosa, un cóctel a juego encima de la mesa y unas gafas de sol que cubrían la mitad de su rostro.

—Usted debe de ser el inspector Hole —dijo ella con las fuertes erres procedentes de la zona de Sunnmøre, al noroeste de Noruega—. Tonje me llamó para avisar de que venía. ¿Quiere beber algo, detective?

—No, gracias.

—Pues claro que tomará algo. Es importante beber con este calor, ¿sabe usted? Hay que evitar la deshidratación y beber, aunque no se tenga sed. Por aquí uno se deshidrata antes de que el cuerpo se percate de ello.

Se quitó las gafas de sol y, tal como Harry había supuesto a juzgar por su negro cabello y su piel morena, tenía los ojos marrones. Eran vivos, aunque estaban un poco enrojecidos. Probablemente a causa del duelo o de las copitas a media mañana, pensó Harry. O de ambas cosas.

Supuso que tenía unos cuarenta y tantos años, pero se conservaba bien. Una belleza de mediana edad, levemente marchita, procedente de la clase media alta. Ya conocía a ese tipo de mujeres.

Se sentó en la otra silla de mimbre, que se ajustó a su cuerpo como si hubiera estado esperando su llegada.

—En tal caso le agradeceré un vaso de agua, señora Molnes.

Ella dio órdenes al sirviente y le despidió con un gesto.

—¿Le han comunicado que puede ir ya a ver a su marido?

—Sí, gracias —dijo ella. Harry notó un fondo colérico en su voz—. Hasta ahora no me han dejado ver al hombre con el que llevo veinte años casada.

Sus ojos marrones se tornaron negros, y Harry pensó que probablemente era cierto lo que se decía, que en la costa de Sunnmøre habían naufragado algunos barcos portugueses y españoles.

—Me veo en la obligación de hacerle unas preguntas —dijo él.

—Pues hágalo ahora mientras la ginebra siga haciendo efecto.

Cruzó sobre la rodilla una pierna delgada, bronceada y seguramente recién depilada.

Harry sacó un cuaderno. En realidad no necesitaba tomar notas, pero de ese modo no tenía que mirarla mientras contestaba. Normalmente eso le facilitaba el trato con los familiares de las víctimas.

Ella le contó que su marido se marchó de casa por la mañana sin avisar de que volvería tarde. Sin embargo, no era inusual que ocurriese algún imprevisto. Cuando ya eran las diez de la noche y seguía sin tener noticias suyas, intentó llamarle, pero no contestó nadie en su despacho ni consiguió contactar con él por el móvil. Aun así, ella no se preocupó. Justo después de la medianoche, Tonje Wiig la llamó para comunicarle que habían encontrado muerto a su marido en la habitación de un motel.

Harry examinó el rostro de Hilde Molnes. Hablaba con voz firme y sin hacer gestos dramáticos.

Por las palabras de Tonje Wiig, tuvo la impresión de que todavía no se sabía cuál había sido la causa de la muerte. Al día siguiente, la ministra consejera la informó de que su marido había sido asesinado, pero que el Ministerio de Asuntos Exteriores de Oslo había impuesto el más absoluto secreto profesional en torno a la causa de la muerte. A pesar de no ser funcionaria de la embajada, Hilde Molnes también estaba sujeta al secreto profesional, como lo está cualquier ciudadano noruego si así lo requiere «la seguridad del reino». Dijo esto último con un sarcasmo mordaz mientras alzaba su copa para brindar.

Harry se limitaba a asentir mientras tomaba notas. Le preguntó si estaba segura de que no se había dejado el teléfono móvil en casa, algo que ella confirmó. En un impulso, se le ocurrió preguntarle qué tipo de móvil tenía y ella contestó que no lo sabía, aunque creía que era finlandés.

Ella no le pudo proporcionar el nombre de nadie que tuviera motivos para desear la muerte del embajador. Harry dio unos golpecitos con el lápiz sobre el cuaderno.

–¿A su marido le gustaban los niños?

–Sí, muchísimo –dijo de modo espontáneo Hilde Molnes. Por primera vez, él notó que su voz temblaba–. Atle era el mejor padre del mundo. Si usted supiera…

Harry tuvo que volver a bajar la vista al cuaderno. La mirada de ella no mostraba nada que pudiera dar a entender que había captado la ambigüedad de su pregunta. Estaba casi completamente seguro de que ella no sabía nada, pero también era consciente de que su maldito deber le obligaba a dar el siguiente paso y preguntarle directamente si sabía que el embajador era poseedor de pornografía infantil.

Se pasó una mano por la cara. Se sentía como un cirujano a punto de utilizar el bisturí, incapaz de realizar el primer corte. ¡Maldita sea!, nunca lograba superar su sensibilidad a aquellas situaciones tan desagradables, en las que personas inocentes se veían forzadas a desenmascarar a sus seres queridos con detalles que no habían querido saber ni merecían que les arrojaran a la cara.

Hilde Molnes se anticipó.

–Le gustaban tanto los niños que nos planteamos adoptar a una niña. –Sus ojos se empañaron de lágrimas–. Una pobre niña refugiada de Birmania. Bueno, en la embajada se cuidan mucho de decir Myanmar para no ofender a nadie, pero yo soy tan antigua que digo Birmania.

Soltó una risa seca que pretendía sobreponerse a las lágrimas. Harry apartó la mirada. Un colibrí rojo flotaba silenciosamente en el aire ante una de las orquídeas, como una maqueta de helicóptero en miniatura.

Ya está, decidió. Ella no sabía nada. Si aquello acababa siendo relevante para el caso, ya volvería sobre ello más adelante. Si no era así, deseaba evitarle el disgusto.

Harry le preguntó cuánto tiempo llevaban juntos y ella le contó en tono espontáneo que se conocieron cuando el soltero Atle Molnes acababa de licenciarse en ciencias políticas y fue a pasar las vacaciones navideñas a Ørsta. La familia Molnes era muy adinerada y poseía dos fábricas de muebles. El joven heredero era un buen partido para cualquier chica joven del pueblo y no le faltó competencia.

—Yo era simplemente Hilde Melle, de la granja Melle, pero era la más guapa —dijo con la misma risa seca.

De repente, una expresión de dolor asomó a su cara y se apresuró a acercarse la copa a los labios.

A Harry no le costó lo más mínimo imaginarse a la viuda como una joven bella y pura.

Especialmente cuando esa misma imagen se materializó en la puerta corredera de la terraza.

—¡Runa, querida! Mira, este joven se llama Harry Hole. Es un investigador noruego y nos va a ayudar a averiguar qué le pasó a papá.

La hija apenas les lanzó una mirada antes de dirigirse sin contestar al lado opuesto de la piscina. Tenía el mismo color de piel y cabello que su madre, y Harry calculó que aquel cuerpo alto y delgado con bañador ajustado debía de tener unos diecisiete años. Él debería saberlo, ya que los datos figuraban en el informe que le mandaron antes de marcharse. La muchacha sería una belleza completa como su madre si no fuera por un pequeño detalle que se había obviado en el informe. Cuando llegó al otro extremo de la piscina y subió al trampolín, dio tres elegantes pasos y juntó las piernas para tirarse, a Harry le dio un vuelco el estómago. De su hombro derecho sobresalía un delgado muñón que le daba una forma extraña y asimétrica a su cuerpo, como si fuera un avión abatido dando una voltereta y girando en el aire. Un leve chapoteo fue lo único que se oyó cuando se zambulló en la verde superficie y desapareció en el agua. Unas burbujas efervescentes ascendieron a la superficie.

–Runa es saltadora –dijo Hilde Molnes haciendo un comentario bastante superfluo.

Él seguía con la mirada fija en el lugar donde ella había desaparecido cuando una figura emergió por la escalera que había al otro lado de la piscina. Subió por los escalones y él contempló su espalda musculosa y el sol que refulgía en las gotas de agua que caían sobre su piel y hacían brillar su negro cabello húmedo. El muñón le colgaba a un lado como una alita de pollo. Su marcha fue igual de silenciosa que la llegada y el salto. Desapareció sin decir palabra por la puerta de la terraza.

–No sabía que usted estaba aquí –dijo Hilde Molnes disculpándose–. No le gusta que los extraños la vean sin la prótesis, ¿sabe usted?

–Entiendo. ¿Cómo se está tomando lo sucedido?

–No sé qué decirle. –Hilde Molnes miró pensativa en dirección al lugar por el que su hija se había marchado–. Tiene esa edad en la que no comparte nada conmigo. Tampoco con nadie más, si le digo la verdad.

Alzó su copa.

–Me temo que Runa es una niña un tanto especial.

Harry se levantó agradeciendo la información y diciendo que tendría noticias suyas. Hilde Molnes comentó que no había probado el agua y él inclinó la cabeza y le pidió que se la guardara para la próxima vez. Se percató de que el comentario tal vez estuviera fuera de lugar, pero ella se rió levantando su copa a modo de despedida.

Cuando se dirigía a la verja, un Porsche rojo descapotable se acercaba a la entrada. Llegó a vislumbrar un flequillo rubio sobre un par de gafas de sol Ray Ban y un traje de Armani gris antes de que el coche pasara junto a él y desapareciera en la sombra que se extendía delante de la casa.

12

La subinspectora Crumley había salido cuando Harry regresó a la jefatura, pero Nho levantó el pulgar y respondió «Roger» cuando Harry le pidió educadamente que se pusiera en contacto con la compañía telefónica para comprobar todas las llamadas entrantes y salientes del móvil del embajador el día del asesinato.

Eran casi las cinco cuando Harry por fin consiguió dar con la subinspectora. Puesto que ya era tarde, ella propuso que se reunieran en un crucero fluvial para ver los canales y, según sus palabras, «dejar zanjadas las visitas turísticas».

En el River Pier les ofrecieron una de aquellas largas barcas por seiscientos baht, pero el precio bajó rápidamente a trescientos cuando Crumley gruñó algo en tailandés.

Navegaron por el Chao Phraya antes de girar para adentrarse en uno de los angostos canales. Las chozas de madera, que parecía que iban a derrumbarse en cualquier momento, se aferraban a los postes del río, y el olor a comida, cloaca y gasolina era arrastrado por las olas. Harry tenía la sensación de navegar a través de los salones de la gente que vivía allí. Tan solo las hileras de macetas con plantas verdes impedían el acceso a las miradas ajenas. Sin embargo, a nadie parecía molestarle. Al contrario, saludaban sonrientes con la mano.

Tres chicos sentados en un muelle, con los bañadores húmedos por el agua marrón, les saludaron a voces. Crumley agitó el puño con fingido enojo y el patrón se echó a reír.

—¿Qué están gritando? —preguntó Harry.

—*Mâe chii*. Significa sacerdotisa madre o monja. Las monjas tailandesas se rapan la cabeza. Si hubiera llevado una túnica blanca me habrían tratado con más respeto —se rió ella.

—¿De veras? A mí me parece que ya disfruta de bastante respeto. Sus hombres...

—Eso es porque yo les respeto a ellos —le interrumpió ella—. Y porque hago bien mi trabajo. —Carraspeó y escupió por la borda—. Aunque tal vez le sorprenda porque soy una mujer.

—Yo no he dicho eso.

—A muchos extranjeros les sorprende ver que las mujeres puedan ascender en este país. La cultura machista no está muy extendida. De hecho, para mí supone un mayor problema ser extranjera.

Una leve brisa refrescaba ligeramente el aire húmedo, desde un pequeño macizo de árboles les llegaba el chirrido de las cigarras, y contemplaron el mismo sol rojizo de la noche anterior.

—¿Qué le hizo mudarse aquí?

Harry intuyó que tal vez traspasaría un límite invisible, pero se aventuró.

—Mi madre es tailandesa —dijo ella tras una pausa—. Mi padre estuvo destinado en Saigón durante la guerra de Vietnam y la conoció aquí en Bangkok en 1967. —Se echó a reír mientras se colocaba un cojín detrás de la espalda—. Mi madre sostiene que se quedó embarazada la primera noche que pasaron juntos.

—¿De usted?

Ella asintió.

—Tras la rendición nos llevó a Estados Unidos, a Fort Lauderdale, donde sirvió como teniente coronel. Al llegar allí mi madre descubrió que, cuando se conocieron, él estaba casado. Había pedido el divorcio por carta cuando se enteró de que mi madre estaba embarazada. —Ella meneó la cabeza—. Tuvo todas las oportunidades del mundo para abandonarnos en Bangkok si hubiera querido. A lo mejor, en el fondo, habría querido hacerlo. Quién sabe.

—¿Nunca se lo ha preguntado?

—Ante esas cosas una no desea necesariamente una respuesta sincera, ¿no es así? Además, sé que él nunca me habría respondido la verdad. Él era así.

—¿Era?

—Sí. Murió. —Se giró hacia él—. ¿Le molesta que hable de mi familia?

—Para nada.

—Para mi padre nunca fue una opción marcharse y abandonarnos. Tenía un algo con el tema de la responsabilidad. Cuando yo tenía once años me dejaron adoptar un gatito de unos vecinos de Fort Lauderdale. Después de ponerme muy pesada, mi padre accedió con la condición de que yo lo cuidara como es debido. Al cabo de dos semanas perdí el interés y pregunté si lo podía devolver. Mi padre nos llevó a mí y al gato al garaje. «Uno no puede zafarse de sus responsabilidades», dijo. «Así es como se hunden las civilizaciones.» A continuación cogió su rifle reglamentario y disparó una bala de doce milímetros a la cabeza del gatito. Después tuve que ir a por agua y limpiar el suelo del garaje. Él era así. Por eso… —Se quitó las gafas de sol y las limpió con un trozo de su camisa mientras contemplaba el sol poniente—. Por eso nunca aceptó que se retiraran de Vietnam. Mi madre y yo nos mudamos aquí cuando yo tenía dieciocho años.

Harry asintió.

—Imagino que no fue fácil para su madre, dado su aspecto asiático, llegar a una base militar en Estados Unidos después de la guerra.

—En la base militar no lo pasó mal. En cambio, los demás americanos, los que no estuvieron allí pero perdieron a un hijo o a un novio en Vietnam, nos odiaban. Para ellos todos los que tenían los ojos achinados representaban a Charlie.

Un hombre con traje fumaba un puro ante una choza que había sido pasto de las llamas.

—Y luego usted ingresó en la Academia de Policía, se convirtió en investigadora de homicidios y se rapó la cabeza…

–No en ese orden. Y no me rapé la cabeza. Cuando tenía die-cisiete años se me cayó el pelo en una semana. Una forma rara de alopecia. Resulta muy práctico en este clima.

Ella se acarició la cabeza con una mano y sonrió cansada. Har-ry no se había dado cuenta hasta ese momento de que no tenía cejas ni pestañas, nada.

Otra barca fluvial se acercó y se colocó a su lado. Estaba carga-da a rebosar de sombreros de paja amarillos. Una anciana señalaba sus cabezas y luego los sombreros. Crumley sonrió de modo cortés rechazando la oferta y profirió unas cuantas palabras. Antes de se-guir su curso, la mujer se inclinó hacia Harry y le dio una flor blanca. Señaló a Crumley y se rió.

–¿Cómo se dice «gracias» en tailandés?

–*Khop khun khrap* –respondió Crumley.

–Vaya. Mejor lo dice usted.

Navegaron junto a un templo, un *wat*, ubicado en la orilla del canal y desde el cual pudieron oír el cántico de los monjes que salía por la puerta abierta. Había gente sentada en la escalera exte-rior rezando con las manos cruzadas.

–¿Qué piden? –preguntó él.

–No lo sé. Paz. Amor. Una vida mejor, en esta o en la siguien-te. Las mismas cosas que quiere la gente de todo el mundo.

–No creo que Atle Molnes estuviera esperando a una puta. Creo que esperaba a otra persona.

Siguieron navegando y el cántico de los monjes se desvaneció tras ellos.

–¿A quién, entonces?

–No tengo ni idea.

–¿Y por qué lo cree?

–Solo llevaba dinero para pagar la habitación. Apuesto a que no tenía pensado contratar a ninguna puta. Pero no tiene sentido ir a un motel a menos que se fuera a encontrar con alguien, ¿no? Según Wang, la puerta no estaba cerrada con llave cuando le en-contraron. ¿No resulta un poco extraño? Normalmente las puertas de los hoteles se cierran automáticamente. Molnes debió de manipular la cerradura para que quedara abierta. El asesino no tenía ningún motivo para hacerlo. Es probable que la persona en cuestión no se diera cuenta de que al marcharse la puerta se quedó abierta. Entonces ¿por qué Molnes haría algo así? La mayoría de los que se alojan en un establecimiento como ese preferirían tener la puerta cerrada para dormir, ¿no cree?

Ella meneó la cabeza de un lado a otro.

—Iba a dormir, así que quizá temía no oír a la persona a la que esperaba cuando llamase a la puerta…

—Exacto. Y no tenía ninguna razón para dejar la puerta abierta para Tonya Harding, ya que había acordado con recepción que él les avisaría antes. ¿Entiende?

En su entusiasmo, Harry se movió hacia un extremo de la barca y el barquero le explicó a gritos que debía permanecer sentado en el centro para mantener el equilibrio.

—Yo creo que quería mantener oculta la identidad de la persona con la que se iba a encontrar. Probablemente no sea una casualidad que el motel se encuentre fuera del centro. Un lugar apropiado para una reunión secreta, un lugar donde no hay registro oficial de huéspedes.

—Hummm… ¿Está pensando en las fotografías?

—Es imposible no hacerlo.

—Uno puede comprar esa clase de fotos en cualquier parte de Bangkok.

—Tal vez Molnes hubiera ido un paso más allá. Puede que se trate de prostitución de menores.

—Puede. Continúe.

—El teléfono móvil. Había desaparecido cuando le encontramos y no está ni en su despacho ni en su casa.

—El asesino se lo pudo llevar.

—Sí, pero ¿por qué? Si era un ladrón, ¿por qué no se llevó el dinero y el coche?

Crumley se rascó la oreja.

—Huellas —dijo Harry—. El asesino ha sido muy cuidadoso al ocultar sus huellas, joder. Tal vez se haya llevado el teléfono porque contiene alguna pista importante.

—¿Cuál?

—¿Qué hace el típico usuario de teléfono móvil cuando está en un motel esperando a alguien, alguien que quizá también tenga teléfono móvil y va de camino al motel atravesando el imprevisible tráfico de Bangkok?

—Llama a la persona en cuestión para preguntarle si le falta mucho para llegar.

Crumley todavía parecía que no tenía muy claro de qué hablaba.

—Molnes tenía un móvil Nokia, como yo. —Harry sacó el teléfono—. Como ocurre con la mayoría de los móviles modernos, conserva los últimos diez números a los que se ha llamado. Tal vez Molnes y el asesino hablasen por teléfono justo antes de que llegara, así que el asesino sabía que el teléfono le podía delatar.

—Bueno —dijo ella, al parecer no muy impresionada—. Podría haberse limitado a borrar los números y dejar el teléfono. Ahora nos ha proporcionado indirectamente una pista: se trata de alguien a quien Molnes conoce.

—¿Y si el móvil estaba apagado? Hilde Molnes intentó llamar a su marido sin lograr localizarle. Sin el código PIN del teléfono, el asesino no tenía forma de borrar los números.

—De acuerdo. Pero ahora podemos contactar con la compañía telefónica para conseguir la lista de los números a los que llamó Molnes la noche en cuestión. La gente que suele ayudarnos en estos casos ya se habrá marchado a casa, pero les llamaré mañana por la mañana.

Harry se rascó el mentón.

—No será necesario. He hablado con Nho y ya está trabajando en ello.

—Muy bien —dijo ella—. ¿Hay alguna razón especial por la que no lo consultó conmigo?

En su voz no había irritación ni desafío. Lo preguntó porque Nho era su subordinado y Harry había actuado sin respetar la jerarquía. No se trataba de que ella fuera la jefa, sino de llevar a cabo una investigación de modo efectivo. Y esa era su responsabilidad.

—Usted no estaba, Crumley. Lamento haber actuado apresuradamente.

—No tiene por qué disculparse, Harry. Ya lo ha dicho usted: yo no estaba. Y puede llamarme Liz.

Avanzaron un buen trecho por el río. La subinspectora señaló una casa que había al final de un enorme jardín.

—Allí vive un compatriota suyo —dijo.

—¿Cómo lo sabe?

—Cuando se construyó esa casa hubo mucha controversia en los periódicos. Como puede apreciar, parece un templo. Los budistas se indignaron por el hecho de que un pagano viviera de esa forma. En su opinión era una blasfemia. Además, salió a la luz que había sido construido con materiales de un templo birmano ubicado en una zona fronteriza disputada con Tailandia. En la época hubo bastante tensión allí, con varios episodios de disparos, etcétera, y mucha gente se marchó de la zona. El noruego compró el templo por una suma bastante modesta y, como todos los templos del norte de Birmania están construidos con teca, pudo desmontarlo por completo y trasladarlo a Bangkok.

—Muy curioso... —dijo Harry—. ¿Quién es esa persona?

—Ove Klipra. Es uno de los principales constructores de Bangkok. Imagino que oirá hablar más de él si se queda una temporada.

Ordenó al barquero que diera la vuelta.

—Seguramente Nho tendrá la lista en breve. ¿Le gusta la comida para llevar?

La lista había llegado ya y desbarató por completo la teoría de Harry.

—La última llamada registrada fue a las 17.35 —explicó Nho—. En otras palabras: no llamó a nadie después de llegar al motel.

Harry contempló el tazón de plástico con sopa de tallarines. Aquellas tiras blancas parecían una versión pálida y demacrada de los espaguetis y le inquietaba el hecho de que se produjeran movimientos insospechados en la sopa al extraer los tallarines con los palillos.

—De todas formas, es posible que el asesino se encuentre en esa lista —dijo Liz con la boca llena—. Si no, ¿por qué se iba a llevar el teléfono?

Rangsan entró para informar de que Tonya Harding había llegado e iban a proceder a tomarle las huellas dactilares.

—Pueden hablar con ella ahora si quieren. Y otra cosa: Supawadee me ha dicho que están analizando la ampolla de plástico. El resultado estará listo mañana. Tenemos prioridad en todo.

—Salúdele y dígale *kop kon krap* —dijo Harry.

—¿Que le diga qué?

—Dele las gracias.

Harry sonrió bobaliconamente y a Liz le entró tal ataque de tos que el arroz salió disparado de su boca.

13

Harry había perdido la cuenta de las putas a las que había interrogado en cuartos parecidos. Solo sabía que habían sido muchas. Al parecer acudían como moscas a la mierda en los casos de asesinato. No porque estuvieran implicadas necesariamente en ellos, sino porque casi siempre tenían algo que contar.

Las había oído reír, blasfemar y llorar. Había entablado amistad y enemistad con ellas. Había llegado a acuerdos, había roto sus promesas y le habían escupido e intentado pegar. No obstante, sentía cierta empatía por el destino de esas mujeres, las circunstancias que las habían llevado a ser como eran, y era capaz de entenderlas. Lo que no podía entender era su incansable optimismo, el hecho de que, a pesar de haberse asomado a los abismos más profundos del alma humana, jamás parecían perder la esperanza de pensar que aún quedaban buenas personas en el mundo. Harry había conocido a muchos policías incapaces de pensar lo mismo.

Por eso, antes de empezar, le dio un cigarrillo a Dim y unas palmaditas en el hombro. No porque pensara que con ello iba a conseguir algo, sino porque ella parecía necesitarlo.

Su mirada era pétrea y la expresión de su boca indicaba que no se dejaba intimidar con facilidad. Pero en ese momento, sentada ante una pequeña mesa de Respatex, retorcía con nerviosismo sus manos colocadas en el regazo. Daba la impresión de que en cualquier momento rompería a llorar.

—*Pen yangai?* —preguntó él—. ¿Cómo está?

Liz le había enseñado esas dos palabras en tailandés antes de entrar en la sala de interrogatorios.

Nho tradujo la respuesta. Dormía mal por las noches y no quería volver a trabajar en el motel.

Harry se sentó enfrente de ella y colocó los brazos en la mesa intentando captar su mirada. Ella relajó los hombros levemente, pero seguía medio girada sin mirarle y mantenía los brazos cruzados.

Repasaron lo sucedido punto por punto, pero Dim no tenía nada nuevo que aportar. Confirmó que la puerta de la habitación del motel estaba cerrada, aunque no con llave. Ella no había visto ningún teléfono móvil. Tampoco a nadie que no fuera empleado del motel, ni al llegar ni al marcharse.

Cuando Harry mencionó el Mercedes y le preguntó si se había fijado en que tenía matrícula diplomática, ella negó con la cabeza. No había visto ningún coche. No estaban llegando a ninguna parte, y finalmente Harry encendió un cigarro y preguntó de modo casi informal quién pensaba ella que podría estar detrás. Nho tradujo la pregunta y, a juzgar por la expresión en el rostro de Dim, había dado en el clavo.

—¿Qué ha dicho?

—Dice que el cuchillo es Khun Sa.

—¿Y eso qué quiere decir?

—¿No ha oído hablar de Khun Sa? —Nho le dirigió una mirada recelosa—. Khun Sa es el distribuidor de heroína más poderoso de la historia. Desde los años cincuenta ha controlado el tráfico de opiáceos en el Triángulo Dorado en colaboración con los gobiernos de Indochina y la CIA. Así era como los americanos conseguían dinero para las operaciones que realizaban en la región. El tipo tenía su propio ejército en la selva.

Harry recordó que le sonaba haber oído hablar del Escobar asiático.

—Khun Sa se entregó a las autoridades birmanas hace dos años y se encuentra bajo arresto domiciliario, aunque, según se dice, en una de sus mansiones más lujosas. Hay quienes opinan que sigue dirigiendo la mafia del norte. Khun Sa significa que ella cree que se trata de la mafia. Por eso está asustada.

Harry la miró pensativo antes de asentir con la cabeza a Nho.

—Dejemos que se marche.

Nho tradujo y Dim pareció sorprendida. Se giró hacia Harry y le miró a los ojos antes de juntar las manos a la altura de la cara y hacer una reverencia. Harry comprendió que pensaba que la iban a detener por prostitución.

Harry le devolvió la sonrisa. Ella se inclinó sobre la mesa.

—¿Le gusta patinar, señor?

—¿Khun Sa? ¿La CIA?

La línea telefónica con Oslo crepitaba y el eco hacía que Harry oyera constantemente su propia voz hablando al mismo tiempo que Torhus.

—Discúlpeme, inspector Hole, pero ¿le ha dado una insolación? Se ha encontrado a un hombre con un cuchillo en la espalda que puede proceder de cualquier tienda del norte de Tailandia, le pedimos que actúe con discreción y usted me dice que tiene intención de arremeter contra el crimen organizado del sudeste asiático.

—No. —Harry puso los pies encima de la mesa—. No tengo intención de hacer nada al respecto, Torhus. Solo le estoy diciendo que un experto de no sé qué museo afirma que es un cuchillo raro, que probablemente perteneciera al pueblo shan y que esta clase de antigüedades no se compran en las tiendas normales y corrientes. La policía dice que puede ser un mensaje de la mafia del opio para que nos mantengamos al margen, pero yo no lo creo. Si la mafia quiere comunicarnos algo, tiene formas más sencillas de hacerlo que empleando un cuchillo de anticuario.

—Entonces ¿por qué todo este jaleo?

—Simplemente le informo de que esa es la dirección en que apuntan las pistas en estos momentos. No obstante, el jefe de policía perdió por completo los estribos cuando mencioné lo del opio. Resulta que ahora mismo toda aquella región es un auténtico caos.

Me contó que el gobierno tenía más o menos el control hasta hace poco, que han implementado programas de ayuda para que los campesinos más pobres dejen de cultivar opio y no pierdan tanto dinero al empezar a plantar otros productos, al tiempo que les permiten cosechar una cuota de opio para consumo propio.

—¿Para consumo propio?

—Pues sí, a las tribus de las montañas se les permite hacerlo. Llevan generaciones fumando esa mierda y al parecer no hay forma de cambiar eso. El problema es que la entrada de opio desde Laos y Myanmar ha caído en picado y los precios se han disparado. Por lo tanto, para cubrir la demanda se ha doblado la producción en Tailandia. Hay mucho dinero en circulación, muchos nuevos actores que quieren incorporarse al juego y se trata de algo jodidamente complejo en este preciso momento. Y al jefe de policía no le apetece meter las manos en ese avispero, por así decirlo. De modo que, para empezar, he pensado en descartar una serie de posibilidades. Como que el embajador estuviera involucrado en algún delito. Pornografía infantil, por ejemplo.

Se hizo el silencio al otro lado de la línea.

—No tenemos motivos para pensar... —comenzó a decir Torhus, pero el resto desapareció en medio del ruido de interferencias.

—Repita.

—No tenemos motivos para pensar que el embajador Molnes fuera un pedófilo, si eso es lo que insinúa.

—¿Cómo? ¿Que no tenemos motivos para pensarlo? Ahora no está hablando con la prensa, Torhus. Necesito saber estas cosas antes de poder avanzar con la investigación.

Nuevamente se produjo una pausa y, durante un instante, Harry pensó que se había cortado la comunicación. Sin embargo, la voz de Torhus regresó. Incluso a través de una lamentable línea telefónica desde el otro lado del planeta, Harry percibió su frialdad.

—Le diré todo lo que necesita saber, Hole. Lo único que necesita saber es que debe encontrar a un asesino, que a todos nos importa un carajo quién sea, y que me importa un carajo en qué asuntos haya estado implicado el embajador. Por lo que a mí respecta, puede haber sido un narcotraficante de heroína y un pederasta siempre y cuando los medios de comunicación no se enteren de nada. Cualquier escándalo, sea cual sea, será considerado una catástrofe y se le hará responsable a usted personalmente. ¿Lo he dejado lo suficientemente claro, Hole, o necesita saber algo más?

Torhus no había parado para tomar aire ni una sola vez.

Harry dio una patada al escritorio. El teléfono y los compañeros que había a su alrededor pegaron un salto.

—Ha hablado usted alto y claro —dijo Harry entre dientes—. Pero escúcheme a mí ahora. —Hizo una pausa mientras inspiraba profundamente. Una cerveza. Solo una cerveza. Se metió un cigarrillo entre los labios e intentó ahuyentar el pensamiento—. Si Molnes está involucrado en algo, es poco probable que sea el único noruego que lo esté. Dudo que, llevando tan poco tiempo aquí, haya establecido contactos importantes en los bajos fondos tailandeses. Además, me han dicho que por lo general se relacionaba con la comunidad noruega en Bangkok. No tenemos motivos para no pensar que la mayoría de ellos son gente decente, pero todos han tenido sus razones para marcharse de Noruega. Algunos habrán tenido mejores razones que otros. Los problemas con la justicia normalmente son un motivo extraordinario para emigrar apresuradamente a países con un clima agradable y sin convenios de extradición con Noruega. ¿Usted leyó algo sobre aquel noruego que cogieron in fraganti con niños en una habitación de un hotel de Pattaya? Fue portada en *VG* y *Dagbladet*… A la policía de por aquí le gustan estas cosas. Les da buena publicidad y es más fácil acabar con los pedófilos que con las redes de heroína. Supongamos que la policía tailandesa ya se esté oliendo una captura fácil, pero lo dejan por el momento hasta que el caso se dé por cerrado oficialmente y yo me marche. Y luego, dentro de un par de meses, desmantelan un caso de pornografía infantil en el que hay algunos noruegos implicados. ¿Qué cree usted que ocurrirá entonces? Los periódicos noruegos mandarán una jauría de periodistas y, de buenas a primeras, aparecerá el nombre del embajador. Si pillamos a esos tipos ahora, mientras haya un acuerdo implícito con los tailandeses de que se trata de un asunto muy delicado, tal vez podamos evitar el escándalo.

Harry percibió que el jefe de negociado empezaba a entender el alcance de la situación.

—¿Qué es lo que quiere?

—Quiero saber lo que no me ha contado. ¿Qué saben ustedes de Molnes? ¿En qué estaba implicado?

—Usted ya sabe lo que tiene que saber. No hay más, ¿tan difícil es de entender? —Torhus resopló—. ¿Qué es lo que está buscando en realidad, Hole? Yo pensaba que estaría tan interesado como nosotros en dar carpetazo cuanto antes a este asunto.

—Soy policía. Solo intento hacer mi trabajo, Torhus.

Torhus soltó un bufido.

—Qué conmovedor, Hole. Pero no olvide que yo sé un par de cosas sobre usted que hacen que no me trague el rollo ese de «Solo soy un poli honesto».

Harry tosió en el auricular, devolviéndole un eco semejante a disparos de pistola amortiguados. Murmuró algo.

—¿Cómo?

—He dicho que hay muy mala conexión. Piénselo bien, Torhus, y llámeme cuando tenga algo que contarme.

Harry se despertó de sopetón, saltó de la cama y llegó al cuarto de baño justo antes de vomitar. Se sentó en la taza del váter y empezó a echar por ambos extremos. Chorreaba de sudor, aunque sentía frío en la habitación.

La última vez fue peor, se dijo a sí mismo. Ahora todo irá mejor. Mucho mejor, esperaba.

Se inyectó la jeringuilla de vitamina B en una nalga antes de acostarse. Aquello le escoció terriblemente. No le gustaban las jeringuillas, le mareaban. De pronto pensó en Vera, una de las putas de Oslo que llevaba quince años metiéndose heroína. En una ocasión le contó que, aun después de tanto tiempo, casi se desmayaba cada vez que se metía un chute.

Vio algo que se movía en la penumbra, sobre el lavabo. Un par de antenas que oscilaban de un lado a otro. Era una cucaracha del tamaño de un dedo pulgar y tenía una raya naranja en la espalda. Jamás había visto una semejante, pero tal vez eso no fuera tan extraño: había leído que existen más de tres mil especies de cucarachas. También había leído que se esconden cuando notan las vibraciones de alguien que se acerca y que, por cada cucaracha que se ve, diez se han escapado ya. Lo cual significaba que estaban por todas partes. ¿Cuánto pesa una cucaracha? ¿Diez gramos? Si hubiera más de cien escondidas en las grietas y detrás del tablero de la mesa, ello supondría que habría más de un kilo de cucarachas escondidas en la habitación. Se estremeció. No suponía ningún consuelo saber que tendrían más miedo que él. En ocasiones tenía la sensación de que el alcohol le había hecho más bien que mal. Cerró los ojos y trató de no pensar.

14

Cuando por fin aparcaron, empezaron a buscar la dirección a pie. Nho intentó explicarle a Harry el ingenioso sistema de las direcciones de Bangkok, con calles principales y calles transversales numeradas conocidas como *sois*. El problema era que las casas no seguían necesariamente un orden numérico, ya que a los nuevos edificios se les asignaba el siguiente número que hubiera libre sin importar dónde se encontraran.

Pasaron por angostas callejuelas donde las aceras servían de extensión del cuarto de estar y donde la gente leía la prensa, cosía con máquinas de pedales, preparaba comida y dormía la siesta. Unas niñas vestidas con uniformes de colegio les gritaron algo y soltaron unas risitas. Nho les contestó mientras señalaba a Harry. Las chicas se echaron a reír a carcajadas tapándose la boca con las manos.

Nho habló con una señora sentada tras una máquina de coser y esta señaló una puerta. Llamaron y, después de un rato, abrió un hombre tailandés con unos pantalones cortos caqui y una camisa abierta. Harry estimó que tendría unos sesenta años. Sin embargo, los ojos y las arrugas eran los únicos indicios de su verdadera edad. Su cabello negro, liso y repeinado estaba ligeramente entreverado de canas y el cuerpo, enjuto y nervudo, podría corresponder al de un treintañero.

Nho pronunció unas palabras y el hombre asintió con la cabeza mientras miraba a Harry. A continuación se disculpó y volvió a entrar. Un minuto más tarde regresó vistiendo una camisa blanca de mangas cortas a rayas y unos pantalones largos.

Trajo dos sillas que colocó en la acera. En un inglés sorprendentemente fluido le ofreció a Harry que tomara asiento en una de ellas mientras él se sentaba en la otra. Nho permaneció de pie junto a ellos y meneó imperceptiblemente la cabeza cuando Harry le indicó que podía sentarse en la escalera.

—Mi nombre es Harry Hole. Soy de la policía noruega, señor Sanphet. Quisiera hacerle unas preguntas en relación con Molnes.

—Querrá decir el embajador Molnes.

Harry miró al anciano. Estaba sentado con la espalda tan recta como un palo y sus manos morenas y pecosas descansaban en su regazo.

—Por supuesto. El embajador Molnes. Según tengo entendido, usted ha sido el chófer de la embajada noruega durante casi treinta años.

Sanphet cerró los ojos a modo de confirmación.

—¿Y apreciaba usted al embajador?

—El embajador Molnes era un gran ser humano. Un gran ser humano con un gran corazón. Y cerebro.

Se golpeó la frente con un dedo y miró sagazmente a Harry.

Harry se estremeció cuando una gota de sudor se deslizó por su columna vertebral hasta bajar por la cintura del pantalón. Buscó con la mirada una sombra a la que poder trasladar las sillas, pero el sol estaba en su punto más alto y las casas de aquella calle eran bajas.

—Hemos acudido a usted porque es la persona que mejor conocía las costumbres del embajador. Usted sabe qué lugares frecuentaba y con quién hablaba. Y también porque, al parecer, tenía una relación personal muy estrecha con él. ¿Qué sucedió el día en que murió?

De forma bastante sosegada, Sanphet explicó que el embajador había salido a almorzar sin decir adónde iba y asegurando que prefería conducir él mismo, algo muy poco habitual en horario de trabajo ya que el chófer no tenía otras obligaciones a esas horas. Estuvo en la embajada hasta las cinco y luego se marchó a casa.

—¿Vive usted solo?

—Mi mujer murió en un accidente de tráfico hace catorce años.

A Harry le dio la sensación de que también podría haber detallado el número de días y meses. No tenían hijos.

—¿A qué lugares solía usted llevar al embajador?

—A otras embajadas. Reuniones. Visitas a casas de otros noruegos.

—¿Qué noruegos?

—De todo tipo. Gente de empresas como Statoil, Hydro, Jotun y Statskonsult. —Pronunció los términos noruegos de forma impecable.

—¿Conoce algunos de estos nombres? —dijo Harry entregándole una lista—. Estas son las personas con las que el embajador estuvo en contacto por teléfono móvil el día en que murió. La lista nos la ha proporcionado la compañía telefónica.

Sanphet sacó un par de gafas, pero aun así tuvo que mantener la hoja a un brazo de distancia mientras leía en voz alta:

—11.10 horas: Bangkok Betting Service. —Alzó la mirada por encima de las gafas—. Al embajador le gustaba apostar un poco a los caballos. —Y añadió con una sonrisa—: A veces ganaba.

Nho cambió el peso de pierna.

—11.34 horas: doctor Sigmund Johansen.

—¿Quién es?

—Es un hombre muy rico. Tan rico que hace unos años se permitió el lujo de comprarse un título de lord en Inglaterra. Es amigo personal de los reyes de Tailandia. ¿Qué es Worachak Road?

—La llamada se hizo desde una cabina telefónica. Siga, por favor.

—11.55 horas: la embajada noruega.

—Lo raro es que hemos llamado a la embajada esta mañana y nadie recuerda haber hablado con él por teléfono ese día, ni siquiera la recepcionista.

Sanphet se encogió de hombros y Harry hizo un movimiento con la mano para que continuara.

—12.50: Ove Klipra. Supongo que habrá oído hablar de él.

—Tal vez.

—Es uno de los hombres más ricos de Bangkok. Leí en el periódico que acaba de vender una central hidroeléctrica en Laos.

Vive en un templo. —Sanphet se rió entre dientes—. El embajador y él se conocían de antes. Eran de la misma región. ¿Ha oído hablar de Ålesund? El embajador invitó…

Se interrumpió con un gesto resignado de los brazos. No tenía sentido hablar de eso ahora. Volvió a levantar la hoja.

—13.15 horas: Jens Brekke. Desconocido. 17.55 horas: ¿Mangkon Road?

—Otra llamada procedente de una cabina telefónica.

En la lista no había más nombres. Harry blasfemó en su fuero interno. No estaba muy seguro de lo que esperaba obtener, pero el chófer no le había contado nada que no supiera ya después de hablar por teléfono con Tonje Wiig una hora antes.

—Señor Sanphet, ¿padece usted de asma?

—¿Asma? No, ¿por qué lo dice?

—En el coche encontramos una ampolla de plástico casi vacía. Pedimos al laboratorio que comprobara si había restos de estupefacientes. Sí, no se alarme, señor Sanphet, es algo rutinario en estos casos. Resultó ser un medicamento para el asma. Sin embargo, ningún miembro de la familia Molnes padece de asma. ¿Sabe a quién puede pertenecer?

Sanphet negó con la cabeza.

Harry acercó su silla a la del chófer. No estaba acostumbrado a practicar interrogatorios en plena calle y tenía la sensación de que todas las personas sentadas en el callejón podían oírle. Bajó la voz:

—Con todos mis respetos, está mintiendo. Vi con mis propios ojos cómo la recepcionista de la embajada tomaba un medicamento para el asma, señor Sanphet. Usted se pasa la mitad del día allí dentro desde hace treinta años. Seguramente ni siquiera cambian el rollo de papel higiénico del retrete sin que usted se entere. ¿Y afirma que no sabía que ella es asmática?

Sanphet le miró de modo calmado y gélido a la vez.

—Solo digo que no sé quién ha podido colocar una ampolla para el asma en el coche, señor. Hay muchos asmáticos en Bangkok y seguramente algunos de ellos se han montado en el coche del embajador. Que yo sepa, la señorita Ao no es una de ellos.

Harry le miró. ¿Cómo era posible que aquel hombre estuviera allí sentado sin que asomara a su frente ni una gota de sudor mientras el sol refulgía en el cielo como un címbalo de cobre? Harry miró su cuaderno de notas como si la siguiente pregunta estuviera anotada allí.

—¿Qué pasa con los niños?

—¿Cómo dice, inspector?

—¿Alguna vez recogían a niños con el coche, iban a guarderías o lugares similares? ¿Me entiende?

Sanphet permaneció impasible, pero enderezó la espalda todavía más.

—Entiendo. El embajador no era uno de esos —dijo.

—¿Y usted cómo lo sabe?

Un hombre levantó la vista de su periódico y Harry comprendió que había alzado la voz. Sanphet inclinó la cabeza hacia el hombre.

Harry se sintió estúpido. Estúpido, miserable y sudoroso. Por ese orden.

—Lo lamento. No tenía intención de ofenderle.

El anciano chófer evitó mirarle y fingió que no le oía. Harry se levantó.

—Nos marchamos ya. Me han dicho que le gusta Grieg, así que le he traído esto. —Sacó una cinta de casete—. Es la *Sinfonía en do menor* de Grieg. Se estrenó por primera vez en 1981, así que he pensado que usted no la tendría. Todos los amantes de Grieg deberían tenerla. Tome.

Sanphet se levantó, aceptó sorprendido y se quedó mirando la cinta.

—Adiós —dijo Harry con un torpe aunque bien intencionado saludo *wai*, a la vez que indicaba a Nho que se marchaban ya.

—Espere —dijo el anciano. Su mirada permanecía fija en la cinta—. El embajador era un buen hombre. Pero no era un hombre feliz. Tenía una debilidad. No me gustaría manchar su recuerdo, pero me temo que perdía más de lo que ganaba apostando a los caballos.

—A la mayoría le pasa eso —dijo Harry.

—Sí, pero no cinco millones de baht.

Harry intentó hacer los cálculos pertinentes de cabeza. Nho acudió en su ayuda.

—Cien mil dólares.

Harry lanzó un silbido.

—Bueno, si se lo podía permitir…

—No se lo podía permitir —dijo Sanphet—. Unos usureros de Bangkok le prestaron el dinero. Le llamaron varias veces durante las últimas semanas. —Miró a Harry. Le resultaba difícil interpretar aquella mirada asiática—. Personalmente opino que un hombre debe saldar sus deudas de juego, pero si alguien le ha asesinado por el dinero, creo que debe ser castigado por ello.

—Así que el embajador no era un hombre feliz…

—No tenía una vida fácil.

Harry recordó algo de repente.

—¿Le suena de algo la abreviatura «Man U»?

El anciano le miró interrogante.

—En la agenda del embajador ponía eso en la fecha del asesinato. Comprobé la programación de televisión y ninguna cadena emitió un partido del Manchester United ese día.

—Ah, Manchester United —sonrió Sanphet—. Es el señor Klipra. El embajador le llamaba Míster Man U. Vuela a Inglaterra para ver los partidos del equipo y ha comprado muchas acciones del club. Es una persona muy peculiar.

—Ya lo veremos. Hablaré con él más tarde.

—Si consigue dar con él…

—¿A qué se refiere?

—Uno no encuentra al señor Klipra. Es él quien te encuentra a ti.

Lo que me faltaba, pensó Harry. Un personaje de cómic.

—El tema de la deuda de juego cambia el panorama por completo —dijo Nho cuando se volvieron a montar en el coche.

—Quizá —dijo Harry—. Tres cuartos de millón de coronas es mucho dinero, pero ¿es suficiente?

—En Bangkok se mata a gente por menos que eso —dijo Nho—. Por mucho menos. Créame.

—No estoy pensando en los prestamistas, sino en Atle Molnes. El tipo provenía de una familia muy adinerada. Debería haber sido capaz de pagar, al menos si era una cuestión de vida o muerte. Hay algo que no cuadra. ¿Qué le parece el señor Sanphet?

—Mintió cuando habló de la recepcionista, la señorita Ao.

—¿De veras? ¿Por qué lo dice?

Nho no contestó. Se limitó a sonreír de manera enigmática señalándose la cabeza con el índice.

—¿Qué me intenta decir, Nho? ¿Que sabe cuándo miente la gente?

—Me lo enseñó mi madre. Durante la guerra de Vietnam se ganó la vida jugando al póquer en la segunda planta de Soi Cowboy.

—Tonterías. Conozco a policías que llevan toda la vida interrogando a gente y todos dicen lo mismo: nunca aprendes a calar a un buen mentiroso.

—Se trata de tener ojos en la cabeza. Se nota en los pequeños detalles. Por ejemplo, usted no abrió la boca del todo cuando dijo que todos los que aman a Grieg deberían tener una copia de esa cinta.

Harry sintió cómo se le sonrojaban las mejillas.

—La cinta estaba por casualidad en mi walkman. Un policía australiano me habló de la *Sinfonía en do menor*. Compré la cinta en recuerdo suyo.

—En cualquier caso, ha funcionado.

Nho dio un volantazo para esquivar a un camión que venía hacia ellos con gran estruendo.

—¡Joder! —Harry ni siquiera tuvo tiempo a que le diera un vuelco el corazón—. ¡Va por el carril equivocado!

Nho se encogió de hombros.

—Era más grande que yo.

Harry miró la hora.

—Debemos pasarnos por la jefatura y tengo que acudir a un entierro. —Pensó horrorizado en la calurosa americana que había colgada en el armario situado junto al «despacho»—. Espero que haya aire acondicionado en la iglesia. Por cierto, ¿de qué va el rollo ese de quedarse en la calle a pleno sol? ¿Por qué el vejete no nos ha invitado a ponernos a la sombra?

—Orgullo —dijo Nho.

—¿Orgullo?

—Vive en un pequeño cuartucho que no tiene nada que ver con el coche tan elegante que conduce y el lugar donde trabaja. No nos ha querido invitar a entrar porque sería embarazoso, no solo para él, sino para nosotros también.

—Un hombre extraño.

—Esto es Tailandia —dijo Nho—. Yo tampoco le habría invitado a entrar en mi casa. Le hubiera servido el té en la escalera.

Giró bruscamente a la derecha y un par de motos tuk-tuk de tres ruedas se apartaron espantadas. Harry se llevó instintivamente las manos a la cara.

—Soy…

—… más grande que ellas. Gracias, Nho. Creo que ya he pillado el principio.

15

—Se esfumó —dijo el hombre que estaba sentado al lado de Harry mientras se santiguaba.

Era un hombre recio y bronceado de ojos azul claro. A Harry le hizo pensar en madera barnizada y tela vaquera desteñida. Llevaba abierto el cuello de la camisa de seda y lucía una gruesa cadena de oro que brillaba sin fuerza al sol. Su nariz estaba cubierta de una fina red de vasos sanguíneos y su cráneo bronceado relucía como una bola de billar bajo una menguante cabellera. Roald Bork poseía unos ojos vivaces que, cuando se le miraba de cerca, le hacían aparentar menos de los setenta años que tenía.

Hablaba en voz alta y, al parecer, sin inhibirse por el hecho de encontrarse en un funeral. Su dialecto del norte de Noruega resonaba bajo el techo abovedado de la iglesia, pero nadie se giró hacia él con miradas recriminatorias.

Cuando salieron del crematorio, Harry se presentó.

—Vaya, he tenido a un policía a mi lado todo el rato sin saberlo. Menos mal que no he dicho nada. Me podría haber costado caro.

Se rió de modo aparatoso a la vez que extendía una mano seca y nudosa de anciano.

—Roald Bork, receptor de la pensión mínima. —La ironía no alcanzó a sus ojos.

—Tonje Wiig me comentó que es usted una especie de líder espiritual para la comunidad noruega de aquí.

—Me temo que he de desilusionarle. Como puede apreciar, tan solo soy un anciano decrépito. No soy ningún pastor de almas.

Además, me he mudado a la periferia, tanto en el sentido figurado como en el literal.

—¿De veras?

—A la ciénaga del sur, la Sodoma de Tailandia.

—¿Pattaya?

—Exacto. Allí viven algunos noruegos a quienes intento mantener más o menos a raya.

—Vayamos al grano, Bork. Estamos intentando contactar con Ove Klipra, pero lo único que hemos conseguido ha sido hablar con un portero que dice no saber dónde se encuentra ni cuándo volverá.

Bork se rió entre dientes.

—Pues sí, eso suena a Ove.

—Según me han contado, prefiere ponerse en contacto él mismo, pero estamos en medio de una investigación por asesinato y el asunto corre bastante prisa. Tengo entendido que es usted amigo íntimo de Klipra, una especie de eslabón con el mundo exterior, ¿no es así?

Bork ladeó la cabeza.

—No soy su ayudante, si eso es lo que insinúa. Pero en cierto modo tiene razón: en ocasiones hago de mediador para contactar con él. A Klipra no le gusta hablar con gente que no conoce.

—¿Fue usted quien facilitó el contacto entre el señor Klipra y el embajador?

—La primera vez fue así. Pero a Klipra le cayó bien el embajador. Así que con el tiempo se vieron con más frecuencia. El embajador también provenía de la región de Sunnmøre, aunque era de una zona rural y no el típico chico de la ciudad de Ålesund como Klipra.

—Entonces ¿no es extraño que hoy no esté aquí?

—Klipra está de viaje todo el tiempo. Lleva varios días sin contestar al teléfono, así que imagino que estará visitando sus empresas de Vietnam o Laos y ni siquiera se habrá enterado de que el embajador ha muerto. El caso no ha tenido precisamente gran repercusión en los medios.

—No suele tenerla cuando un hombre muere de un fallo cardíaco —dijo Harry.

—¿Y por eso ha acudido la policía noruega? —preguntó Bork secándose el sudor de la nuca con un enorme pañuelo blanco.

—Mera rutina cuando fallece un embajador en el extranjero —dijo Harry mientras apuntaba el teléfono de la jefatura de policía detrás de una tarjeta de visita—. Puede contactar conmigo en este número cuando aparezca Klipra.

Bork examinó la tarjeta. Parecía estar a punto de decir algo, pero cambió de idea y se la guardó en el bolsillo de la camisa asintiendo con la cabeza.

—Bueno, pues ya tengo su número —dijo.

A continuación se despidió y se encaminó hacia un viejo Land Rover. Detrás de él, medio subido a la acera, vislumbró un brillo de pintura roja recién encerada. Era el mismo Porsche que Harry había visto llegar a la residencia de Molnes.

Tonje Wiig se acercó a él.

—Espero que Bork haya podido ayudarle.

—Esta vez no.

—¿Qué ha dicho sobre Klipra? ¿Sabe dónde está?

—No sabe nada.

Ella no hizo ademán de marcharse, y Harry tuvo la vaga sensación de que esperaba algo más. En un arranque de paranoia vio en su mente la mirada acerada de Torhus en el aeropuerto de Oslo: «Nada de escándalos, ¿entendido?». ¿Sería posible que le hubiera dado instrucciones a Wiig para que vigilara a Harry y le avisara si se pasaba de la raya? La miró y descartó la idea inmediatamente.

—¿Quién es el propietario del Porsche rojo? —preguntó.

—¿Porsche?

—Aquel. Pensé que las chicas de Østfold os sabíais todas las marcas de coches antes de cumplir los dieciséis.

Tonje Wiig hizo caso omiso de su comentario y se colocó las gafas de sol.

—Es el coche de Jens.

—¿Quién es Jens?

—Jens Brekke. Es corredor de divisas. Llegó al Barclay Thailand procedente de DnB hace unos años. Ahí está.

Harry se giró. Hilde Molnes estaba en las escaleras, vestida con unos espectaculares ropajes de seda negros, junto a un Sanphet serio y ataviado con un traje negro. Detrás de ellos se encontraba un joven rubio. Harry se había fijado en él en el interior de la iglesia. Llevaba un chaleco bajo la americana a pesar de que el termómetro marcaba treinta y cinco grados. Sus ojos estaban ocultos tras unas gafas de sol aparentemente caras y conversaba en voz baja con una mujer también vestida de negro. Harry la miró y, como si ella hubiera notado físicamente su mirada, se giró hacia él. No reconoció a Runa Molnes al momento, y entonces comprendió por qué. Aquella extraña asimetría suya había desaparecido. Era más alta que la demás gente situada en las escaleras. Su mirada fue breve y no reveló sentimiento alguno, tan solo aburrimiento.

Harry se excusó y subió las escaleras a fin de presentar sus condolencias a Hilde Molnes. Su mano se posó flácida y apática en la de él. Le miró con la vista nublada y un denso aroma a perfume camufló casi por completo su aliento a ginebra.

Acto seguido se giró hacia Runa. Con la mano en la frente para protegerse del sol, la muchacha entornó los ojos para mirarle como si no hubiera reparado en él hasta entonces.

—Hola —dijo ella—. Por fin alguien que mide más que yo en este país de pigmeos. ¿Usted no es el detective que vino a vernos?

Su voz dejaba traslucir un fondo agresivo. La autoconfianza forzada de los adolescentes. Su apretón de manos fue fuerte y firme. La mirada de Harry se dirigió automáticamente hacia su otra mano. Una prótesis que parecía de cera sobresalía por la manga de color negro.

—¿Detective?

Era Jens Brekke quien hablaba.

Se quitó las gafas de sol y entrecerró los ojos. Tenía un rostro franco y juvenil. Su rubio flequillo despeinado caía ante un par de ojos azul muy claro, casi transparentes. Su rostro redondo todavía conservaba la gordura de la infancia, pero las arrugas que se extendían en torno a los ojos indicaban que había cumplido los treinta, cuando menos. Había cambiado el traje de Armani por un Del Georgio clásico y sus zapatos Bally cosidos a mano parecían espejos de color negro. No obstante, en su apariencia había algo que a Harry le recordaba a un gamberrillo de doce años vestido de adulto. Se presentó.

—Estoy aquí en representación de la policía noruega para realizar algunas investigaciones rutinarias.

—¿De veras? ¿Es algo habitual?

—Usted habló con el embajador el día en que murió, ¿correcto?

Brekke miró a Harry levemente sorprendido.

—Correcto. ¿Cómo lo sabe?

—Encontramos su teléfono móvil. Su número era uno de los últimos cinco que marcó.

Harry le examinó con detenimiento, pero su rostro no revelaba sorpresa ni confusión, tan solo un sincero asombro.

—¿Podemos tener una charla? —preguntó Harry.

—Venga a verme —dijo Brekke, y de forma casi imperceptible hizo aparecer una tarjeta de visita entre los dedos índice y corazón.

—¿En su casa o en el trabajo?

—En casa duermo —dijo Brekke.

Era imposible ver la pequeña sonrisa que asomaba juguetona alrededor de su boca. No obstante, Harry la percibió. Como si el hecho de hablar con un investigador fuera algo excitante, algo que no fuera totalmente real.

—Si me disculpan…

Brekke susurró algo al oído de Runa, asintió con la cabeza en dirección a Hilde Molnes y se alejó a trote ligero para montarse en su Porsche. La gente ya estaba abandonando el lugar. Sanphet acompañó a Hilde Molnes al coche diplomático y Harry se quedó junto a Runa.

—Hay una recepción en la embajada —dijo él.

—Ya lo sé. A mi madre no le apetece ir.

—Entiendo. Seguramente habrán venido familiares suyos de visita.

—No —se limitó a decir ella.

Harry vio cómo Sanphet le cerraba la puerta a Hilde Molnes y se dirigía al otro lado del coche.

—Bueno. Puedes venirte en taxi conmigo si te apetece.

Harry notó que se le encendían los lóbulos de las orejas al oír cómo sonaba aquello. Su intención había sido decir «si te apetece ir allí».

Ella le miró. Sus ojos eran negros y él no sabía qué veía en ellos.

—No me apetece.

Y empezó a andar hacia el coche diplomático.

16

Había tensión en el ambiente y nadie dijo gran cosa. Harry había sido invitado a la recepción por Tonje Wiig, y ambos permanecían en un rincón haciendo girar sus respectivas copas. Tonje estaba inmersa en su segundo Martini. Harry había pedido agua, pero le trajeron una naranjada dulce y empalagosa.

—Tienes familia en Noruega, ¿no?

—Alguna —dijo Harry, inseguro de lo que implicaba aquel repentino cambio de tema y de tratamiento.

—Yo también —dijo ella—. Padres y hermanos. Algunas tías y tíos, pero ningún abuelo. Eso es todo. ¿Y tú?

—Algo parecido.

La señorita Ao se abrió paso por delante de ellos serpenteando con una bandeja llena de copas. Llevaba un vestido tailandés sencillo y tradicional con una larga abertura lateral. Él la siguió con la mirada. No resultaba difícil imaginar que el embajador hubiese caído en aquella tentación.

En el otro extremo de la habitación, delante de un enorme mapamundi, había un hombre solitario que se balanceaba adelante y atrás sobre sus zapatos con las piernas abiertas. Mantenía la espalda erguida, era ancho de hombros y llevaba el cabello plateado igual de corto que Harry. Tenía los ojos muy hundidos en el rostro, la musculatura de las mandíbulas se tensaba bajo la piel y sus manos estaban unidas detrás de la espalda. Se veía a la legua que era militar.

—¿Quién es ese?

—Ivar Løken. El embajador le llamaba simplemente LM.

–¿Løken? Qué extraño. No está en la lista de empleados que me dieron en Oslo. ¿Qué hace?

–Buena pregunta. –Se rió disimuladamente y tomó un nuevo sorbo de la copa–. Perdona, Harry. ¿No te importa que te llame Harry? Estoy un poco achispada, he trabajado mucho y he dormido muy poco los últimos días. Verás, llegó el año pasado, poco tiempo después de Molnes. Igual suena un poco brutal, pero pertenece a esa parte del servicio exterior que no va a ninguna parte.

–¿Eso qué quiere decir?

–Que se ha metido en un callejón profesional sin salida. Venía de algún puesto en Defensa, pero en algún momento empezaron a agregarse demasiados «peros» a su nombre.

–¿«Peros»?

–¿No has oído cómo los del Ministerio de Asuntos Exteriores hablan los unos de los otros? «Es un buen diplomático, pero bebe, o le gustan demasiado las mujeres, etcétera.» Lo que va detrás de los «peros» es más importante que lo que va delante. Es lo que determina hasta dónde se puede llegar en el ministerio. Por eso hay tantos santurrones mediocres en las altas instancias.

–¿Cuál es su «pero» y por qué está aquí?

–Sinceramente no lo sé. He observado que asiste a reuniones y envía algún que otro informe a Oslo, pero no se le ve mucho. Creo que está más a gusto solo. De vez en cuando coge su tienda de campaña, las pastillas contra la malaria y una mochila llena de equipo fotográfico y se va de viaje a Vietnam, Laos o Camboya completamente solo. Ya conoces a ese tipo de gente, ¿no?

–Puede. ¿Qué clase de informes escribe?

–No lo sé. El embajador se encargaba de eso.

–¿No lo sabe? No hay tanto personal aquí en la embajada. ¿Se trata de informes de inteligencia?

–¿Inteligencia? ¿Con qué objetivo?

–Bueno, Bangkok es un centro neurálgico para toda Asia.

Ella le miró y sonrió juguetona.

–Ojalá nos dedicáramos a asuntos tan emocionantes. Pero creo que el ministerio le permite estar aquí como agradecimiento por su largo y fiel servicio al rey y la patria. Además, supongo que debo guardar el secreto profesional. –Volvió a reírse con disimulo y puso una mano sobre el brazo de Harry–. ¿Hablamos mejor de otra cosa?

Harry cambió de tema y luego fue a buscar algo más de beber. El cuerpo humano contiene un sesenta por ciento de agua y él tenía la sensación de que la mayor parte de su ser se había evaporado hasta disolverse en el cielo azul grisáceo del exterior.

Encontró a la señorita Ao junto a Sanphet, al fondo de la sala. Sanphet le saludó con la cabeza de un modo reservado.

–¿Agua? –preguntó Harry.

Ao le tendió un vaso.

–¿Qué significa «LM»?

Sanphet enarcó una ceja.

–¿Se refiere usted al señor Løken?

–Efectivamente.

–¿Por qué no se lo pregunta usted mismo?

–Por si fuera algún mote que ustedes usan para referirse a él a sus espaldas.

Sanphet sonrió.

–La L representa «living»; la M, «morphine». Es un antiguo apodo que le pusieron a raíz de su trabajo para la ONU en Vietnam al final de la guerra.

–¿Vietnam?

Sanphet hizo un gesto imperceptible con la cabeza y Ao desapareció.

–Løken se encontraba en 1975 con una tropa vietnamita que esperaba en una zona de aterrizaje a que les recogiera un helicóptero, cuando fueron atacados por una patrulla del Vietcong. Aquello terminó en una masacre y Løken resultó herido. Una bala le atravesó un músculo del cuello. Los americanos habían retirado hacía tiempo a sus soldados de Vietnam, pero seguían teniendo personal sanitario allí. Estos corrían entre la hierba elefante yendo de soldado en soldado y proporcionando los primeros auxilios. Con un trozo de tiza apuntaban en los cascos de los militares una especie de historial clínico. Si escribían «D», significaba que la persona en cuestión estaba muerta. De ese modo, los que acudían con las camillas no perdían el tiempo examinándoles. «L» significaba que seguían vivos, y si escribían una «M» quería decir que les habían administrado morfina. El objetivo era evitar que les pusieran más inyecciones y murieran de sobredosis.

Sanphet señaló con la cabeza a Løken.

—Cuando le encontraron ya estaba inconsciente, y por tanto no le dieron morfina. Simplemente escribieron «L» en su casco y lo subieron al helicóptero junto con los demás. Cuando volvió en sí dando gritos de dolor, al principio no entendía ni dónde estaba. Sin embargo, cuando consiguió apartar al muerto que tenía encima y vio a un hombre con un brazalete blanco a punto de ponerle una inyección a otro compañero, lo comprendió y se puso a pedir morfina a gritos. Uno de los soldados sanitarios le dio unos golpecitos en el casco y le dijo: «Lo siento, amigo, tú ya estás hasta arriba». Løken no se lo podía creer y se arrancó el casco en el que, efectivamente, ponía «L» y «M». Pero resulta que aquel no era su casco. Miró al soldado al que acababan de inyectar la morfina. En la cabeza llevaba un casco con la letra «L». Reconoció de inmediato el paquete de cigarrillos arrugado metido bajo la cinta del mismo, y la insignia de la ONU, y entendió lo que había ocurrido. El pobre hombre había intercambiado su casco para conseguir otra inyección de morfina. Løken gritó, pero sus alaridos fueron ahogados por el ruido del motor en el momento del despegue. Así que permaneció tumbado allí gritando durante media hora, hasta que llegaron al campo de golf.

—¿Campo de golf?

—El campamento. Lo llamábamos así.

—O sea que usted también estaba allí.

Sanphet asintió con la cabeza.

—Por eso conoce la historia tan bien.

—Yo era voluntario sanitario y los recibí cuando llegaron.

—¿Qué pasó?

—Løken sigue aquí. El otro jamás volvió a despertar.

—¿Sobredosis?

—Bueno, no creo que muriera por un disparo en el vientre.

Harry meneó la cabeza.

—¿Y ahora usted y Løken trabajan en el mismo lugar?

—Simple casualidad.

—¿Qué probabilidades hay de que pase algo así?

—El mundo es un pañuelo —dijo Sanphet.

—LM… —dijo Harry.

Luego apuró su bebida, murmuró que necesitaba más líquido y fue en busca de Ao.

—¿Echa de menos al embajador? —le preguntó cuando la encontró en la cocina.

La joven estaba colocando las servilletas alrededor de las copas y sujetándolas con gomas.

Ella le miró extrañada y asintió con la cabeza.

Harry sostenía el vaso vacío entre las manos.

—¿Cuánto tiempo fueron amantes?

Vio cómo su pequeña y bonita boca se abría para elaborar una respuesta que el cerebro aún no había preparado, de modo que volvió a cerrarse y abrirse como la de un pez de colores. Cuando la ira asomó a su mirada, Harry pensó por un instante que le iba a pegar. Sin embargo, se apaciguó, aunque sus ojos se llenaron de lágrimas.

—Lo siento —dijo Harry sin asomo de disculpa en su voz.

—Usted…

—Lo siento, pero estamos obligados a preguntar estas cosas.

—Pero yo… —Se aclaró la garganta mientras subía y bajaba los hombros, como si tratara de ahuyentar unos pensamientos desagradables—. El embajador estaba casado. Y yo…

—¿Usted también está casada?

—No, pero…

Harry la cogió cuidadosamente del brazo y se la llevó lejos de la puerta de la cocina. Ella se giró hacia él. Su rabia volvió a hacer acto de presencia.

—Escuche, Ao, al embajador le encontraron en un motel. Usted sabe lo que eso significa. Significa que usted no era la única a quien se tiraba. —La miró fijamente para ver qué efecto tenían sus palabras en ella—. Estamos investigando un asesinato. No tiene ningún motivo para sentir lealtad hacia ese hombre, ¿me comprende?

Ella gimió y él se percató de que le estaba sacudiendo el brazo. Lo soltó. Ella le miró. Tenía las pupilas grandes y negras.

—Tiene usted miedo, ¿verdad?

La respiración de la joven se aceleró.

—¿Serviría de algo si le prometo que nada de esto saldrá necesariamente a la luz a menos que tenga relación con el asesinato?

—¡No éramos amantes!

Harry la miró, pero lo único que vio fueron dos pupilas negras. Deseaba tener a Nho cerca.

—De acuerdo. ¿Qué hacía entonces una joven como usted en el coche de un embajador casado, aparte de tomar su medicación para el asma?

Harry depositó su copa vacía sobre la bandeja y se marchó. Había dejado la ampolla de plástico en su interior. Fue un gesto estúpido, pero Harry estaba dispuesto a hacer cosas estúpidas para que sucediera algo. Cualquier cosa.

17

Elizabeth Dorothea Crumley estaba de mal humor.

–¡Joder! Un extranjero en un motel con un cuchillo en la espalda, ninguna huella dactilar, ningún sospechoso, ni siquiera una maldita pista. Solo mafia, recepcionistas, Tonya Harding, propietarios de motel. ¿Se me ha olvidado algo?

–Los prestamistas –dijo Rangsan desde detrás del *Bangkok Post*.

–Eso sí que es mafia –observó la subinspectora.

–No el prestamista que utilizó Molnes –dijo Rangsan.

–¿A qué se refiere?

Rangsan dejó el periódico.

–Harry, usted mencionó que, según el chófer, el embajador debía dinero a unos prestamistas. ¿Qué hace un prestamista cuando se muere el deudor? Intenta cobrar la deuda a los familiares, ¿verdad?

Liz parecía escéptica.

–¿Por qué? Las deudas de juego son un tema personal, no conciernen a la familia.

–Todavía hay gente que se preocupa por el honor del nombre de la familia y esas cosas. Los prestamistas son hombres de negocio y, evidentemente, intentan cobrar el dinero donde pueden.

–Eso parece muy rebuscado –dijo Liz arrugando la nariz.

Rangsan volvió a coger el periódico.

–Aun así, he encontrado el número de Thai Indo Travellers tres veces en la lista de llamadas entrantes de la familia Molnes durante los últimos tres días.

Liz emitió un suave silbido y hubo varios asentimientos alrededor de la mesa.

—¿Cómo? —dijo Harry, sospechando que había algo que se le escapaba.

—Thai Indo Travellers es una agencia de viajes de cara al exterior —explicó Liz—. Pero en la segunda planta del local se desarrolla su verdadera actividad, que consiste en ofrecer préstamos a gente que no puede conseguirlos en otros lugares. Cobran unos intereses muy elevados y tienen un sistema de recaudación efectivo y brutal. Llevamos vigilándoles una temporada.

—¿No habéis atrapado a ninguno?

—Podríamos haberlos atrapado si hubiéramos puesto más empeño en ello. Pero creemos que sus competidores son aún peores y, si les cerramos el negocio, serán los que se lleven el mercado de Thai Indo. Han sido capaces de operar al margen de la mafia, y ni siquiera tenemos constancia de que paguen un porcentaje a los jefes mafiosos. Si algunos de sus hombres han matado al embajador es, que sepamos, la primera vez que asesinan a alguien.

—Tal vez hayan considerado que es el momento de dar un escarmiento —dijo Nho.

—¿Matando a un hombre para luego llamar a su familia a fin de recaudar el dinero? ¿No suena un poco enrevesado? —dijo Harry.

—¿Por qué? De ese modo envían un aviso a los interesados de lo que ocurre con los malos pagadores —dijo Rangsan pasando lentamente una página—. Y si encima recuperan su dinero, estupendo.

—De acuerdo —dijo Liz—. Nho y Harry, pueden hacerles una visita de cortesía. Y otra cosa, acabo de hablar con el departamento forense. Están totalmente desconcertados por la grasa que encontramos en el traje de Molnes en torno a la herida causada por el cuchillo. Afirman que es orgánica y que debe de proceder de algún animal. Bien, eso era todo, así que lárguense.

Rangsan se acercó a Harry y Nho cuando se dirigían al ascensor.

—Tengan cuidado, esos tipos son duros. Me han dicho que utilizan la hélice con los malos pagadores.

—¿La hélice?

—Se los llevan en una barca y los atan a un poste en el río. Luego ponen marcha atrás, con la hélice por encima del agua, y retroceden lentamente. ¿Se lo imagina?

Harry podía imaginárselo.

—Hace un par de años encontramos a un hombre que había muerto a causa de un paro cardíaco. Tenía la cara literalmente arrancada. La idea era que fuera por la ciudad sirviendo de ejemplo y escarmiento para los demás deudores. Pero supongo que fue demasiado para su corazón oír cómo arrancaban los motores y ver cómo se acercaba la hélice.

Nho asintió con la cabeza.

—Muy mal. Es mejor pagar.

AMAZING THAILAND, rezaba en letras grandes sobre una colorida fotografía de bailarines tailandeses. El cartel estaba colgado en la pared de la minúscula agencia de viajes de Sampeng Lane, en Chinatown. El local, austeramente amueblado, estaba vacío a excepción de la presencia de Harry, Nho y un hombre y una mujer sentados tras sus escritorios. El hombre llevaba unas gafas con unos cristales tan gruesos que parecía contemplarles desde el interior de una pecera.

Nho le acababa de mostrar la placa de policía.

—¿Qué dice?

—Que la policía siempre es bienvenida y que tenemos un precio especial en todas sus excursiones.

—Pídale una excursión gratuita al piso de arriba.

Nho dijo un par de palabras y el de la pecera descolgó el teléfono.

—El señor Sorensen va a terminarse antes su té —dijo en inglés.

Harry estuvo a punto de replicar algo, pero la mirada admonitoria de Nho hizo que se controlara. Se sentaron a esperar. Al cabo de un par de minutos, Harry señaló hacia el ventilador que colgaba inactivo del techo. El de la pecera negó sonriente con la cabeza.

—Caput.

Harry notó que le picaba el cuero cabelludo. Un par de minutos más tarde, el teléfono del de la pecera empezó a sonar y este les pidió que le acompañaran. Junto a la escalera, les indicó que debían quitarse el calzado. Harry pensó en sus calcetines de tenis sudados y llenos de agujeros y afirmó que sería mejor para todos que siguiera con los zapatos puestos, pero Nho meneó ligeramente la cabeza. Harry se descalzó blasfemando en voz baja y subió penosamente las escaleras.

El de la pecera llamó a una puerta, que se abrió con brusquedad al momento. Harry retrocedió dos pasos. Una masa de carne y músculos ocupó por completo la entrada. Aquella masa tenía dos rayas alargadas por ojos, un mostacho negro colgante y la cabeza rapada, a excepción de un mechón de pelo ralo que caía a un lado. Su cabeza parecía una bola de billar descolorida y el cuerpo no disponía de cuello ni de hombros, solo de una nuca abultada que nacía junto a las orejas y descendía en diagonal hasta llegar a unos brazos tan gruesos que parecían haber sido metidos a rosca. Harry jamás había visto a un ser humano de semejante tamaño.

El hombre dejó la puerta abierta y les precedió con paso bamboleante hacia el interior de la habitación.

—Se llama Woo —susurró Nho—. Gorila freelance. Muy mala reputación.

—Por Dios, parece una mala caricatura de un bandido de Hollywood.

—Es un chino de Manchuria. Tienen fama de ser grandotes…

Las persianas de lamas estaban bajadas, y en la penumbra de la habitación Harry vislumbró el contorno de un hombre sentado tras un enorme escritorio. En el techo zumbaba un ventilador y desde la pared rugía una cabeza de tigre disecada. El tráfico de la calle parecía atravesar la habitación debido a una puerta del balcón que estaba abierta. Junto a esta había una tercera persona. Harry y Nho se quedaron en medio de la habitación.

—¿En qué les puedo ayudar, señores?

La voz que provenía de detrás del escritorio era profunda y la pronunciación prácticamente oxfordiana. Al levantar la mano, relució un anillo. Nho miró a Harry.

—Verá, somos de la policía, señor Sorensen...

—Eso ya lo sé.

—Ustedes prestaron dinero al embajador Molnes. Después de su muerte, han llamado a su mujer para intentar cobrarle el dinero que les debía.

—No tenemos ninguna deuda pendiente de ningún embajador. Además, aquí no nos dedicamos a esa clase de préstamos, señor...

—Hole. Está mintiendo, señor Sorensen.

—¿Disculpe, señor Hole?

Sorensen se inclinó hacia delante. Sus facciones eran tailandesas, pero la piel y el pelo eran blancos como la nieve y los ojos de un color azul casi transparente.

Nho tiró de la manga de Harry, pero este retiró el brazo mientras le sostenía la mirada a Sorensen. Sabía que se estaba jugando el cuello actuando de aquel modo amenazador y que la posición de Sorensen quedaría en entredicho si admitía la más mínima cosa. Eran las reglas del juego. Sin embargo, Harry estaba descalzo, sudando como un cerdo y hasta los huevos de tanta cortesía y diplomacia.

—Ahora está en Chinatown, señor Hole, no en el país de los *farang*. No tengo ningún problema con el jefe de policía de Bangkok. Les sugiero que hablen con él antes de decir nada más y les prometo que olvidaremos este episodio tan embarazoso.

—Normalmente es la policía la que lee los derechos Miranda al delincuente, no al revés.

Los blancos dientes del señor Sorensen relucieron entre sus labios rojos y húmedos.

—Claro que sí. «Tiene derecho a guardar silencio», etcétera. Bueno, en esta ocasión lo haremos al revés. Woo les acompañará hasta la salida, señores.

—Sus actividades no soportan la luz del día y, al parecer, usted tampoco, señor Sorensen. Si yo fuera usted, compraría de inmediato crema solar de un factor alto. Esas cosas no se venden en el patio de la prisión.

La voz de Sorensen se hizo más profunda.

—No me provoque, señor Hole. Me temo que las estancias en el extranjero me han hecho perder mi proverbial paciencia tailandesa.

—Tras un par de años encerrado volverá a recuperarla.

—Acompañe al señor Hole afuera, Woo.

Aquel cuerpo enorme se movía con sorprendente agilidad. Harry percibió el agrio olor a curry y, antes de que le diera tiempo a subir los brazos para defenderse, el tipo lo levantó estrujándolo como si fuera un oso de peluche que alguien acababa de ganar en una feria. Harry forcejeó para soltarse, pero la tenaza le apretaba más a medida que expulsaba aire de los pulmones, como cuando una boa constrictor obstruye el suministro de oxígeno a su víctima. Todo se volvió negro a su alrededor, y sin embargo oía como aumentaba el ruido del tráfico. Finalmente fue liberado y quedó flotando en el aire. En cuanto abrió los ojos comprendió que había estado inconsciente, como si hubiera estado soñando. Vio una señal con signos chinos, un manojo de cables entre dos postes de teléfono, un cielo blanco grisáceo y un rostro que le miraba desde arriba. El sonido regresó y oyó cómo salían sin parar palabras de su boca. Señaló al balcón y al techo de su tuk-tuk, que había sufrido un serio golpe.

—¿Qué tal, Harry? —Nho apartó de un empujón al conductor del tuk-tuk.

Harry se echó un vistazo. Le dolía la espalda y los calcetines blancos a medio quitar contrastaban con el asfalto sucio y gris, produciéndole una tristeza infinita.

—Bueno, ni siquiera me dejarían entrar en el Schrøder con esta pinta. ¿Me ha traído los zapatos?

Harry juraría que Nho se esforzaba por reprimir una sonrisa.

—Sorensen me ha dicho que traigamos una orden de detención la próxima vez —dijo Nho cuando volvieron al coche—. Ahora, al menos, les tenemos pillados por agresión contra un funcionario público.

Harry se pasó el dedo por un largo rasguño que tenía en la pantorrilla.

—No les tenemos a ellos, solo tenemos al gordinflón. Pero tal vez nos pueda contar algo. ¿Qué obsesión tienen los tailandeses con las alturas? Según Tonje Wiig soy el tercer noruego al que arrojan desde un edificio en un breve período de tiempo.

—Es un antiguo método mafioso. Lo prefieren antes que meter un balazo. Si la policía encuentra a alguien caído al pie de una ventana, no puede descartar la posibilidad de que haya sido un accidente. Se intercambian unos cuantos billetes, el caso se da por cerrado sin poder acusar directamente a nadie y todos tan felices. Los balazos no hacen más que complicarlo todo.

Se detuvieron ante un semáforo en rojo. Una arrugada anciana china se hallaba sentada sobre una alfombrilla en la acera, sonriendo y mostrando sus raigones podridos. Su rostro se difuminaba en el brumoso aire azul.

18

La mujer de Aune cogió el teléfono.

—Es muy tarde —dijo somnolienta.

—Es muy temprano —la corrigió Harry—. Lamento si llamo en un mal momento, pero quería hablar con Oddgeir antes de que se vaya al trabajo.

—Íbamos a levantarnos justo en este momento, Harry. Un momento y te lo paso.

—Harry, ¿qué quieres?

—Necesito un poco de ayuda. ¿Qué es un pedófilo?

Harry oyó el gruñido de Oddgeir Aune al girarse en la cama.

—¿Un pedófilo? Vaya forma de comenzar el día. La explicación breve es que es una persona atraída sexualmente por los menores de edad.

—¿Y la explicación más extensa?

—Desconocemos muchas cosas en relación con este tema, pero si consultásemos a un sexólogo seguramente distinguiría entre los pedófilos de preferencia natural y los circunstanciales. El clásico hombre del parque con una bolsa de chucherías es de los primeros. Su interés pedófilo se suele remontar a la época de la adolescencia, sin que necesariamente tuviera conflictos externos. Se identifica con el niño, adecua su comportamiento a la edad del mismo y, en ocasiones, asume un falso papel de padre. El acto sexual está normalmente planificado de antemano de una forma minuciosa. Para el sujeto en cuestión el acto sexual es un intento de resolver sus propios problemas vitales. Dime: ¿me pagan por esto?

—¿Y el circunstancial?

—Se trata de un grupo más difuso. Principalmente sienten interés sexual por otros adultos, y el niño es en muchas ocasiones un sustituto de alguien con quien el pedófilo experimenta algún tipo de conflicto. Mientras que el pedófilo clásico muchas veces es pederasta, es decir, le interesan los críos pequeños, al otro tipo le interesan más las niñas. Muchos de los que cometen abusos incestuosos pertenecen a este último grupo.

—Mejor cuéntame más sobre el hombre de las chucherías. ¿Cómo funciona su cerebro?

—Como el tuyo y el mío, Harry, pero debo hacer un par de pequeñas salvedades.

—¿Cuáles?

—En primer lugar, no se puede generalizar. Estamos hablando de personas. En segundo lugar, esta no es mi especialidad, Harry.

—Pero sabes más que yo.

—Veamos, los pedófilos suelen tener una autoestima baja y lo que se denomina una sexualidad frágil. Esto quiere decir que son seres inseguros, que no son capaces de abordar la sexualidad propia de los adultos y se sienten limitados. Es solo en compañía de niños cuando sienten que controlan la situación y dan salida a sus deseos.

—¿Cuáles son?

—Abarcan tanto como la sexualidad de las demás personas. Desde las caricias inocentes e inofensivas hasta la violación y el homicidio. Depende.

—¿Y todo se debe al rollo ese de la infancia y el entorno?

—No es raro que los abusadores hayan sufrido ellos mismos abusos en su infancia. Vemos lo mismo con los niños a los que han maltratado de pequeños; también ejercen la violencia contra sus parejas e hijos. Repiten el patrón de su propia infancia.

—¿Por qué?

—Suena descabellado, pero probablemente tenga algo que ver con los roles modélicos de los adultos y la seguridad; es decir, es algo a lo que están acostumbrados.

—¿Cómo se les reconoce?

—¿A qué te refieres?

—¿Qué características debo buscar en ellos?

Aune refunfuñó.

—Lo siento, Harry, pero no creo que destaquen especialmente. Por lo general son hombres que viven solos y apenas se relacionan. Sin embargo, aunque tengan una sexualidad trastocada pueden funcionar perfectamente en otras áreas de la vida. Probablemente haya pedófilos en todas partes.

—En todas partes… ¿Cuántos crees que habrá en Noruega?

—Esa es una pregunta imposible de contestar. Entre otras cosas depende de dónde esté el límite. En España la mayoría de edad sexual se alcanza a los doce años. ¿Cómo se denomina entonces a un hombre de los llamados hebéfilos, que solamente se siente atraído por chicas en la pubertad? ¿O un hombre a quien no le importa la edad siempre y cuando la otra persona tenga las características físicas de la infancia, como un cuerpo sin vello y piel suave?

—Entiendo. Adoptan muchos disfraces. Son muchos y están en todas partes.

—La vergüenza crea a artistas del camuflaje. La mayoría lleva toda la vida ocultando sus inclinaciones ante los demás. Por tanto, lo único que se puede afirmar es que hay bastantes más de los que la policía detiene por abusos.

—Hay diez por cada uno que se ve.

—¿Qué has dicho?

—Nada. Gracias, Oddgeir. Por cierto, ya he dejado la botella.

—Ah. ¿Cuántos días hace?

—Ochenta horas.

—¿Es duro?

—Bueno. Al menos los monstruos siguen debajo de la cama. Pensé que iba a ser peor.

—Esto solo acaba de empezar, recuerda que vas a tener días malos.

—¿Los hay de otro tipo?

Era de noche, y el taxista le tendió un colorido folleto cuando le dijo que le llevara a Patpong.

—¿Masaje, señor? Buen masaje. Yo llevar usted.

Bajo la escasa iluminación logró ver unas fotos de tailandesas sonrientes, tan inocentes como en un anuncio de Thai Airways.

—No, gracias, solo voy a comer.

Harry le devolvió el folleto, aunque a su espalda molida aquello le pareció una magnífica idea. Cuando Harry, por mera curiosidad, preguntó de qué tipo de masaje se trataba, el taxista hizo el típico gesto formando un agujero con el pulgar y el índice y metiendo en él el dedo índice de la otra mano.

Liz le había recomendado Le Boucheron, en Patpong, y la comida tenía ciertamente muy buena pinta. Sin embargo, Harry no tenía nada de apetito. Sonrió a la camarera a modo de disculpa cuando ella se llevó los platos casi llenos, y le dio una generosa propina para que le quedara claro que no estaba disgustado. A continuación salió a la frenética vida callejera nocturna de Patpong. Soi 1 estaba cerrada al tráfico, pero aun así estaba abarrotada de gente que fluía arriba y abajo como un torrente a lo largo de los puestos comerciales y los bares. La música salía con estruendo por cada grieta de las paredes. Hombres y mujeres sudorosos iban a la caza por las aceras, y los hedores a humanidad, cloaca y comida se disputaban la primacía. Al pasar por delante de un local se abrió una cortinilla y pudo ver cómo sobre el escenario bailaban las chicas vestidas con los tangas y tacones de rigor.

—La entrada no cuesta nada, cada copa son noventa baht —le gritó alguien al oído.

Pero él continuó andando. Era como si permaneciera inmóvil, porque la misma escena se repetía a lo largo de toda aquella calle superpoblada.

Sentía cómo le latía el pulso en las entrañas, y no fue capaz de determinar si se trataba de la música, de su propio corazón o de los sordos estampidos de una de las máquinas de construcción que estaba colocando los pilares de la nueva autovía de Bangkok en Silom Road.

En una terraza, una chica con un vestido de seda rojo chillón consiguió establecer contacto visual con él y señaló la silla que había junto a ella. Harry continuó andando. Tenía una sensación casi de ebriedad. Oyó un grito procedente de otra terraza donde colgaba un televisor en una esquina. Por lo visto, un equipo de fútbol acababa de meter gol. «Blowing bubbles...», cantaban dos ingleses de nucas rosadas mientras brindaban.

–Entre, rubito.

Una mujer alta y delgada le miraba abanicando sus pestañas, se sacó un par de pechos grandes y firmes y cruzó las piernas de tal modo que sus ajustadísimos pantalones no dejaban nada a la imaginación.

–Es una *kathoey* –dijo otra voz en noruego.

Harry se giró.

Era Jens Brekke. Una tailandesa menuda con una ceñida falda de cuero iba colgada de su brazo.

–Es realmente maravilloso: las curvas, los pechos y la vagina. Hay hombres que prefieren una *kathoey* antes que la mercancía genuina. ¿Y por qué no? –Brekke dejó asomar una serie de dientes blancos en su bronceada cara infantil–. Naturalmente, el único problema es que las vaginas construidas mediante cirugía no tienen las propiedades de autolimpieza que poseen las de las mujeres auténticas. El día que consigan hacerlo, yo mismo consideraré la posibilidad de estar con una *kathoey*. ¿Cuál es su postura al respecto, detective?

Harry echó un vistazo a la mujer alta que se había girado dando un resoplido cuando oyó la palabra «kathoey».

–Bueno. No se me había pasado por la cabeza que algunas de las mujeres de aquí no fueran mujeres auténticas.

–Para un ojo inexperto es fácil dejarse engañar, pero se descubre por la nuez, ya que normalmente no la consiguen quitar mediante la operación. Además suelen medir una cabeza más de lo normal, ser un pelín atrevidas en su forma de vestir y un poco agresivas en su flirteo. Y demasiado guapas. Normalmente es esto último lo que las delata. No son capaces de controlarse, siempre se exceden un poco.

Dejó la frase colgando en el aire, como si estuviera insinuando algo, pero si era así Harry no captó a qué se refería.

—A propósito de excesos. Usted mismo ha tenido los suyos, ¿verdad, inspector? Veo que anda un poco cojo.

—Mi exagerada fe en el arte de la conversación occidental. Ya se me pasará.

—¿Cuál de las dos? ¿La fe o la lesión?

Brekke miró a Harry con la misma sonrisa casi imperceptible que había mostrado después del funeral, como si invitara a Harry a participar en una especie de juego. Harry no estaba de humor para juegos.

—Ambas cosas, espero. Iba ya de regreso a casa.

—¿Tan pronto? —La luz de neón resplandeció en la frente sudada de Brekke—. Entonces espero verlo mañana en mejor forma, inspector.

En Surawong Road, Harry consiguió un taxi.

—¿Masaje, señor?

19

Cuando Nho recogió a Harry en el exterior de River Garden, el sol acababa de salir y brillaba compasivo entre los edificios bajos.

Encontraron la sede de Barclays Thailand antes de las ocho, y un sonriente vigilante de parking con peinado a lo Jimi Hendrix y con auriculares les dejó entrar al aparcamiento que había debajo del edificio. Nho encontró finalmente una solitaria plaza para invitados entre los BMW y los Mercedes que había junto a los ascensores.

Nho prefería esperar en el coche, ya que su vocabulario noruego se limitaba a decir «takk», palabra que le había enseñado Harry en una de las pausas para el café. Liz comentó medio en broma que «gracias» es siempre la primera palabra que el hombre blanco intenta enseñar a los nativos.

Además, a Nho no le gustaba aquel vecindario. Tantos vehículos caros atraían a los ladrones de coches. Y a pesar de que el parking estaba equipado con cámaras de vídeo, decía que no tenía plena confianza en unos vigilantes que chasqueaban los dedos al ritmo de una música invisible mientras levantaban la barrera.

Harry subió en el ascensor hasta la décima planta y entró en la recepción de Barclays Thailand. Se presentó y miró la hora. En cierto modo había previsto que tendría que esperar a Brekke, pero una señora le acompañó de nuevo al ascensor, pasó una tarjeta por el lector y pulsó la P explicándole que subía al ático. Acto seguido ella salió apresuradamente y Harry siguió ascendiendo hacia el cielo.

En cuanto se abrieron las puertas del ascensor, vio a Brekke de pie sobre un reluciente suelo de parquet, apoyado contra una mesa de caoba con un auricular de teléfono al oído y otro colgando del hombro. El resto del despacho era de cristal: las paredes, el techo, la mesa de centro e incluso las sillas.

—Hablamos luego, Tom. Procure que no se lo coman hoy. Y como le he dicho, manténgase alejado de la rupia.

Lanzó una sonrisa de disculpa a Harry, cogió el otro auricular, miró el teletipo bursátil en la pantalla del ordenador y dijo un escueto «sí» antes de colgar.

—¿Qué ha sido eso?

—Es mi trabajo.

—¿Y en qué consiste?

—En estos momentos, asegurar un préstamo en dólares para un cliente.

—¿Cantidades grandes? —preguntó Harry, contemplando Bangkok parcialmente oculta bajo la neblina que se extendía debajo de ellos.

—Depende con qué se compare. Supongo que el equivalente al presupuesto medio de un municipio noruego.

Uno de los teléfonos empezó a sonar y Brekke pulsó un botón del intercomunicador.

—Tome los mensajes, Shena, ahora estoy ocupado.

Soltó el botón sin esperar su confirmación.

—¿Está ocupado?

Brekke se echó a reír.

—¿No lee los periódicos? Las divisas de toda Asia se están yendo a la mierda. Todos se están cagando en los pantalones y van como locos por comprar dólares. Los bancos y las agencias de valores van a la quiebra cada dos días y la gente ha empezado a tirarse por la ventana.

—Pero usted no… —dijo Harry frotándose inconscientemente las lumbares.

—¿Yo? Yo soy corredor, pertenezco a la especie de los buitres. —Aleteó un par de veces con los brazos y enseñó los dientes—. Nosotros ganamos dinero de todas formas, mientras haya acción y la gente compre. Cuando hay movida es bueno para nosotros, y ahora mismo tenemos movida día y noche.

—O sea que usted es el crupier de este juego...

—¡Sí! Muy bien dicho, tengo que apuntarme eso. Y los otros idiotas son los que apuestan.

—¿Idiotas?

—Pues sí.

—Yo pensaba que esa clase de negociantes eran tipos relativamente listos.

—Son listos, sí, pero aun así son idiotas. He aquí la paradoja eterna: cuanto más listos se vuelven, más ansiosos están por especular en los mercados de divisas. Ellos mismos saben que, a la larga, es imposible ganar dinero jugando a la ruleta. Yo soy relativamente estúpido, pero por lo menos entiendo eso.

—Entonces, Brekke, ¿usted nunca juega a la ruleta?

—Apuesto de vez en cuando.

—¿Y eso no le convierte en uno de los idiotas de los que habla?

Brekke le tendió una caja de puros, pero Harry declinó la invitación.

—Bien hecho. Tienen un sabor asqueroso. Solo los fumo porque me siento en la obligación de hacerlo. Porque me lo puedo permitir. —Meneó la cabeza y se llevó un puro a la boca—. ¿Ha visto *Casino*, detective? La película de Robert de Niro y Sharon Stone...

Harry asintió con la cabeza.

—¿Recuerda la escena en la que Joe Pesci habla de ese tipo que es la única persona que conoce que gana dinero con el juego? Sin embargo, lo que hace no es jugar, sino apostar. Apuesta a las carreras de caballos, partidos de baloncesto y esas cosas. Es algo muy distinto a la ruleta.

Brekke le ofreció una silla de cristal a Harry y se sentó frente a él.

—El juego depende de la suerte, pero las apuestas no. Las apuestas tratan de dos cosas: psicología e información. Gana el más listo.

Pongamos por caso a ese tipo de la película *Casino*. Dedica todo su tiempo a recopilar información sobre el pedigrí de los caballos, qué tal han estado en los entrenamientos de los días anteriores, qué clase de pienso han comido, en qué pensaba el jinete al levantarse por la mañana… toda la información que los demás no son capaces o no se molestan en conseguir o absorber. A continuación la recompone, se forma una imagen de las probabilidades que tiene el caballo y estudia lo que hacen los demás apostadores. Si las probabilidades de un caballo son muy altas, apuesta por él, tanto si cree que va a ganar como si no. A la larga es él quien gana dinero y los demás pierden.

—¿Así de simple?

Brekke levantó una mano como para defenderse, y echó un vistazo a su reloj.

—Yo sabía que ayer un inversor japonés del Asahi Bank iba a pasar la noche en Patpong. Al final coincidí con él en Soi 4. Le emborraché y estuve sacándole información hasta las tres de la madrugada. Entonces le dejé con mi chica y me fui a casa. A las seis de la mañana he llegado al trabajo y desde entonces me he dedicado a comprar bath. Cuando él llegue a su trabajo dentro de poco, querrá comprar baht por valor de cuatro mil millones de coronas. Entonces yo se los volveré a vender.

—Suena a mucho dinero, pero también suena casi ilegal.

—Casi, Harry. Solo casi. —Brekke estaba ahora muy excitado, como un niño que desea alardear de su juguete nuevo—. No es una cuestión de moral. Si juegas como delantero, debes estar al límite del fuera de juego constantemente. Las reglas están para estirarlas.

—¿Y gana el que más las estire?

—Cuando Maradona metió el gol con la mano contra Inglaterra, la gente lo aceptó como una parte del juego. Está bien todo aquello que el árbitro no ve.

Brekke levantó un dedo.

—Sin embargo, no puedes escapar al hecho de que todo es cuestión de probabilidades. A veces pierdes, pero si juegas cuando las probabilidades te son favorables, a la larga ganarás.

Brekke apagó el puro con una mueca.

—Hoy ha sido el inversor japonés quien ha determinado lo que tengo que hacer, pero ¿sabe qué es lo mejor? Que uno mismo dirija el juego. Por ejemplo, justo antes de que las cifras sobre la inflación de Estados Unidos se hagan públicas, puedes empezar a difundir el rumor de que Greenspan ha dicho en una cena privada que los intereses tienen que subir, confundiendo así a tus adversarios. De ese modo consigues las mayores ganancias. Es mejor que el sexo, joder.

Brekke se rió pateando el suelo con entusiasmo.

—El mercado de divisas es la madre de todos los mercados, Harry. Es como la Fórmula 1. Es tan embriagador como extremadamente peligroso. Sé que suena perverso, pero soy uno de esos obsesos por el control a los que les gusta saber que, si se mata al volante, él es el responsable de su propia muerte.

Harry miró a su alrededor. Un profesor chiflado en su cuarto de cristal.

—¿Y si le paran en un control de velocidad?

—Mientras gane dinero y me mantenga dentro de los límites, todos contentos. Además, eso me sitúa entre los que logran las mayores ganancias para la compañía. ¿Ve este despacho? Antes pertenecía al director de Barclays Thailand. Tal vez se pregunte qué hace un miserable corredor como yo aquí. Porque en un corretaje de bolsa solo cuenta una cosa: la cantidad de dinero que ganas. Todo lo demás es puro adorno. Los jefes también. Simplemente son administradores que dependen de los que estamos metidos en los mercados para mantener su puesto y su sueldo. Mi jefe se ha mudado a un confortable despacho en la planta de abajo porque le amenacé con largarme a la competencia con toda mi cartera de clientes si no conseguía un mejor convenio de comisiones… y este despacho.

Se desabrochó el chaleco y lo colgó en una de las sillas de cristal.

—Pero ya hemos hablado bastante de mí. ¿En qué puedo ayudarle, Harry?

—Quisiera saber de qué habló por teléfono con el embajador el día en que murió.

—Llamó para confirmar nuestra reunión. Y así lo hice.

—¿Y luego?

—Llegó a las cuatro, tal como habíamos acordado. Quizá cinco minutos más tarde. Shena tiene la hora exacta en recepción. Pasó por allí para registrarse antes de entrar.

—¿De qué hablaron?

—De dinero. Él tenía algo de dinero que quería invertir. —Ni un músculo de su cara revelaba que estuviera mintiendo—. Permanecimos aquí hasta las cinco. Luego le acompañé al parking, donde había dejado el coche.

—¿Aparcó en la misma plaza donde está nuestro coche?

—Si han aparcado en la plaza para invitados, sí.

—¿Y fue la última vez que lo vio?

—Correcto.

—Gracias. Eso ha sido todo.

—¡Caramba, un viaje muy largo para tan poca cosa!

—Como ya le dije, cuestión de rutina.

—Claro. Murió de un infarto, ¿no es cierto?

Una sonrisa asomó a los labios de Jens Brekke.

—Eso parece —dijo Harry.

—Soy amigo de la familia —dijo Jens—. Nadie dice nada, pero ya me hago una idea. Para que lo sepa.

Cuando Harry se levantó, se abrió lentamente la puerta del ascensor y la recepcionista entró con una bandeja con copas y dos botellas.

—¿Un poco de agua antes de marcharse, Harry? Me llega por vía aérea una vez al mes.

Sirvió las copas con agua mineral procedente del lago Farris, cerca de Larvik.

—Por cierto, Harry, la hora que usted mencionó ayer refiriéndose a la conversación telefónica es errónea.

Abrió un armario empotrado y Harry vio algo parecido al panel de un cajero automático. Brekke tecleó unos números.

—Eran las 13.13 horas, no las 13.15. Tal vez no tenga ninguna importancia, pero he pensado que tal vez prefieran tener los datos correctos.

—La hora nos la ha proporcionado la compañía telefónica. ¿Qué es lo que le hace suponer que su hora es más exacta?

—La mía es exacta. —Mostró un destello de dientes blancos—. Esta grabadora registra todas mis conversaciones telefónicas. Cuesta medio millón de coronas y tiene un reloj controlado por satélite. Créame, funciona correctamente.

Harry levantó las cejas.

—¿Quién diablos paga medio millón por una grabadora?

—Más gente de la que cree. La mayoría de los corredores de divisas, entre otros. Si se produce una discusión telefónica con un cliente sobre si se habló de comprar o vender, medio millón se puede considerar calderilla. La grabadora registra de forma automática un código de tiempo digital en esta cinta especial.

Sostuvo en alto una cinta similar a las de VHS.

—El código temporal no se puede manipular y, una vez grabada la conversación, esta no se puede modificar sin destruir dicho código. Lo único que se puede hacer es esconder la cinta, pero entonces los otros descubrirían que faltan las grabaciones de un determinado espacio de tiempo. La razón por la que somos tan concienzudos al respecto es que las cintas sirven como prueba en posibles pleitos.

—¿Quiere decir que guarda una grabación de su conversación con Molnes?

—Por supuesto.

—¿Podríamos…?

—Espere un momento.

Le resultó extraño oír en vivo la voz de una persona que había visto muerta con un cuchillo clavado en la espalda.

«A las cuatro entonces», dijo el embajador.

Sonó inexpresivo, casi triste. Colgó.

20

—¿Cómo va su espalda? —preguntó Liz preocupada cuando Harry entró cojeando al despacho para asistir a la reunión matinal.

—Mejor —mintió, sentándose a horcajadas en una silla.

Nho le dio un cigarrillo, pero Rangsan carraspeó desde detrás del periódico y Harry no lo encendió.

—Tengo un par de novedades que tal vez le pongan de buen humor —dijo Liz.

—Estoy de buen humor.

—En primer lugar, hemos decidido detener a Woo. Para ver qué le podemos sonsacar cuando le amenacemos con tres años por agresión a un policía en acto de servicio. El señor Sorensen afirma que no han visto a Woo desde hace unos días, que solo es un freelance. No tenemos su dirección, pero sabemos que suele comer en un restaurante cerca de Ratchadamnoen, el estadio donde se celebran las veladas de boxeo. En los combates se apuestan grandes cantidades de dinero y los prestamistas suelen merodear por allí para captar nuevos clientes y vigilar a los que ya han contraído deudas. La otra buena noticia es que Sunthorn ha hecho pesquisas por los hoteles que sospechamos que tienen relación con el negocio de las señoritas de compañía. Al parecer, el embajador visitaba regularmente uno de ellos. Se acordaban del coche por la matrícula diplomática. Y afirman que iba con una mujer.

—Bien.

Liz pareció algo decepcionada por la tibia reacción de Harry.

—¿Bien?

—Llevaba a la señorita Ao a un hotel y se la cepillaba allí, ¿y qué? Ella no lo iba a invitar a su casa, ¿no? Por lo que yo veo, lo único que sacamos es un móvil para que Hilde Molnes acabara con su marido. O el noviete de Ao, si es que lo tiene.

—La señorita Ao podría haber tenido un móvil si Molnes hubiera estado a punto de dejarla —dijo Nho.

—Muchas y buenas sugerencias —dijo Liz—. ¿Por dónde empezamos?

—Comprueben las coartadas —se oyó desde detrás del periódico.

En la sala de reuniones de la embajada, la señorita Ao miraba a Harry y Nho con los ojos enrojecidos por el llanto. Negaba rotundamente las visitas al hotel diciendo que vivía con su hermana y con su madre, aunque sí era cierto que había salido la noche del asesinato. No se encontró con nadie conocido, dijo, y llegó muy tarde a casa, después de la medianoche. Cuando Nho intentó que contara dónde había estado, empezó a llorar.

—Es mejor que nos lo cuente ahora, Ao —dijo Harry bajando las persianas que daban al pasillo—. Ya nos ha mentido una vez. Esta vez vamos en serio. Dice que salió la noche del asesinato y que no se encontró con nadie que pueda dar testimonio de adónde fue.

—Mi madre y mi hermana...

—Pueden dar testimonio de que llegó a casa después de la medianoche. Eso no la ayuda, Ao.

Las lágrimas caían por su dulce rostro de muñeca. Harry suspiró.

—Tendrá que venir con nosotros —dijo—. A menos que cambie de idea y nos cuente adónde fue.

Ella negó con la cabeza y Harry y Nho se miraron el uno al otro. Nho se encogió de hombros y la asió ligeramente por el brazo, pero ella se agarró la cabeza con las manos y la dejó caer sobre la mesa, sollozando. En ese instante alguien llamó a la puerta. Harry la entreabrió. Era Sanphet.

—Sanphet, estamos...

El chófer se llevó un dedo a los labios.

—Lo sé —susurró, e hizo señas a Harry para que saliera de la habitación.

Harry cerró la puerta tras de sí.

—¿Sí?

—Ustedes quieren interrogar a la señorita Ao. Se preguntan dónde estaba en el momento del asesinato.

Harry no contestó. Sanphet carraspeó y enderezó la espalda.

—He mentido. La señorita Ao sí viajaba en el coche del embajador.

—¿No me diga? —dijo Harry un tanto desconcertado.

—En varias ocasiones.

—¿Quiere decir que usted sabía lo de ella y el embajador?

—El embajador no.

Harry tardó unos segundos en comprender y miró incrédulo al anciano.

—¿Usted, Sanphet? ¿La señorita Ao y usted?

—Es una larga historia y me temo que no lo entenderá todo. —Miró a Harry de forma inquisitiva—. La señorita Ao estaba conmigo la noche que murió el embajador. Ella jamás lo reconocerá porque podría costarnos el empleo a ambos. No está permitido que los empleados confraternicen.

Harry se pasó la mano por la cabeza varias veces.

—Sé lo que piensa, detective. Que soy un viejo y ella una niña.

—Bueno. Sí. Me temo que no lo entiendo, Sanphet.

El anciano sonrió débilmente.

—Su madre y yo fuimos amantes hace mucho, mucho tiempo. Mucho antes de que naciera Ao. En Tailandia tenemos algo que llamamos *phîi*. Se podría traducir por «antigüedad». Quiere decir que una persona mayor está jerárquicamente por encima de una joven. Pero también tiene un significado más profundo. También significa que el mayor tiene cierta responsabilidad hacia el menor. La señorita Ao obtuvo el puesto en la embajada gracias a mi recomendación, y ella es una mujer afectuosa y agradecida.

—¿Agradecida? —Harry no pudo reprimir la pregunta—. ¿Cuántos años tenía…? —Se contuvo—. ¿Qué opina su madre de esto?

Sanphet sonrió con tristeza.

—Es vieja como yo y lo entiende. Solo se me ha prestado a la señorita Ao por un tiempo, hasta que ella encuentre al hombre con el que formar una familia. No es tan inusual…

Harry exhaló con un gemido.

—¿O sea que usted es su coartada? ¿Y usted sabía que no era la señorita Ao quien acompañaba al embajador al hotel que solía frecuentar?

—Si el embajador estuvo en un hotel, no fue con la señorita Ao.

Harry levantó un dedo.

—Usted ya ha mentido una vez y podría detenerle por obstaculizar la investigación policial en un caso de asesinato. Si tiene algo más que contarme, es mejor que lo haga ahora.

Sus ancianos ojos marrones miraron a Harry sin pestañear.

—A mí me caía bien el señor Molnes. Lo consideraba mi amigo. Espero que la persona que le asesinó sea castigada por ello. Y nadie más.

Harry estuvo a punto de decir algo, pero se mordió la lengua.

21

El sol se tornó de color burdeos con rayas anaranjadas. Permanecía suspendido sobre el grisáceo perfil urbano de Bangkok como si se tratara de un nuevo planeta que había aparecido en el firmamento sin previo aviso.

—Este es el estadio de boxeo Ratchadamnoen —dijo Liz cuando el Toyota, en el que también iban Harry, Nho y Sunthorn, se detuvo ante el edificio de ladrillo gris. Un par de revendedores de aspecto lastimoso se alegraron de su llegada, pero Liz les apartó con un gesto—. A lo mejor no parece muy espectacular, pero es la versión de Bangkok del teatro de los sueños. Aquí todos tienen la posibilidad de convertirse en Dios siempre y cuando tengan unos pies y unas manos lo suficientemente rápidos. ¡Hola, Ricki!

Uno de los vigilantes se acercó al coche y Liz exhibió una faceta de su personalidad tan encantadora que Harry casi no daba crédito. Tras una rápida verborrea y unas risas, se giró sonriente hacia los demás.

—Procedamos a detener a Woo lo antes posible. Acabo de conseguir unas entradas en primera fila para mí y para el turista. Ivan boxeará esta noche en la séptima ronda. Será divertido.

El restaurante era sencillo: contaba con Respatex, moscas y un ventilador solitario que esparcía el olor a comida recién hecha desde la cocina al resto del local. Sobre el mostrador colgaban retratos de la familia real tailandesa.

Había gente solo en un par de mesas y no se veía a Woo por ninguna parte. Nho y Sunthorn se sentaron junto a una mesa que había cerca de la puerta, mientras que Liz y Harry se situaron en la parte interior del local. Harry pidió un rollito de primavera tailandés y, por si acaso, una Coca-Cola a modo de desinfectante.

—Rick fue mi entrenador cuando practicaba boxeo tailandés —explicó Liz—. Yo pesaba casi el doble que los chavales con los que peleaba. Les sacaba tres cabezas, pero siempre me molían a palos. Aquí aprenden a boxear desde que maman del pecho de su madre. Decían que no les gustaba pegar a una mujer, aunque la verdad es que no se notaba.

—¿Qué pasa con el rollo este del rey? —preguntó Harry señalando—. Veo ese retrato en todas partes.

—Bueno, cada nación necesita sus héroes. La casa real no ocupaba un lugar muy destacado en los corazones del pueblo hasta la Segunda Guerra Mundial, cuando el rey se alió primero con los japoneses y luego, cuando estos adoptaron una actitud meramente defensiva, con los americanos. Protegió a la nación de lo que podría haber sido un baño de sangre.

Harry alzó su Coca-Cola hacia el retrato.

—Parece un canalla majo.

—Harry, tiene que entender que hay dos cosas con las que no se bromea en Tailandia…

—La familia real y Buda. Gracias, ya lo he pillado.

Alguien entró por la puerta.

—Vaya —susurró Liz elevando sus cejas carentes de pelo—. Normalmente parecen más pequeños en la vida real.

Harry no se giró. El plan era esperar hasta que a Woo le hubieran servido la comida. Un hombre con unos palillos entre los dedos tarda más en sacar una posible arma.

—Se ha sentado —dijo Liz—. ¡Dios mío, deberían encerrarle simplemente por su aspecto! Pero podemos darnos por satisfechos si conseguimos retenerle lo suficiente para hacerle unas preguntas.

—¿Qué quiere decir? El tío lanzó a un policía desde una ventana del primer piso.

—Ya lo sé, pero quiero advertirle de que no se haga muchas ilusiones. El «cocinero» Woo no es un don nadie. Trabaja para una de las familias, y estos tienen muy buenos abogados. Calculamos que ha eliminado como mínimo a una docena de personas y ha mutilado al doble. No obstante, ni siquiera tiene una cagadita de mosca en su historial.

—¿El «cocinero»?

Harry dio un bocado al ardiente rollito de primavera que acababan de servirle.

—Le pusieron ese mote hace un par de años. Nos mandaron a una de sus víctimas, me asignaron el caso y estuve presente cuando empezaron con la autopsia. El cuerpo llevaba días en el depósito y estaba tan hinchado por el gas que parecía un balón de fútbol azul y negro. El gas es tóxico, así que el forense nos echó de allí y se colocó una máscara antigás antes de cortar. Yo me quedé junto a la ventana, observando. La piel del estómago flameó cuando abrió el cadáver y se podía ver el resplandor verde del gas que manaba al exterior.

Harry volvió a dejar el rollito de primavera en el plato con expresión asqueada, pero Liz no pareció reparar en ello.

—El shock fue comprobar que su interior rebosaba de vida. El forense retrocedió cuando aquellos bichos negros empezaron a salir arrastrándose del estómago para caer luego al suelo y desaparecer rápidamente por los rincones. —Se llevó los índices a la frente para formar unas antenas—. Escarabajos del diablo.

—¿Escarabajos? —Harry hizo una mueca—. Creía que no invadían los cadáveres.

—El muerto llevaba un tubo de plástico en la boca cuando le encontramos.

—¿Él…?

—En Chinatown los escarabajos a la plancha son una delicatessen. Woo había alimentado al pobrecillo a la fuerza.

—¿Sin pasarlos por la plancha?

Harry apartó su plato.

—Los insectos son unas criaturas maravillosas —dijo Liz—. ¿Sabes cómo pueden sobrevivir los escarabajos en el estómago con el gas y todo?

—No, y prefiero no pensar en ello.

—¿Demasiado fuerte?

Pasaron un par de segundos hasta que Harry comprendió que ella se estaba refiriendo a la comida. Había apartado el plato hasta el borde de la mesa.

—Ya se acostumbrará, Harry. Tiene que hacerlo de manera gradual. ¿Sabía que hay más de trescientos platos tradicionales tailandeses? Sugiero que se lleve un par de recetas para impresionar a su novia cuando vuelva a casa.

Harry tosió.

—O a su madre —dijo Liz.

Harry meneó la cabeza.

—Lo siento, pero tampoco tengo.

—Soy yo la que debe sentirlo —dijo ella deteniendo instantáneamente su verborrea.

La comida de Woo llegaba ya.

Ella sacó una pistola de la funda que llevaba en la cadera y quitó el seguro.

—Smith & Wesson 650 —dijo Harry—. Un chisme pesado.

—Manténgase detrás de mí —dijo Liz levantándose.

Woo permaneció impasible al levantar la cabeza y mirar directamente el cañón de la pistola de la subinspectora. Sujetaba los palillos con la mano izquierda, mientras que la derecha seguía oculta en su regazo. Liz gruñó algo en tailandés, pero él hizo oídos sordos. Sin mover la cabeza, su mirada recorrió la habitación y se percató de la presencia de Nho y Sunthorn antes de detenerse en Harry. Sus labios dibujaron una tenue sonrisa.

Liz volvió a gritar y Harry sintió cómo se le tensaba la piel de la nuca. Entonces ella levantó el percusor del arma y la mano derecha de Woo apareció por el borde de la mesa… vacía. Harry pudo oír la exhalación de Liz siseando entre sus dientes. La mirada de Woo permanecía fija en Harry mientras Nho y Sunthorn le ponían las esposas. Cuando se lo llevaron aquello parecía un pequeño desfile circense compuesto por el forzudo y los dos enanos.

Liz se guardó la pistola en la funda.

—Creo que usted no le cae bien —dijo señalando los palillos que Woo había clavado en el bol de arroz y sobresalían hacia fuera.

—¿De veras?

—Es una antigua señal tailandesa para desear la muerte a alguien.

—Pues que se ponga a la cola...

Harry recordó que tenía que hacerse con una pistola.

—Vayamos a buscar algo de acción antes de que acabe la noche —dijo Liz.

Al entrar en el estadio se toparon con los gritos de una multitud extática y una orquesta de tres músicos que golpeaban y repiqueteaban como una banda escolar puesta de ácido.

Acababan de subir al ring dos boxeadores con unas coloridas cintas en la cabeza y unos trozos de tela atados alrededor de ambos brazos.

—Ivan, nuestro hombre, es el del calzón azul —dijo Liz.

Antes de entrar al estadio, ella había despojado a Harry de todos los billetes que llevaba encima para dárselos a uno de los corredores de apuestas.

Encontraron sus asientos en primera fila, detrás del árbitro, y Liz chasqueó la lengua con satisfacción. Intercambió un par de palabras con el hombre que había sentado a su lado.

—Tal como pensaba —dijo—. No nos hemos perdido nada. Si quiere ver combates realmente buenos, debe venir los martes. O ir los jueves a Lumphini. De lo contrario hay muchos... bueno, ya me entiende.

—Parejas de caldo.

—¿Cómo?

—Parejas de caldo. Así lo llamamos en noruego. Es cuando le toca el turno a dos patinadores a cuál peor.

—¿Caldo?

—Uno se levanta y va a tomarse un caldo caliente.

Los ojos de Liz se convertían en dos grietas alargadas y brillantes cuando se reía. Harry había descubierto que le gustaba ver y oír reírse a la subinspectora.

Los boxeadores se quitaron las cintas de la cabeza, deambularon por el ring realizando una especie de ritual consistente en apoyar las cabezas contra el poste de la esquina, ponerse de rodillas y llevar a cabo unos sencillos pases de baile.

—Se llama *ram muay* —dijo Liz—. Está bailando en honor a su *khru*, el gurú y ángel de la guarda del boxeo tailandés.

La música cesó e Ivan se dirigió a su esquina, donde él y su entrenador inclinaron las cabezas, apoyada una contra otra, y juntaron las manos.

—Están rezando —dijo Liz.

—¿Lo necesita? —preguntó Harry, preocupado.

En su opinión, había tenido una considerable cantidad de dinero en el bolsillo.

—No si hace honor a su nombre.

—¿Ivan?

—Todos los boxeadores eligen su nombre. Ivan escogió el nombre de Ivan Hippolyte, un neerlandés que ganó un combate en el estadio Lumphini en 1995.

—¿Solo un combate?

—Es el único extranjero que ha ganado en el Lumphini en toda la historia.

Harry se giró para comprobar si la expresión de su cara revelaba algún doble sentido, pero en ese mismo instante sonó el gong y empezó el combate.

Los boxeadores se acercaron el uno al otro cautelosamente manteniendo una considerable distancia y andando en círculos. Uno asestó un puñetazo lateral que fue interceptado por el otro, y luego este lanzó una patada de contraataque que solo encontró el aire. La música subió de volumen, al igual que los gritos del público.

—Al principio se limitan a caldear el ambiente —dijo Liz en voz alta.

De repente, uno se abalanzó velozmente sobre el otro en un torbellino de piernas y brazos. Ocurrió con tanta rapidez que Harry no vio gran cosa, pero Liz empezó a gruñir. Ivan sangraba por la nariz.

—Ha recibido un codazo —dijo ella.

—¿Un codazo? ¿Y el árbitro no ha visto nada?

Liz sonrió.

—No es ilegal pegar con los codos. Más bien al contrario. Los golpes con las manos y los pies suman puntos, pero generalmente son los codos y las rodillas los que te noquean.

—Será porque su técnica de dar patadas no es tan depurada como la de los karatecas.

—Yo tendría un poco de cuidado con esos comentarios, Harry. Hace unos años Hong Kong mandó a sus cinco mejores maestros de kung fu a Bangkok para comprobar cuál es el estilo más efectivo. El calentamiento y las ceremonias duraron algo más de una hora, pero los cinco combates duraron en total seis minutos y medio. Cinco ambulancias fueron camino del hospital. Y adivina quiénes iban en su interior.

—Bueno, esta noche no hay nada que temer. —Harry bostezó ostensiblemente—. Pero eso es…¡joder!

Ivan agarró del cuello a su contrincante y, con un movimiento rapidísimo, le agachó la cabeza mientras lanzaba su rodilla derecha hacia arriba como una catapulta. El contrincante cayó hacia atrás, pero consiguió agarrarse con los brazos a las cuerdas y quedó colgando justo delante de Liz y Harry. La sangre chorreaba sobre la lona como si en alguna parte se hubiera roto una tubería. Harry oyó las protestas de la gente que había detrás de él y entonces se percató de que se había levantado. Liz tiró de él para que volviera a sentarse.

—¡Fabuloso! —dijo ella—. ¿Ha visto qué rápido ha sido Ivan? Ya le dije que era muy divertido, ¿verdad?

La cabeza del boxeador con calzón rojo se había torcido hacia un lado y Harry pudo ver su perfil. Observó cómo la piel alrededor de su ojo se hinchaba y se llenaba de sangre. Era como ver inflarse una colchoneta de aire.

Harry experimentó un *déjà vu* extraño y nauseabundo cuando Ivan se acercó a su indefenso contrincante, quien seguramente no era ya consciente de estar en un ring. Ivan se tomó su tiempo y examinó a su adversario casi como un gourmet que se preguntara por dónde empezar: si arrancando el ala o el muslo del pollo. Al fondo, entre los boxeadores, Harry vio al árbitro. Observaba la escena con la cabeza ladeada y los brazos colgando a los costados. Harry comprendió que no tenía intención de hacer nada y sintió cómo su corazón presionaba contra sus costillas. El trío musical ya no sonaba como un desfile del 17 de mayo: había enloquecido y tocaba como si estuviera en estado de éxtasis.

Detente, pensó Harry, y en ese mismo instante se oyó a sí mismo gritar:

—¡Golpea!

Ivan golpeó.

Harry no siguió la cuenta atrás. No vio al árbitro levantar el brazo de Ivan o el *wai* del ganador por las cuatro esquinas del ring. Miraba fijamente al suelo húmedo y agrietado que tenía ante sus pies, donde un pequeño insecto luchaba por escapar de una gota de sangre. Atrapado en un torbellino de sucesos y casualidades, chapoteando con la sangre hasta las rodillas. Regresó a otro país, a otro tiempo, y no volvió en sí hasta que una mano le golpeó en la espalda.

—¡Hemos ganado! —le chilló Liz al oído.

Estaban en la cola para cobrar su dinero de la apuesta cuando Harry oyó una voz familiar hablando en noruego:

—Algo me dice que el inspector ha hecho una apuesta inteligente y que no solo ha confiado en la suerte. En ese caso, le felicito.

—Bueno —dijo Harry girándose—. La subinspectora Crumley afirma ser una experta. Así que no está muy alejado de la verdad.

Harry le presentó a la subinspectora.

—¿Usted también ha apostado? —preguntó Liz.

—Un amigo mío me sopló que el contrincante de Ivan estaba un poco resfriado. Una enfermedad fastidiosa. Es extraño que pueda tener tales consecuencias, ¿no está de acuerdo, señorita Crumley? —Brekke sonrió ampliamente y se giró hacia Harry—. Voy a ser un tanto descarado y pedirle que me ayude a salir de un apuro, Hole. He traído a la hija de Molnes y tenía intención de llevarla a casa, pero uno de mis clientes más importantes de Estados Unidos me acaba de llamar al móvil y tengo que pasarme por el despacho. Es todo un caos: el dólar está subiendo por las nubes y él tiene que deshacerse de un par de cargamentos de baht.

Harry miró hacia donde Brekke había señalado con la cabeza. Runa Molnes estaba apoyada contra una pared de ladrillo, con una camiseta Adidas de manga larga y medio oculta tras el gentío que se apresuraba a abandonar el estadio. Estaba cruzada de brazos y miraba en otra dirección.

—Cuando le he visto, he recordado que Hilde Molnes me comentó que se aloja en el apartamento de la embajada que está junto al río. No tendrá que desviarse mucho si comparten un taxi. Le prometí a su madre que bla-bla-bla…

Brekke hizo un gesto con la mano para indicar que las típicas preocupaciones de las madres eran excesivas, pero que de todos modos sería mejor cumplir con su promesa.

Harry miró la hora.

—Pues claro que puede hacerlo —dijo Liz—. Pobre niña. No me extraña que la madre esté un poco asustada en estos momentos.

—Por supuesto —dijo Harry con una sonrisa forzada.

—Bien —dijo Brekke—. ¡Ah!, y otra cosa. ¿Me harán el favor de recoger mis ganancias también? Deberían cubrir los gastos del taxi. Si sobra algo, seguro que la policía tendrá alguna fundación para viudas o algo por el estilo.

Le dio un boleto a Liz y desapareció. Esta se quedó asombrada al ver la cantidad.

—Dudo de que haya tantas viudas en el cuerpo —dijo.

22

Runa Molnes no parecía excesivamente contenta de que la acompañaran de vuelta a casa.

—Gracias, puedo arreglármelas sola —dijo—. Bangkok es prácticamente igual de peligroso que el centro de Ørsta un lunes por la noche.

Harry, que jamás había pisado Ørsta un lunes por la noche, paró un taxi y le abrió la puerta. Ella se subió de mala gana y murmuró una dirección mientras miraba por la ventanilla.

—Le he dicho que nos lleve a River Garden —dijo ella al cabo de un rato—. Allí es donde te bajas tú, ¿no?

—Creo recordar que las instrucciones recibidas consistían en llevarla a usted primero, señorita.

—¿Señorita? —Se echó a reír y se lo quedó mirando con los mismos ojos oscuros de su madre. Las cejas, que se juntaron en un ceño, le proporcionaban un aspecto de ninfa de los bosques—. Hablas como mi tía. ¿Cuántos años tienes en realidad?

—Uno tiene la edad de cómo se siente —dijo Harry—. Así que calculo que estoy por los sesenta.

Ella le miró, esta vez con curiosidad.

—Tengo sed —dijo de repente—. Invítame a una copa y luego dejaré que me acompañes hasta la puerta.

Harry buscó la dirección de la familia Molnes en su agenda de la Caja de Ahorros Nor —el regalo habitual de su padre por Navidad— y se inclinó para pasársela al taxista.

—Olvídalo —dijo ella—. Yo insistiré en ir a River Garden, él pensará que estás acosándome y se pondrá de mi parte. ¿Quieres que monte una escena?

Harry tocó el hombro del conductor y Runa pegó un grito que hizo que el taxista frenase de golpe y Harry chocara con la cabeza contra el techo. El conductor se giró, Runa tomó aire para gritar de nuevo y Harry levantó las manos en señal de rendición.

—Vale, vale. ¿Adónde quieres ir? Patpong está de camino.

—¿Patpong? —Ella puso los ojos en blanco—. Estás hecho un carca. Allí solo van los viejos verdes y los turistas. Vamos a Siam Square.

Intercambió unas palabras con el conductor en algo que a oídos de Harry sonó a un tailandés impecable.

—¿Tienes novia? —preguntó cuando le trajeron una cerveza a la mesa, de nuevo bajo la amenaza de montar una escena.

Estaban sentados en una enorme terraza situada en lo alto de una escalinata monumental repleta de gente joven. Harry supuso que eran estudiantes que contemplaban el denso tráfico y se observaban los unos a los otros. Runa miró recelosa el zumo de naranja de Harry, pero, teniendo en cuenta su entorno familiar, seguramente estaba acostumbrada a los abstemios.

—No —respondió Harry, y añadió—: ¿Por qué demonios me pregunta eso todo el mundo?

—¿Por qué demonios…? ¡Venga ya! —Ella se removió en su silla—. Supongo que son las chicas las que te lo preguntan, ¿no?

Él se rió entre dientes.

—¿Intenta incomodarme? Mejor hábleme de sus novios.

—¿Cuál de ellos? —Mantenía la mano izquierda oculta en el regazo mientras levantaba la cerveza con la derecha. Con una sonrisa juguetona en los labios, echó la cabeza hacia atrás y le miró fijamente a los ojos—. No soy virgen, si eso es lo que crees.

Harry estuvo a punto de escupir el trago de zumo de naranja sobre la mesa.

—¿Por qué iba a serlo? —añadió ella, acercándose la cerveza a los labios.

Sí, ¿por qué ibas a serlo?, pensó Harry, observando cómo se tensaba la piel de su garganta al tragar. Recordó lo que le había dicho Jens Brekke acerca de la nuez: que no se podía eliminar mediante cirugía.

—¿Estás escandalizado?

Dejó la cerveza sobre la mesa y, de pronto, adoptó un gesto serio.

—¿Por qué iba a estarlo? —Aquello sonó como un eco de lo anterior, y se apresuró a añadir—: Yo me estrené más o menos a su edad.

—Sí, pero no a los trece —repuso ella.

Harry inspiró hondo, reflexionó y soltó el aire lentamente entre los dientes. Podría dejar el tema en ese mismo momento.

—¿No me diga? ¿Y cuántos años tenía él?

—Es un secreto. —Volvió a recuperar su gesto provocador—. Háblame mejor de por qué no tienes novia.

Durante un instante estuvo a punto de decírselo. Fue un impulso. Tal vez para ver si podía devolverle el golpe de efecto. Podría contarle que las dos mujeres que había amado con toda su alma estaban muertas. Una por su propia mano y la otra a manos de un asesino.

—Es una larga historia —dijo—. Las perdí.

—¿Las? ¿Hay varias? Supongo que por eso te dejaron, ¿no? Si estabas con las dos a la vez…

Harry percibió cierta excitación infantil en su voz y en su risa. No fue capaz de preguntarle qué relación tenía con Jens Brekke.

—No —dijo él—. No les presté la suficiente atención.

—Ahora pareces muy serio.

—Lo siento.

Permanecieron sentados sin decir nada. Ella jugueteaba con la etiqueta de la botella de cerveza. Miró a Harry. Parecía que estuviera intentando tomar una decisión. La etiqueta se despegó.

—Ven —dijo ella, cogiéndole la mano—. Te voy a enseñar algo.

Bajaron las escaleras pasando entre los estudiantes, avanzaron por la acera y subieron a un estrecho puente peatonal que cruzaba la ancha avenida. Se detuvieron en mitad del puente.

—Mira —dijo ella—. ¿No es hermoso?

Él contempló el tráfico que fluía acercándose y alejándose de ellos. La carretera se extendía hasta el horizonte y las luces de los coches, las motos y los tuk-tuk asemejaban un río de lava que se adensaba en una franja amarilla allá a lo lejos.

—Parece una serpiente contorsionándose con unos dibujos brillantes en la espalda, ¿lo ves? —Ella se inclinó sobre la barandilla—. ¿Sabes lo que me resulta extraño? Sé que hay gente en esta ciudad que me mataría sin rechistar por lo poco que llevo ahora en los bolsillos. Y, sin embargo, nunca he sentido miedo aquí. En Noruega todos los fines de semana íbamos a la cabaña que tenemos en la montaña. Me conozco la cabaña y todos sus senderos con los ojos cerrados. Pasábamos las vacaciones en Ørsta, donde todos se conocen entre sí y si alguien roba algo en una tienda aparece en primera plana del periódico local. Aun así, aquí es donde me siento más segura. Aquí, rodeada de gente por todas partes y donde no conozco a nadie. ¿No es extraño?

Harry no sabía qué contestar.

—Si pudiera elegir, me quedaría a vivir en esta ciudad el resto de mi vida. Y vendría aquí al menos una vez a la semana para mirar.

—¿Para mirar el tráfico?

—El tráfico. Me encanta el tráfico. —Se giró de repente hacia él. Los ojos le brillaban—. ¿A ti no?

Harry negó con la cabeza. Ella se volvió de nuevo hacia la carretera.

—Una lástima. Adivina cuántos coches hay en las carreteras de Bangkok en estos momentos. Tres millones. Y la cifra aumenta en mil vehículos cada día. Un conductor de Bangkok pasa una media diaria de dos a tres horas en el coche. ¿Has oído hablar de Comfort 100? Las puedes comprar en las gasolineras. Son esas bolsas para hacer pis cuando estás en un atasco. ¿Crees que los esquimales tienen alguna palabra para referirse al tráfico? ¿O los maoríes?

Harry se encogió de hombros.

—Imagina todo lo que se pierden —prosiguió—. Toda esa gente que vive en sitios donde no se pueden sentir rodeados de multitudes como aquí. Levanta el brazo… —Ella le agarró la mano y se la alzó—. ¿La sientes? La vibración… Es la energía de todos los que nos rodean. Está en el aire. Si te estás muriendo y piensas que nadie te puede salvar, sales afuera, levantas los brazos al aire y absorbes un poco de energía. Así tendrás vida eterna. ¡Es verdad!

Le brillaban los ojos, toda su cara resplandecía. Colocó la mano de Harry en su mejilla.

—Presiento que vas a vivir mucho tiempo. Muchísimo. Más tiempo que yo.

—No diga esas cosas —dijo Harry. La piel de ella ardía contra la palma de su mano—. Da mala suerte.

—Mejor mala suerte que ninguna. Eso solía decir papá.

Él retiró la mano.

—¿No deseas la vida eterna? —susurró ella.

Él parpadeó, y supo que en aquel instante su cerebro había sacado una foto mental de los dos, una instantánea en la que aparecían en aquel puente peatonal por el que cruzaba la gente apresurada en ambas direcciones y con una refulgente serpiente marina debajo. Fue como cuando uno saca fotos de los lugares que visita porque sabe que no va a quedarse allí. Ya lo había hecho antes: una noche en pleno salto en la piscina Frognerbadet; otra noche en Sidney, cuando una melena roja comenzó a mecerse al viento; y una fría tarde de febrero en el aeropuerto Fornebu, cuando su hermana le esperaba bajo una lluvia de flashes de los periodistas. Sabía que, pasara lo que pasara, siempre podría volver a recuperar aquellas imágenes, que nunca se desvairían… más bien adquirirían densidad y cuerpo a medida que pasaran los años.

En aquel instante sintió cómo caía una gota sobre su cara. Y luego otra. Alzó la mirada, extrañado.

—Alguien me comentó que no llovería hasta mayo.

—Un chubasco de mango —dijo Runa volviendo su rostro hacia el cielo—. A veces ocurren. Significa que el mango está maduro. Dentro de poco estará lloviendo a cántaros. Vamos…

23

Harry estaba a punto de dormirse. Los sonidos ya no resultaban tan molestos. Además, había descubierto que el tráfico contenía una especie de ritmo, cierta previsibilidad. La primera noche se despertó a causa de un fuerte bocinazo repentino. En cuestión de unas pocas noches probablemente se despertaría por la ausencia de bocinazos. El ruido del silenciador roto de un tubo de escape no era algo que surgiera de ninguna parte, tenía su razón de ser en aquel aparente caos. Uno tardaba un poco en comprenderlo. Era como cuando el nervio vestibular se habitúa al balanceo de un barco.

Había quedado en encontrarse al día siguiente con Runa en la cafetería de la universidad para hacerle un par de preguntas relacionadas con su padre. El pelo de la muchacha aún chorreaba cuando salió del taxi.

Por primera vez en mucho tiempo soñó con Birgitta. Llevaba el cabello pegado a su piel pálida, pero sonreía y estaba viva.

El abogado tardó cuatro horas en conseguir que soltaran a Woo.

—El doctor Ling trabaja para Sorensen —dijo Liz en la reunión matutina soltando un suspiro—. Nho apenas tuvo tiempo de preguntarle a Woo dónde estuvo el día del asesinato, y eso fue todo.

—¿Qué sacó nuestro detector de mentiras con patas de su respuesta? —preguntó Harry.

—Nada —dijo Nho—. Woo no tenía ningún interés en contarnos absolutamente nada.

—¿Nada? Joder, yo pensaba que por estos pagos se os daba bien la tortura con agua y los electroshocks.

—Por favor, ¿alguien me puede dar buenas noticias? —dijo Liz.

Se oyó el crujido de papel de periódico.

—Llamé al hotel Maradiz de nuevo. La primera persona con la que hablé dijo simplemente que solía ir allí un *farang* con una mujer en un coche diplomático. El tipo con el que he hablado hoy me ha dicho que la mujer era blanca y que hablaban entre ellos en un idioma que le sonaba a alemán u holandés.

—Noruego —dijo Harry.

—Intenté sacarle una descripción de los dos, pero ya sabe cómo es la cosa...

Nho y Sunthorn se rieron burlonamente y miraron al suelo. Ninguno dijo nada.

—¿Qué cosa? —preguntó Harry de modo brusco.

—Todos tenemos el mismo aspecto para ellos —dijo Liz—. Sunthorn, pásese por allí con algunas fotos para ver si puede identificar al embajador y a su esposa.

Harry arrugó la nariz.

—¿Un marido y su mujer en un nidito de amor de doscientos dólares la noche situado a un par de kilómetros de donde viven? ¿No es un poco perverso?

—Según el hombre con el que he hablado hoy, se alojaban allí los fines de semana —dijo Rangsan—. Tengo algunas fechas.

—Me apuesto todo lo que gané anoche a que no era la esposa —dijo Harry.

—Puede que no —dijo Liz—. De todas formas, no creo que esto nos lleve a ninguna parte.

Y dio por concluida la reunión comunicándoles que podían dedicar la jornada a ponerse al día con todo el papeleo que habían dejado de lado al priorizar el asesinato del embajador noruego. Cuando salieron los demás, Harry se quedó allí.

—¿Quiere decir que hemos cogido la tarjeta de «Retroceda al punto de partida»? —preguntó.

—En realidad hemos permanecido en el punto de partida todo el tiempo —dijo Liz—. Quizá ustedes acaben saliéndose con la suya.

—¿Con la nuestra?

—He hablado con el jefe de policía esta mañana. Ayer habló con un tal señor Torhus, que quería saber cuánto tiempo teníamos previsto seguir con este asunto. Las autoridades noruegas quieren que, si no conseguimos nada concreto, el caso se dé por cerrado al final de esta semana. El jefe de policía le dijo que esta es una investigación de jurisdicción tailandesa y que aquí no archivamos los casos de asesinato así por las buenas. Sin embargo, un poco más tarde recibió una llamada de nuestro Ministerio de Justicia. Menos mal que realizamos las visitas turísticas mientras aún había tiempo, Harry. Parece que ya puede empezar a pensar en volver a casa este viernes. A menos, como han dicho, que consigamos algo concreto.

—¡Harry!

Tonje Wiig se encontró con él en la recepción, con las mejillas encendidas y unos labios tan rojos que él sospechó que se los había pintado antes de salir de su despacho.

—Necesitamos té —dijo—. ¡Ao!

Ao había mirado a Harry con un temor mudo cuando llegó, y aunque él se apresuró a decirle que su visita no tenía nada que ver con ella, le llamó la atención su mirada, similar a la de un antílope en el aguazal, siempre bebiendo con los leones al alcance de su vista. Ao les dio la espalda y se marchó.

—Una chica muy guapa —le dijo Tonje a Harry con una mirada escrutadora.

—Encantadora —dijo él—. Joven.

Tonje pareció satisfecha con la respuesta y le hizo pasar a su despacho.

—De hecho, intenté localizarte anoche —dijo ella—. Pero por lo visto no estabas en casa.

Harry percibió que ella esperaba que le preguntara por el motivo de su llamada, pero no lo hizo. Ao entró con el té y él esperó a que se retirara.

—Necesito algunos datos —dijo él.

—¿De veras?

—Ya que usted era la encargada de negocios cuando el embajador no estaba, imagino que llevaba una especie de listado de sus ausencias:

—Por supuesto.

Citó cuatro fechas, que ella procedió a comprobar en su agenda. En efecto, el embajador se había ausentado en las mencionadas fechas. Estuvo tres veces en Chang Mai y otra en Vietnam. Harry tomaba notas lentamente mientras se preparaba para lo que venía a continuación.

—¿El embajador conocía a mujeres noruegas residentes en Bangkok que no fueran su esposa?

—No… —dijo Tonje—. No que yo sepa. Excepto a mí, claro.

Harry esperó a que ella dejara la taza de té en la mesa antes de preguntar:

—¿Qué me diría si le digo que creo que usted mantenía una relación con el embajador?

A Tonje Wiig se le desencajó la mandíbula, convirtiéndose en una digna representante de la higiene dental noruega.

—¡Jolín! —dijo, tan carente de ironía que Harry no pudo más que confirmar que «jolín» todavía formaba parte del vocabulario de ciertas mujeres.

Harry se aclaró la garganta.

—Creo que el embajador y usted pasaron los días mencionados en el hotel Maradiz y, si ese es el caso, he de pedirle que explique la naturaleza de su relación y dónde se encontraba usted el día en que murió.

Era sorprendente ver cómo una persona tan blanca como Tonje Wiig se podía volver aún más blanca.

—¿Debería hablar con un abogado? —dijo ella finalmente.

—No si no tiene nada que ocultar.

Él vio que una lágrima asomaba en la comisura de sus párpados.

—No tengo nada que ocultar —dijo ella.

—En ese caso debe hablar conmigo.

Se acercó cuidadosamente una servilleta al ojo para que no se le corriera el rímel.

—A veces tenía deseos de matarle, ¿sabe?

Harry se percató de que volvía a tratarle de usted y esperó pacientemente.

—Tantas ganas que casi me alegré cuando me enteré de que había muerto.

Él percibía que se le estaba soltando la lengua. Ahora era importante no decir ni hacer ninguna estupidez que pudiera detener el flujo verbal. Una confesión rara vez viene por sí sola.

—¿Porque él no quería dejar a su mujer?

—¡No! —Ella meneó la cabeza—. Me está entendiendo mal. ¡Porque lo arruinó todo! ¡Todo lo que…!

El primer sollozo fue tan amargo que Harry entendió que había dado en el clavo. Ella se sobrepuso, se secó las lágrimas y se aclaró la garganta:

—Fue un nombramiento político. Él no tenía la más mínima cualificación para este trabajo. Me habían llegado rumores de que yo era la candidata perfecta para el puesto de embajadora, y entonces me lo comunicaron. Le mandaron aquí a toda prisa, como si no vieran la hora de sacarlo de Noruega. Tuve que renunciar a las llaves de la oficina del embajador en favor de una persona que no distinguía entre un ministro consejero y un agregado. Jamás tuvimos ninguna relación, era una idea completamente absurda para mí, ¿no lo entiende?

—¿Qué pasó luego?

—Cuando me llamaron para identificarle, de repente me olvidé de todo lo del nombramiento y de que ahora yo tendría otra oportunidad. En cambio, recordé la persona tan buena e inteligente que era. ¡Es que lo era!

Lo dijo como si Harry hubiese objetado algo.

—Aunque, en mi opinión, no era muy bueno como embajador. Después he reflexionado mucho, ¿sabe? Tal vez mis prioridades en la vida no hayan sido las más acertadas. Puede que haya cosas más importantes que el trabajo y la carrera. Es posible que ni siquiera solicite el puesto de nuevo embajador. Ya veremos. Hay muchas cosas en las que pensar. Sí, bueno, no voy a decir nada definitivo todavía... –Sorbió por la nariz un par de veces y pareció haberse recuperado–. Es bastante inusual que un ministro consejero sea nombrado embajador en la misma embajada, ¿sabe? Que yo sepa, nunca ha sucedido.

Sacó un espejo de mano para comprobar que el maquillaje seguía en su lugar y dijo prácticamente para sí misma:

–Pero supongo que siempre hay una primera vez para todo.

Cuando Harry se encontraba ya en el taxi de regreso a la jefatura de policía, decidió descartar a Tonje Wiig de la lista de sospechosos. En parte porque le había convencido, y en parte porque podía probar que estuvo en otros lugares en las fechas en que el embajador se alojó en el hotel Maradiz. Asimismo, Tonje le confirmó que en Bangkok no había más noruegas residentes entre las que elegir.

Por eso supuso un auténtico puñetazo en las entrañas tener que empezar de repente a pensar en lo impensable. Porque de ninguna manera era impensable.

La chica que entró por la puerta de cristal del Hard Rock Café era completamente diferente a la que había visto en el jardín y en el funeral, aquella chica de lenguaje corporal distante e introvertido y expresión desafiante y malhumorada. Runa esbozó una sonrisa radiante cuando le vio sentado con una botella de Coca-Cola vacía y un periódico sobre la mesa. Llevaba un vestido floreado azul de manga corta. Como si fuera una experimentada ilusionista, su prótesis resultaba prácticamente inapreciable.

–Me has estado esperando –constató ella encantada.

–Es difícil prever cómo estará el tráfico –dijo él–. No quería llegar tarde.

Ella se sentó y pidió un té helado.

–Ayer. Tu madre...

—Estaba durmiendo —dijo ella secamente.

Tan secamente que Harry sospechó que contenía una advertencia. Sin embargo, ya no le quedaba tiempo para andarse con más rodeos.

—¿Quieres decir borracha?

Ella le miró. Su alegre sonrisa desapareció.

—¿Quieres hacerme preguntas sobre mi madre?

—Entre otras cosas. ¿Cómo se llevaban tu padre y tu madre?

—¿Por qué no le preguntas a ella?

—Porque creo que tú mientes peor —contestó él con franqueza.

—¿No me digas? En ese caso te diré que estaban de maravilla. —La expresión desafiante había regresado a su cara.

—¿Tan mal estaban?

Ella se removió en la silla.

—Lo siento, Runa, pero estoy haciendo mi trabajo.

Se encogió de hombros.

—Mi madre y yo no nos llevamos muy bien. En cambio, papá y yo éramos muy buenos amigos. Creo que estaba celosa.

—¿De quién de los dos?

—De los dos. De él. No lo sé.

—¿Por qué tenía celos de él?

—Parecía que, de algún modo, él no la necesitaba. Era casi como si no existiera para él…

—¿Alguna vez tu padre te llevó a un hotel, Runa? Al hotel Maradiz, por ejemplo.

Observó el gesto de sorpresa en su rostro.

—¿A qué te refieres? ¿Por qué lo iba a hacer?

Él se quedó mirando el periódico que había encima de la mesa, pero se obligó a levantar la mirada.

—¿Cómo? —exclamó ella, arrojando la cucharita en la taza y haciendo que salpicara el té—. Estás diciendo cosas muy raras. ¿Adónde quieres llegar?

—Bueno, Runa, entiendo que esto es difícil, pero creo que tu padre hizo cosas de las que debería haberse arrepentido.

—¿Papá? Mi padre siempre se arrepentía. Se arrepentía, asumía todas las culpas, se lamentaba… pero la bruja nunca le dejaba en paz. Le machacaba sin parar: no eres no sé qué, no eres no sé cuánto, tú me has metido en esto, etcétera. Ella creía que yo no me enteraba, pero me enteraba. De cada palabra. De que no estaba hecha para vivir con un eunuco, que ella era una mujer con sangre en las venas. Yo le decía que debería marcharse, pero él aguantaba. Por mí. No lo decía, pero yo sé que era por eso.

Harry tenía la sensación de haberse pasado los últimos días nadando en un mar de lágrimas, pero ahora no caía ninguna.

—Lo que intento decirte —dijo él inclinando la cabeza para mirarla a los ojos— es que tu padre no tenía la misma orientación sexual que el resto de la gente.

—¿Por eso estás tan nervioso, joder? ¿Porque crees que yo no sabía que mi padre era invertido?

Harry resistió su impulso a quedarse con la boca abierta.

—¿A qué te refieres exactamente con invertido?

—Gay. Homosexual. Bujarra. Maricón. Sodomita. Soy el resultado de uno de los pocos polvos que la bruja echó con mi padre. Ella le daba asco.

—¿Él te dijo eso?

—Era tan bueno que nunca diría algo así, claro. Pero yo lo sabía. Yo era su mejor amiga. Eso sí me lo dijo. A veces tenía la sensación de ser la única. «Solo me gustan los caballos y tú», me dijo una vez. Los caballos y yo, qué gracioso, ¿no? Creo que cuando era estudiante, antes de conocer a mi madre, tuvo una pareja, un chico. Pero él le dejó, no quería reconocer su relación. Bueno, para ser justos, papá tampoco quiso hacerlo. Pero eso fue hace mucho tiempo. Las cosas eran diferentes entonces.

Hablaba con el dogmatismo propio de los adolescentes. Harry se llevó el vaso a la boca y bebió lentamente. Necesitaba ganar tiempo. La situación no se había desarrollado como él había previsto.

—¿Quieres saber quiénes estaban en el hotel Maradiz? —preguntó ella.

Él se limitó a asentir con la cabeza.

—Mi madre y su amante.

24

Las ramas emblanquecidas por la escarcha se elevaban discordantes hacia el pálido cielo invernal del Slottsparken. Dagfinn Torhus permanecía junto a la ventana mirando a un hombre que corría por la calle Haakon VII, tiritando con la cabeza hundida entre los hombros. Sonó el teléfono. Torhus echó un vistazo a su reloj y vio que era la hora del almuerzo. Siguió al hombre con la mirada hasta que lo perdió de vista junto a la estación de metro. A continuación descolgó el teléfono y dijo su nombre. La línea crepitó y zumbó antes de que le llegara la voz.

—Le daré una oportunidad más, Torhus. Si no la aprovecha, me aseguraré de que el ministerio saque a concurso su puesto antes de que usted sea capaz de pronunciar «Policía noruego engañado deliberadamente por jefe de negociado del Ministerio de Asuntos Exteriores» o «¿Fue el embajador Molnes víctima de un asesinato homosexual?». Ambas afirmaciones suenan aceptables como titulares de periódico, ¿no cree?

Torhus se sentó.

—¿Dónde está, Hole? —preguntó a falta de algo mejor que decir.

—Acabo de tener una larga conversación con Bjarne Møller. Le he preguntado de quince maneras diferentes qué diablos estaba haciendo el tal Atle Molnes en Bangkok. Todo lo que he descubierto hasta este momento indica que era el embajador menos apto desde Reiulf Steen. No he conseguido llegar al fondo de la cuestión, pero por lo menos he podido constatar que hay algo oculto. Está bajo secreto profesional, así que Møller me ha remitido a usted. Mi pregunta le resultará ya familiar: ¿qué sabe usted que yo no sé? Para su información le diré que estoy sentado al lado del fax y tengo los números del *VG*, el *Aftenposten* y el *Dagbladet*.

La voz de Torhus transportó el frío invernal a Bangkok.

—No van a publicar afirmaciones inconsistentes de un policía alcoholizado, Hole.

—Si se trata de un policía alcoholizado «famoso», lo harán.

Torhus no respondió.

—Por cierto, creo que también lo van a publicar en el periódico local *Sunnmørsposten*.

—Está obligado a guardar el secreto profesional —dijo Torhus débilmente—. Podrían procesarle por ello.

Hole se echó a reír.

—Puedo elegir entre lo malo y lo peor, ¿no? Saber lo que sé y no proseguir con la investigación sería una negligencia de mi deber. También es un delito, ¿sabe? No sé por qué me da la sensación de que tengo menos que perder que usted si violo el secreto profesional.

—¿Qué garantía...? —comenzó a preguntar Torhus, pero fue interrumpido por interferencias en la línea—. ¿Oiga?

—Sigo aquí.

—¿Qué garantía tengo de que si le digo lo que sé mantendrá la boca cerrada?

—Ninguna.

El eco hizo que pareciera que lo subrayaba tres veces.

Silencio.

—Confíe en mí —dijo Harry.

Torhus bufó.

—¿Por qué iba a hacerlo?

—Porque no le queda más remedio.

El jefe de negociado miró la hora y se dio cuenta de que llegaría tarde para el almuerzo. Seguramente ya habrían servido los sándwiches de rosbif en la cafetería, pero no importaba mucho: había perdido el apetito.

—Esto no debe salir a la luz —dijo—. Lo digo muy en serio.

—No es mi intención que salga a la luz.

—De acuerdo, Hole. ¿Cuántos escándalos del Partido Democristiano conoce usted?

—No muchos.

—Exacto. Durante años el Partido Democristiano KrF ha sido un partido pequeño y agradable del cual nadie se preocupaba mucho. Mientras la prensa hurgaba en las élites del poder del Partido Laborista y los estrafalarios del Partido del Progreso, los diputados del KrF han vivido por lo general unas vidas que han pasado inadvertidas. El cambio de gobierno lo trastocó todo. Cuando se estaba constituyendo el nuevo gobierno, quedó claro muy pronto que Atle Molnes, a pesar de su indiscutible capacidad y larga trayectoria en el Parlamento, estaba descartado como ministro. El hecho de que alguien comenzara a entrometerse en su vida privada suponía un riesgo muy grande para un partido cristiano en cuyo programa estaban muy presentes los valores éticos. La negativa a ordenar a curas homosexuales era incompatible con la presencia de ministros homosexuales en el gabinete. Incluso Molnes comprendía eso. Sin embargo, cuando se hicieron públicos los nombres del nuevo gobierno, hubo una serie de reacciones por parte de los medios de comunicación. ¿Por qué Atle Molnes no formaba parte de él? Desde el momento en que se retiró para dejarle al primer ministro el puesto de secretario general, la mayoría le consideraba una especie de número dos dentro del partido, o al menos el tres o el cuatro. Empezaron a hacer preguntas y volvieron a cobrar fuerza los rumores de que era homosexual, que ya habían surgido cuando se retiró como candidato a liderar el partido. Ahora sabemos que hay varios diputados homosexuales, y usted se preguntará: ¿por qué tanto jaleo con el tema? Bueno, lo más interesante de este caso es que, aparte de ser miembro del KrF, Molnes es íntimo amigo del primer ministro, ya que estudiaron juntos y hasta compartieron piso. Solo era cuestión de tiempo que los medios se enteraran. Molnes había sido excluido del gobierno, pero aun así se estaba convirtiendo en un lastre personal para el primer ministro. Todos sabían que ellos dos eran estrechos aliados desde el principio, ¿y quién iba a creer al primer ministro si dijera que desconocía la inclinación sexual de Molnes durante todos esos años? ¿Qué sucedería con todos los votantes que apoyaron al primer ministro por la postura de su partido en relación con la ley de unión entre personas homosexuales y otras depravaciones similares, cuando él mismo alimentaba a la serpiente de su propio pecho, si me permite emplear un símil bíblico? ¿Qué supondría eso para su credibilidad? La popularidad personal del primer ministro era hasta ese momento la garantía más importante para que pudiera seguir adelante un gobierno en minoría, y lo que menos se necesitaba era un escándalo. Quedó claro que Molnes tenía que salir del país cuanto antes. Consideraron que un puesto de embajador en el extranjero sería lo más adecuado. Entonces no se le podría recriminar al primer ministro que marginase a un compañero de partido que le había servido durante tanto tiempo y de manera tan leal. En ese momento contactaron conmigo. Y actuamos con rapidez. El puesto de embajador en Bangkok todavía no había sido asignado oficialmente y le alejaría lo suficiente para que los medios de comunicación le dejaran en paz.

Torhus se detuvo.

—¡Santo Dios! —exclamó Harry al cabo de un rato.

—Lo mismo digo —dijo Torhus.

—¿Sabían que su mujer tiene un amante?

Torhus se rió entre dientes.

—No. Pero tendría que ofrecerme muchas garantías para que apostase a que no lo tiene.

—¿Por qué?

—En primer lugar, porque supongo que un marido homosexual no tendrá mucho inconveniente en pasar por alto esas cosas. Y en segundo lugar, porque hay algo intrínseco en la cultura del Ministerio de Asuntos Exteriores que parece incitar a las relaciones extramatrimoniales. De hecho, a veces surgen nuevos matrimonios a raíz de esas aventuras. Aquí en el ministerio es casi imposible andar por los pasillos sin cruzarse con algún ex cónyuge o algún amante, pasado o actual. La institución es famosa por su endogamia. Pero si somos peores que la radio y la televisión estatal, joder...

Torhus seguía riéndose entre dientes.

—El amante no es del ministerio —dijo Harry—. Se trata de un noruego que es una especie de Gekko local, un tiburón de las finanzas. Jens Brekke. Al principio pensé que se estaba tirando a la hija, pero resulta que se tira a Hilde Molnes. Se conocieron al poco tiempo de llegar la familia aquí y, según la hija, se trata de algo más que un polvete de vez en cuando. De hecho van en serio y la hija está convencida de que antes o después se irán a vivir juntos.

—Es la primera noticia que tengo.

—En cualquier caso, podría ser un móvil del crimen para la mujer. Y para el amante.

—¿Quiere decir que Molnes era un obstáculo para ellos?

—No, al contrario. Según la hija, Hilde Molnes era la que siempre se negó a soltar a su marido. Imagino que, cuando él renunció a sus aspiraciones políticas, la fachada que le proporcionaba su matrimonio ya no tenía tanta importancia. Ella alegaba lo de la custodia de la hija para chantajearle. ¿No es lo que suele ocurrir siempre? Pero no, en este caso el móvil sería uno bastante menos noble. La familia Molnes es propietaria de medio pueblo en Ørsta.

—Exacto.

—Pedí a Bjarne Møller que comprobara si había un testamento y lo que Atle Molnes había dispuesto en él en cuestión de acciones familiares y demás bienes.

—Bueno, bueno, este no es mi campo, Hole, pero ¿no lo está usted complicando demasiado? Simplemente podría haber sido algún perturbado demente que hubiera llamado a la puerta del embajador y le hubiera acuchillado.

—Podría ser. ¿Tiene usted alguna objeción importante en contra de que el perturbado en cuestión sea noruego, señor Torhus?

—¿Qué quiere decir?

—Los perturbados de verdad no acuchillan a alguien y después se dedican a limpiar el lugar de los hechos de todo rastro. Lo que hacen es dejar una serie de pistas y acertijos para que después podamos jugar a los policías y los ladrones. En este caso no hay nada: *niente*. Créame, este es un asesinato planificado minuciosamente por alguien que no tiene ganas de jugar, que solo quería acabar con su víctima y conseguir que el caso se archive por falta de pruebas. Pero ¿quién sabe? Tal vez haya que estar también muy loco para perpetrar un asesinato así. Y, hasta ahora, los únicos locos que he conocido en este caso hablan noruego.

25

Al final Harry encontró la entrada entre dos bares de striptease de Soi 1, en Patpong. Subió las escaleras y entró en una habitación en penumbra donde un ventilador gigantesco rotaba perezosamente colgado del techo. Harry se agachó de modo instintivo bajo las enormes aspas. Ya había experimentado que las alturas de las puertas y otras edificaciones de aquel país no estaban pensadas para una estatura de ciento noventa centímetros.

Hilde Molnes estaba sentada a una mesa que había al fondo del restaurante. Las gafas de sol, que probablemente estaban pensadas para proporcionarle cierto anonimato, sin duda habían tenido el efecto, pensó Harry, de que todos se fijaran en ella.

—En realidad no me gusta el aguardiente de arroz —dijo ella vaciando su vaso—. Mekong es la excepción. ¿Puedo ofrecerle una copa, detective?

Harry negó con la cabeza. Ella chasqueó los dedos para que le rellenaran el vaso.

—Aquí me conocen. Dejan de servirme cuando creen que ya he tenido suficiente. Y entonces, por lo general, ya he tenido suficiente. —Soltó una risotada ronca—. Espero que le haya parecido bien que nos encontremos aquí. En casa todo es un poco... triste en estos momentos. ¿A qué se debe su deseo de hablar conmigo, detective?

Pronunciaba las palabras con la típica dicción exagerada de quienes por costumbre intentan ocultar que han bebido.

—Nos acaban de informar de que usted y Jens Brekke se veían regularmente en el hotel Maradiz.

—¡Vaya, vaya! —dijo Hilde Molnes—. Por fin alguien que hace su trabajo. Si habla con el camarero, también le podrá confirmar que el señor Brekke y yo nos veíamos aquí «regularmente». —Escupió las palabras—. Es un lugar oscuro, anónimo, jamás vienen noruegos y además sirven el mejor *plaa lòt* de la ciudad. ¿Le gusta la anguila, señor Hole? ¿La anguila de agua salada?

Harry se acordó del hombre ahogado que fue arrastrado hasta la orilla en las cercanías de Drøbak. Llevaba varios días en el agua y su pálido rostro cadavérico les miraba con la extrañeza de un niño. Alguna criatura se había comido sus párpados. Sin embargo, lo que más llamó su atención fue la anguila. Su cola sobresalía por la boca de aquel hombre, contorsionándose de un lado a otro como un látigo plateado. Harry recordaba todavía el olor salobre en el aire, así que sin duda se trataba de una anguila de agua salada.

—Mi abuelo se alimentaba casi exclusivamente de anguilas —prosiguió ella—. Desde justo antes de la guerra hasta el día de su muerte. Las devoraba, nunca tenía suficiente.

—También me ha llegado información acerca del testamento.

—¿Sabe por qué comía tantas anguilas? Pues claro que no lo sabe. Era pescador, pero aquello era antes de la guerra y la gente no quería comer anguilas en Ørsta. ¿Sabe por qué?

Harry observó que su cara reflejaba la misma expresión de dolor que aquel día en el jardín.

—Señora Molnes…

—Le estoy preguntando si sabe por qué.

Harry negó con la cabeza.

Hilda Molnes bajó la voz y comenzó a golpear el mantel de la mesa con una larga uña roja para acompañar cada sílaba que pronunciaba.

—Verá, aquel invierno naufragó un barco pesquero. Ocurrió cuando el mar estaba tranquilo y a solo unos cientos de metros de la costa, pero hacía tanto frío que ninguno de los nueve tripulantes sobrevivió. Hay una fosa marina en el lugar donde se hundió el barco y no se consiguió recuperar ningún cuerpo. Después de aquello la gente empezó a comentar que había muchas anguilas en el fiordo.

Y se dice que las anguilas se comen a los ahogados, ¿sabe? Muchos de los fallecidos eran familiares de la gente del pueblo, así que la venta de anguilas cayó en picado. La gente ni siquiera se atrevía a ser vista volviendo a casa con anguilas en sus bolsas de la compra. Entonces mi abuelo comprendió que lo mejor sería vender el resto del pescado y comerse él las anguilas. Ya sabe cómo son los de Sunnmøre…

Levantó la copa del posavasos y la colocó directamente en la mesa. Un círculo oscuro se extendió sobre el mantel.

—Supongo que acabó cogiéndole el gusto. «Solo eran nueve», decía mi abuelo. «No habría suficiente para tantas anguilas. Tal vez me haya comido un par de anguilas que se hubieran alimentado de aquellos pobres. ¿Y qué? Si así fuera, yo no he notado ninguna diferencia.» ¡Ninguna diferencia! Qué gracioso, ¿no?

Aquello le sonó como el eco de algo familiar.

—¿Qué opina usted, señor Hole? ¿Cree que las anguilas se comieron a aquella gente?

Harry se rascó detrás de la oreja.

—Bueno. Se dice que la caballa también es antropófaga. No lo sé. Imagino que todos darán algún bocado. Me refiero a los peces.

Hilde Molnes alzó el vaso con gesto triunfal.

—¿Sabe?, ¡yo pienso exactamente lo mismo! Todos dan algún bocado.

Harry esperó a que acabara de beber.

—Un colega mío de Oslo acaba de hablar con el abogado de su marido, Bjørn Hardeid, en Ålesund. Como tal vez sepa, los abogados pueden violar el secreto profesional cuando el cliente ha fallecido y creen que la información proporcionada no dañará la reputación del difunto.

—No lo sabía.

—Bueno, Bjørn Hardeid no quiso decir nada. Así que mi compañero llamó al hermano de Atle, aunque lamentablemente tampoco fue posible sacarle mucha información. Se mantuvo especialmente callado cuando mi colega insinuó que tal vez Atle no disponía de una parte tan cuantiosa de la fortuna familiar como muchos habrían creído.

—¿Qué le hace pensar eso?

—Un hombre que no es capaz de devolver una deuda de juego de setecientas cincuenta mil coronas no es necesariamente pobre, pero tampoco dispone de la parte que le corresponde de una fortuna familiar cuyo valor asciende a doscientos millones de coronas.

—¿Dónde…?

—Mi colega consiguió las cuentas de Muebles Molnes S. A. llamando al registro empresarial de Brønnøysund. El capital registrado es, por supuesto, inferior, pero descubrió que la compañía está en la lista de PYMES que cotizan en Bolsa, así que llamó a un corredor para que estimara su valor bursátil. La compañía familiar Molnes Holding tiene cuatro accionistas: tres hermanos y una hermana. Todos los hermanos forman parte de la junta directiva de Muebles Molnes S. A. No hay información bursátil de ventas internas desde que Molnes padre transfirió las acciones al holding empresarial. Es decir, a menos que su marido haya vendido su parte del holding a alguno de sus hermanos, debería disponer de una cantidad de al menos… —Harry miró la libreta donde había tomado nota de la conversación telefónica—… cincuenta millones de coronas.

—Veo que ha sido usted muy meticuloso.

—No entiendo ni la mitad de lo que acabo de decir. Solo sé que esto significa que alguien está reteniendo el dinero de su marido y me gustaría saber por qué.

Hilde Molnes le miró por encima de su vaso.

—¿Realmente lo quiere saber?

—¿Por qué no?

—No estoy muy segura de que quienes le mandaron aquí fueran conscientes de que iba a ahondar tanto en… la vida privada del embajador.

—A ese respecto ya sé bastante, señora Molnes.

—¿Sabe lo de…?

—Sí.

—Vaya…

174

Hizo una pausa mientras apuraba su Mekong. El camarero acudió para rellenarle el vaso, pero ella declinó haciendo un gesto con la mano.

—Si sabe además que la familia Molnes tiene una larga trayectoria como devotos feligreses en los templos evangelistas, aparte de como miembros del Partido Democristiano KrF, será capaz de imaginarse el resto.

—Quizá. Pero le agradecería que me lo contara usted misma.

Ella se estremeció como si hasta aquel momento no hubiera notado el sabor amargo del aguardiente de arroz.

—Lo decidió el padre de Atle. Cuando empezaron a correr rumores a raíz de la retirada de su candidatura como líder del partido, Atle le contó a su padre la verdad. Una semana más tarde, el padre rehízo el testamento. Dispuso que la parte de la fortuna familiar correspondiente a Atle seguiría a su nombre, pero que el derecho de disposición se transferiría a Runa, que acababa de nacer por entonces. Su derecho de disposición entra en vigor al cumplir los veintitrés años.

—Y hasta entonces, ¿quién dispondría del dinero?

—Nadie. Lo cual implica que permanecerá en la empresa familiar.

—Y ahora que su marido ha fallecido, ¿qué ocurrirá?

—En este caso… —dijo Hilde Molnes mientras acariciaba el borde del vaso con un dedo—. En ese caso Runa heredará todo el dinero, y el derecho de disposición se transferirá a la persona que tiene su custodia hasta que cumpla los veintitrés años.

—Si lo he entendido bien, en estos momentos el dinero ya no se encuentra retenido y está a su disposición.

—Eso parece. Hasta que Runa cumpla los veintitrés.

—¿Qué implica exactamente un derecho de disposición de esa naturaleza?

Hilde Molnes se encogió de hombros.

—La verdad es que aún no he tenido tiempo de pensar mucho en ello. Me lo comunicaron hace unos pocos días. Me lo dijo el señor Hareid.

—¿O sea que usted desconocía la cláusula de la transferencia del derecho de disposición?

—Es posible que se hubiera hablado de ello. Evidentemente. Yo firmé algunos documentos, pero este es un asunto terriblemente complejo, ¿no le parece? De todos modos, no me pareció importante entonces.

—¿De veras? —dijo Harry con cierta ironía—. Creo que acaba de mencionar algo sobre la gente de Sunnmøre…

Ella esbozó una débil sonrisa.

—Siempre he sido una mala paisana.

Harry la observó. ¿Fingía estar más ebria de lo que estaba en realidad? Se rascó la nuca.

—¿Cuánto tiempo hace que se conocen Jens Brekke y usted?

—¿Quiere decir cuánto tiempo llevamos acostándonos?

—Bueno, sí. También.

—Pongamos las cosas en su debido orden. Veamos… —Hilde Molnes frunció el ceño mientras miraba fijamente al techo. Intentó apoyar el mentón en la mano, pero se le resbaló y él comprendió en ese momento que se había equivocado: estaba borracha como una cuba—. Nos conocimos a los dos días de llegar a Bangkok, en la fiesta de bienvenida de Atle. Empezó a las ocho y estaba invitada toda la comunidad noruega. Se celebró en el jardín que hay delante de la residencia del embajador. Me folló en el garaje, supongo que al cabo de un par o tres de horas. Digo que me folló porque seguramente a esa hora yo ya estaba tan borracha que apenas necesitó mi colaboración. Ni mi consentimiento. La siguiente vez sí los tuvo. O la siguiente, no lo recuerdo. En cualquier caso, después de unas cuantas veces empezamos a conocernos. Esa era su pregunta, ¿verdad? Bueno, y luego seguimos conociéndonos. Ahora nos conocemos bastante bien. ¿Le basta con eso, detective?

Harry se sentía irritado. Quizá fuera por la forma en que ella exhibía su indiferencia y autodesprecio. En cualquier caso, no le daba ningún motivo para continuar tratándola con guantes de seda.

—Usted afirma que estaba en casa el día que murió su marido. ¿Dónde estuvo exactamente entre las cinco de la tarde y el momento en que le comunicaron que le habían encontrado muerto?

—¡No lo recuerdo!

Rompió a reír a carcajadas. Parecía el graznido de un cuervo en el bosque durante la calma del amanecer. Harry se percató de que estaban llamando la atención. Durante un instante pareció que se iba a caer de la silla, pero logró recuperar el equilibrio.

—No ponga cara de susto, detective. Tengo una coartada, ¿no se dice así? Sí, sí, una coartada brillante, se lo aseguro. Mi hija podrá atestiguar que no fui capaz de moverme mucho aquella noche. Recuerdo que abrí una botella de ginebra después de la cena, y supongo que entonces me quedé dormida, me desperté, me tomé otra copita, me dormí, me desperté, etcétera. Usted ya me entiende.

Harry la entendió.

—¿Quiere saber algo más, detective Hole?

Alargaba las vocales al pronunciar su nombre. No mucho, pero lo suficiente para provocarle.

—Solo quiero saber si usted mató a su marido, señora Molnes.

Con un movimiento sorprendentemente rápido y ágil, ella agarró el vaso y, antes de que le diera tiempo a detenerla, Harry sintió cómo el cristal rozaba su oreja y se estrellaba contra la pared de detrás. Ella hizo una mueca.

—Igual después de esto no me cree, pero fui la pichichi del equipo femenino de Ørsta entre los catorce y los dieciséis años. —Mantenía la voz calmada, como si el incidente fuera algo que ya había quedado olvidado. Harry miró los horrorizados rostros que se habían girado hacia ellos—. Dieciséis años, cuánto tiempo ha pasado… Yo era la chica más guapa de… bueno, creo que eso ya se lo he contado. Y tenía curvas, no como ahora. Una amiga y yo solíamos entrar en el vestuario de los árbitros tapadas con una toalla minúscula y diciendo que nos habíamos equivocado de puerta camino de las duchas. Todo por el equipo, ¿comprende? Pero no creo que influyésemos mucho en el arbitraje. Supongo que se preguntarían por qué íbamos a ducharnos antes del partido.

De pronto se levantó de la mesa y gritó:

—*Ørstagutt hei, Ørstagutt hei, Ørstagutt hei, hei, hei.* —Luego se desplomó nuevamente en la silla. Todo el local se quedó en silencio—. Así era nuestro grito para animar. Solo funcionaba con *Ørstagutt*, «chico de Ørsta»; con la palabra para «chica» no, ¿comprende? El ritmo no funcionaba. En fin, ¿quién sabe? Quizá simplemente nos gustaba llamar la atención.

Harry la agarró del brazo y la ayudó a bajar las escaleras del restaurante. Le dio la dirección al taxista junto con un billete de cinco dólares, pidiéndole que se asegurara de que entraba en su casa. Probablemente no entendiera gran cosa de lo que le decía Harry, pero pareció comprender a qué se refería.

Entró en un bar de Soi 2, en la parte baja de Silom. La barra estaba prácticamente vacía y en el escenario había dos gogós a las que nadie había comprado para pasar la noche. Tampoco parecían tener muchas esperanzas de que alguien lo hiciera. Era como si estuvieran fregando platos, sacudiendo las piernas por cumplido mientras sus pechos se mecían arriba y abajo al compás de «When Susannah Cries». Harry no estaba seguro de qué le resultaba más triste.

Alguien le puso delante una cerveza que no había pedido. La dejó intacta, pagó y llamó a la jefatura desde una cabina situada junto a la puerta del servicio de caballeros. No había ninguna puerta para señoras.

26

Una ligera brisa acarició su cabeza rapada. Harry estaba plantado de pie en el borde del tejado, contemplando la ciudad. Cuando entornaba los ojos, esta se convertía en una alfombra entretejida de luz que brillaba y parpadeaba.

—Baja de ahí —dijo una voz detrás de él—. Me estás poniendo nerviosa.

Liz estaba sentada en una tumbona con una lata de cerveza en la mano. Harry había ido a la jefatura y la había encontrado sepultada entre varios montones de informes que tenía que leer. Era casi medianoche y ella convino en que ya era hora de dejarlo. Cerró el despacho y subieron a la duodécima planta en ascensor. Al descubrir que la puerta de la azotea estaba cerrada por la noche, salieron por la ventana y subieron por la escalera de incendios.

La sirena de un barco resonó a través del sordo manto acústico producido por el tráfico.

—¿Lo has oído? —preguntó Liz—. Cuando era pequeña, mi padre solía decir que en Bangkok podías oír cómo los elefantes se llamaban unos a otros cuando eran transportados en las barcas fluviales. Los trajeron de Malasia porque los bosques de Borneo habían sido talados. Iban encadenados en cubierta mientras se dirigían a los bosques del norte de Tailandia. Cuando llegué aquí, durante mucho tiempo creí que las sirenas eran los elefantes soplando con sus trompas.

El eco se desvaneció.

—La señora Molnes tiene un móvil, pero ¿es lo suficientemente bueno? —preguntó Harry, descendiendo del borde del tejado—.

¿Tú matarías a alguien para disponer de cincuenta millones de coronas durante seis años?

—Depende de a quién tuviera que matar —dijo Liz—. Sé de unos cuantos a quienes me cargaría por una cantidad inferior.

—Quiero decir: ¿cincuenta millones durante seis años son lo mismo que cinco millones durante sesenta años?

—No.

—Exacto. ¡Joder!

—¿Te gustaría estar en su lugar? ¿El de la señora Molnes?

—No me gustaría estar en el lugar de nadie. Solo quiero encontrar a ese maldito asesino para poder irme a casa.

Liz soltó un eructo impresionante. A continuación meneó la cabeza satisfecha y dejó la cerveza.

—Pobre hija. ¿Se llama Runa? Imagina que imputaran a su madre por haber matado al padre por dinero.

—Lo sé. Afortunadamente es una chica dura.

—¿Estás seguro de eso?

Él se encogió de hombros y levantó un brazo hacia el cielo.

—¿Qué estás haciendo? —le preguntó ella.

—Estoy pensando.

—Quiero decir con la mano. ¿Qué es eso?

—Energía. Reúno la energía de toda la gente que hay allá abajo. Dicen que te proporciona vida eterna. ¿Tú crees en esas cosas?

—Harry, yo dejé de creer a los dieciséis años.

Harry se giró, pero en la oscuridad de la noche no pudo ver su rostro.

—¿Tu padre? —preguntó.

Vio cómo aquella nítida silueta asentía con la cabeza.

—Sí. Mi padre cargaba con el mundo sobre sus hombros, así era mi padre. Una pena que la carga fuera demasiado grande.

—¿Cómo…? —Se contuvo.

Se oyó un crujido cuando ella estrujó la lata de cerveza.

—No es más que otra triste historia sobre un veterano de Vietnam, Harry. Le encontramos en el garaje, vestido de uniforme y con el rifle reglamentario a su lado. Dejó una larga carta, no dirigida a nosotros, sino al ejército de Estados Unidos. Decía que no soportaba haber rehuido su responsabilidad. Lo entendió en cuanto subió al helicóptero que despegó del tejado de la embajada americana de Saigón en 1973, cuando contemplaba a los desesperados vietnamitas del sur que asaltaban la embajada para solicitar protección contra las fuerzas militares que estaban entrando en la ciudad. Escribió que él era tan responsable como los policías militares que empleaban la culata de sus armas para mantener alejados a aquellos a quienes habían prometido ganar la guerra e instaurar la democracia. Como oficial, se consideraba corresponsable de que el ejército americano diera prioridad a la evacuación de los suyos a costa de los vietnamitas que lucharon a su lado. Mi padre dedicó toda su carrera militar a ellos y lamentaba no haberse mostrado digno de la responsabilidad depositada en él. Al final nos dedicaba un saludo a mi madre y a mí instándonos a que intentáramos olvidarnos de él cuanto antes.

Harry sintió la urgencia de fumarse un cigarrillo.

—Era una gran responsabilidad con la que cargar —dijo.

—Sí. Pero imagino que a veces resulta más fácil asumir responsabilidades hacia los muertos que hacia los vivos. Los demás tenemos que cuidar de ellos, Harry. De los vivos. Después de todo, esa es la responsabilidad que nos motiva.

La responsabilidad. Si había algo que Harry había intentado enterrar durante el último año era precisamente la responsabilidad. Hacia los vivos o hacia los muertos, hacia él mismo y hacia los demás. Tan solo provocaba sentimiento de culpa y jamás daba sus recompensas. Quizá Torhus estuviera en lo cierto. Quizá sus motivos para ver cómo triunfaba la justicia no fueran tan nobles pese a todo. Quizá solo fuera su estúpida ambición lo que le impedía aceptar que se diera carpetazo al asunto, lo que hacía que estuviera tan ansioso por detener a alguien, a quien fuera, para lograr una sentencia firme y poner el sello de caso resuelto. ¿Realmente había tenido tan poca importancia como a él le gustaba pensar su aparición en los medios de comunicación y las palmaditas en la espalda al volver de Australia? ¿Acaso la idea de poder pasar por encima de todo y de todos porque quería volver a casa para investigar el caso de su hermana no era más que un pretexto? Porque salirse con la suya se había convertido en algo vital para él.

Durante un instante se produjo un silencio absoluto. Parecía como si Bangkok mantuviera la respiración. Entonces volvió a oírse la misma sirena de barco, como un lamento. Sonaba como un elefante que se sintiera muy solo, pensó Harry. Y luego los coches empezaron a pitar de nuevo.

Cuando regresó al apartamento, encontró una nota en el felpudo. «Estoy en la piscina. Runa.»

Harry se había fijado en el rótulo POOL junto al número cinco del panel del ascensor, y cuando salió en la quinta planta sintió, efectivamente, el olor a cloro. Al doblar la esquina del pasillo había una piscina al aire libre, flanqueada por los balcones de las plantas superiores. El agua brillaba débilmente a la luz de la luna. Se sentó en cuclillas en el borde e introdujo una mano.

—Aquí dentro estás como en casa, ¿no?

Runa no le contestó. Chapoteó un poco con las piernas y pasó nadando junto a él antes de volver a sumergirse en el agua. Su ropa y la prótesis del brazo se hallaban revueltos sobre una hamaca.

—¿Sabes qué hora es? —preguntó él.

Ella emergió del agua justo debajo de donde estaba Harry, le agarró por la nuca y se dio impulso hacia atrás con las piernas. A él le cogió completamente desprevenido, perdió el equilibrio y sus manos encontraron la piel tersa y desnuda de Runa cuando se zambulló en el agua. No emitieron ningún sonido, tan solo apartaban el agua a los lados como si fuera un pesado y cálido edredón en el que ambos se sumergían. Harry sintió un cosquilleo en los oídos y tuvo la sensación de que su cabeza se expandía. Cuando llegaron al fondo, él se impulsó con los pies y los arrastró a ambos a la superficie.

—¡Estás loca! —jadeó él.

Ella soltó una risita y se alejó nadando con ágiles brazadas.

Cuando Runa salió de la piscina, Harry se hallaba tumbado en el borde con la ropa chorreando. Al abrir los ojos, vio cómo ella intentaba atrapar con una red una enorme libélula que flotaba en el agua.

—Es un milagro —dijo Harry—. Estaba convencido de que los únicos insectos que sobrevivían en esta ciudad eran las cucarachas.

—Algunos de los buenos siempre sobreviven —dijo ella levantando la red cuidadosamente y liberando a la libélula, que sobrevoló la piscina con un débil zumbido.

—¿Las cucarachas no son buenas?

—¡Puaj! Son asquerosas.

—Eso no quiere decir que sean malas.

—Tal vez no. Pero tampoco creo que sean buenas. Simplemente están.

—Simplemente están —repitió Harry sin sarcasmo, solo pensativo.

—Están hechas así. Están hechas para que nos den ganas de pisarlas. Si no, habría demasiadas.

—Interesante teoría.

—Escucha —susurró—. Todo el mundo duerme.

—Bangkok nunca duerme.

—Pues sí, escucha. Son los sonidos del sueño.

La red estaba fijada a un tubo de aluminio hueco, y Runa sopló a través de él. Sonaba como un didgeridoo. Él escuchó. Ella tenía razón.

Runa fue con él al apartamento para darse una ducha. Harry ya estaba en el pasillo pulsando el botón del ascensor cuando ella salió del cuarto de baño envuelta en una toalla.

—Tu ropa está sobre la cama —dijo Harry, y cerró la puerta desde fuera.

Al poco rato estaban los dos en el pasillo esperando el ascensor. Una luz roja parpadeante situada encima de la puerta comenzó la cuenta atrás.

—¿Cuándo te marchas? —preguntó ella.

—Pronto. Si no surge nada.

—Sé que has ido a ver a mi madre esta noche.

Harry se metió las manos en los bolsillos y se miró las uñas de los pies. Ella le había dicho que debería cortárselas. Las puertas del ascensor se abrieron y él se quedó en la entrada.

—Tu madre dice que estuvo en casa la noche que tu padre murió, que tú puedes dar fe de ello.

Ella soltó un gemido.

—Sinceramente, ¿quieres que te conteste a eso?

—Tal vez no —dijo él.

Retrocedió un paso y se miraron mientras esperaban que las puertas del ascensor se cerrasen.

—¿Quién crees que lo hizo? —preguntó él finalmente.

Ella siguió mirándole mientras se iban cerrando las puertas.

27

La música se interrumpió de pronto a mitad del solo de guitarra de Jimi Hendrix en «All Along the Watchtower», y Jim Love dio un respingo cuando advirtió que alguien le había quitado los cascos.

Se giró en la silla y vio a un tipo alto y rubio, que sin duda no se había molestado mucho en aplicarse protector solar, alzándose sobre él en la estrecha caseta de los vigilantes. Sus ojos estaban ocultos tras un par de gafas de sol de dudosa calidad. Jim tenía buen ojo para esas cosas: las suyas le habían costado el sueldo de una semana.

—Hola —dijo la figura alta—. Le he preguntado si habla inglés.

El tipo hablaba con un acento indefinido y Jim le contestó en un inglés de Brooklyn:

—Mejor que tailandés, en cualquier caso. ¿En qué le puedo ayudar? ¿Qué empresa va a visitar?

—Hoy no busco empresas. Quiero hablar con usted.

—¿Conmigo? No será un supervisor de la compañía de seguridad, ¿verdad? En ese caso puedo explicarle lo del walkman…

—No soy de la compañía de seguridad. Soy de la policía. Mi nombre es Hole. Mi compañero, Nho…

Se apartó a un lado y detrás de él, junto a la puerta, se hallaba un tailandés con el habitual corte de pelo militar y una camisa blanca recién planchada. Lo cual hizo que Jim no dudase un instante de que la placa que mostraba era auténtica. Guiñó con fuerza un ojo.

—Policía, ¿no? Dígame, ¿van todos al mismo peluquero? ¿Nunca han pensado probar un peinado nuevo? ¿Como este? —Jim se señaló la melena afro y rió en voz alta.

El tipo alto sonrió levemente.

—No parece que el estilo retro de los ochenta haya llegado a las jefaturas de policía de momento. No.

—¿El qué de los ochenta?

—Olvídelo. ¿Puede sustituirle alguien mientras hablamos?

Jim explicó que había llegado a Tailandia hacía cuatro años de vacaciones con unos amigos. Alquilaron unas motos y se dirigieron al norte. En un pequeño pueblo situado junto al río Mekong, en la frontera con Laos, uno de ellos cometió la estupidez de comprar un poco de opio que luego transportó en la mochila. De regreso, un coche de policía les detuvo para registrarles. Y entonces, en una polvorienta carretera de la Tailandia profunda, comprendieron de pronto que su amigo se enfrentaba a una estancia extraordinariamente larga en prisión.

—Según el código penal, joder, hasta pueden ejecutar a la gente que hace contrabando con esa mierda. ¿Usted lo sabía? Los otros tres que no habíamos hecho nada pensamos, joder, vamos a tener problemas nosotros también por complicidad y todo eso. Quiero decir que, joder, como negro americano que soy, tengo toda la pinta de contrabandista de heroína, ¿no? Suplicamos e imploramos, y no entendimos de qué iba la cosa hasta que un policía dijo que aquello se podía arreglar con una multa. Sacamos toda la pasta que teníamos, confiscaron el opio y nos dejaron seguir nuestro camino. ¡Qué contentos estábamos, joder! El problema, claro, era que con ese dinero íbamos a pagarnos el billete de vuelta a Estados Unidos. Así que…

Jim describió con numerosas palabras y con más gestos aún cómo una cosa llevó a la otra, cómo intentó trabajar de guía para los turistas americanos pero que tuvo problemas con el permiso de residencia, y que entonces intentó no llamar mucho la atención y le mantuvo una chica tailandesa que había conocido, y que cuando los demás se marcharon él decidió quedarse. Después de mucho deambular por aquí y por allá, consiguió el permiso de residencia porque le ofrecieron un puesto de vigilante de aparcamiento, ya que necesitaban gente que hablara inglés en los edificios que albergaban a las compañías internacionales.

Jim se soltó tanto de la lengua que Harry finalmente tuvo que cortarle.

—Joder, espero que tu colega tailandés no hable inglés —dijo Jim mirando con nerviosismo a Nho—. Los tíos a los que pagamos en el norte…

—Tranquilo, Jim. Estamos aquí para preguntarle otra cosa. Sobre un Mercedes azul con matrícula diplomática que presuntamente estuvo aquí el día 3 de enero a eso de las cuatro. ¿Le suena de algo?

Jim se rió a carcajadas.

—Si me preguntaras qué canción de Jimi Hendrix estaba escuchando en ese momento, seguramente te hubiera podido contestar, tío. Pero de los coches que entran y salen de aquí… —Gesticuló con los brazos.

—Cuando estuvimos aquí nos dieron un tíquet. ¿Usted no podría comprobar esas cosas? El número de matrícula o algo así…

Jim negó con la cabeza.

—No le damos ninguna importancia a eso. El parking está prácticamente bajo vigilancia en su totalidad. Así que si sucede algo lo podemos comprobar después.

—¿Después? ¿Quiere decir que se graba en vídeo?

—Pues claro.

—No he visto ningún monitor.

—Eso es porque no hay monitores. Aquí hay seis plantas de aparcamientos y no podemos estar sentados controlándolo todo. Joder, la mayoría de los ladrones, cuando ven una cámara de vídeo, cogen y se largan, ¿no? De esa manera tenemos la mitad del trabajo hecho. Y si alguien es tan estúpido como para colarse y robar uno de los coches, lo tenemos todo grabado y recogido en cintas para los chicos de la policía.

—¿Cuánto tiempo guardan las cintas?

—Diez días. En ese período de tiempo la mayoría debería darse cuenta de si les falta algo en sus coches. Después reutilizamos las mismas cintas.

—¿Quiere eso decir que tienen una grabación del 3 de enero entre las 16.00 y las 17.00 horas?

Jim miró un calendario que había colgado en la pared.

—Pues sí.

Bajaron por una escalera y entraron a un sótano cálido y húmedo donde Jim encendió una solitaria bombilla y abrió con llave uno de los armarios metálicos dispuestos a lo largo de la pared. Las cintas de vídeo estaban pulcramente organizadas en los estantes.

—Si quieren revisar todo el aparcamiento, van a tener que ver un montón de cintas.

—Nos vale con la zona para invitados —dijo Harry.

Jim buscó en el armario. Al parecer, cada cámara tenía su propio estante y las fechas estaban escritas con lápiz en las etiquetas. Jim sacó una cinta.

—Comienza el espectáculo.

Abrió otro armario en el que había un reproductor de vídeo y un monitor, introdujo la cinta y, tras unos segundos, apareció una imagen en blanco y negro en la pantalla. Harry reconoció inmediatamente las plazas de aparcamiento para invitados; estaba claro que la grabación procedía de la misma cámara que había visto la última vez que estuvieron allí. Un código en la parte inferior mostraba el mes, el día y la hora. Avanzaron hasta las 15.50. No apareció ningún coche diplomático. Esperaron. Era como mirar una imagen fija. No ocurría nada.

—Lo pondremos en marcha rápida —dijo Jim.

Salvo el hecho de que la hora avanzaba más rápidamente en la esquina de la pantalla, no había ninguna diferencia. 17.15 horas. Un par de coches salieron precipitadamente dejando huellas de humedad sobre el cemento. 17.40 horas. Observaron cómo las huellas se secaban lentamente hasta desaparecer, pero aún no había ni rastro del Mercedes del embajador. A las 17.50 horas, Harry le dijo que parara la reproducción.

—Tendría que haber un coche diplomático en alguna plaza para invitados —dijo Harry.

—Lo siento —dijo Jim—. Parece que les han informado mal.

—¿Es posible que hubiera aparcado en otro lugar?

—Claro. Pero los vehículos que no tienen plaza fija tienen que pasar por delante de esta cámara. En ese caso habríamos visto pasar el coche oficial.

—Queremos ver otro vídeo —dijo Harry.

—De acuerdo. ¿Cuál?

Nho se rebuscó en los bolsillos.

—¿Sabe dónde está la plaza de aparcamiento del coche con esta matrícula? —preguntó pasándole un papel a Jim, que le miró con expresión recelosa.

—¡Joder, tío, pero si hablas inglés!

—Es un Porsche rojo —dijo Nho.

Jim le devolvió el papel.

—No necesito comprobarlo. No hay ningún cliente fijo que conduzca un Porsche rojo.

—*Faen!* —se le escapó a Harry.

—¿Y eso qué es? —preguntó Jim con una amplia sonrisa.

—Vocabulario noruego que no querrás aprender.

Salieron nuevamente al sol.

—Puedo conseguirle un par en condiciones por poco dinero —dijo Jim señalando las gafas de sol de Harry.

—No, gracias.

—O cualquier otra cosa que necesite.

Jim le guiñó un ojo y se echó a reír. Empezó a chasquear con los dedos. Seguramente estaba deseando volver a escuchar el walkman.

—¡Oye, detective! —gritó cuando ya se iban. Harry se giró—. *Fa-an!*

Su risa retumbó durante todo el camino de vuelta al coche.

—¿Qué sabemos, entonces? —preguntó Liz mientras colocaba los pies en el escritorio.

—Sabemos que Brekke miente —dijo Harry—. Dijo que, al terminar la reunión, acompañó al embajador hasta su coche en el parking de abajo.

—¿Qué sentido tendría mentir sobre algo así?

—Por teléfono, el embajador dijo que solo quería una confirmación de su reunión a las cuatro. Está fuera de toda duda que el embajador fue al despacho de Brekke. Hemos hablado con la recepcionista y ella lo ha confirmado. Asimismo, ha confirmado que los dos abandonaron el despacho juntos porque Brekke se pasó por su mesa para dejarle un mensaje. Ella lo recuerda porque eran alrededor de las cinco y estaba a punto de marcharse a casa.

–Menos mal que alguien recuerda algo.

–Pero no sabemos qué hicieron Brekke y el embajador a continuación.

–¿Dónde estaba el coche oficial? Parece poco probable que quisiera arriesgarse a aparcar en la calle en esa zona de Bangkok –dijo Liz.

–Es posible que hubieran acordado ir a algún sitio y el embajador le hubiera pedido a alguien que le vigilara el coche mientras subía a buscar a Brekke –sugirió Nho.

Rangsan carraspeó y pasó de página.

–¿En un lugar donde hay un montón de ladronzuelos que merodean esperando una oportunidad así?

–Estoy de acuerdo –dijo Liz–. En cualquier caso, resulta extraño que no utilizara el aparcamiento. Sería lo más sencillo y lo más seguro. Podría haber aparcado literalmente junto al ascensor. –Se hurgaba con el meñique dentro del oído y su rostro se iluminó–. Pero me pregunto adónde queremos llegar en realidad con todo esto –añadió.

Harry gesticuló con los brazos, frustrado.

–Tenía la esperanza de poder demostrar que Brekke abandonó su despacho cuando él y el embajador se marcharon a las cinco, que se largaron en el coche oficial del embajador y que las grabaciones de vídeo mostrarían que su Porsche permaneció en el parking durante toda la noche. Sin embargo, no consideré la posibilidad de que Brekke no hubiera llevado su propio coche al trabajo.

–Olvidémonos de los coches por ahora –dijo Liz–. Lo que sabemos es que Brekke miente. ¿Qué hacemos al respecto?

Golpeó con el dedo el periódico de Rangsan.

–Comprobar su coartada –se oyó desde detrás del periódico.

28

Las reacciones de la gente al ser detenida son tan diversas como imprevisibles.

Harry pensó que había visto ya la mayoría de las variantes, y no se sorprendió especialmente al observar cómo el rostro bronceado de Jens Brekke adquiría un matiz grisáceo y su mirada vagaba como la de un animal perseguido.

El lenguaje corporal cambia, y ni los trajes de Armani hechos a medida sientan ya tan bien. Brekke mantenía la cabeza alta, pero su pose parecía algo contraída, como si hubiera encogido.

Brekke no había sido arrestado, simplemente le habían traído para interrogarle. Pero para alguien a quien jamás habían ido a buscar dos oficiales armados, sin ni siquiera preguntarle si era un buen momento, apenas había diferencia. Cuando Harry vio a Brekke en la sala de interrogatorios, la idea de que aquel hombre sentado ante él hubiera sido capaz de cometer un asesinato a sangre fría con un cuchillo le resultó absurda. Sin embargo, había pensado eso mismo en otras ocasiones y se había equivocado.

−Tendremos que hacerlo en inglés −dijo Harry sentándose frente a él−. Se grabará en una cinta. −Señaló el micrófono que tenían delante.

−De acuerdo.

Brekke intentó sonreír. Parecía como si alguien tirara de las comisuras de sus labios con garfios de hierro.

−Tuve que insistir mucho para poder encargarme de este interrogatorio −dijo Harry−. Puesto que será grabado, en realidad lo debería llevar a cabo una persona de la policía tailandesa. No obstante, dado que usted es ciudadano noruego, el jefe de policía me ha dado permiso.

–Gracias.

–Bueno, no sé si hay muchos motivos para darme las gracias. ¿Le han informado de que tiene derecho a ponerse en contacto con un abogado?

–Sí.

Harry estuvo a punto de preguntar por qué no había aceptado la oferta, pero se contuvo. No había motivos para dejar que se planteara cambiar de opinión al respecto. Por lo que él sabía, el sistema judicial tailandés era prácticamente idéntico al noruego y tampoco había motivos para pensar que los abogados fueran muy diferentes. En un caso así, lo primero que harían sería callarle la boca a su cliente. Pero había que seguir el reglamento, y ahora ya podían dar comienzo el interrogatorio.

Harry indicó que la grabación ya se podía iniciar. Nho entró para leer algunas formalidades preliminares y luego salió.

–¿Es cierto que mantiene usted una relación con Hilde Molnes, la esposa del difunto Atle Molnes?

–¿Cómo?

Un par de ojos desorbitados le miraron fijamente desde el otro lado de la mesa.

–He hablado con la señora Molnes. Le sugiero que diga la verdad.

Se hizo una pausa.

–Sí.

–Un poco más alto, por favor.

–¡Sí!

–¿Cuánto tiempo hace que mantienen esta relación?

–No lo sé. Mucho tiempo.

–¿Desde la fiesta de bienvenida del embajador hace un año y medio?

–Bueno…

–¿Bueno?

—Sí, supongo que se puede decir así.

—¿Usted estaba al tanto de que la señora Molnes dispondría de una importante fortuna en caso de fallecer su marido?

—¿Una fortuna?

—¿Es que no me expreso con claridad?

Brekke soltó el aire como una pelota de playa pinchada.

—Esto es nuevo para mí. Tenía la impresión de que disponían de un capital relativamente limitado.

—¿No me diga? La última vez que hablé con usted me dijo que la reunión que mantuvo con Molnes en su despacho el 3 de enero versó sobre que él quería invertir algún dinero. Sabemos, además, que Molnes debía una importante suma en efectivo. No me cuadra.

Una nueva pausa. Brekke estuvo a punto de decir algo, pero se contuvo.

—Mentí —dijo por fin.

—Le doy una nueva oportunidad para que cuente la verdad.

—Vino a mi despacho para hablar de mi relación con Hilde… con su mujer. Quería que lo dejáramos.

—Tampoco era una petición precisamente disparatada, ¿no?

Brekke se encogió de hombros.

—No sé cuánto saben acerca de Atle Molnes.

—Presuponga que no sabemos nada.

—Digamos que sus inclinaciones sexuales eran la causa de que su matrimonio no funcionara muy bien.

Alzó la mirada. Harry asintió para que continuara.

—Los celos no fueron el motivo de su gran interés por que Hilde y yo dejáramos de vernos. Fue por unos rumores que, al parecer, corrían en Noruega. Dijo que si se descubría que manteníamos una relación, ello daría fuerza a esos rumores y que no solo le perjudicaría a él, sino también a otras personas que ocupaban cargos muy importantes en la vida pública. Intenté averiguar más, pero eso fue todo lo que dijo.

—¿Cómo le amenazó?

—¿Amenazó? ¿A qué se refiere?

—Supongo que no se limitó a pedirle que, por favor, dejara de ver a la mujer a la que imagino que usted ha llegado a querer.

—Pues sí. De hecho fue así. Creo que incluso empleó esas mismas palabras.

—¿Qué palabras?

—«Por favor.» —Brekke cruzó las manos encima de la mesa—. Era un hombre muy peculiar. «Por favor»... —Sonrió débilmente.

—Sí, imagino que no está acostumbrado a oírlo con frecuencia en su profesión.

—Supongo que usted tampoco en la suya.

Harry le miró a los ojos, pero no encontró ningún desafío en la mirada de Brekke.

—¿Qué acordaron finalmente?

—Nada. Dije que tenía que pensármelo. ¿Qué le iba a decir? Aquel hombre parecía a punto de echarse a llorar.

—¿Usted se planteó la idea de dejar de verla?

Brekke frunció el ceño, como si aquella idea fuera nueva para él.

—No. Yo... bueno, para mí sería muy difícil dejar de verla.

—Usted me dijo que después de su reunión acompañó al embajador al parking, donde había aparcado su coche. ¿Quiere cambiar su declaración ahora?

—No... —Brekke le miró, extrañado.

—Hemos comprobado las grabaciones de vigilancia de la fecha en cuestión entre las 15.50 y las 17.15 horas. El coche del embajador no se encontraba en el aparcamiento para invitados. ¿Quiere cambiar su declaración?

—¿Cambiar...? —Brekke puso cara de incredulidad—. No, hombre... ¡por Dios! Salí del ascensor y vi que su coche estaba allí. Tenemos que salir en la grabación los dos. Incluso recuerdo que intercambiamos un par de palabras antes de que él subiera al coche. Le prometí al embajador que no le mencionaría nuestra conversación a Hilde.

—Pues podemos probar que eso no es cierto. Por última vez: ¿quiere cambiar su declaración?

–¡No!

Harry notó una determinación en su voz que no estaba presente al iniciar el interrogatorio.

–¿Qué hizo usted después de que supuestamente acompañara al embajador al aparcamiento?

Brekke contó que volvió a subir al despacho para trabajar en unos informes de previsión financiera y que permaneció allí hasta casi la medianoche, cuando cogió un taxi para regresar a casa. Harry preguntó si alguien se pasó a verle o le llamó mientras estaba allí, pero Brekke explicó que nadie podía acceder a su despacho sin conocer el código de su tarjeta y que bloqueó las llamadas entrantes para poder trabajar en paz. Solía hacerlo cuando trabajaba con informes de previsión.

–¿No hay nadie que pueda corroborar su coartada? ¿Nadie que, por ejemplo, le viera volver a casa?

–Ben, el vigilante de mi finca. Puede que él lo recuerde. Suele fijarse cuando me ve llegando tarde a casa vistiendo traje.

–Un vigilante que le vio llegar a casa a medianoche… ¿Eso es todo?

Brekke se quedó pensando.

–Me temo que sí.

–De acuerdo –dijo Harry–. Ahora me relevará otra persona. ¿Quiere tomar algo? ¿Un café, agua?

–No, gracias.

Se levantó para marcharse.

–¿Harry?

Este se giró.

–Será mejor que me llame Hole. O inspector.

–Muy bien. ¿Estoy metido en problemas? –Hizo la pregunta en noruego.

Harry entornó los ojos. Brekke parecía un triste espectro allí sentado, encogido como un puf.

–Si yo fuera usted, llamaría a mi abogado ahora mismo.

–Entiendo. Gracias.

Harry se detuvo en la puerta.

—A propósito, ¿qué pasó con la promesa que le hizo al embajador en el aparcamiento? ¿La mantuvo?

Brekke esbozó una sonrisa como de disculpa.

—Es una estupidez. Tenía intención de contárselo a Hilde, claro, tenía que hacerlo. Pero cuando me dijeron que él había muerto, pues… bueno, como ya he dicho, era un hombre muy peculiar, y se me metió en la cabeza que debía mantener aquella promesa. Ya no tenía ningún significado práctico de todos modos.

—Un momento, que conecto el altavoz.

—¿Hola?

—Le oímos, Harry. Adelante.

Bjarne Møller, Dagfinn Torhus y la comisaria escucharon el informe telefónico de Harry sin interrumpirle en ningún momento.

A continuación, Torhus tomó la palabra.

—Veamos, tenemos a un noruego detenido, sospechoso del asesinato. La cuestión es: ¿cuánto podremos mantenerlo en secreto?

La comisaria se aclaró la garganta.

—Dado que el asesinato no ha salido en los medios, no estamos presionados para encontrar a un culpable todavía. Luego haré una llamada. Creo que tenemos unos cuantos días, sobre todo porque de lo único que se acusa al tal Brekke es de declarar en falso y de tener un móvil para el crimen. Si hay que soltarle, es preferible que nadie se haya enterado de la detención.

—Harry, ¿me oye? —Era Møller quien hablaba. Se oyó un ruido en la línea que este interpretó como una confirmación—. ¿El tipo es culpable, Harry? ¿Fue él quien lo hizo?

Se incrementó el ruido de interferencias y Møller descolgó el teléfono de la comisaria.

—¿Qué ha dicho, Harry? ¿Que no…? Muy bien. Bueno, lo hablaremos aquí y seguiremos en contacto.

Colgó.

—¿Qué ha dicho?

—Que no lo sabe.

Era tarde cuando Harry llegó a casa. Le Boucheron estaba lleno, así que había cenado en un restaurante de Soi 4, la calle de los gays en Patpong. Mientras daba cuenta del plato principal, un hombre se acercó a su mesa y le preguntó educadamente si quería que le hiciera una paja. Cuando Harry meneó la cabeza para declinar su oferta, se retiró enseguida de forma discreta.

Harry salió del ascensor en la quinta planta. No había nadie y las luces de la piscina estaban apagadas. Se quitó la ropa y se tiró de cabeza. El abrazo del agua fue refrescante. Nadó un par de largos sintiendo la resistencia del líquido elemento. Runa había dicho que ninguna piscina era igual, que cada agua tenía sus peculiaridades, su propia consistencia, olor y color. Esta piscina era como la vainilla, dijo. Dulce y un poco empalagosa. Harry inspiró, pero solo sintió el olor a cloro y a Bangkok. Se tumbó boca arriba y permaneció flotando con los ojos cerrados. El sonido de su respiración le dio la sensación de estar encerrado en un cuarto minúsculo. Abrió los ojos. En uno de los apartamentos se apagaron las luces. Un satélite se movía lentamente entre las estrellas. Una moto con el silenciador del escape roto intentaba alejarse. Su mirada regresó al apartamento. Volvió a contar las plantas. Tragó agua. Era en su apartamento donde se había apagado la luz.

Harry salió de la piscina en cuestión de segundos, se puso los pantalones y buscó en vano algo que le pudiera servir de arma. Agarró la red para limpiar la piscina que se encontraba apoyada contra la pared, corrió los pocos metros que le separaban del ascensor y apretó el botón. Las puertas se abrieron lentamente, entró como una exhalación y notó un leve aroma a curry. Fue como si le hubieran arrebatado un segundo de su vida, y cuando se dio cuenta estaba tumbado boca arriba en el frío suelo de piedra del pasillo. Por fortuna, el golpe le había alcanzado en la frente, pero entonces una enorme figura se alzó sobre él y Harry comprendió que no tenía muchas probabilidades de salir airoso. Golpeó con el tubo de la red y dio a su atacante justo por encima de las rodillas, pero el ligero mango de aluminio apenas hizo efecto. Harry logró esquivar la primera patada y consiguió ponerse de rodillas. Sin embargo, la segunda le alcanzó en el hombro y le obligó a dar media vuelta. Sentía la espalda terriblemente dolorida, pero comenzó a producir adrenalina y, con un grito de dolor, logró incorporarse. A la luz del ascensor vislumbró una coleta que danzaba en torno a una cabeza afeitada y un brazo que se disponía a asestar un golpe y que le alcanzó por encima del ojo, enviándole tambaleante hacia la piscina. Aquella figura le siguió dando patadas, y Harry contraatacó con un izquierdazo antes de plantar la derecha en el lugar donde creía que debía de encontrarse su cara. Aquello fue como golpear granito, y tuvo la sensación de haberse hecho más daño que su contrincante. Harry retrocedió y giró la cabeza a un lado. Sintió la corriente de aire del golpe de su atacante, así como el pánico que le atenazaba el pecho. Se buscó a tientas en el cinturón, encontró las esposas, consiguió soltarlas y metió los dedos en ellas a modo de puño americano. Esperó a que se acercara la figura y, confiando en que el otro no soltara un gancho, se agachó. Entonces golpeó, girando la cadera y luego el hombro, tomando impulso con todo el cuerpo, lanzando con furiosa desesperación sus nudillos cubiertos de hierro en la oscuridad hasta que chocaron contra carne y hueso, y algo cedió. Volvió a golpear y notó como el hierro le desgarraba la piel. La sangre se deslizaba espesa y cálida entre sus dedos, pero no sabía si era suya o de su atacante. Volvió a alzar la mano para golpear, horrorizado al ver que el otro seguía de pie. Entonces oyó aquella risa profunda y ronca, y después una carga de hormigón impactó contra su cabeza, lo negro se volvió más negro y el arriba y el abajo dejaron de existir.

29

Harry se despertó por el agua, tomó aire instintivamente y al momento se vio arrastrado al fondo. Se resistió, pero no sirvió de nada. El agua amplió el sonido del clic seco y metálico de algo que se cerraba. El brazo que le sujetaba le soltó de repente. Abrió los ojos. Todo lo que le rodeaba era de color celeste y sintió las baldosas bajo sus pies. Se impulsó hacia arriba. Sin embargo, un tirón de la muñeca le confirmó lo que su cerebro ya le había intentado explicar pero él se negaba a aceptar: que se iba a ahogar, que Woo le había encadenado al desagüe del fondo de la piscina con sus propias esposas.

Levantó la mirada. La luna brillaba sobre él a través de un filtro acuoso. Extendió el brazo que tenía libre para que sobresaliera del agua. ¡Joder, la piscina tan solo tenía una profundidad de un metro allí! Harry se apoyó en las piernas intentando levantarse. Se estiró todo lo que pudo. Las esposas se le clavaron en el hueso del pulgar, pero todavía faltaban veinte centímetros para que su boca alcanzara la superficie. Observó cómo la sombra que había al borde de la piscina se alejaba. ¡Mierda! No dejes que el pánico se apodere de ti, pensó. El pánico consume mucho oxígeno.

Se sumergió hasta el fondo y exploró la rejilla del desagüe con los dedos. Era de acero y estaba clavada; ni siquiera era capaz de moverla con las dos manos. ¿Cuánto tiempo podría aguantar la respiración? ¿Un minuto? ¿Dos minutos? Le dolían todos los músculos, un sonido chirriante le retumbaba en las sienes y ante sus ojos danzaban unas estrellas de color rojo. Intentó nuevamente soltarse a la fuerza, consciente de que los esfuerzos físicos consumían con rapidez el aire. Su boca estaba reseca por el miedo, el cerebro había empezado a crear imágenes que sabía que eran meras alucinaciones. Demasiado poco combustible, demasiada poca agua. Un pensamiento absurdo pasó por su mente: si bebía toda el agua que pudiera, el nivel descendería lo suficiente para poder sacar la cabeza. Dio un golpe en el borde de la piscina con la mano que tenía libre, consciente de que nadie podía oírle. Porque, a pesar de que debajo del agua el mundo fuera silencioso, Bangkok seguía emitiendo impasible su grito centenario allá en la superficie, ahogando todos los demás sonidos. Y si alguien le hubiera oído, ¿qué? Todo lo que podría hacer era acompañarle mientras moría. Una capucha ardiente se cerró en torno a su cabeza y él se dispuso a intentar lo que cualquier persona a punto de ahogarse tiene que hacer antes o después: tragar agua. Su mano libre tocó metal. El mango de la red. Estaba en el borde de la piscina. Harry lo agarró y lo acercó hacia sí. Runa había tocado el didgeridoo. Hueco. Aire. Cerró la boca alrededor de la punta del tubo de aluminio e inspiró. Le entró agua en la boca. Tragó y estuvo a punto de asfixiarse. Sintió los insectos muertos y resecos en la lengua y mordió el tubo mientras luchaba contra las ganas de toser. ¿Por qué se llama oxígeno, del griego *oxys*, «ácido»? No es ácido, sino dulce. Incluso en Bangkok el aire es dulce como la miel. Aspiró desechos y astillas sueltas de aluminio que se pegaban a las mucosas de la garganta, pero ni siquiera lo notó. Inspiraba y espiraba con la misma intensidad de quien acaba de correr un maratón.

Su cerebro volvió a funcionar. Entonces comprendió que solo había conseguido posponer lo inevitable. En la sangre el oxígeno se transforma en dióxido de carbono, el gas venenoso producido por el cuerpo, y el tubo era demasiado largo para ser capaz de expulsar el nitrógeno del todo. Así que volvió a inspirar el aire reciclado una y otra vez, en una mezcla que contenía cada vez menos oxígeno y más CO_2. Este exceso de dióxido de carbono se denomina hipercapnia, y pronto moriría de eso. De hecho, lo peor era respirar con tanta rapidez, ya que solo aceleraba el proceso. Al cabo de un rato se sentiría somnoliento, el cerebro perdería las ganas de inhalar aire, respiraría cada vez menos y, finalmente, dejaría de hacerlo.

¡Qué soledad!, pensó Harry, encadenado como aquellos elefantes de las barcas fluviales. Los elefantes. Sopló por el tubo con todas sus fuerzas.

Anne Verk llevaba tres años viviendo en Bangkok. Su marido era director de la sucursal de Shell en Tailandia, no tenían hijos, eran medianamente infelices y seguramente seguirían juntos unos cuantos años más. Después de eso ella volvería a Holanda, terminaría sus estudios y se buscaría otro hombre. Por puro aburrimiento, había solicitado un empleo como profesora voluntaria en Empire y, para sorpresa suya, se lo dieron. Empire era un proyecto idealista cuyo fin era ofrecer formación, principalmente del idioma inglés, a las jóvenes prostitutas de Bangkok. Anne Verk les enseñaba cosas que les resultaban útiles en los bares; por eso acudían. Sentadas tras sus pupitres, eran unas chicas sonrientes y tímidas que se reían disimuladamente cuando ella les pedía que repitieran lo que decía. «¿Me permite encenderle el cigarrillo, señor?», o «Soy virgen, usted es muy guapo, señor. ¿Me invita a una copa?».

Ese día una de las chicas se había puesto un nuevo vestido rojo del que al parecer se sentía muy orgullosa y que, según explicó en un inglés macarrónico, había adquirido en los grandes almacenes Robertson. En ocasiones resultaba muy difícil imaginar que aquellas chicas trabajaran como putas en las zonas más marginales de Bangkok.

Como la mayoría de los holandeses, Anne Verk hablaba un inglés excelente y una noche por semana también daba clases a algunos de los otros profesores. Salió del ascensor en la quinta planta. Había sido una noche excepcionalmente agotadora, llena de discusiones acerca de los métodos de enseñanza. Anhelaba poder quitarse por fin los zapatos en su piso de doscientos metros cuadrados cuando oyó unos golpes extraños y ásperos. Al principio pensó que provenían del río, pero enseguida se dio cuenta de que procedían de la piscina. Buscó el interruptor de la luz y tardó varios segundos en asimilar y comprender la presencia de aquel hombre debajo del agua y la red que sobresalía. Luego echó a correr.

Harry vio cómo se encendía la luz y una figura se detenía en el borde de la piscina. Luego desapareció. Parecía una mujer. ¿Le habría entrado un ataque de pánico? Harry empezó a notar los primeros signos de la hipercapnia. En teoría debería ser una sensación casi agradable, como sumirse bajo los efectos de la anestesia, pero él solo sentía el terror fluyendo por sus venas como agua glacial. Intentó concentrarse y respirar tranquilamente; ni mucho, ni poco. Pero pensar volvía a resultar tremendamente difícil.

Por eso no se percató de que el nivel del agua comenzaba a descender, y cuando la mujer saltó a la piscina y lo levantó hasta la superficie, él estaba convencido de que era un ángel que acudía a buscarle.

El resto de la noche experimentó una terrible jaqueca. Harry estaba sentado en una silla de su apartamento. Llegó el médico, le tomó una muestra de sangre y le dijo que había sido muy afortunado. Como si fuera necesario decírselo. Más tarde, Liz se encontraba a su lado anotando lo que había ocurrido.

—¿Qué buscaba ese tío en tu apartamento? —preguntó ella.

—No tengo ni idea. Asustarme, tal vez.

—¿Se ha llevado algo?

Él echó un rápido vistazo a su alrededor.

—No, si el cepillo de dientes sigue en el cuarto de baño.

—¡Qué payaso eres! ¿Cómo te encuentras?

—Resacoso.

—Dictaré una orden de arresto inmediatamente.

—Olvídalo. Vete a casa a dormir un poquito.

—Parece que de repente te ha dado el subidón.

—Soy un buen actor, ¿verdad? —Se frotó la cara con las manos.

—No es para tomárselo a coña, Harry. ¿Eres consciente de que estás intoxicado con CO_2?

—No más que cualquier ciudadano medio de Bangkok, según el médico. Lo digo en serio, Liz. Vete a casa, no me apetece seguir conversando. Mañana estaré perfectamente.

—Mañana te tomarás el día libre.

—Como quieras. Pero vete.

Harry engulló las pastillas que le había dado el médico, durmió sin soñar nada y no se despertó hasta que Liz le llamó a media mañana para preguntarle qué tal se encontraba. Gruñó algo como respuesta.

—No quiero verte hoy —dijo ella.

—Yo también te quiero —dijo él, colgó y se levantó para vestirse.

Era el día más caluroso en lo que iba de año y en la jefatura de policía competían para ver quién jadeaba y gruñía más. Ni siquiera en el despacho de Liz estaba el aire acondicionado a la altura de las circunstancias. La nariz de Harry se estaba descamando y parecía una especie de variante del reno Rudolph. Estaba a punto de ingerir su tercer litro de agua.

—Si esta es la estación fría, cómo será la…

—Por favor, Harry. —A Liz no le resultaba más soportable el calor por mucho que hablaran de él—. ¿Qué hay de Woo, Nho? ¿Alguna pista?

—Pues no. He tenido una conversación muy seria con el señor Sorensen de Thai Indo Travellers. Dice que no sabe dónde se encuentra Woo, que ya no forma parte de la plantilla de su empresa.

Liz suspiró.

—Y no tenemos ni la menor idea de lo que hacía en el apartamento de Harry. Genial. ¿Y qué hay de Brekke?

Sunthorn había conseguido hablar con el vigilante del edificio donde residía Brekke. Efectivamente, recordaba que el día en cuestión Brekke había llegado en algún momento pasada la medianoche, pero no pudo especificar la hora exacta.

Liz les comunicó que la gente del departamento forense ya estaba registrando a fondo el piso y el despacho de Brekke. Examinaban sobre todo su ropa y sus zapatos para ver si encontraban huellas tales como sangre, cabellos, fibras… lo que pudiera relacionar a Brekke con la víctima o con el lugar de los hechos.

—Mientras tanto —dijo Rangsan—, tengo un par de comentarios sobre las fotografías que encontramos en el maletín de Molnes.

Clavó tres fotos ampliadas en un tablón que había junto a la puerta. Aunque Harry ya había tenido un tiempo para asimilar las imágenes en su mente y por tanto habían perdido su impacto inicial, sintió que el estómago se le revolvía.

—Se las hemos pasado a la unidad de delitos sexuales para ver si podían sacar algo. No han conseguido relacionar las fotografías con ningún distribuidor conocido de pornografía infantil. —Rangsan dio la vuelta a una de las fotos—. En primer lugar, las fotos están reveladas sobre un papel alemán que no se vende en Tailandia. En segundo lugar, están un poco desenfocadas, y a simple vista recuerdan a fotografías amateur privadas que no están pensadas para ser distribuidas. El departamento forense ha hablado con un experto en fotografía que ha constatado que fueron sacadas a distancia con un teleobjetivo y probablemente desde el exterior. Cree que esto es el travesaño de una ventana. —Rangsan señaló una sombra gris que había en el borde de la fotografía—. Aun así, las fotos son bastante profesionales y eso puede indicar que hay un nuevo tipo de público que atender en el mercado de la pornografía infantil: los voyeurs.

—¿Cómo?

—En Estados Unidos la industria pornográfica gana grandes cantidades de dinero con la venta de supuestas grabaciones privadas de aficionados que, en realidad, están realizadas por actores y fotógrafos profesionales que hacen que las imágenes parezcan más realistas usando un equipo sencillo y evitando los modelos de aspecto impecable. Resulta que la gente está dispuesta a pagar más por lo que creen que son grabaciones genuinas en los dormitorios privados de la gente. Lo mismo se aplica a las fotos y los vídeos que se hacen pasar por grabaciones realizadas desde el piso de enfrente sin el consentimiento de los protagonistas. Esto último atrae especialmente a los voyeurs, es decir, la gente que se excita mirando a quienes no saben que están siendo observados. Pensamos que las fotos en cuestión encajan en esta última categoría.

—O bien… —dijo Harry—, puede que la intención de las fotografías no fuera la distribución, sino la extorsión.

Rangsan meneó la cabeza.

—Lo hemos pensado, pero si ese fuera el caso debería poder identificarse a la persona adulta en cuestión. Un rasgo característico de las fotografías destinadas a la venta es que los rostros de los agresores estén ocultos, como en este caso.

Señaló las tres imágenes. Solo resultaban visibles el trasero y la parte baja de la espalda de una persona, que estaba desnuda salvo por una camiseta roja donde se divisaba la parte inferior de un número dos y un cero.

—Aun así, supongamos que las fotos tenían como objetivo la extorsión, pero que el fotógrafo no logró captar el rostro —dijo Harry—. O que solamente mostró a la víctima del chantaje las copias en las que no se le podía identificar.

—¡Espera! —Liz agitó una mano en el aire—. ¿Qué estás diciendo, Harry? ¿Que el hombre de la foto es Molnes?

—Es una teoría. Que fue objeto de chantaje pero no pudo pagar a causa de sus deudas de juego.

—¿Y qué? —preguntó Rangsan—. Eso no le da al chantajista un motivo para asesinar a Molnes.

—A lo mejor Molnes amenazó con denunciarle a la policía.

—¿Denunciar al chantajista para que luego lo condenen por pedofilia? —Rangsan puso los ojos en blanco y Sunthorn y Nho intentaron sin éxito disimular sus sonrisas.

Harry levantó las manos.

—Como ya he dicho, era una teoría, y estoy de acuerdo en que la descartemos. La otra teoría es que Molnes sea el extorsionista…

—… y que Brekke sea el agresor sexual. —Liz apoyó el mentón en la mano y miró meditabunda al vacío—. Bueno, Molnes necesitaba dinero y eso le daba a Brekke un móvil para el asesinato. Pero él ya lo tenía de antes, así que eso no nos lleva a ninguna parte.

¿Qué opina usted, Rangsan? ¿Se puede descartar que Brekke sea la persona de las fotos?

Negó con la cabeza.

—Las fotografías están tan desenfocadas que no podemos descartar a nadie, a menos que Brekke posea unos rasgos específicos.

—¿Quién se presta voluntario para echar un vistazo al culo de Brekke? —preguntó Liz, provocando una risotada general.

Sunthorn carraspeó discretamente.

—Si Brekke asesinó a Molnes a causa de las fotos, ¿por qué las dejó allí?

Se hizo un largo silencio.

—¿Solo yo tengo la sensación de que lo único que hacemos aquí es parlotear sin sentido? —preguntó Liz finalmente.

El aire acondicionado gorgoteó y Harry pensó que aquel iba a ser un día tan largo como caluroso.

Harry estaba en la puerta que daba al jardín de la residencia del embajador.

—¿Harry? —Runa parpadeó para quitarse el agua de los ojos y salió de la piscina.

—Hola —dijo él—. Tu madre está durmiendo.

Ella se encogió de hombros.

—Hemos detenido a Jens Brekke.

Esperó a que ella dijera algo, que preguntara por qué, pero no dijo nada. Él suspiró.

—No es mi intención molestarte con estas cosas, Runa. Pero estoy metido en medio de todo esto, y tú también lo estás, así que creo que deberíamos intentar ayudarnos mutuamente.

—Muy bien —dijo ella.

Harry intentó interpretar su tono. Decidió ir directamente al grano.

—Necesito averiguar algo más sobre él, qué clase de hombre es, si es el tipo de persona que aparenta ser, etcétera. He pensado que puedo empezar por la relación que tiene con tu madre. Quiero decir, hay una diferencia de edad significativa…

—¿Quieres saber si él se aprovecha de ella?

—Algo así, sí.

—Es posible que mi madre se aproveche de él, pero ¿al contrario?

Harry se sentó en una de las sillas que había debajo de un sauce, pero ella permaneció de pie.

—A mi madre no le gusta que yo ande cerca cuando están juntos y por eso no he llegado a conocerle bien.

—Le conoces mejor que yo.

—¿De veras? Hummm… Parece un tipo agradable, pero es posible que solo sea en apariencia. Por lo menos intenta ser amable conmigo. Por ejemplo, fue idea suya llevarme al boxeo tailandés. Creo que piensa que me interesan los deportes por el tema de los saltos de trampolín. ¿Si él se aprovecha de ella? No lo sé. Lo siento, esto no es de gran ayuda, pero yo no sé cómo piensan los hombres a esa edad, no se puede decir que mostréis muchos sentimientos…

Harry se ajustó las gafas de sol.

—Gracias, ha estado muy bien, Runa. ¿Puedes decirle a tu madre que me llame cuando se despierte?

La joven se colocó en el borde de la piscina de espaldas al agua, cogió impulso y se lanzó hacia atrás trazando para él una parábola con la espalda arqueada y la cabeza hacia abajo. Cuando Harry se giró para marcharse, vio cómo las burbujas brotaban en la superficie.

El jefe de Brekke en Barclays Thailand llevaba el pelo emparrado y su rostro mostraba preocupación. No paraba de toser y pidió a Harry que repitiera su nombre tres veces. Harry echó un vistazo al despacho y constató que Brekke no había mentido: era más pequeño que el suyo.

—Brekke es uno de nuestros corredores más competentes —dijo el jefe—. Tiene una memoria prodigiosa en cuanto a los números.

—Bien.

—Ladino… pues sí. Ese es su trabajo.

—De acuerdo.

—Hay quienes afirman que en ocasiones puede ser despiadado, pero ninguno de nuestros clientes jamás le ha acusado de ser injusto.

—¿Qué tal es como persona?

—¿No es eso lo que le acabo de decir?

Harry llamó desde la comisaría a Tore Bø, jefe del departamento de divisas del banco noruego DnB. Este mencionó que Brekke había mantenido una breve relación con una chica de la administración del departamento, pero que se había acabado repentinamente. Al parecer por iniciativa de ella. Suponía que podía ser parte del motivo por el que Brekke renunció poco después y aceptó el puesto en Bangkok.

—Además de recibir una considerable suma por el traslado y un aumento de sueldo, por supuesto —añadió.

Después del almuerzo, Harry y Nho bajaron en el ascensor a la segunda planta, donde Brekke seguía encerrado en una sala de detención a la espera de ser trasladado a la prisión preventiva de Pratunam.

Brekke llevaba aún el traje que vestía en el momento de ser arrestado, pero al tener desabrochada y remangada la camisa ya no parecía un corredor de bolsa. El flequillo sudado se le pegaba a la frente y miraba como extrañado sus propias manos, que descansaban sobre la mesa que tenía delante.

—Le presento a Nho, un compañero mío —dijo Harry.

Brekke alzó la mirada, se esforzó por sonreír y asintió con la cabeza.

—En realidad solo tengo una pregunta —dijo Nho—. ¿Acompañó al embajador al aparcamiento donde había estacionado su coche el lunes 3 de enero a las 17.00 horas?

Brekke miró primero a Harry y luego a Nho.

—Sí —dijo.

Nho miró a Harry y asintió.

—Gracias —dijo Harry—. Eso ha sido todo.

30

El tráfico avanzaba lentamente, Harry tenía jaqueca y el aire acondicionado silbaba de modo alarmante. Nho se detuvo ante la barrera del parking de Barclays Thailand, bajó la ventanilla y un tailandés de rostro anodino con uniforme recién planchado le explicó que Jim Love no había ido a trabajar.

Nho mostró su placa policial y le comentó que querían ver una de las cintas de vídeo, pero el vigilante meneó disgustado la cabeza diciendo que debían llamar a la compañía de seguridad. Nho se giró hacia Harry y se encogió de hombros.

—Explíquele que se trata de un homicidio —dijo Harry.

—Ya lo he hecho.

—Entonces habrá que explicárselo más detenidamente.

Harry bajó del coche. El calor y la humedad le abofetearon la cara. Era como levantar la tapa de una olla de agua hirviendo. Se estiró y dio lentamente la vuelta al coche, ya un poco mareado. El vigilante frunció el ceño al observar que un *farang* de rostro enrojecido y casi dos metros de altura se aproximaba hacia él, y se llevó una mano a la empuñadura de la pistola.

Harry se plantó frente a él, mostró los dientes y le agarró del cinturón con la mano izquierda. El vigilante soltó una exclamación, pero no tuvo tiempo de ofrecer resistencia antes de que Harry le desabrochara el cinturón y metiera la mano derecha por dentro del pantalón. El vigilante se vio alzado del suelo cuando Harry dio un violento tirón. Sus calzoncillos se rajaron con un ruido de desgarro. Nho gritó algo, pero ya era demasiado tarde. Harry sostenía en alto unos calzoncillos bóxer con aire triunfal. A continuación salieron volando por encima de la caseta y acabaron en los arbustos que había fuera. Luego caminó lentamente rodeando el coche y volvió a subirse en él.

—Un truco de la vieja escuela —le comentó a un Nho estupefacto—. A partir de ahora puedes proseguir con las negociaciones. ¡Joder, qué calor hace!

Nho bajó rápidamente del coche y, tras una breve deliberación, metió la cabeza por la ventanilla, asintió, y Harry siguió a Nho y al vigilante al cuarto del sótano. Este último miraba furibundo a Harry, aunque se mantenía a una distancia prudente de él.

El aparato reproductor de vídeo emitió un zumbido y Harry se encendió un cigarrillo. Había oído algo de que, en determinadas situaciones, la nicotina estimulaba los procesos mentales. Por ejemplo, cuando tenías ganas de fumar.

—Bien —dijo Harry—. Así que cree que Brekke dice la verdad.

—Usted también lo cree —dijo Nho—. Si no fuera así, no me habría traído hasta aquí.

—Exacto. —El humo le provocó escozor en los ojos—. Y aquí va a poder ver por qué creo que dice la verdad.

Nho miró la imagen, pero seguía sin comprender y meneó la cabeza.

—Esta cinta es del día lunes 10 de enero —prosiguió Harry—. Sobre las diez de la noche.

—Es un error —dijo Nho—. Es la misma grabación que vimos la última vez, la del día del asesinato, el 3 de enero. La fecha aparece incluso en la esquina de la imagen.

Harry exhaló un anillo de humo, pero una corriente de aire procedente de alguna parte lo desdibujó de inmediato.

—Es la misma grabación, pero la fecha ha estado equivocada todo el tiempo. Imagino que nuestro amigo sin calzoncillos podrá confirmar que es fácil reprogramar el aparato a fin de que la fecha y la hora aparezcan cambiadas en la imagen.

Nho miró al vigilante, quien se encogió de hombros y asintió con la cabeza.

—Pero eso no explica cómo puede saber usted de cuándo data la grabación —dijo Nho.

Harry señaló la imagen con un gesto de la cabeza.

—Se me ha ocurrido esta mañana cuando me he despertado por culpa del tráfico que atravesaba el Taksin Bridge en el exterior del piso donde me alojo —dijo—. Había muy poco tráfico. Este es un parking de seis plantas en un edificio de negocios con mucho ajetreo. Son entre las cuatro y las cinco y solo hemos visto pasar dos coches en una hora. —Harry dio un golpecito al cigarrillo para tirar la ceniza—. Y lo siguiente que me vino a la cabeza fue esto… —Se levantó y señaló en la pantalla unas marcas negras sobre el cemento—. Huellas de neumáticos húmedos. De ambos coches. ¿Cuándo fue la última vez que estuvieron mojadas las carreteras en Bangkok?

—Hace dos meses como mínimo.

—No, se equivoca. Hace cuatro días. El 10 de enero, entre las diez y las diez y media, cayó un chubasco de mango. Lo sé porque gran parte de él acabó en mi camisa.

—¡Joder! Es cierto —dijo Nho arrugando la frente—. Pero estos reproductores de vídeo graban continuamente. Si esta grabación no es del día 3, significa que la cinta que debía de estar funcionando a la hora citada fue extraída del reproductor.

Harry pidió al vigilante que buscara la cinta del 10 de enero, y medio minuto más tarde pudieron constatar que la grabación se detenía a las 21.30 horas. A continuación siguieron unos segundos de interferencias, antes de que la imagen se volviera a estabilizar.

—Aquí extrajeron la cinta —dijo Harry—. Las imágenes que vemos ahora son las que había anteriormente en la cinta. —Señaló la fecha—. El 1 de enero a las 05.25.

Harry pidió al vigilante que congelara la imagen y permanecieron un rato mirándola mientras Harry apuraba el cigarrillo.

Nho se tapó la boca con ambas manos.

—Así que alguien ha manipulado una cinta para que parezca que el embajador jamás estuvo en el parking. ¿Por qué?

Harry no contestó. Miró la hora de la imagen: 05.25. Treinta y cinco minutos antes de la entrada del nuevo año en Oslo. ¿Dónde se encontraría él? ¿Qué estaría haciendo? ¿Estaría en el Schrøder? No, ya habría cerrado. Estaría durmiendo. En cualquier caso, no se acordaría de los fuegos artificiales.

La compañía de seguridad confirmó que Jim Love estaba de guardia la noche del 10 de enero, y no puso ningún impedimento para proporcionarles su dirección y su número de teléfono. Nho llamó a la casa, pero no contestó nadie.

—Mande un coche patrulla para comprobarlo —dijo Liz.

Parecía eufórica por tener por fin algo concreto sobre lo que trabajar.

Sunthorn entró en el despacho y le entregó una carpeta.

—Jim Love no tiene antecedentes —dijo—. Pero a Maisan, uno de los agentes de incógnito de la unidad de estupefacientes, le sonó la descripción. Si se trata del mismo tipo, ha sido visto en Miss Duyen's en varias ocasiones.

—¿Qué quiere decir eso? —preguntó Harry.

—Quiere decir que igual no resultó ser tan inocente en el caso del opio como nos explicó —dijo Nho.

—Miss Duyen's es un fumadero de opio en Chinatown —explicó Liz.

—¿Fumadero de opio? ¿No está, eh... prohibido?

—Pues claro.

—Lo siento. Ha sido una pregunta estúpida —dijo Harry—. Pensaba que la policía combatía realmente ese tipo de cosas.

—No sé cómo son las cosas en el lugar de donde vienes, Harry, pero aquí tenemos un enfoque práctico. Podemos cerrar Miss Duyen's y la próxima semana se abrirá otro fumadero de opio en otro lugar. O esos pobres tipos seguirán haciéndolo en la calle. La ventaja de Miss Duyen's radica en que nos proporciona cierto control, nuestros agentes de incógnito pueden entrar y salir de allí cuando les plazca y los que han decidido destrozarse el cerebro fumando opio pueden hacerlo en un entorno más o menos decente.

Alguien tosió.

—Además, estoy seguro de que la señorita Duyen paga bien —se oyó murmurar desde detrás del *Bangkok Post*.

Liz fingió no oírlo.

—Dado que Jim no ha aparecido hoy por el trabajo y tampoco está en casa, imagino que estará tumbado en una de las esterillas de bambú de Miss Duyen's. Nho, sugiero que usted y Harry se den una vuelta por allí. Hablen con Maisan. Él podrá ayudarles. Creo que al turista puede resultarle interesante echar un vistazo.

Maisan y Harry se adentraron en una calle estrecha donde una ardiente brisa esparcía la basura a lo largo de las destartaladas fachadas de las casas. Nho se quedó en el coche porque, según Maisan, apestaba a poli a la legua. Además, temía levantar sospechas en Miss Duyen's si entraban tres personas juntas.

—Fumar opio no es una actividad social —explicó Maisan con un marcado acento americano.

Harry se preguntó si el acento y la camiseta de The Doors no resultaban un poco excesivos para un agente de estupefacientes de incógnito. Maisan se detuvo ante una reja de hierro forjado que hacía las veces de puerta, casi perforó el asfalto con el tacón derecho de sus botas al pisar la colilla de su cigarrillo y se agachó para entrar.

La transición desde el exterior soleado al oscuro interior hizo que Harry al principio no viera nada, pero pudo oír voces bajas y murmullos. Se guió por las espaldas de dos personas que le precedían, a quienes fue perdiendo de vista a medida que se adentraban en la habitación.

—¡Joder!

Harry se golpeó la cabeza contra el marco de una puerta y se giró cuando oyó una risa conocida. En la oscuridad, junto a la pared, tuvo la sensación de vislumbrar una enorme figura, pero era posible que se equivocara. Se apresuró para no perder a los dos que iban delante. Bajaron por una escalera y Harry les siguió a toda prisa. Unos cuantos billetes cambiaron de manos y la puerta se abrió lo suficiente para que pudieran entrar.

El interior olía a tierra, orines, humo y opio dulce.

La idea más aproximada que Harry tenía de un fumadero del opio provenía de una película de Sergio Leone en la que Robert de Niro era atendido por unas mujeres con pareos de seda mientras los clientes yacían tumbados sobre unas mullidas camas con enormes cojines, todo ello envuelto en una compasiva luz amarillenta que otorgaba cierta sacralidad a la escena. Al menos así era como él lo recordaba. Aparte del hecho de que allí la luz también era tenue, había pocas cosas que recordasen a Hollywood. El polvo que flotaba en el aire dificultaba la respiración y, salvo unas cuantas literas dispuestas junto a la pared, la gente estaba tirada sobre alfombras y esterillas de bambú extendidas en el suelo de tierra apisonada.

La oscuridad y la atmósfera densa y cerrada en la que resonaban toses y suaves carraspeos hicieron que Harry pensara al principio que allí dentro solo habría un puñado de gente. Sin embargo, a medida que sus ojos se acostumbraban a la penumbra, observó que era una habitación enorme y abierta en la que seguramente habría cientos de personas, en su mayor parte hombres. Aparte de las toses, reinaba un extraño silencio. La mayoría parecía estar durmiendo y algunos apenas se movían. Vio a un anciano agarrar la boquilla de una pipa con ambas manos y succionar con tanta fuerza que su piel arrugada se tensó alrededor de los pómulos.

Aquello era una locura organizada. Estaban tumbados en fila, distribuidos en cuadrados espaciados entre sí, casi como en un cementerio. Harry siguió a Maisan mientras recorría arriba y abajo las distintas hileras, mirando aquellos rostros e intentando contener la respiración.

—¿Ve a su hombre? —susurró el agente.

Harry negó con la cabeza.

—Está jodidamente oscuro.

Maisan forzó una sonrisa.

—En una ocasión intentaron colocar unos tubos fluorescentes para poner fin a los robos. Pero la gente dejó de venir. La mayoría de los que acuden aquí también son ladrones.

Maisan se adentró un poco más en la oscuridad del cuarto. Al cabo de un rato regresó y señaló hacia la puerta de salida.

—Me han dicho que el negro va a veces a Yupa House, en esta misma calle. Hay gente que se lleva su opio para fumarlo allí. El dueño les deja a su aire.

Justo cuando las pupilas de Harry se habían acostumbrado a la oscuridad, tuvieron que volver a sufrir el impacto de aquella enorme lámpara de dentista que colgaba en el cielo. Se puso las gafas de sol a toda prisa.

—Conozco un sitio donde podría comprarse unas baratas…

—No, gracias, estas están bien.

Fueron a buscar a Nho. Yupa House requeriría una placa de policía tailandesa para que les mostraran el libro de huéspedes y Maisan no quería que le identificaran en aquel vecindario.

—Gracias —dijo Harry.

—Vayan con cuidado —dijo Maisan desapareciendo entre las sombras.

31

El recepcionista de Yupa House se asemejaba al reflejo de uno de esos espejos de feria que hacen que la gente parezca más delgada. Un alargado rostro de ave rapaz se alzaba sobre unos hombros estrechos y oblicuos. Tenía el cabello ralo, unos ojos achinados inclinados hacia abajo y un finísimo bigote de morsa. Su trato era educado y correcto, y debido al traje oscuro que llevaba a Harry le recordó a un empleado de funeraria.

Aseguró a Harry y a Nho que no había nadie alojado allí con el nombre de Love. Cuando le describieron, sonrió aún más ampliamente y meneó la cabeza. Sobre el mostrador se encontraban expuestas las sencillas reglas del hotel: prohibidas las armas, los objetos malolientes y fumar en la cama.

—Discúlpenos un momento —dijo Harry al recepcionista a la vez que se llevaba a Nho hacia la puerta—. ¿Ahora qué?

—Complicado —dijo Nho—. Es vietnamita.

—¿Y qué?

—¿No sabe lo que Nguyen Cao Ky dijo sobre sus compatriotas durante la guerra de Vietnam? Dijo que los vietnamitas han nacido mentirosos, que lo llevan en los genes después de haber aprendido generación tras generación que la verdad solo conduce a la desgracia.

—¿Me está diciendo que miente?

—Le estoy diciendo que no tengo ni idea. Es muy bueno.

Harry se giró y se acercó de nuevo al mostrador para pedirle la llave maestra. El recepcionista esbozó una sonrisa nerviosa.

Harry levantó la voz ligeramente, volvió a pronunciar «master key» y le sonrió entre dientes.

—Vamos a registrar este hotel habitación por habitación. ¿Entiende? Y si encontramos cualquier irregularidad, no nos quedará más remedio que cerrarlo a fin de iniciar una investigación. Pero supongo que no tiene de qué preocuparse.

El recepcionista meneó la cabeza y de pronto pareció mostrar graves dificultades en la comprensión del inglés.

—Le digo que no tiene de qué preocuparse porque en este cartel pone que está prohibido fumar en la cama.

Harry lo arrancó y lo arrojó violentamente sobre el mostrador.

El vietnamita se quedó mirando el cartel durante un largo rato. Algo se movió bajo la piel de su cuello de ave rapaz.

—En la habitación número 304 se aloja un hombre llamado Jones —dijo al fin—. ¿Puede ser la persona que buscan?

Harry se giró sonriente hacia Nho, que se encogió de hombros.

—¿Está el señor Jones en la habitación?

—Ha permanecido allí desde que se registró.

El recepcionista les acompañó arriba. Llamaron a la puerta, pero nadie contestó. Nho indicó al recepcionista que abriera mientras le quitaba el seguro a una Beretta negra de 35 milímetros que sacó de una funda que tenía sujeta a la pantorrilla. La cabeza del recepcionista empezó a sufrir una serie de tics nerviosos, como los de una gallina. Giró la llave y retrocedió apresuradamente un par de pasos. Harry abrió la puerta con cuidado. Las cortinas estaban cerradas y la habitación estaba sumida en una oscuridad casi completa. Deslizó una mano junto a la puerta a fin de buscar el interruptor de la luz. En la cama yacía Jim Love inmóvil, con los ojos cerrados y los auriculares puestos. Un ventilador giraba zumbando en el techo, haciendo que las cortinas se movieran ligeramente. La pipa de agua se encontraba sobre una mesilla de noche que había junto a la cama.

—¡Jim Love! —gritó Harry.

Pero el tipo no reaccionó.

O dormía o tenía el walkman a todo volumen, pensó Harry mientras echaba un vistazo a la habitación a fin de asegurarse de que Jim estaba solo. Entonces vio cómo una mosca salía tranquilamente por su orificio nasal derecho. Harry se percató de que Jim no respiraba, se acercó a la cama y colocó una mano sobre su frente. Era como tocar mármol frío.

Harry esperaba en la habitación del hotel sentado en una incómoda silla. Tarareaba una canción, aunque no recordaba cuál era.

Llegó el médico y confirmó que Love llevaba muerto más de doce horas, algo que Harry le podía haber dicho de antemano. Cuando preguntaron al médico cuánto tiempo tendrían que esperar el resultado de la autopsia, este se encogió de hombros y Harry supo que la respuesta sería la de siempre: más de doce horas.

Todos excepto Rangsan se reunieron esa noche en el despacho de Liz. El resplandeciente buen humor del que la subinspectora había hecho gala aquella misma mañana se había esfumado por completo.

—Díganme que tenemos algo —dijo amenazante.

—En la inspección de la habitación han encontrado numerosos rastros —respondió Nho—. Han ido tres técnicos forenses y han hallado un montón de huellas dactilares, pelos y fibras. Dicen que parecía que Yupa House no hubiera sido limpiado en medio año.

Sunthorn y Harry se rieron, pero Liz los fulminó con la mirada.

—¿Ninguna huella relacionada con el asesinato?

—Aún no sabemos si fue un asesinato —dijo Harry.

—¡Sí que lo sabemos! —gruñó Liz—. Los sospechosos de ser cómplices en un asesinato no mueren casualmente de sobredosis unas horas antes de ser pillados.

—Cuando naces para martillo…

—¿Cómo?

—Digo que tiene razón.

Nho añadió que una sobredosis mortal era algo muy raro entre los fumadores de opio. Normalmente perdían la conciencia antes de poder inhalar tanto. Se abrió la puerta y entró Rangsan.

—Hay novedades —dijo él sentándose antes de coger el periódico—. Han encontrado la causa de la muerte.

—Pensaba que el resultado de la autopsia no estaría listo hasta mañana —dijo Nho.

—No será necesaria. Los chicos del departamento forense encontraron ácido prúsico en el opio, una fina capa. El tipo murió tras la primera inhalación.

Durante un instante se hizo el silencio alrededor de la mesa.

—¡Busquen a Maisan! —Liz había pasado de nuevo al ataque—. Tenemos que averiguar dónde consiguió Love el opio.

—Yo no sería demasiado optimista al respecto —le advirtió Rangsan—. Maisan ha hablado con el camello habitual de Love y llevaba mucho tiempo sin verle.

—Genial —dijo Harry—. En cualquier caso, es evidente que alguien ha intentado señalar deliberadamente a Brekke como el asesino.

—Eso no nos ayuda —dijo Liz.

—Yo no estaría tan seguro —dijo Harry—. No está claro que Brekke fuera un chivo expiatorio elegido al azar. Tal vez el asesino tuviera algún motivo para echarle la culpa. Un ajuste de cuentas…

—¿Y qué?

—Si soltamos a Brekke, puede que suceda algo. Quizá podamos atraer al asesino para que salga a la luz.

—Lo siento —dijo Liz. Se quedó mirando fijamente la mesa—. No vamos a soltar a Brekke.

—¿Cómo? —Harry no daba crédito a sus oídos.

—Órdenes del jefe.

—Pero…

—Es lo que hay.

—Además, tenemos indicios que apuntan a Noruega —dijo Rangsan—. El departamento forense mandó las muestras de la grasa del cuchillo a sus colegas noruegos para ver si podían averiguar algo. Descubrieron que se trata de grasa de reno, y aquí en Tailandia no abundan precisamente. Alguien del departamento sugirió que deberíamos detener a Papá Noel. —Nho y Sunthorn se rieron con disimulo—. Pero desde Oslo nos han confirmado que los samis de Noruega, los lapones, utilizan habitualmente grasa de reno para proteger el acero de los cuchillos.

—Cuchillo tailandés y grasa noruega —dijo Liz—. Esto se pone cada vez más interesante. —Luego se levantó de golpe—. Buenas noches a todos. Espero que descansen bien y estén listos para seguir con el trabajo mañana.

Harry la detuvo junto al ascensor y le pidió una explicación.

—Escucha, Harry. Esto es Tailandia y aquí se aplican unas reglas diferentes. Nuestro jefe de policía ha exagerado un poco al comunicarle a la comisaria de Oslo que hemos encontrado al asesino. Él cree que ha sido Brekke, y cuando le informé de los últimos avances del caso no le hizo ninguna gracia e insistió en que debíamos retener a Brekke en prisión preventiva hasta que al menos presente una coartada.

—Pero…

—Fachada, Harry, fachada. No olvides que en Tailandia te educan para no admitir nunca un error.

—¿Y cuando todo el mundo sabe quién ha cometido el error?

—Entonces todo el mundo se pone de acuerdo para que no parezca un error.

Afortunadamente, las puertas del ascensor se abrieron y cerraron detrás de Liz antes de que a Harry le diera tiempo a expresar su opinión al respecto. Entonces recordó la canción que le rondaba por la cabeza. «All Along the Watchtower.» Y en aquel momento se acordó también de la letra: «There must be some way out of here, said the joker to the thief». Debe de haber alguna forma de salir de aquí…

A ver si era verdad.

En la puerta de su apartamento había una carta. En el dorso del sobre vio el nombre de Runa.

Se desabrochó la camisa. El sudor formaba una fina capa pega-josa sobre su pecho y su abdomen. Intentó recordar la época en que tenía diecisiete años. ¿Se había enamorado? Probablemente.

Metió la carta sin abrir en el cajón de la mesilla de noche, ya que pensaba devolverla. A continuación se tumbó sobre la cama y medio millón de coches y el aire acondicionado intentaron arru-llarle hasta que se durmiera.

Pensó en Birgitta. La chica sueca que conoció en Australia y que le dijo que le amaba. ¿Qué es lo que había dicho Aune? Que tenía miedo a «atarse a otras personas». El último pensamiento que recordó fue que toda redención tiene su resaca. Y viceversa.

32

Jens Brekke tenía aspecto de no haber dormido desde la última vez que Harry le vio. Tenía los ojos inyectados en sangre y movía las manos nerviosamente sobre la mesa.

—Entonces ¿no recuerda al vigilante del parking negro con el peinado afro? —dijo Harry.

Brekke negó con la cabeza.

—Como ya he dicho, nunca utilizo el parking.

—Olvidémonos de Jim Love por ahora —dijo Harry—. Concentrémonos en quién puede querer meterle entre rejas.

—¿A qué se refiere?

—Hay alguien que ha hecho un gran esfuerzo por invalidar su coartada.

Jens elevó las cejas hasta que casi desaparecieron bajo la raíz de su cabello.

—El 10 de enero alguien metió la cinta del 3 de enero en el reproductor de vídeo y grabó encima para eliminar las horas en las que deberíamos haber visto el coche del embajador y a usted acompañándole al parking.

Jens bajó las cejas hasta formar una M.

—¿Qué?

—Piénselo.

—¿Se refiere a si tengo enemigos?

—Tal vez. O a lo mejor solo les resulte útil tener a un chivo expiatorio.

Jens se frotó la nuca.

—¿Enemigos? No se me ocurre ninguno, no de ese tipo. —Su rostro se iluminó—. Pero eso significa que me van a tener que soltar.

—Lo siento, no está libre de toda sospecha todavía.

—Pero acaba de decir que han…

—El jefe de policía no quiere soltarle hasta que disponga de una coartada. Por lo tanto, le pido que lo piense bien. ¿Alguien, quien sea, le vio después de que se despidiera del embajador y antes de que llegara a casa? ¿Había alguien en recepción cuando se marchó del despacho? ¿Cogió un taxi? ¿Pasó por algún quiosco o lo que sea?

Jens apoyó la frente sobre la punta de sus dedos. Harry encendió un cigarrillo.

—¡Maldita sea, Harry! Me ha dejado descolocado con el asunto ese del vídeo. No puedo pensar con claridad. —Jens soltó un gemido y golpeó la mesa con la palma de su mano—. ¿Sabe qué me ha pasado esta noche? He soñado que mataba al embajador. Que él y yo salíamos juntos por la entrada principal e íbamos en coche hasta un motel y allí le clavaba un enorme cuchillo de carnicero en la espalda. Intentaba controlarme, pero no era dueño de mí mismo. Me sentía como si estuviera atrapado dentro un robot, y le apuñalaba sin parar, y yo…

Se contuvo.

Harry no dijo nada. Dejó que se tomara todo el tiempo que necesitara.

—El caso es que no soporto estar encerrado —dijo Jens—. Jamás lo he soportado. Mi padre solía… —Tragó saliva y cerró la mano derecha en un puño. Harry vio cómo sus nudillos se volvían blancos. Jens casi susurraba cuando siguió hablando—: Si alguien me hubiera venido con una confesión diciéndome que si la firmaba podía salir, no sé qué carajo hubiera hecho.

Harry se levantó.

—Intente seguir recordando. Ahora que ya hemos descartado la prueba del vídeo, tal vez pueda pensar con más claridad.

Se dirigió a la puerta.

—¿Harry?

Este se preguntó qué es lo que volvía tan locuaz a la gente en cuanto les dabas la espalda.

—¿Sí?

—¿Por qué cree usted que soy inocente cuando todos los demás parecen pensar lo contrario?

Harry contestó sin darse la vuelta.

—En primer lugar, porque no tenemos ninguna prueba, ni nada que se le parezca, en contra de usted. Tan solo un móvil trillado y la falta de cortada.

—¿Y en segundo lugar?

Harry sonrió y giró la cabeza.

—Porque me pareció un cabrón desde la primera vez que le vi.

—¿Y?

—Soy muy malo juzgando a las personas. Que pase un buen día.

Bjarne Møller abrió un ojo, echó un vistazo al reloj de la mesilla de noche y se preguntó quién diablos podía pensar que las seis de la mañana era un buen momento para llamar por teléfono.

—Sé qué hora es —dijo Harry antes de que Møller tuviera tiempo de decir nada—. Escuche, hay un tipo al que quiero que investigue. No hay nada concreto de momento, solo es un pálpito.

—¿Un pálpito? —La voz de Møller parecía un trozo de cartulina golpeando contra los radios de la rueda de una bicicleta.

—Sí, o una intuición, si lo prefiere. Creo que estamos buscando a un noruego y eso reduce el abanico significativamente.

Møller se aclaró la garganta llena de flemas.

—¿Por qué un noruego?

—Bueno, en la chaqueta de Molnes se encontraron restos de grasa de reno, probablemente procedentes del cuchillo. Y el ángulo del apuñalamiento indica que la persona que lo hizo era relativamente alta. Los tailandeses son por lo general bastante pequeños, como usted ya sabrá.

—De acuerdo, pero ¿no podría haber esperado un par de horas para contarme todo esto, Hole?

—Claro —dijo Harry.

Se produjo una pausa.

—Entonces ¿por qué no lo ha hecho?

—Porque aquí tenemos a cinco investigadores y un jefe de policía esperando a que usted mueva el culo, jefe.

Dos horas más tarde, Møller le devolvió la llamada.

—¿Por qué quiere hacer averiguaciones precisamente sobre este tipo, Hole?

—Bueno. Pensé que alguien que emplea grasa de reno en los cuchillos tenía que haber estado en el norte de Noruega. Entonces me acordé de un par de colegas que estuvieron haciendo el servicio militar en Finnmark y compraron allí unas navajas samis enormes. Ivar Løken fue miembro de las Fuerzas Armadas durante varios años y estuvo destinado en Vardø. Además, tengo la sensación de que sabe cómo se utiliza un cuchillo.

—Puede que tenga razón —dijo Møller—. ¿Qué más sabe de él?

—No mucho. Tonje Wiig afirma que le tienen aparcado por aquí esperando a que se jubile.

—Bueno, no tiene antecedentes penales, pero… —Møller se detuvo.

—¿Pero…?

—Había un expediente suyo por aquí.

—¿A qué se refiere?

—Su nombre ha aparecido en la pantalla, pero no he podido acceder al archivo. Una hora más tarde me han llamado desde el Estado Mayor del Ejército en Huseby preguntándome si había intentado acceder al expediente.

—¡Uau!

—Me han pedido que envíe un escrito si quiero información sobre Ivar Løken.

—Olvídelo.

–Ya lo he hecho, Harry. Por ahí no conseguiremos nada.

–¿Ha hablado con Hammervoll, de la Unidad de Delitos Sexuales?

–Sí.

–¿Y qué ha dicho?

–Que naturalmente no existe ningún archivo sobre noruegos pedófilos en Tailandia.

–Me lo imaginaba. Maldita agencia de protección de datos.

–No tiene nada que ver con eso.

–¿No?

–Hicimos un listado hace unos años, pero fue imposible mantenerlo actualizado. Había demasiados…

Cuando Harry llamó a Tonje Wiig para quedar de manera urgente, ella insistió en que se reunieran en el Author's Lounge del hotel Oriental para tomar un té.

–Es donde va todo el mundo –dijo ella.

Harry descubrió que «todo el mundo» se refería a blanco, rico y bien vestido.

–Bienvenido al mejor hotel del mundo, Harry –gorjeó Tonje desde la profundidad de un sillón del vestíbulo.

Llevaba un vestido de algodón azul y sostenía un sombrero de paja en el regazo que, junto con el resto de personas que pululaban por allí, proporcionaban al lugar un aire de colonialismo antiguo y despreocupado.

Se «retiraron» al Author's Lounge, les trajeron su té e inclinaron cortésmente la cabeza en dirección a los demás blancos del salón, para quienes la raza parecía motivo suficiente para saludarse mutuamente. Harry hacía tintinear nervioso su taza de porcelana.

–A lo mejor este lugar no es de tu estilo, Harry.

Tonje sorbió su té mientras le dirigía una mirada pícara por encima de la taza.

–Estoy intentando comprender por qué estoy sonriendo a americanos con indumentaria de golf.

La risa de ella sonó cristalina.

—Un poco de ambiente cultivado no te hará ningún daño.

—¿Desde cuándo se considera cultivado llevar pantalones a cuadros?

—Bueno, me refiero a las personas.

Harry pensó que la población rural de Fredrikstad no había hecho mucho por la mujer que tenía sentada frente a él. Pensó en Sanphet, el anciano tailandés que se ponía una camisa recién planchada y pantalones largos y se sentaba a pleno sol para que las visitas no se sintieran mal a causa de su humilde vivienda. Lo consideró mucho más cultivado que todo lo que había visto hasta entonces entre los extranjeros de Bangkok.

Harry preguntó a Tonje qué sabía de los pedófilos.

—Simplemente que Tailandia atrae a gran cantidad de ellos. Como recordarás, el año pasado en Pattaya pillaron a un noruego con los pantalones literalmente bajados. Los periódicos noruegos publicaron una foto encantadora, un montaje de tres niños pequeños señalando al culpable a la policía. Censuraron la cara de aquel hombre, pero la de los niños no. En la versión inglesa del *Pattaya Mail* ocurrió al revés. Además, apareció su nombre completo en el titular y después de aquello le bautizaron muy apropiadamente como «el Noruego». —Tonje meneó la cabeza—. La gente de por aquí que jamás había oído hablar de Noruega se enteró de repente de que la capital del país es Oslo, porque se publicó que las autoridades noruegas exigían que fuera extraditado a Oslo. Todos se preguntaban por qué demonios lo queríamos de vuelta. Aquí por lo menos permanecería encerrado durante bastantes años.

—Si las condenas son tan severas, ¿por qué hay tantos pedófilos en Tailandia?

—Las autoridades quieren que Tailandia se deshaga de su fama de El Dorado para los pedófilos, ya que resulta muy nociva para el turismo convencional. Sin embargo, a nivel interno, la policía no concede una prioridad muy alta a este tipo de investigaciones, ya que la detención de extranjeros conlleva un montón de complicaciones. Los pedófilos suelen proceder de países desarrollados de

Europa, Japón y Estados Unidos, que enseguida activan todo el aparato burocrático de demandas de extradición, y en consecuencia tienen a gente de las embajadas corriendo por los pasillos, acusaciones de soborno, etcétera.

—¿Quiere decir que el resultado es que los gobiernos se ponen obstáculos mutuamente?

A Tonje se le iluminó la cara con una sonrisa que Harry entendió que no iba dirigida a él, sino a alguien de «todo el mundo» que pasaba por detrás.

—Hasta cierto punto —dijo ella—. Algunos cooperan. Las autoridades de Suecia y Dinamarca han llegado a un acuerdo con el gobierno tailandés para poder enviar aquí a agentes especializados para investigar los casos en los que hay pedófilos suecos y daneses involucrados. Además, han aprobado cambios legislativos para que los ciudadanos suecos y daneses puedan cumplir condena en sus países de origen por abusos a menores cometidos en Tailandia.

—¿Y Noruega?

Tonje se encogió de hombros.

—No tenemos ningún acuerdo con Tailandia. Sé que la policía noruega quiere alcanzar un acuerdo similar, pero creo que nuestras autoridades no entienden el alcance de lo que sucede en Pattaya y Bangkok. ¿Te has fijado en los niños que venden chicles?

Harry asintió. En los alrededores de los bares de gogós de Patpong pululaban muchos de ellos.

—Es el llamado código secreto. El chicle significa que están a la venta.

Harry recordó con un escalofrío que había comprado un paquete de Wrigley's a un niño descalzo de ojos negros que parecía aterrorizado, pero él había atribuido su miedo al gentío y el bullicio de la zona.

—¿Me puede contar algo más sobre el interés de Ivar Løken por la fotografía? ¿Ha visto algunas de sus fotos?

—No, pero he visto su equipo y, la verdad, es impresionante.

Sus mejillas se ruborizaron al comprender por qué Harry había sonreído de forma inconsciente.

—Y sus viajes por Indochina, ¿estás segura de que es allí adonde va?

—Bueno, lo que se dice segura… ¿Por qué iba a mentir sobre ello?

—¿Tienes alguna idea?

Ella cruzó los brazos sobre el pecho, como si de repente tuviera frío.

—En realidad no. ¿Qué tal el té?

—Tengo que pedirte un favor, Tonje.

—¿De veras?

—Una invitación a cenar.

Ella le miró sorprendida.

—Si tienes tiempo… —añadió él.

Tonje tardó un momento en recomponer su expresión facial, pero finalmente volvió a mostrar su pícara sonrisa.

—Mi agenda siempre está en blanco para ti, Harry. Cuando quieras.

—Bien. —Harry sorbió entre dientes—. Me preguntaba si podrías invitar a cenar a Ivar Løken esta noche entre las siete y las nueve.

Ella tenía suficiente práctica en mantener las apariencias como para que aquella situación no resultase demasiado embarazosa. Cuando él le explicó la razón, ella incluso aceptó. Harry hizo tintinear un poco más la taza de porcelana, dijo que tenía que irse y se marchó de un modo torpe y apresurado.

33

Cualquiera puede forzar la entrada a una casa: lo único que hay que hacer es meter una palanca en la puerta a la altura de la cerradura y hacer fuerza hasta que las astillas de madera salgan volando. Pero «entrar» en un domicilio ajeno sin «forzar», es decir, hacerlo de modo que la persona que vive allí no se entere de que ha tenido invitados inesperados, es todo un arte. Y Sunthorn demostró que lo dominaba a la perfección.

Ivar Løken vivía en un complejo de apartamentos situado al otro lado del puente Phra Pinklao. Sunthorn y Harry llevaban casi una hora aparcados enfrente cuando finalmente le vieron salir. Esperaron durante diez minutos para asegurarse de que Løken no volvía por algo que se hubiera olvidado.

La vigilancia no era muy estricta. Dos hombres uniformados charlaban junto a la puerta del aparcamiento; alzaron la mirada, observaron a un blanco y un tailandés más o menos bien vestido que se dirigían al ascensor y reanudaron su conversación.

Cuando Harry y Sunthorn se encontraron delante de la puerta de Løken en la decimotercera planta —o 12B, como decía el botón del ascensor—, Sunthorn sacó dos ganzúas de horquilla, una en cada mano, y las introdujo en la cerradura. Las retiró casi inmediatamente.

—Mantengamos la calma —susurró Harry—. No se estrese, tenemos todo el tiempo del mundo. Inténtelo con otras ganzúas.

—No tengo otras.

Sunthorn sonrió y empujó la puerta para abrirla.

Harry no se lo podía creer. A lo mejor las insinuaciones de Nho sobre su forma de vida antes de entrar en la policía no eran broma a pesar de todo. En fin, si Sunthorn no había sido un delincuente con anterioridad, desde luego lo estaba siendo en aquellos momentos, pensó Harry al quitarse los zapatos para entrar en el oscuro piso. Liz había explicado que, para conseguir una orden de registro, era preciso obtener un permiso del fiscal, lo cual les obligaría a informar al jefe de policía. En su opinión, eso podría resultar complicado, ya que este había dado órdenes explícitas de que toda la investigación se centrara en torno a Jens Brekke. Harry había señalado que él no estaba bajo las órdenes del jefe de policía y que simplemente pensaba merodear por la zona del piso de Løken para ver si sucedía algo. Ella captó la idea y repuso que no quería saber nada de los planes de Harry. No obstante, comentó que Sunthorn podía ser una buena compañía.

–Baje al coche y espéreme allí –susurró Harry a Sunthorn–. Si aparece Løken, llame al teléfono de aquí desde el móvil del coche y déjelo sonar tres veces antes de colgar, ¿de acuerdo?

Sunthorn asintió y desapareció.

Tras comprobar que ninguna de las ventanas daba a la calle, Harry encendió la luz. Encontró el teléfono y comprobó que había señal. Luego echó un vistazo a su alrededor. Era un típico piso de soltero, carente de ornamentos superfluos y de calidez. Tres paredes estaban desnudas y la cuarta estaba cubierta de estanterías llenas de libros en posición vertical y horizontal, además de un modesto televisor portátil. El centro focal de aquella habitación abierta y espaciosa lo constituía una mesa de madera maciza que se alzaba sobre unos caballetes y en la que había una clásica lámpara de arquitecto.

En una esquina había dos bolsas para cámaras y un trípode apoyado contra la pared. La mesa estaba repleta de tiras de papel, seguramente los bordes de fotos cortadas, porque en el centro de la misma había dos tijeras, una grande y otra pequeña.

Dos cámaras, una Leica y una Nikon F5 con teleobjetivo, miraban ciegamente a Harry. Junto a estas había unos prismáticos de visión nocturna. Harry los había visto antes; eran de la marca israelí que él mismo había empleado en algunas misiones de vigilancia. Unas baterías concentraban todas las fuentes de luz externa y hacían posible ver a través de lo que a simple vista parecía una oscuridad total.

Una puerta conducía al dormitorio. La cama estaba sin hacer, y Harry supuso que Løken pertenecía a la minoría de extranjeros en Bangkok que no contaba con servicio doméstico. Apenas costaba nada tenerlo, y a Harry le habían dado a entender que casi se esperaba que los foráneos contribuyeran de ese modo a incrementar las tasas de empleo del país.

Contiguo al dormitorio estaba el cuarto de baño.

Al encender la luz, Harry comprendió de inmediato por qué Løken no tenía empleada de hogar.

Al parecer, el baño hacía las veces de cuarto oscuro. Apestaba a productos químicos y las paredes estaban cubiertas de fotografías en blanco y negro. En una cuerda que había sobre la bañera colgaba una serie de fotografías secándose. Mostraban a un hombre de perfil desde el pecho hacia abajo. Harry pudo observar ahora que no era el travesaño de una ventana lo que impedía ver la imagen completa, sino que la parte superior de la ventana era un intrincado mosaico de vidrio con motivos de flor de loto y Budas.

Un niño de apenas diez años le hacía una felación al hombre. El zoom de la cámara se había acercado tanto que Harry podía verle la mirada. Era inexpresiva, distante y aparentemente perdida. Llevaba una camiseta con el conocido logo de Nike.

—*Just do it* —murmuró Harry para sí.

Intentó imaginarse qué estaría pensando el crío.

Salvo por la camiseta, el niño estaba desnudo. Harry se acercó a aquella fotografía granulada. El hombre tenía una mano en la cadera y la otra sobre la cabeza del pequeño. Harry vio la sombra de otra figura de perfil tras el mosaico de vidrio, pero era imposible distinguir los rasgos de su rostro. De pronto sintió que el estrecho y maloliente cuarto de baño se encogía a su alrededor y que las fotografías de la pared se cernían sobre él. Harry se dejó llevar por su impulso y empezó a arrancarlas, en parte por rabia, en parte por desesperación, con la sangre martilleándole las sienes. Vislumbró su reflejo en el espejo antes de salir hacia el salón, mareado y tambaleante, con un montón de fotos debajo del brazo. Se dejó caer en una silla.

—¡Jodido aficionado! —masculló cuando su respiración recobró la normalidad.

Aquello iba en contra del plan previsto. Como no contaban con una orden de registro, habían acordado que no dejarían ningún rastro: tan solo debía averiguar qué había en el piso y, en caso de encontrar algo, volverían posteriormente con la orden.

Harry buscó un lugar en la pared donde fijar la mirada y convencerse de que era necesario llevarse pruebas concretas para hacer cambiar de opinión al testarudo jefe de policía. Si actuaban con rapidez podrían conseguir un fiscal esa misma noche y esperar con los documentos necesarios a que Løken volviera de la cena. Mientras se debatía con los pros y los contras, cogió los prismáticos de visión nocturna, los encendió y miró por la ventana. Esta daba a un patio interior, y de forma inconsciente Harry se puso a buscar un marco de ventana con un mosaico de vidrio, pero lo único que veía eran muros encalados bañados en la luz verdosa proporcionada por los prismáticos.

Harry echó un vistazo al reloj. Había decidido finalmente que tenía que volver a colgar las fotografías. El jefe de policía tendría que conformarse con su descripción. Y en ese momento se quedó petrificado.

Había oído un ruido. O, mejor dicho, había oído miles de ruidos, pero había uno entre esos miles que no pertenecía a la ya familiar cacofonía callejera. Además, provenía del recibidor. Era un chasquido terso. Como de aceite y metal. Cuando sintió la corriente de aire y advirtió que alguien abría la puerta, pensó primero en Sunthorn. No obstante, se percató de que la persona que acababa de entrar trataba de ser tan silenciosa como fuera posible. Desde el lugar donde estaba Harry la puerta de entrada quedaba oculta por el recibidor, y contuvo la respiración mientras su cerebro repasaba su archivo acústico a una velocidad vertiginosa. Un experto australiano en sonido le explicó una vez que la membrana del oído es capaz de distinguir un millón de frecuencias diferentes. Y aquel sonido no provenía del pomo de una puerta abriéndose, sino de una pistola recién engrasada al cargarse.

Harry permaneció al fondo de la habitación como una diana viviente entre aquellas paredes blancas. El interruptor de la luz estaba en el lado contrario, en la pared que daba al pasillo. Agarró unas tijeras grandes de la mesa, se agachó y siguió el cable de la lámpara de arquitecto hasta el enchufe. Tiró del cable y clavó con todas sus fuerzas las tijeras en el plástico duro.

Una luz azulada salió del enchufe, seguida de una sorda explosión. Luego todo quedó completamente a oscuras.

La descarga eléctrica le paralizó el brazo, y con el olor a metal y plástico quemado en las fosas nasales se deslizó gimiendo por la pared.

Se quedó escuchando, pero lo único que oía era el tráfico y los latidos de su propio corazón. Latía con tanta fuerza que podía sentirlo. Era como montar un caballo a pleno galope. Oyó que colocaban algo en el suelo con cuidado y comprendió que la persona en cuestión se había quitado los zapatos. Todavía llevaba las tijeras en la mano. ¿Veía moverse una sombra? Era imposible decirlo. Estaba tan oscuro que incluso las paredes blancas habían desaparecido. La puerta del dormitorio emitió un chirrido al que siguió un chasquido. Harry entendió que aquel individuo había intentado encender la luz. Sin embargo, el cortocircuito parecía haber dejado sin electricidad toda la casa. En cualquier caso, aquello era una señal de que la persona conocía el apartamento. No obstante, si se hubiera tratado de Løken, Sunthorn le habría avisado. ¿O no? Por un instante cruzó por su mente la imagen de la cabeza de Sunthorn apoyada contra la ventanilla del coche, con un pequeño agujero justo detrás de la oreja.

Harry se preguntó si debía intentar dirigirse a hurtadillas a la puerta de salida, pero intuyó que eso era precisamente lo que el otro estaba esperando. En el momento en que abriera la puerta, su silueta parecería una de las dianas de la galería de tiro de Økern. ¡Mierda! Seguramente ahora mismo estaría apoyado en el suelo apuntando hacia la puerta.

¡Si hubiera alguna manera de avisar a Sunthorn! En ese momento Harry se dio cuenta de que todavía llevaba los prismáticos de visión nocturna colgados del cuello. Se los acercó a los ojos, pero lo único que veía era una masa verdosa, como si alguien hubiera untado las lentes de mocos. Puso el telémetro a cero. Todo seguía viéndose muy borroso, pero vislumbró la silueta de una persona apoyada en la pared, al otro lado de la mesa. Su brazo estaba doblado hacia arriba, con la pistola apuntando al techo. Entre el borde de la mesa y la pared debía de haber unos dos metros.

Harry se abalanzó sobre la mesa, agarró el borde con las dos manos y la empujó hacia delante como si fuera un ariete. Oyó un gemido y el golpe de la pistola al impactar contra el suelo, luego se deslizó por encima del tablero y agarró algo que parecía una cabeza. Le rodeó el cuello con el brazo y apretó.

—¡Policía! —gritó, y el otro se quedó paralizado cuando Harry colocó el frío acero de la hoja de las tijeras contra su cálida tez.

Permanecieron así durante unos instantes, dos desconocidos agarrándose mutuamente en la más completa oscuridad y jadeando como si hubieran corrido una maratón.

—¿Hole? —gimió el otro.

Harry se dio cuenta de que, en medio de la conmoción, había gritado en noruego.

—Le agradecería que me soltara. Soy Ivar Løken y no tengo intención de hacer nada raro.

34

Løken encendió una vela mientras Harry examinaba su pistola, una Glock 31 de diseño especial. Sacó el tambor y se lo metió en el bolsillo. La pistola pesaba más que cualquier otra que Harry hubiera tenido en sus manos.

—Me hice con esa pistola cuando servía en Corea —dijo Løken.

—¿Corea? ¡No me diga! ¿Qué hacía allí?

Løken guardó las cerillas en un cajón y se sentó a la mesa frente a Harry.

—Noruega tenía allí un hospital de campaña dirigido por la ONU, y yo era un joven alférez que creía que le gustaban las grandes emociones. Tras el armisticio en 1953 continué trabajando para la ONU, para la entonces recién establecida agencia de Alto Comisionado para los Refugiados. Los refugiados entraban a raudales por la frontera de Corea del Norte y había cierta anarquía. Yo dormía con ella debajo de la almohada.

Señaló la pistola.

—Entiendo. ¿Y qué hizo después de aquello?

—Bangladesh y Vietnam. Hambrunas, guerras y refugiados en barcos. Después de llevar una vida así, Noruega me resultaba insoportablemente trivial. No fui capaz de quedarme allí más de un par de años antes de sentir la necesidad de marcharme de nuevo. Ya sabe…

Harry no sabía nada. Tampoco sabía qué pensar de aquel hombre delgado sentado frente a él. Parecía un anciano jefe indio con nariz aguileña y unos ojos intensos y profundos. Su cabello era blanco y tenía el rostro bronceado y arrugado. Erik Bye, pensó Harry. Además parecía completamente relajado con la situación, cosa que hizo que Harry estuviera aún más alerta.

—¿Por qué ha regresado? ¿Y cómo ha pasado sin que mi compañero se percatara?

El noruego canoso sonrió como si fuera un lobo y un diente de oro brilló a la trémula luz de la vela.

—El coche en el que han venido destaca bastante en este barrio. Aquí solo hay tuk-tuks, taxis y coches destartalados aparcados en las calles. Vislumbré dos figuras en el interior del coche, ambos con la espalda demasiado recta. Así que me dirigí a la cafetería de la esquina, desde donde podía verles. Unos momentos más tarde vi que se encendía la luz del interior del coche y que se bajaban. Supuse que uno de ustedes se quedaría vigilando abajo y esperé a que su compañero volviera a bajar. Me terminé la bebida, cogí un taxi que me llevara hasta dentro del parking y luego subí en el ascensor. Lo del cortocircuito ha sido un numerito estupendo…

—La gente normal no se fija en los coches aparcados en la calle. A menos que haya sido entrenada para ello y esté en guardia.

—Bueno. Me temo que Tonje Wiig no será nominada para un Oscar por su actuación para invitarme a cenar.

—Entonces… ¿a qué se dedica en realidad aquí?

Løken hizo un gesto con la mano señalando las fotografías y el equipo que ahora se encontraban esparcidos por el suelo.

—¿Se dedica a fotografiar… eso? —dijo Harry.

—Sí.

Harry notó cómo le aumentaba el pulso.

—¿Sabe cuántos años le van a caer por esto? Calculo que tengo suficiente para encerrarle diez años.

Løken se echó a reír. Una risa breve y seca.

—¿Cree que soy estúpido, inspector? No habría forzado la entrada si hubiera contado con una orden de registro. Si corría algún riesgo de ser condenado por lo que hay en mi piso, usted y su compañero acaban de librarme. Cualquier juez desestimará las pruebas obtenidas de esta forma. No es solo irregular, sino directamente ilegal. Tal vez, en el fondo, esté buscando pasar una larga temporada por aquí, Hole.

Harry le asestó un golpe con la pistola. Fue como abrir un grifo: la sangre brotó a chorros por la nariz de Løken.

Løken no se movió. Se limitó a mirarse y observar cómo la camisa de flores y los pantalones blancos se teñían de rojo.

—Es pura seda tailandesa, ¿sabe? —dijo—. No es nada barata.

Aquel acto de violencia debería haberle calmado. Sin embargo, Harry notó que su rabia iba en aumento.

—Supongo que usted se lo puede permitir, jodido pederasta. Imagino que le pagarán bien por esta mierda.

Y dio una patada a las fotografías que había en el suelo.

—Bueno, no sé qué decirle —dijo Løken mientras apretaba un pañuelo blanco contra su nariz—. La paga estipulada por el Estado, además del plus por vivir en el extranjero.

—¿De qué está hablando?

El diente de oro volvió a brillar. Harry se percató de que apretaba el mango de la pistola con tanta fuerza que la mano empezó a dolerle. Se alegró de haberle quitado el tambor.

—Hay un par de cosas que usted desconoce, Hole. Tal vez deberían haberle informado antes, pero su comisaria consideró que no era necesario puesto que no está relacionado con el caso de homicidio que está investigando. Sin embargo, ahora estoy al descubierto y supongo que es hora de que conozca el resto. La comisaria y Dagfinn Torhus me informaron de las fotografías que encontró en el maletín de Molnes, y naturalmente ya habrá comprendido que eran mías. —Hizo un gesto elocuente con la mano y prosiguió—: Esas fotografías y estas otras que ve aquí forman parte de la investigación de un caso de pedofilia que, por diversas razones, ha sido clasificado como secreto hasta nuevo aviso. Llevo seis meses vigilando a este individuo. Las fotografías son pruebas.

No hizo falta que Harry reflexionara sobre lo que acababa de decirle: sabía que era verdad. Todo cobraba sentido, como si en el fondo lo hubiera sabido desde el principio. El secretismo en torno al trabajo de Løken, el equipo fotográfico, los prismáticos de visión nocturna, las expediciones a Vietnam y Laos… todo encajaba. De pronto, el hombre ensangrentado que tenía enfrente ya no era el enemigo, sino un compañero, un aliado al que había intentado seriamente romper el hueso de la nariz.

Asintió lentamente y dejó la pistola sobre la mesa.

—De acuerdo, le creo. ¿A qué se debe tanto secretismo?

—¿Conoce el convenio que tienen Suecia y Dinamarca para poder investigar los abusos a menores cometidos aquí?

Harry asintió.

—Bueno, Noruega está en negociaciones con las autoridades tailandesas, pero todavía no tenemos un convenio similar. Mientras tanto, estoy realizando una actividad sumamente extraoficial. Tenemos suficiente para detener a ese tipo, pero no nos queda más remedio que esperar. Si le arrestamos ahora, tendríamos que desvelar que hemos llevado a cabo una investigación ilegal en territorio tailandés y eso es algo políticamente inaceptable.

—Entonces ¿para quién trabaja?

Løken mostró las palmas de sus manos.

—Para la embajada.

—Ya lo sé, pero ¿de quién recibe órdenes? ¿Quién está detrás? ¿Y qué hay del Parlamento? ¿Está al tanto?

—¿Está seguro de que quiere saber tanto, Hole?

Aquellos ojos intensos se encontraron con los de Harry. Este estuvo a punto de decir algo, pero se contuvo y sacudió la cabeza.

—Cuénteme mejor quién es el hombre de las fotografías.

—No puedo hacerlo. Lo lamento, Hole.

—¿Es Atle Molnes?

Løken miró la mesa y sonrió.

—No, no es el embajador. Fue él quien tomó la iniciativa para emprender la investigación.

—¿Es…?

—Como ya le he dicho, no puedo contárselo en estos momentos. Si nuestros casos resultan estar relacionados es posible que volvamos a hablar de todo esto, pero la decisión depende de nuestros superiores.

Harry se levantó.

—Estoy cansado.

—¿Cómo ha ido? —preguntó Sunthorn cuando Harry se sentó en el coche.

Harry le pidió un cigarrillo, lo encendió e inhaló el humo con avidez.

—No he encontrado nada. Ha sido inútil. Creo que el tipo está limpio.

Harry se encontraba en su apartamento.

Había hablado con su hermana por teléfono durante casi media hora. Mejor dicho, fue ella quien habló la mayor parte del tiempo. Es increíble todo lo que puede pasar en la vida de una persona en poco más de una semana. Søs le comentó que había llamado a papá y que iría a comer a su casa el domingo. Albóndigas. Ella cocinaría y tenía la esperanza de que su padre se abriera un poco. Harry también lo esperaba.

Después de colgar, hojeó su cuaderno de notas y marcó otro número.

—¿Diga? —oyó decir a alguien en el otro extremo.

Contuvo la respiración.

—¿Oiga? —repitió la voz.

Harry colgó. Había un deje casi suplicante en la voz de Runa. Él no tenía la menor idea de por qué había llamado. Unos segundos más tarde, el teléfono empezó a sonar. Descolgó esperando oír su voz. Era Jens Brekke.

—Lo tengo —exclamó entusiasmado—. Cuando cogí el ascensor en el parking para subir al despacho, una chica entró en la planta baja. Se bajó en la cuarta. Creo que me recuerda.

—¿Por qué?

Se oyó una risita nerviosa.

—Porque la invité a salir.

—¿La invitaste a salir?

—Sí. Es una de las chicas que trabajan para McEllis. Ya la había visto un par de veces. Estábamos solos en el ascensor y su sonrisa era tan dulce que no me pude resistir.

Hubo una pausa.

—¿Y te has acordado de eso... ahora?

—No, pero hasta ahora no había recordado cuándo sucedió. Fue después de acompañar al embajador a su coche. Por alguna razón tenía la idea de que había ocurrido el día anterior. Pero luego recordé que ella entró en la planta baja y que eso significaba que yo venía de una planta inferior. Y normalmente nunca bajo al parking.

—¿Qué te contestó?

—Dijo que sí y me arrepentí enseguida. Fue un simple flirteo, así que le pedí la tarjeta de visita y le dije que la llamaría un día para concretar una fecha. Evidentemente no llegamos a quedar, pero creo que por lo menos se acordará de mí.

Harry se había quedado boquiabierto.

—¿Y todavía conservas su tarjeta de visita?

—Sí, ¿no es genial?

Harry meditó.

—Escúchame, Jens, todo eso está muy bien, pero no va a resultar tan fácil. Todavía no tienes una coartada. En teoría, podrías haber bajado por el ascensor más tarde. Y luego podrías haber vuelto a subir al despacho para recoger algo que te habías olvidado, ¿verdad?

—Oh. —Sonó un poco desconcertado—. Pero...

Jens se detuvo y Harry oyó un suspiro.

—Maldita sea. Tienes razón, Harry.

35

Harry se despertó sobresaltado. Por encima del monótono rumor del puente Taksin sonó el rugido de una embarcación fluvial al arrancar en el Chao Phraya. Oyó un pitido y la luz hizo que le escocieran los ojos. Se incorporó en la cama, colocó la cabeza entre las manos y permaneció esperando a que se detuviera el pitido cuando se percató de que era el teléfono que sonaba. Descolgó de mala gana.

—¿Te he despertado? —Era Jens de nuevo.

—No pasa nada —dijo Harry.

—Soy idiota. Soy tan estúpido que no sé si me atreveré a contarte esto.

—Déjalo entonces.

Hubo un silencio. Solo se oía el golpe seco de las monedas que caían en el interior del teléfono público.

—Estoy de coña. Venga.

—De acuerdo, Harry. Llevo despierto toda la noche pensando e intentando recordar exactamente qué estuve haciendo toda aquella tarde en el despacho. ¿Sabes? Puedo recordar los decimales de las transacciones de divisas que realicé hace varios meses, pero soy incapaz de recordar las cosas más prácticas y sencillas cuando estoy en la cárcel con una sospecha de asesinato cerniéndose sobre mí. ¿Lo puedes comprender?

—Quizá sea justo por eso. ¿No hemos hablado de esto antes?

—De acuerdo, te contaré lo que pasó. ¿Recuerdas que te dije que había bloqueado las llamadas entrantes cuando me quedé aquella noche en el despacho? Me dio por pensar que, si no lo hubiera hecho y alguien me hubiera llamado, habría quedado registrado y así podría haber demostrado que estaba allí. ¡Maldita sea! Y con esas cosas no podrían haberme jodido con la hora, como hizo el vigilante con la grabación en vídeo.

—¿Adónde quieres llegar?

—Entonces, gracias a Dios, me he acordado de que, aunque las llamadas entrantes estuvieran bloqueadas, yo podría haber llamado al exterior. He telefoneado a nuestra recepcionista y la he hecho subir a mi despacho para comprobar la grabadora. ¿Y sabes qué? Ha encontrado una llamada que me ha hecho recordarlo todo. A las ocho de esa noche telefoneé a mi hermana en Oslo. ¡A ver quién puede con eso!

Harry no tenía ninguna intención de intentarlo.

—¿Tu hermana podía proporcionarte una coartada y tú ni siquiera lo recordabas?

—No. ¿Y sabes por qué? Porque no estaba en casa. Simplemente le dejé un mensaje en el contestador automático diciendo que había llamado.

—¿Y no lo recordabas? —repitió Harry.

—¡Maldita sea, Harry! Esas cosas se olvidan antes de colgar el teléfono, ¿no? ¿O es que tú te acuerdas de todas las llamadas que haces y no te responden?

Harry tuvo que admitir que tenía razón.

—¿Has hablado con tu abogado?

—Hoy no. Quería contártelo a ti primero.

—De acuerdo, Jens. Llama a tu abogado ya. Yo mandaré a alguien a tu despacho para que corrobore lo que dices.

—Ese tipo de grabaciones son válidas en los juicios, ¿sabes? —Había un tono angustiado en su voz.

—Tranquilo, Jens, ya no queda mucho. Después de esto no les quedará más remedio que soltarte.

El teléfono crepitó con la exhalación de Brekke.

—Repítelo, Harry, por favor.

—No les quedará más remedio que soltarte.

Jens se echó a reír de un modo extraño y seco.

—En ese caso te invitaré a cenar, detective.

—Será mejor que no.

—¿Por qué no?

—Soy policía.

—Plantéatelo como un interrogatorio.

—No creo que pueda ser, Jens.

—Como quieras.

Se oyó un estallido en la calle, quizá a causa de un petardo o de un pinchazo.

—Lo pensaré.

Harry colgó, entró en el cuarto de baño y se miró al espejo. Se preguntó cómo era posible llevar tanto tiempo en el trópico y seguir igual de pálido. Nunca le había gustado mucho tomar el sol, pero jamás había tardado tanto en ponerse moreno. ¿Acaso su ritmo de vida durante el último año había acabado con la producción de pigmentos en la piel? Era poco probable. Se echó agua en la cara, pensó en la tez oscura de los bebedores del Schrøder y volvió a mirarse al espejo. Bueno, por lo menos se le había quedado nariz de borracho.

—Volvemos a empezar de cero —dijo Liz—. Brekke tiene coartada y al tal Løken habrá que descartarlo de momento. —Inclinó la silla hacia atrás mientras miraba al techo—. ¿Alguna sugerencia, chicos? Si no tienen nada que añadir, damos por acabada la reunión y ya pueden hacer lo que les venga en gana, pero todavía me faltan un par de informes y cuento con recibirlos como muy tarde mañana a primera hora.

Los agentes salieron a toda prisa. Harry se quedó.

—¿Y bien? —dijo Liz.

—Nada —dijo él con un cigarrillo sin encender meciéndose en la comisura de los labios, ya que la subinspectora le había prohibido fumar en su despacho.

—Noto que sucede algo.

Harry sonrió.

—Solo quería asegurarme de ello, subinspectora. De que entiendes que algo sucede.

A ella se le dibujó una profunda arruga entre las cejas.

—Ya me dirás cuando tengas algo que contarme.

Harry se quitó el cigarrillo de la boca y lo volvió a meter en el paquete.

—Sí —dijo levantándose—. Eso haré.

36

Jens estaba reclinado en su silla. Sonreía con las mejillas ruboriza-
das y llevaba puesta una pajarita. A Harry le recordaba a un niño
en su fiesta de cumpleaños.

—Me siento casi feliz por haber estado encerrado una temporada. Verdaderamente le hace apreciar a uno las cosas sencillas
de la vida. Como una botella de Dom Perignon de 1985, por
ejemplo.

Chasqueó con los dedos para llamar al camarero, quien acudió
rápidamente a la mesa, sacó de la cubitera la botella de champán
chorreante y sirvió las copas.

—Me encanta cuando hacen eso. Le hace a uno sentirse como
un superhombre. ¿Tú qué opinas, Harry?

Harry jugueteó con la copa que tenía delante.

—Está bien. Tampoco es que sea mi estilo del todo.

—Tú y yo somos diferentes, Harry.

Jens lo constató con una sonrisa. Volvía a llenar el traje que
llevaba. O simplemente se había puesto otro prácticamente idéntico. Harry no estaba seguro.

—Hay personas que necesitan el lujo como otros necesitan el
aire —dijo Jens—. Para mí un coche caro, ropa buena y un buen
servicio son simplemente cosas necesarias para sentirme a gusto,
para sentirme vivo. ¿Lo puedes entender?

Harry negó con la cabeza.

—En fin… —Jens sostenía la copa de champán por el tallo—. Yo
soy el decadente de los dos. Deberías confiar más en tu primera

impresión, Harry. Soy un cabrón. Y mientras los cabrones tengamos cabida en este mundo, pienso seguir siéndolo. ¡Salud!

Saboreó el champán en la boca antes de tragarlo. Luego mostró los dientes y gimió de placer. Harry se vio obligado a sonreír y alzó su copa, pero Jens le miró con desagrado.

—¿Agua? ¿No es hora de que tú también empieces a disfrutar de la vida, Harry? No es necesario ser tan estricto con uno mismo.

—A veces sí lo es.

—Bobadas. Todos los seres humanos somos hedonistas por naturaleza. Algunos solo necesitan más tiempo para darse cuenta. ¿Tienes alguna mujer?

—No.

—¿No va siendo hora ya?

—Seguramente. Pero no veo qué tiene que ver eso con disfrutar de la vida.

—Tienes razón. —Jens miró el interior de su copa—. ¿Te he hablado de mi hermana?

—¿A la que llamaste?

—Sí. Está libre, ¿sabes?

Harry se rió.

—No debes sentirte en deuda conmigo, Jens. No hice gran cosa, excepto que te detuvieran.

—No estoy de coña. Una chica maravillosa. Es editora, pero creo que trabaja demasiado como para tener tiempo de buscarse a un hombre. Además los asusta. Es igual que tú: una mujer estricta y que piensa por sí misma. Por cierto, ¿te has dado cuenta de que eso es lo que dicen las chicas noruegas después de ganar el título de miss lo que sea y tienen que describirse a los periodistas? Dicen que piensan por sí mismas. —De repente se puso meditabundo—. Mi hermana adoptó el apellido de soltera de mi madre cuando cumplió la mayoría de edad. Y cuando digo la mayoría de edad, me refiero al mismo día en que la cumplió.

—No estoy muy seguro de que ella y yo seamos tal para cual.

—¿Por qué no?

–Bueno. Yo soy un cobarde. Lo que busco es una chica auto-destructiva con una profesión relacionada con el cuidado al prójimo y tan guapa que nadie se haya atrevido a decírselo todavía.

Jens se rió.

–Te puedes casar con mi hermana sin ningún problema. Ni siquiera importa si no te gusta. Trabaja tanto que apenas la verás.

–Entonces ¿por qué la llamaste a casa y no al trabajo? Eran las dos de la tarde en Noruega cuando la llamaste.

Jens meneó la cabeza.

–No se lo digas a nadie, pero nunca me aclaro con la diferencia horaria. Me refiero a que no sé si hay que sumar o restar las horas. Es vergonzoso. Mi padre asegura que lo mío es demencia senil prematura. Dice que viene de la familia de mi madre.

Y se apresuró a asegurarle a Harry que su hermana no mostraba ninguna señal de aquella predisposición, más bien todo lo contario.

–Déjalo ya, Jens. Cuéntame mejor cómo te va a ti. ¿Has empezado a pensar en el matrimonio?

–Chsss, no pronuncies esa palabra. Me produce taquicardia el mero hecho de oírla. Matrimonio… –Jens se estremeció–. El problema es que, por una parte, no estoy hecho para la monogamia, pero, por otra parte, soy un romántico. Si llego a casarme, en principio no tengo intención de meterme en el lío de cojones que supone tener una aventura, ¿entiendes? Pero la idea de no tener más relaciones sexuales con otra mujer el resto de mi vida me resulta bastante abrumadora, ¿no crees?

Harry intentó imaginárselo.

–Pongamos como ejemplo el hecho de invitar a salir a la chica del ascensor. ¿Cuál crees que fue el motivo? El pánico puro y duro, ¿verdad? Solo para demostrarme a mí mismo que todavía soy capaz de mostrar interés por otra mujer. Con escaso éxito, por cierto. Hilde es… –Jens buscaba las palabras–. Tiene algo que no he encontrado en ninguna otra mujer. Y he buscado, créeme. No puedo explicar lo que es, pero no lo quiero perder porque sé que será muy difícil volver a encontrar algo similar.

Harry consideró que era un motivo tan digno como cualquiera de los que hubiera oído antes. Jens jugueteaba con la copa y sonreía de medio lado.

—Al parecer me ha afectado la estancia en prisión. No suelo hablar de estas cosas. Prométeme que no se lo contarás a ninguno de mis amiguetes.

El camarero se acercó a la mesa y les hizo una señal.

—Vamos, ya ha empezado —dijo Jens.

—¿Ha empezado el qué?

El camarero les condujo hasta el fondo del restaurante, atravesaron la cocina y subieron por unas escaleras estrechas. En el pasillo había unos barreños apilados unos encima de otros y una anciana sentada en una silla, que les sonrió mostrando sus dientes ennegrecidos.

—Nueces de betel —dijo Jens—. Un hábito terrible. Las mastican hasta que se les pudre el cerebro y se les caen los dientes.

Tras una puerta, Harry oyó unas voces que gritaban. El camarero abrió y entraron a una enorme buhardilla sin ventanas. Entre veinte y treinta hombres formaban un círculo apretado. Sus manos gesticulaban haciendo diversas señales mientras contaban e intercambiaban billetes arrugados a gran velocidad. La mayoría de los hombres eran blancos y algunos vestían trajes claros de algodón. A Harry le pareció reconocer el rostro de alguien que había visto en el Author's Lounge del hotel Oriental.

—Pelea de gallos —explicó Jens—. Un evento privado.

—¿Por qué? —Harry se vio en la obligación de gritar en medio de todo aquel estruendo—. Quiero decir que he leído que las peleas de gallo aún son legales en Tailandia.

—Más o menos. Las autoridades han permitido una forma modificada de pelea de gallos en la que, entre otras cosas, les atan las garras detrás de las patas para que no se destrocen mutuamente. Además, el tiempo de lucha está restringido. No es una batalla a vida o muerte hasta que uno de ellos cae. Aquí se siguen las viejas reglas y no hay límite de apuesta. ¿Nos acercamos?

Harry sobresalía entre los hombres que tenía delante y pudo ver bien el ring. Dos gallos, ambos de plumaje marrón y naranja, se pavoneaban sacudiendo la cabeza y mostrando un notable desinterés mutuo.

—¿Cómo van a lograr que esos dos se peleen? —preguntó Harry.

—No hay problema. Esos dos gallos se odian con más intensidad de lo que tú y yo seríamos capaces jamás.

—¿Y eso?

Jens le miró.

—Están en el mismo ring. Son gallos.

Entonces, como obedeciendo a una señal, entraron en combate. Lo único que Harry pudo ver fueron el batir de las alas y la paja volando. Los hombres gritaban frenéticos y algunos empezaron a dar saltos. Un extraño olor agridulce a adrenalina y sudor se extendió por el lugar.

—¿Ves al gallo de la cresta partida por la mitad? —preguntó Jens.

Harry no vio nada.

—Es el ganador.

—¿Cómo lo ves?

—No lo veo. Lo sé. Lo sabía de antemano.

—¿Cómo…?

—No preguntes. —Jens sonrió.

Los gritos se silenciaron de repente. Uno de los gallos yacía en el ring. Algunos hombres gimieron, y uno de ellos, con traje de lino gris, tiró cabreado su sombrero al suelo. Harry miró al gallo moribundo. Uno de sus músculos se contrajo bajo el plumaje: luego se quedó inmóvil. Era absurdo. Había sido una especie de juego, un montón de alas, patas y gritos.

Una pluma ensangrentada pasó volando delante de su cara. El gallo fue retirado del ring por un tailandés de holgados pantalones. Parecía a punto de llorar. El otro gallo había vuelto a pavonearse. En ese momento Harry observó su cresta partida.

El camarero se acercó a Jens con un montón de billetes. Algunos hombres le miraron fijamente, otros asintieron, pero ninguno dijo nada.

—¿Alguna vez pierdes? —preguntó Harry cuando se volvieron a sentar en la mesa del restaurante.

Jens encendió un puro y pidió un coñac: un añejo Richard Hennessy 40%, que hizo que el camarero preguntara dos veces. Costaba imaginar que aquel hombre era el mismo al que Harry había consolado por teléfono el día anterior.

—¿Sabes por qué el juego es una enfermedad y no una profesión, Harry? Porque el apostador ama el riesgo. Su razón de vivir es esa vibrante incertidumbre. —Expulsó el humo formando gruesos anillos—. En mi caso es todo lo contrario. Puedo llegar a cualquier extremo para eliminar riesgos. Lo que me has visto ganar hoy sirve para cubrir los costes y mis esfuerzos… lo que no es poco, créeme.

—Pero ¿nunca pierdes?

—Me da beneficios razonables.

—¿Beneficios razonables? Supongo que lo suficiente para que otros jugadores, tarde o temprano, tengan que empeñar todos sus bienes.

—Algo así.

—Y si sabes el resultado, ¿no se pierde parte del encanto del juego?

—¿Encanto? —Jens mostró el montón de dinero—. Esto me parece bastante encantador. Me proporciona todo esto. —Señaló con la mano a su alrededor—. Soy un hombre sencillo. —Examinó la brasa de su puro—. Mejor llamémoslo por su nombre: soy un hombre parco.

Y soltó una estruendosa carcajada. Harry tuvo que sonreír.

Jens miró la hora y se levantó de un salto.

—Estados Unidos va a abrir. Hay jodidas turbulencias. Hablamos. Y piénsate lo de mi hermana.

Jens salió por la puerta y Harry se quedó fumando un cigarrillo, pensando en la susodicha hermana. Luego cogió un taxi hacia Patpong. No sabía lo que buscaba, pero entró en un bar de gogós, estuvo a punto de pedir una cerveza y volvió a salir rápidamente. Comió ancas de rana en Le Boucheron y el propietario se acercó a su mesa y le explicó en un pésimo inglés que añoraba Normandía. Harry le contó que su abuelo estuvo allí el Día D. No era exactamente cierto, pero al menos le alegró el día al francés.

Harry pagó la cuenta y buscó otro bar. Una chica que llevaba unos tacones ridículamente altos se sentó a su lado en la barra y, mirándole con sus enormes ojos marrones, le preguntó si quería una mamada. Joder, pues claro que quiero que me la chupes, pensó él mientras negaba con la cabeza. En el televisor que había sobre las estanterías de espejo de la barra vio que estaba jugando el Manchester United. Por el espejo veía a las chicas que bailaban sobre un pequeño e íntimo escenario situado justo detrás de él. Llevaban pegadas unas pequeñas estrellas doradas de papel que apenas ocultaban sus pezones, justo lo suficiente para que el bar no infringiera la ley que prohibía el desnudo. En sus minúsculas bragas cada una de las chicas llevaba sujeto un número. La policía no hacía preguntas al respecto, pero todo el mundo sabía que eran para evitar los malos entendidos cuando los clientes querían comprar a las chicas desde la barra. Harry ya la había visto. Llevaba el número veinte. Dim estaba en uno de los lados del escenario, entre el resto de las chicas que bailaban, y su extenuada mirada recorría como un radar la fila de hombres que estaban en la barra. De vez en cuando una sonrisa asomaba a sus labios sin que sus ojos se avivaran. Al parecer había establecido contacto visual con un hombre delgado vestido con una especie de uniforme tropical. Alemán, presupuso Harry sin saber por qué. Observó cómo sus caderas se contoneaban perezosamente de un lado a otro y su brillante cabello negro ondeaba al girarse, mientras su tersa y candente piel parecía estar iluminada desde el interior. Si no fuera por la mirada, sería hermosa, pensó Harry.

Durante un breve instante sus miradas se cruzaron en el espejo y Harry se puso de pronto muy nervioso. Ella no dio muestras de reconocerle, pero él volvió la mirada a la pantalla del televisor, que mostraba la espalda de un jugador que estaba siendo sustituido. El mismo número. «Solskjær», ponía en la parte superior de la camiseta. Harry se despertó como de un sueño.

—¡Joder! —exclamó, golpeando el vaso y derramando la Coca-Cola sobre el regazo de la persistente cortejadora que tenía sentada a su lado.

Harry se abrió camino para salir del bar, perseguido por sus gritos indignados: «¡Usted no amigo mío!».

Al no conseguir localizar a Ivar Løken en su casa, llamó a Tonje Wiig.

—¡Harry, he intentado localizarte! —dijo ella—. Løken no apareció anoche y hoy me ha dicho que no entendió bien el nombre del restaurante y me estuvo esperando en un sitio completamente diferente. ¿Qué ocurre?

—En otra ocasión —dijo Harry—. ¿Sabes dónde está Løken en estos momentos?

—No. O tal vez sí. Un momento, hoy es miércoles. Iba a ir con un par de compañeros de la embajada a la noche temática del FCCT. Es el club de corresponsales extranjeros en Bangkok, pero muchos ex pats también son miembros.

—¿Ex pats?

—Perdona, Harry. Expatriados. Extranjeros que residen y trabajan aquí.

—¿Quieres decir inmigrantes?

Soltó una risita.

—No nos llamamos exactamente así, claro.

—¿A qué hora empezaba la reunión? —preguntó Harry.

—A las siete y nueve.

—¿Y nueve?

—Es un rollo budista. Un número de la suerte.

—Vaya.

—Eso no es nada. Ya verás cuando ocurran cosas importantes por aquí. Antes de la llegada de los representantes de Hong Kong para formalizar el acuerdo BERTS, cuatro videntes emplearon dos semanas en buscar la fecha más adecuada para la firma. No tengo nada en contra de los asiáticos; son trabajadores y dulces, pero en algunos aspectos parece que no hayan bajado todavía de los árboles.

—Muy interesante, pero tengo que…

—Ahora tengo que irme corriendo, Harry, ¿podemos seguir más tarde?

Cuando colgó el teléfono, Harry sacudió la cabeza por todas las tonterías que había en el mundo. Pero, en aquel contexto, los números de la suerte no parecían especialmente absurdos.

Llamó a la jefatura de policía y consiguió hablar con Rangsan, quien le proporcionó el número de teléfono particular del catedrático del museo de Benchamabophit.

37

Dos hombres vestidos de verde avanzaban entre los matorrales. Uno de ellos iba encorvado, cargando con un compañero herido sobre los hombros. Le pusieron a resguardo tras el tronco de un árbol caído y luego sacaron los rifles, apuntaron y dispararon hacia la maleza. Una voz árida anunció que así era la lucha desesperada de Timor Oriental contra el presidente Suharto y su régimen del terror.

En el estrado, un hombre removía nervioso sus papeles. Había viajado una gran distancia para hablar de su país y esa noche era vital. Tal vez no hubiera muchos asistentes en la sala del Foreign Correspondents' Club Thailand, tan solo unas cuarenta o cincuenta personas, pero todos ellos eran importantes y entre todos tal vez pudieran transmitir el mensaje a millones de lectores. Había visto cientos de veces la película que se estaba proyectando y sabía que quedaban exactamente dos minutos antes de salir a la palestra.

Ivar Løken se sobresaltó cuando notó una mano en el hombro y oyó una voz que susurraba:

—Tenemos que hablar. Ahora.

En la penumbra vislumbró el rostro de Hole. Se levantó y abandonaron la sala mientras un guerrillero con la mitad de la cara quemada, reducida a una rígida máscara, explicaba por qué se había pasado los últimos ocho años de su vida en la selva indonesia.

—¿Cómo me ha encontrado? —preguntó Løken cuando salieron al exterior.

—He hablado con Tonje Wiig. ¿Suele venir aquí?

—Soler, lo que se dice soler… Me gusta mantenerme informado. Además, aquí me encuentro con personas muy útiles.

—¿Como, por ejemplo, gente de la embajada danesa o sueca?

El diente de oro emitió un destello.

—Como ya le he dicho, me gusta mantenerme informado. ¿Qué ocurre?

—Todo.

—¿De veras?

—Sé a quién está investigando. Y sé que los dos casos están relacionados.

La sonrisa de Løken se esfumó.

—Lo más curioso es que, pocos días después de llegar, estuve muy cerca del lugar donde usted le está vigilando.

—¡No me diga! —No fue fácil determinar si había sarcasmo en la voz de Løken.

—La subinspectora Crumley decidió llevarme a un crucero por el río. Me mostró la casa de un noruego que hizo trasladar un templo entero desde Birmania a Bangkok. Pero usted ya conoce a Ove Klipra, ¿no?

Løken no contestó.

—Bueno, no había pensado en la conexión hasta que he visto el partido de fútbol de esta noche.

—¿El partido de fútbol?

—El noruego más famoso del mundo juega casualmente en el equipo de fútbol favorito de Klipra.

—¿Y qué?

—¿Sabe usted con que número juega Ole Gunnar Solskjær?

—No, ¿por qué demonios lo iba a saber?

—Bueno, los chavales de todo el mundo lo saben. Se puede comprar su camiseta en cualquier tienda de deportes desde Ciudad del Cabo hasta Vancouver. A veces los adultos también la compran.

Løken asintió con la cabeza mientras miraba fijamente a Harry.

—El número veinte —dijo.

—Como en la foto. A raíz de esto me he percatado también de un par de cosas. El mango del cuchillo que encontramos clavado en la espalda de Molnes tenía un mosaico de vidrio especial y un catedrático de historia del arte nos explicó que se trataba de un antiguo cuchillo del norte de Tailandia, probablemente fabricado por el pueblo shan. He logrado contactar con él esta misma noche. Me ha contado que el pueblo shan también se extendió a partes de Birmania, donde, entre otras cosas, construyeron algunos templos. Una característica de estos templos era que las ventanas y las puertas se adornaban habitualmente con el mismo tipo de mosaico de vidrio que aparece en el cuchillo. He pasado por la casa del catedrático antes de venir aquí y le he enseñado una de sus fotografías. Løken, no ha dudado ni por un instante de que se trata del ventanal de un templo shan.

El orador ya había comenzado a hablar en el interior de la sala. Su voz sonaba metálica y estridente por los altavoces.

—Buen trabajo, Hole. ¿Y ahora qué?

—Usted me contará todo lo que sucede entre bastidores y yo me encargaré de la investigación a partir de este mismo momento.

Løken se rió a carcajadas.

—Está de broma, ¿no?

Harry no bromeaba.

—Es una propuesta interesante, Hole, pero no creo que sea viable. Mis superiores…

—No creo que «propuesta» sea el término correcto, Løken. Diga mejor «ultimátum».

Løken se rió con más fuerza todavía.

—Usted tiene cojones, Hole, eso se lo concedo. ¿Qué es exactamente lo que le lleva a pensar que está en disposición de lanzar un ultimátum?

—El hecho de que van a meterse en un lío monumental cuando informe al jefe de policía tailandés de lo que ocurre.

—Le despedirán, Hole.

—¿Por qué motivo? En primer lugar, mi cometido aquí es investigar un asesinato, no salvar el culo de unos cuantos burócratas de Oslo. Personalmente no tengo nada en contra de que intenten coger a un pederasta, pero esa no es mi responsabilidad. Y cuando el

Parlamento tenga conocimiento de que no ha sido informado de una investigación ilegal, creo que serán otros los que correrán más peligro de recibir la patada que yo. Tal como yo lo veo, las posibilidades de quedarme en el paro aumentan si me hago cómplice de esto y mantengo la boca cerrada al respecto. ¿Un cigarrillo?

Harry sacó un paquete de Camel recién abierto. Løken negó con la cabeza, pero cambió de idea. Harry encendió ambos cigarros y se sentaron en dos sillas junto a la pared. En el interior de la sala se oían sonoros aplausos.

—¿Por qué no lo ha dejado estar, Hole? Sabe desde hace tiempo que su tarea aquí no es resolver ningún caso. Entonces ¿por qué no se ha dejado llevar por la corriente y se ha ahorrado a usted mismo y a los demás un montón de problemas?

Harry inhaló profundamente y soltó el aire con una larga exhalación. La mayor parte del humo permaneció en el interior.

—He vuelto a fumar Camel este otoño —dijo Harry dándose unas palmadas en el bolsillo—. Hace tiempo tuve una novia que fumaba Camel. Nunca me quería dar de su tabaco. Pensaba que se convertiría en una mala costumbre. Estábamos viajando en Interrail, y en el tren entre Pamplona y Cannes descubrí que me había quedado sin cigarrillos. Ella pensó que eso supondría una buena lección para mí. El viaje duró casi diez horas y finalmente tuve que pedir tabaco a la gente de otros compartimentos mientras ella se fumaba sus Camel. Raro, ¿no? —Levantó el cigarrillo y sopló la brasa—. En fin, cuando llegamos a Cannes seguí pidiendo tabaco a extraños. Al principio a ella le hacía gracia. Cuando empecé a pasar de mesa en mesa por los restaurantes de París ya le hizo menos gracia y me dijo que podía coger de los suyos. Sin embargo, yo decliné la invitación. Cuando se encontró con unos conocidos de Noruega en Amsterdam, le pareció muy infantil que empezara a pedirles tabaco mientras el paquete de ella estaba sobre la mesa. Me compró un paquete de tabaco pensando que así no tendría que pedir más, pero lo dejé en la habitación del hotel. Cuando volvimos a Oslo y el asunto prosiguió, ella me dijo que estaba mal de la cabeza.

—¿Esta historia tiene un final?

—Claro que sí. Ella dejó de fumar.

Løken se rió entre dientes.

—O sea, un final feliz.

—Fue más o menos por aquella época cuando se fue a vivir con un músico a Londres.

Løken se atragantó con el humo.

—Puede que se pasara usted un poco, ¿no?

—Por supuesto.

—Pero no aprendió gran cosa de aquello, ¿verdad?

—No.

Siguieron fumando en silencio.

—Entiendo —dijo Løken apagando el cigarrillo. La gente empezó a abandonar el local—. Vamos a alguna parte a tomar una cerveza y le contaré toda la historia.

—Ove Klipra construye carreteras. Aparte de eso, no sabemos mucho más de él. Sabemos que vino a Tailandia a los veinticinco años sin haber acabado los estudios de ingeniería y con una mala reputación, así que cambió su nombre de Pedersen a Klipra, que al parecer es el nombre del barrio de Ålesund donde se crió.

Estaban sentados en un sofá de piel muy profundo y enfrente tenían un equipo de música, un televisor y una mesa con una cerveza, una botella de agua, dos micrófonos y una lista de canciones. Al principio Harry pensó que Løken estaba bromeando cuando dijo que irían a un karaoke, pero entonces le explicó la razón de ir a un sitio así. Podías alquilar un cuarto insonorizado por horas, no tenías que dar ningún nombre, pedías lo que quisieras de beber y, por lo demás, todo el mundo iba a su aire. Además, había tanta gente que ello te permitía pasar desapercibido. Simplemente era el lugar idóneo para encuentros secretos y quedaba bastante patente que no era la primera vez que Løken acudía con ese fin.

—¿Qué clase de mala reputación? —preguntó Harry.

—Cuando empezamos a remover este asunto, descubrimos que había tenido un par de episodios turbios con menores en Ålesund. No se presentó ninguna denuncia, pero se corrió la voz y él consideró oportuno largarse. Cuando vino aquí, registró una empresa de ingeniería, imprimió tarjetas de visita en las que se presentaba como «doctor» y empezó a llamar a varias puertas diciendo que tenía conocimientos de construcción de carreteras. En aquella época, hace unos veinte años, solo existían dos maneras de conseguir proyectos de ese tipo en Tailandia: o tener familia en el gobierno o ser lo suficientemente rico para sobornarlo. Klipra no entraba en ninguna de las dos categorías y, evidentemente, lo tenía todo en su contra. Sin embargo, aprendió dos cosas con las que te aseguro que pudo sentar las bases de la fortuna que posee actualmente: el idioma tailandés y el arte de la adulación. Lo que digo de la adulación no me lo he inventado. Él mismo ha presumido de ello con más de un noruego por aquí. Afirma que adquirió tanta destreza para sonreír que incluso a los tailandeses les parecía exagerado. Además, se rumorea que compartía su interés por los niños pequeños con ciertos políticos con los que empezó a asociarse. Probablemente no suponía ninguna desventaja compartir vicios con ellos a la hora de adjudicar los contratos para el desarrollo del denominado BERTS, Hopewell Bangkok Elevated Road and Train Systems.

—¿Carreteras y ferrocarril?

—Sí. Seguramente habrá observado los enormes pilares de acero que se están colocando en el suelo de toda la ciudad.

Harry asintió.

—De momento hay seis mil pilares, pero habrá más. Y no son solo para una autopista, porque sobre esta también irá el nuevo ferrocarril. Hablamos de cincuenta kilómetros de autopista supermoderna y de sesenta kilómetros de línea de ferrocarril, cuyo objetivo es impedir que el crecimiento de esta ciudad acabe asfixiándola. ¿Comprende? Es seguramente el mayor proyecto de infraestructuras realizado hasta la fecha en cualquier ciudad, el Mesías del asfalto y las traviesas.

—¿Y Klipra está metido en ello?

—Nadie parece saber muy bien quiénes están metidos y quiénes no. Lo que está claro es que el principal contratista de Hong Kong se ha retirado y que los presupuestos y los plazos se irán al carajo.

—¿Sobrecostes? Qué escándalo…—comentó Harry irónicamente.

—En cualquier caso, esto implica que habrá más para repartir entre los demás jugadores y mi suposición es que Klipra ya está totalmente involucrado en el proyecto. Si algunos dan marcha atrás, los políticos no tendrán más remedio que aceptar que los que continúen ajusten su oferta a la alza. Si Klipra tiene capacidad financiera para abarcar el trozo del pastel que se le ofrece, se convertirá fácilmente en uno de los contratistas más poderosos de la región.

—De acuerdo, pero ¿qué tiene que ver esto con los abusos a menores?

—Pues que los poderosos tienen una habilidad especial para adaptar la legislación a su conveniencia. No tengo motivos para dudar de la integridad del gobierno actual, pero es poco probable que se produzca una extradición cuando ese hombre tenga influencia política y una orden de detención retrase el proyecto de la autopista.

—Entonces ¿qué piensan hacer ustedes?

—Las cosas empiezan a moverse. A partir del caso del noruego detenido en Pattaya este mismo año, los políticos del país se han espabilado y están trabajando para conseguir un convenio parecido al que tienen Suecia y Dinamarca. Cuando eso ocurra, esperaremos un tiempo prudencial y detendremos a Klipra tras explicar a las autoridades tailandesas que, naturalmente, las fotografías son posteriores a la firma del convenio.

—¿Y condenarle por abusos a menores?

—Y puede que también por homicidio.

Harry dio un respingo en su asiento.

—A lo mejor se pensaba que era el único que había relacionado el cuchillo con Klipra, detective —dijo Løken mientras intentaba encender su pipa.

—¿Qué sabe usted del cuchillo? —preguntó Harry.

—Acompañé a Tonje Wiig al motel para identificar al embajador. Saqué un par de fotos.

—¿Mientras había por allí un grupo de policías mirando?

—Era una cámara muy pequeña. Cabe en un reloj de pulsera como este. —Løken sonrió—. No se vende en las tiendas.

—¿Y entonces relacionó el mosaico de vidrio del cuchillo con la mansión de Klipra?

—Me puse en contacto con una de las personas implicadas en la venta del templo a Klipra, un *pongyi* del centro Mahasi de Rangún. El cuchillo formaba parte de los accesorios incluidos en la compra del templo por parte de Klipra. Según el monje, estos objetos se confeccionan en parejas. Tiene que existir otro cuchillo completamente idéntico.

—Espere un momento —dijo Harry—. Si contactó con ese monje, es porque debió de presuponer que el cuchillo tenía algo que ver con los templos birmanos.

Løken se encogió de hombros.

—¡Venga ya! —prosiguió Harry—. No me diga que también es historiador de arte. Nosotros tuvimos que acudir a un catedrático para constatar que tenía algo que ver con un shan no sé qué. Usted sospechó de Klipra incluso antes de consultarlo.

Løken se quemó los dedos y arrojó irritado la cerilla casi consumida.

—Tenía motivos para pensar que el asesinato podía estar relacionado con Klipra. De hecho, el día en que asesinaron al embajador yo me hallaba en un piso situado enfrente de la casa de Klipra.

—¿Y…?

—Atle Molnes llegó allí alrededor de las siete. Hacia las ocho, él y Klipra abandonaron la casa en el coche del embajador.

—¿Está seguro de que eran ellos? Yo he visto el coche y, al igual que la mayoría de vehículos diplomáticos, tiene las lunas tintadas y opacas.

—Yo estaba vigilando a Klipra por el teleobjetivo de la cámara cuando llegó el coche. Aparcó en el garaje, donde hay una puerta que conduce directamente a la casa. Al principio solo vi a Klipra levantarse y acercarse a la puerta. Transcurrió un rato sin que se viera a nadie, pero luego divisé al embajador dando vueltas por el salón. Más tarde el coche se marchó y Klipra también desapareció.

—No puede estar seguro de que era el embajador —constató Harry.

—¿Por qué no?

—Porque desde donde usted estaba solo podía ver la parte inferior de su cuerpo, desde la espalda hacia abajo. El resto estaba oculto por el mosaico.

Løken se echó a reír.

—Bueno, fue más que suficiente —dijo, consiguiendo por fin encender la pipa y chupando con satisfacción—. Solo hay una persona en Tailandia que lleve un traje así.

En otras circunstancias Harry podría haber esbozado una sonrisa, pero en esos momentos tenía demasiadas cosas rondando por su cabeza.

—¿Por qué no han informado a Torhus y a la comisaria al respecto?

—¿Quién dice que no han sido informados?

Harry notó una presión en algún lugar situado detrás de los ojos. Miró a su alrededor buscando algo que romper.

38

Bjarne Møller miraba por la ventana. Al parecer, el frío no tenía intención de remitir de momento. A sus hijos les parecía fenomenal. Volvieron a casa a cenar con los dedos congelados y las mejillas coloradas mientras discutían sobre quién había dado el salto más largo.

El tiempo pasaba tan rápido... No tenía la sensación de que quedara tan lejana la época en que los sujetaba entre sus propios esquís mientras bajaban por las pistas de Grefsenkollen. El día anterior había entrado en su cuarto y les había preguntado si querían que les leyera un cuento. Ellos se lo quedaron mirando, extrañados.

Trine le dijo que tenía aspecto de cansado. ¿Lo estaba? Tal vez. Tenía mucho en que pensar, más de lo que se había imaginado cuando aceptó el puesto de jefe de departamento de la policía. Por si no tuviera poco con escribir informes, asistir a reuniones y elaborar presupuestos, alguno de sus hombres llamaba siempre a su puerta con algún problema que él no podía solucionar: que su mujer se quería separar, que la hipoteca era demasiado alta o que los nervios le traicionaban.

La labor policial de dirigir las investigaciones, que tanta ilusión le había hecho cuando asumió el cargo, casi se había convertido en algo secundario. Y todavía no dominaba las agendas ocultas, el tener que leer entre líneas, el juego profesional. En ocasiones se preguntaba si no debería haber seguido como estaba, pero sabía que Trine estaba muy contenta con el aumento de sueldo. Y sus hijos querían unos esquís de salto. También era hora de que les regalara el ordenador que llevaban tiempo pidiendo. Pequeños copos de nieve se arremolinaban contra los cristales. Él había sido un policía jodidamente bueno.

Sonó el teléfono.

—Møller.

—Soy Hole. ¿Lo has sabido todo el tiempo?

—¿Diga? Harry, ¿eres tú?

—¿Has sabido todo el tiempo que me escogieron especialmente para asegurarse de que esta investigación no llegara a ninguna parte?

Møller bajó la voz. Se había olvidado ya de los esquís de salto y los ordenadores.

—Creo que no sé de qué me estás hablando.

—Solo quiero oírte decir que no sabías que la gente de Oslo sospechaba desde el principio quién es el asesino.

—De acuerdo, Harry. Yo no sabía… quiero decir, no sé de qué coño me estás hablando.

—Desde el mismo día del asesinato, la comisaria y Dagfinn Torhus saben que el embajador y un noruego llamado Ove Klipra salieron de casa de este último en el mismo coche media hora antes de que Molnes llegara al motel. También saben que el señor Klipra tenía un motivo jodidamente bueno para matar al embajador.

Møller se sentó pesadamente.

—¿Y cuál es?

—Klipra es uno de los hombres más ricos de Bangkok. El embajador pasaba por algunos apuros económicos y había tomado personalmente la iniciativa de investigar a Klipra por abusos a menores. Cuando le encontraron muerto, llevaba en el maletín fotografías de Klipra con un niño. No resulta muy difícil imaginar por qué había ido a visitarle. Molnes debió de intentar convencer a Klipra de que hacía aquello por su cuenta y que él mismo había sacado las fotos. Entonces debió de pedirle una cantidad de dinero por «todas las copias», ¿no se suele decir así? Por supuesto, era imposible comprobar cuántas copias habría sacado Molnes, y a Klipra

265

no le resultaría difícil comprender que un chantajista que además era un ludópata incurable no tardaría en volver a llamar a su puerta. Una y otra vez. Así pues, Klipra le propuso a Molnes que cogieran el coche, que le dejara en su banco y que él fuera al motel y le esperara allí a que llegara con el dinero. Cuando Klipra llegó ni siquiera tuvo que buscar la habitación del embajador, porque vio su coche aparcado fuera, ¿verdad? ¡Joder, el tío fue incluso capaz de seguir la pista del cuchillo hasta Klipra!

—¿Qué tío?

—Løken. Ivar Løken. Un antiguo espía que lleva años operando en esta región. Empleado por la ONU, afirma que trabajó con refugiados, pero ¿yo qué coño sé? Imagino que cobraba la mayor parte de su sueldo a través de la OTAN o algo por el estilo. Ha estado espiando a Klipra varios meses.

—¿Y el embajador lo sabía? Me parece que has dicho que fue él quien tomó la iniciativa de emprender la investigación.

—¿A qué te refieres?

—Sostienes que el embajador fue allí para extorsionar a Klipra, aun a sabiendas de que ese agente les estaba observando.

—Claro que lo sabía. Løken le proporcionaba copias de las fotos. ¿Y qué? No hay nada sospechoso en el hecho de que el embajador hiciera una visita de cortesía al noruego más rico de Bangkok, ¿no?

—Supongo que no. ¿Qué más te contó el tal Løken?

—Me explicó la verdadera razón por la que me escogieron para venir aquí.

—¿Y cuál es?

—Espera un momento.

Møller oyó cómo tapaba el auricular con una mano y profería algunas vehementes exclamaciones en noruego e inglés. Luego volvió a ponerse al aparato.

—Perdona, Møller, pero estamos hacinados aquí. Mi compañero de al lado había pisado el cable del teléfono con la silla. ¿Por dónde íbamos?

—El motivo por el que te habían escogido a ti.

—Veamos. La gente que participa en la investigación de Klipra corre un gran riesgo. Si se descubre, se montará una buena: un auténtico escándalo político, rodarán cabezas y todo eso. Cuando encontraron al embajador muerto y se hicieron una idea bastante clara de quién estaba detrás, tenían que asegurarse de que la investigación del homicidio no destapara su plan. Tenían que buscar un término medio, hacer algo, pero no lo suficiente como para remover la mierda. Al enviar un policía noruego nadie podía acusarles de no hacer nada. Me dijeron que no querían mandar un equipo de investigación porque los tailandeses se lo tomarían a mal.

La risa de Harry se mezcló con otra conversación mantenida en algún lugar entre la Tierra y un satélite.

—En cambio escogieron al hombre que consideraron con menos probabilidades de destapar nada por aquí. Dagfinn Torhus hizo sus pesquisas y encontró al candidato perfecto, alguien que con toda seguridad no llegaría a crearles molestias porque seguramente se pasaría las noches sobre un palé de cerveza y los días medio adormilado por la resaca. Harry Hole era perfecto porque funciona, pero solo hasta cierto punto. En caso de que su elección llegara a ser cuestionada, podrían explicarla alegando que había recibido las mejores recomendaciones tras una misión similar en Australia. Y si eso no fuera suficiente, incluso el jefe del departamento de policía Møller había puesto la mano en el fuego por él, y sin duda era la persona más indicada para opinar al respecto, ¿no es cierto?

A Møller no le gustó nada lo que oía. Sobre todo porque ahora lo veía todo claro: la mirada de la comisaria a través de la mesa cuando le preguntaron, la ceja levantada imperceptiblemente. Había sido una orden.

—Pero ¿por qué iban a arriesgar Torhus y la comisaria sus puestos para coger a un miserable pedófilo?

—Esa es una buena pregunta.

Se hizo el silencio. Ninguno de los dos se atrevía a expresar en voz alta sus pensamientos.

—¿Y ahora qué va a ocurrir, Harry?

—Ahora toca la Operación Salvar el Culo.

—Lo cual significa…

—Significa que nadie quiere ser pillado en paños menores. Ni Løken, ni yo tampoco. El acuerdo es que los dos mantengamos la boca cerrada sobre el tema de momento y detengamos a Klipra juntos. Supongo que estarás interesado en encargarte del caso desde allí, jefe. Ir directamente al Parlamento, tal vez. También tienes un culo que salvar, ya sabes.

Møller reflexionó al respecto. No estaba seguro de quererse salvar. Lo peor que podía pasar era que tuviera que volver al trabajo policial.

—Esto es muy fuerte, Harry. Tengo que pensarlo, te vuelvo a llamar más tarde, ¿de acuerdo?

—De acuerdo.

Llegaron débiles señales procedentes de otra conversación mantenida en algún lugar del universo, y que de repente enmudecieron. Permanecieron un rato escuchando el ruido estelar.

—¿Harry?

—¿Sí?

—A la mierda lo de pensar. Estoy contigo.

—La verdad es que contaba con ello, jefe.

—Llámame cuando le hayáis detenido.

—¡Ah!, se me olvidó comentarlo. Nadie ha visto a Klipra desde el asesinato del embajador.

Llegó uno de esos días en que Harry no tenía nada que hacer. Dibujaba círculos para ver si se parecían a algo.

Jens llamó para preguntar cómo iba la investigación. Harry respondió que esas cosas eran secreto de Estado y Jens le dijo que lo entendía, pero que dormiría mejor si sabía que tenían otro sospechoso principal. Luego le explicó un chiste que le acababan de contar por teléfono sobre un ginecólogo que le dice a un colega que una de sus pacientes tiene un clítoris como una manita de cerdo hervida. «¿Igual de grande?», le pregunta su colega. «No —contesta el ginecólogo—, igual de saladito.»

Jens se disculpó por que en el entorno financiero solo se contaran chistes guarros.

Más tarde Harry intentó explicarle el chiste a Nho, pero o bien su inglés o bien el de Nho era demasiado malo, porque acabó produciéndose una situación incómoda.

Luego entró a ver a Liz y le preguntó si le parecía bien que se quedara allí un rato. Al cabo de una hora ella se hartó de su silenciosa presencia y le pidió que se fuera.

Fue a cenar de nuevo a Le Boucheron. El francés le habló en su idioma y Harry le contestó sonriente en noruego.

Eran casi las once cuando llegó a casa.

—Tiene visita —le dijo el portero en la conserjería.

Harry subió en el ascensor, se tumbó boca arriba en el borde de la piscina y permaneció escuchando el suave chapoteo de las rítmicas brazadas de Runa.

—Tienes que marcharte a casa —dijo al cabo de un rato.

Ella no contestó. Él se levantó y subió al apartamento por las escaleras.

39

Løken le pasó a Harry los prismáticos de visión nocturna.

—Todo despejado —dijo—. Conozco la rutina. El vigilante irá a sentarse en la caseta junto a la entrada del portal. No volverá a hacer una nueva ronda hasta dentro de veinte minutos.

Se encontraban en la buhardilla de una casa situada aproximadamente a unos cien metros de la propiedad de Klipra. La ventana estaba tapiada con tablones, pero entre dos de ellos había espacio para unos prismáticos. O para una cámara fotográfica. Entre el lugar donde estaban y la residencia de teca adornada con cabezas de dragones de Klipra había una serie de cobertizos bajos, un camino y un muro alto y blanco con alambre de púas en la parte superior.

—Ningún problema —dijo Løken—. El único problema de esta ciudad es que hay gente en todas partes. Todo el tiempo. Tenemos que dar un rodeo y saltar el muro por la parte trasera de aquel cobertizo de allí.

Señaló con el dedo y Harry miró por los prismáticos.

Løken le había pedido que se pusiera ropa discreta, ajustada y oscura. Terminó vestido con unos vaqueros negros y su vieja camiseta de Joy Division. Pensó en Kristin cuando se la puso. Era la única vez que había conseguido que le gustara Joy Division. Quizá aquello la compensara por el hecho de que hubieran dejado de gustarle los Camel.

—Vamos allá —dijo Løken.

El aire del exterior estaba estancado y el polvo sobrevolaba libremente el camino de gravilla. Una pandilla de chavales jugaba a *takraw* formando un círculo y pegando patadas a una pequeña pelota de goma a fin de mantenerla en el aire. Ni siquiera prestaron atención a los dos *farang* vestidos de negro. Cruzaron la calle en diagonal, pasaron entre los cobertizos y por fin llegaron al muro sin ser percibidos. El cielo nocturno ligeramente neblinoso reflejaba una sucia luz amarilla procedente de millones de fuentes luminosas, grandes y pequeñas, que hacían que Bangkok nunca estuviera completamente a oscuras en noches como aquella. Løken arrojó una pequeña mochila al otro lado del muro y desplegó una alfombrilla estrecha y fina que colocó sobre el alambre.

—Tú primero —dijo formando un estribo con las manos para que Harry apoyara el pie.

—¿Y tú?

—No te preocupes por mí. Adelante.

Levantó a Harry hasta que se agarró a uno de los postes situados en la parte superior del muro. Echó una pierna por encima de la alfombrilla y notó como las púas rasgaban la goma bajo su entrepierna mientras levantaba la otra. Intentó no pensar en la historia del chico que se deslizó por el mástil en la feria de Romsdal, sin acordarse del gancho que sujetaba abajo la cuerda de la bandera. Su abuelo afirmaba que el grito de castrato del niño se había oído en la otra punta del fiordo.

Løken se encontraba ya a su lado.

—¡Dios, qué rápido! —susurró Harry.

—El ejercicio diario del jubilado.

Siguiendo las órdenes del jubilado, corrieron agachados a través del césped y a lo largo de la casa hasta ocultarse tras una esquina. Løken sacó los prismáticos de visión nocturna y esperó hasta tener la seguridad de que el vigilante miraba en otra dirección.

—¡Ahora!

Harry corrió intentando imaginarse que era invisible. El garaje no quedaba muy lejos, pero estaba iluminado y nada tapaba la visión desde la caseta de vigilancia. Løken le seguía pisándole los talones.

Harry pensaba que no había muchas formas de entrar por la fuerza en una casa, pero Løken había insistido en planificarlo todo hasta el último detalle. Cuando hizo hincapié en que deberían correr juntos los últimos metros críticos, Harry preguntó si no sería más inteligente correr de uno en uno mientras el otro vigilaba.

—¿Vigilar qué? —preguntó Løken irritado—. Si nos descubren ya nos enteraremos. Pero si corremos primero uno y luego otro la posibilidad de ser descubierto se multiplica por dos. Dime: ¿es que no os enseñan nada en la policía hoy día?

Harry no planteó más objeciones respecto al resto del plan.

Un Lincoln Continental blanco ocupaba el centro del garaje, donde, en efecto, una puerta lateral llevaba al interior de la casa. Løken pensó que esta cerradura sería más sencilla de forzar que la de la puerta principal. Además, así no serían visibles desde la entrada.

Løken sacó la ganzúa y empezó a trabajar.

—¿Controlas tú el tiempo? —susurró, y Harry asintió.

Según el plan previsto, les quedaban dieciséis minutos hasta la siguiente ronda de vigilancia.

Doce minutos más tarde, Harry notó que le empezaba a picar todo el cuerpo.

Trece minutos más tarde, estaba deseando que Sunthorn se apareciera como por arte de magia.

Catorce minutos más tarde, comprendió que era hora de abortar la operación.

—Nos largamos ya —susurró.

—Solo un poco más —dijo Løken inclinado sobre la cerradura.

—No tenemos tiempo.

—Solo unos segundos más.

—¡Ya! —dijo Harry con los dientes apretados.

Løken no contestó. Harry inspiró y colocó una mano sobre su hombro. Løken se giró hacia él y sus miradas se encontraron. El diente de oro brilló.

—Ya está —susurró Løken.

La puerta se abrió sin hacer ruido. Entraron de puntillas y cerraron silenciosamente. En ese mismo instante se oyeron unos pasos en el garaje, vieron la luz de una linterna a través de la ventana que había sobre la puerta y, de repente, alguien tiró con fuerza del pomo. Pegaron la espalda a la pared. Harry aguantó la respiración notando cómo le latía el corazón y la sangre recorría velozmente todo su cuerpo. Luego los pasos comenzaron a alejarse.

A Harry le costó mantener la voz baja.

—¡Habías dicho veinte minutos!

Løken se encogió de hombros.

—Unos minutos más, unos minutos menos.

Harry se puso a contar de nuevo respirando a través de la boca abierta.

Encendieron sus linternas y se disponían a adentrarse en la casa cuando algo crujió bajo los zapatos de Harry.

—¿Qué es esto?

Iluminó el suelo. Sobre el parquet oscuro había unos fragmentos pequeños de color blanco.

Løken alzó la linterna hacia la pared de ladrillo encalada.

—¡Agh! Klipra ha hecho trampa. Se suponía que esta casa estaba construida únicamente con teca. Vaya, ahora sí que acabo de perderle todo el respeto a este tipo —dijo con sarcasmo—. Vamos, Harry, ¡el tiempo corre!

Siguiendo las instrucciones de Løken, registraron la casa de un modo rápido y sistemático. Harry se concentró en hacer lo que se le había dicho: memorizar dónde estaban colocadas las cosas antes de moverlas, no dejar huellas dactilares en las puertas blancas y comprobar si había trocitos de cinta adhesiva antes de abrir cajones y armarios. Después de casi tres horas se sentaron a la mesa de la cocina. Løken había encontrado algunas revistas de pornografía infantil y un revólver que parecía no haber sido disparado en años. Sacó fotos de ambas cosas.

—El tío se ha largado a toda prisa —dijo—. Hay dos maletas vacías en su dormitorio. El neceser está en el cuarto de baño y los armarios están repletos de ropa.

—¿Puede que tuviera una tercera maleta? —sugirió Harry.

Løken le miró con una mezcla de desprecio e indulgencia. Más o menos del mismo modo que miraría a un recluta servicial pero no muy brillante, pensó Harry.

—Ningún hombre tiene dos neceseres, Hole.

Recluta, pensó Harry.

—Nos queda una habitación —dijo Løken—. El despacho de arriba está cerrado y la cerradura es un engendro alemán que no se deja abrir con ganzúa. —Sacó un pie de cabra de su mochila—. Tenía la esperanza de que no nos hiciera falta. Vamos a dejar un agujero enorme en la puerta, joder.

—No importa —dijo Harry—. De todas formas, creo que he colocado sus zapatillas en el estante equivocado.

Løken se rió entre dientes.

Aplicaron el pie de cabra en las bisagras, no en la propia cerradura. Harry reaccionó demasiado tarde y la pesada puerta cayó provocando un gran estruendo. Permanecieron en silencio un par de segundos, esperando oír los gritos de los vigilantes.

—¿Crees que habrán oído algo? —preguntó Harry.

—¡Bah! Hay tantos decibelios por habitante en esta ciudad que un golpe más o menos no llama la atención a nadie.

Las luces de sus linternas recorrieron las paredes como si fueran cucarachas amarillas.

En la pared de detrás del escritorio colgaba la bandera roja y blanca del Manchester United sobre un póster enmarcado del equipo. Debajo había un escudo rojo y blanco con un barco velero tallado en madera.

La linterna se detuvo en una fotografía. Mostraba a un hombre con una boca amplia y sonriente, una recia papada doble y un par de ojos saltones que brillaban alegres. Ove Klipra parecía un hombre de risa fácil. Tenía unos rizos rubios que se agitaban al viento. La foto debía de haberse tomado en un barco.

—Con ese aspecto resulta difícil imaginar que se trata de un pedófilo —dijo Harry.

—Los pedófilos rara vez tienen aspecto de tales —dijo Løken. Harry le miró, pero quedó cegado por la linterna—. ¿Qué es eso?

Harry se giró. Løken iluminó una caja metálica que había en una esquina. Harry la reconoció enseguida.

—Te cuento… —dijo, contento al fin de poder realizar alguna aportación—. Es una grabadora que cuesta medio millón de coronas. He visto una exactamente igual en el despacho de Brekke. Graba las conversaciones telefónicas. La grabación y el código temporal no pueden ser manipulados, y por tanto se pueden emplear en un posible juicio. Son de mucha utilidad cuando se realizan acuerdos verbales telefónicos de varios millones.

—También puede ser útil cuando se habla con gente de uno de los sectores más corruptos en uno de los países más corruptos —dijo Løken.

Harry hojeó rápidamente los documentos que había sobre el escritorio. Vio logos con nombres de compañías japonesas y estadounidenses, acuerdos, contratos, borradores de acuerdos y borradores modificados. En unos cuantos de ellos aparecían las siglas BERTS. Se fijó en un cuaderno grapado con el nombre de Barclays Thailand en la portada. Aparentemente era un informe de una compañía llamada Phuridell. Luego volvió a alzar la linterna y se detuvo de golpe cuando la luz captó un objeto en la pared.

—¡Bingo! Mira esto, Løken. Debe de ser el cuchillo gemelo que mencionaste.

Løken no contestó. Estaba de espaldas a Harry.

—¿Has oído lo que…?

—Tenemos que salir, Harry. Ahora.

Harry se giró y vio que la linterna de Løken apuntaba a una pequeña caja que había en la pared y que tenía una luz roja intermitente. En ese momento tuvo la sensación de que una aguja de tejer le perforaba los oídos. El silbido de alta frecuencia era tan alto que se quedó medio sordo al instante.

—¡Una alarma con retardador! —exclamó Løken echando a correr—. ¡Apaga la linterna!

Harry le siguió tambaleante y bajaron las escaleras en la oscuridad. Corrieron hasta la puerta lateral del garaje. Løken detuvo a Harry cuando puso la mano sobre el pomo.

—¡Espera!

Fuera se oyeron voces y ruidos de llaves.

–Están delante de la puerta principal –dijo Løken.

–¡Salgamos entonces!

–No, si salimos ahora nos verán desde allí –susurró Løken–. En cuanto entren en la casa, nosotros saldremos disparados por el garaje, ¿de acuerdo?

Harry asintió. Un rayo de luz de luna, teñido de azul por el mosaico de vidrio de la ventana que había sobre la puerta, daba en el parquet delante de ellos.

–¿Qué estás haciendo?

Harry se había arrodillado y estaba limpiando con las manos los trozos de cal que había en el suelo. No tuvo tiempo de contestarle porque en ese mismo instante se abrió la entrada principal. Løken sujetó la puerta del garaje y Harry salió disparado. Acto seguido corrieron agachados por el césped mientras oían cómo el silbido histérico de la alarma se debilitaba cada vez más.

–Por los pelos –dijo Løken cuando llegaron al otro lado del muro.

Harry le miró. La luz de la luna se reflejaba en el diente de oro. Løken ni siquiera había perdido el resuello.

40

Cuando Harry clavó las tijeras en el enchufe debió de quemarse algún cable por dentro de la pared, así que ahora volvían a hallarse a la trémula luz de las velas. Løken acababa de abrir una botella de Jim Beam.

—¿Por qué arrugas la nariz, Hole? ¿No te gusta el olor?

—El olor no tiene nada de malo.

—¿Y el sabor?

—El sabor está bien. Jim y yo somos viejos amigos.

—Vaya. —Løken se sirvió un vaso generoso—. ¿Ya no os lleváis tan bien o qué?

—Dicen que es una mala influencia para mí.

—¿Y quién te hace compañía ahora?

Harry levantó la botella de Coca-Cola.

—El imperialismo cultural americano.

—¿Estás completamente limpio?

—Digamos que este otoño tomé bastante cerveza.

Løken se rió entre dientes, cálido y fiable como un programa de televisión de Erik Bye.

—Ah, entonces es por eso. Le había dado muchas vueltas intentando comprender por qué diablos Torhus te eligió a ti.

Harry comprendió que pretendía que fuera un halago indirecto. Løken pensaba que Torhus podría haber elegido a otros mucho más imbéciles que él, y que el motivo de su elección no había sido que fuera un policía incompetente.

Harry asintió mirando a la botella.

—¿Te ayuda a mitigar el malestar?

Løken le miró interrogativo.

—¿Te hace olvidarte del trabajo por un rato? Quiero decir, los niños, las fotos… toda esa mierda.

Løken se bebió el bourbon de un trago y se sirvió otro. Tomó un sorbo, puso el vaso sobre la mesa y se reclinó en la silla.

—Estoy especialmente cualificado para este trabajo, Harry.

Harry tenía una leve sospecha de a qué se refería.

—Sé cómo piensan, qué les impulsa, qué les provoca el subidón, cuáles son las tentaciones que pueden resistir y cuáles no. —Sacó la pipa—. Les entiendo desde que tengo uso de memoria.

Harry no supo qué decir, así que permaneció callado.

—¿Has dicho que estás limpio? ¿Se te da bien renunciar a las cosas, Hole? Como la historia de los cigarrillos. ¿Simplemente tomas una decisión y te mantienes firme pase lo que pase?

—Bueno. Sí. Supongo que sí —dijo Harry—. El problema es que las decisiones no son siempre muy acertadas.

Løken volvió a reírse entre dientes. Harry se acordó de un viejo amigo que reía de la misma manera. Le enterró en Sidney, pero visitaba regularmente a Harry en sueños.

—Entonces somos iguales —dijo Løken—. Yo jamás en la vida le he puesto la mano encima a un niño. He soñado con ello, he tenido fantasías con ello, he llorado por ello, pero jamás lo he llevado a cabo. ¿Lo puedes comprender?

Harry tragó saliva, sobrecogido por unos sentimientos encontrados.

—No sé cuántos años tenía la primera vez que mi padrastro me violó, pero imagino que no más de cinco. A los trece años le clavé un hacha en el muslo. Le seccioné una arteria principal, se quedó en estado de shock y estuvo a punto de palmarla. Sobrevivió, pero acabó en una silla de ruedas. Dijo que había sido un accidente, que el hacha se le había resbalado mientras cortaba leña. Probablemente pensó que estábamos empatados.

Løken alzó el vaso y miró con desprecio el líquido marrón.

—A lo mejor te parece una paradoja tremenda —dijo él—. Que los niños que sufren abusos sexuales sean los estadísticamente más propensos a convertirse en abusadores, ¿no?

Harry torció el gesto.

—Es verdad —dijo Løken—. A menudo los pedófilos saben exactamente el sufrimiento que causan a los niños. Muchos agresores han experimentado la angustia, la confusión y la culpa en sus propias carnes. Por cierto, ¿sabías que muchos psicólogos opinan que hay una relación muy estrecha entre la excitación sexual y el impulso suicida?

Harry negó con la cabeza. Løken apuró el vaso de un trago y apretó los labios con fuerza.

—Es como cuando te muerde un vampiro. Uno cree que ha muerto. Sin embargo, se despierta convertido en un vampiro. Inmortal y con una insaciable sed de sangre.

—¿Y con un eterno deseo de morir?

—Exacto.

—¿Y qué es lo que te hace diferente?

—Todos somos diferentes, Hole.

Løken terminó de rellenar la pipa y la colocó sobre la mesa. Se había quitado el jersey negro de cuello vuelto y el sudor brillaba en su torso desnudo. Su cuerpo atlético estaba bien proporcionado. Sin embargo, su piel flácida y unos músculos marchitos revelaban que había envejecido y que algún día acabaría muriendo.

—Cuando descubrieron revistas de pornografía infantil en mi taquilla del comedor de oficiales de Vardø, me llamó el jefe del cuartel. Supongo que tuve suerte; no me denunciaron porque no tenían motivos para sospechar que hiciera algo más que mirar las fotografías. Aquello tampoco tuvo repercusión en mi historial, simplemente me pidieron que abandonara el Ejército del Aire. Más tarde, a través de mi labor en el servicio de inteligencia, establecí contacto con lo que entonces se conocía como Special Services, el precursor de la CIA. Me mandaron a un curso en Estados Unidos antes de enviarme a Corea con el pretexto de trabajar para el hospital de campaña noruego.

—¿Y ahora para quién trabajas exactamente?

Løken se encogió de hombros para indicar que eso no tenía importancia.

—¿No te avergüenzas? —preguntó Harry.

—Pues claro —dijo Løken con una sonrisa apagada—. Todos los días. Es una debilidad que tengo.

—Entonces ¿por qué me cuentas todo esto? —preguntó Harry.

—Bueno, en primer lugar, porque soy demasiado viejo para andar por ahí escondiéndome. En segundo lugar, porque debo tener consideración hacia los demás aparte de hacia mí mismo. Y en tercer lugar, porque la vergüenza reside en un plano más emocional que intelectual. —Una de las comisuras de sus labios se alzó en una mueca sarcástica—. Antes estaba suscrito a *Archives of Sexual Behavior* para comprobar si los científicos eran capaces de determinar la clase de monstruo que soy. Era más por curiosidad que por vergüenza. Empecé a leer un artículo sobre un monje pedófilo en Suiza que supuestamente tampoco había hecho nada nunca. Pero cuando iba por la mitad, me enteré de que el hombre se encerró en una habitación e ingirió aceite de hígado de bacalao con trozos de cristales rotos. No acabé de leer el artículo. Prefiero verme como un producto de mi infancia y de mi entorno, y, pese a todo, como una persona moral. Soy capaz de vivir conmigo mismo, Hole.

—Pero ¿cómo es posible que un pedófilo como tú trabaje en asuntos de prostitución infantil? ¡Si el tema te excita!

Løken se quedó mirando la mesa, meditabundo.

—¿Alguna vez has tenido la fantasía de violar a una mujer, Hole? No hace falta que me respondas, sé que la has tenido. Pero eso no significa que tengas el deseo de violar realmente a alguien, ¿no? Y tampoco significa que no seas apto para trabajar en casos de violación, ¿no? Incluso aunque llegues a comprender que un hombre puede perder el autocontrol, sabes que simplemente está mal. Va contra la ley. Y esos cerdos tienen que pagar por ello.

Apuró de un trago su tercer vaso. Había llegado a la etiqueta de la botella.

Harry meneó la cabeza.

—Lo siento, Løken, pero me cuesta entenderlo. Tú compras pornografía infantil, formas parte de ello. Sin gente como tú no habría mercado para esas guarrerías.

—Es cierto. —La mirada de Løken se estaba empañando—. No soy ningún santo. Es cierto que he contribuido a que el mundo se haya vuelto el valle de lágrimas que es. ¿Qué más puedo decir? Como dice la canción: «Soy como todo el mundo, cuando llueve me mojo».

De pronto, Harry también se sintió viejo. Viejo y cansado.

—¿De qué iba lo de los trozos de cal? —balbuceó Løken.

—Algo que se me ocurrió. Pensé que se parecía al polvo blanco que había en un destornillador que encontramos en el maletero de Molnes. Era un poco amarillento, no tan blanco como la cal normal. Mandaré a analizar los trozos para compararlos con el polvo encontrado en el coche.

—Y llegado el caso, ¿qué significaría?

Harry se encogió de hombros.

—Nunca se sabe lo que algo puede significar. El noventa y nueve por ciento de los datos reunidos durante una investigación carecen de valor. Solo te queda la esperanza de estar alerta cuando el uno por ciento se te aparezca delante de las narices.

—Muy cierto.

Løken cerró los ojos y se reclinó en la silla.

Harry bajó a la calle y compró sopa de tallarines con langostinos a un hombre sin dientes que llevaba una gorra del Liverpool. El tipo vertió la sopa desde una cacerola negra en una bolsa de plástico, la cerró con un nudo y mostró las encías. Harry encontró dos platos hondos en la cocina. Løken se despertó sobresaltado cuando le zarandeó. Comieron en silencio.

—Creo que sé quién ordenó la investigación —dijo Harry.

Løken no le contestó.

—Entiendo por qué emprendieron la investigación clandestina sin esperar a que se formalizara el convenio con Tailandia. Era urgente, ¿verdad? Era urgente obtener resultados y por eso se lanzaron sin red.

—¿Nunca te rindes?

—¿Y qué más da eso ahora?

Løken sopló la cuchara.

—Puede llevar mucho tiempo conseguir las pruebas —dijo—. Tal vez años. El factor tiempo era más importante que cualquier otra cosa.

—Imagino que no hay nada por escrito que pueda remitir a quien tomó la iniciativa de investigar, que Torhus se quedará solo en el ministerio si todo esto se llega a saber. ¿Tengo razón?

Løken levantó la cuchara y pareció dirigirse al langostino que había en ella:

—Los políticos hábiles siempre se aseguran de tener las espaldas cubiertas, ¿no es así? Tienen a sus secretarios de Estado para que hagan el trabajo sucio. Y los secretarios de Estado no dan órdenes. Simplemente les dicen al jefe de negociado en cuestión lo que hay que hacer para impulsar una carrera política estancada.

—¿Askildsen?

Løken se metió el langostino en la boca y masticó en silencio.

—Entonces ¿cuál sería la recompensa de Torhus por dirigir la operación? ¿Un puesto de subdirector?

—No lo sé. No hablamos de esas cosas.

—¿Y qué hay de la comisaria? Ella también se juega mucho, ¿no?

—Supongo que es una buena socialdemócrata.

—¿Tiene ambiciones políticas?

—Quizá. Tal vez ninguno de ellos se juegue tanto como crees. El hecho de que yo tenga mi despacho en el mismo edificio que el embajador no significa…

—¿Que estás en su nómina? ¿Para quién trabajas entonces? ¿Por cuenta propia?

Løken sonrió a su reflejo en la sopa.

—Dime, Hole, ¿qué pasó con tu chica?

Harry le miró desconcertado.

—La que dejó de fumar.

—Ya te lo conté. Se fue a Inglaterra con un músico.

—¿Y después?

—¿Quién te ha dicho que pasó algo después?

—Tú. La forma en que hablas de ella. —Løken se echó a reír. Dejó la cuchara y se reclinó en su asiento—. Venga, Hole. ¿Ella realmente dejó de fumar? ¿Para siempre?

—No —dijo Harry débilmente—. Pero ya lo ha dejado. Para siempre.

Miró la botella de Jim Beam, cerró los ojos e intentó recordar la calidez de aquel primer y único trago.

Harry permaneció allí hasta que Løken se quedó dormido. Luego le ayudó a acostarse en la cama y le cubrió con una manta antes de marcharse.

El portero de River Garden también dormía. Harry pensó en despertarle, pero cambió de idea. Esa noche todos debían procurar dormir un poco. Alguien había metido una carta por debajo de su puerta. Harry la guardó sin abrir en el cajón de la mesilla de noche, junto con la anterior. Se acercó a la ventana y contempló un carguero que se deslizaba oscuro y silencioso bajo el puente de Taksin.

41

Eran casi las diez cuando Harry llegó a la jefatura. Se encontró con Nho cuando este salía.

—¿Se ha enterado?

—¿De qué? —bostezó Harry.

—Del comunicado de la comisaria de Oslo.

Harry negó con la cabeza.

—Nos lo han comunicado en la reunión de esta mañana. Los mandamases han vuelto a tener una charla.

Liz dio un salto en la silla cuando Harry irrumpió en su despacho sin mostrar la más mínima regla de cortesía.

—¿Buenos días, Harry?

—No especialmente. No me pude acostar hasta las cinco de la mañana. ¿Qué es eso que están diciendo de reducir la investigación?

Liz suspiró.

—Al parecer, nuestros respectivos jefes de policía han mantenido una nueva conversación. La tuya habla de presupuestos limitados y escasez de personal, y están impacientes por que vuelvas. El nuestro está empezando a recibir críticas a causa de un par de casos de homicidio que dejamos de lado cuando surgió este. Naturalmente, no se trata de archivar el caso, sino de convertirlo en una prioridad normal.

—¿Lo cual significa…?

—Significa que me han dicho que me asegure de meterte en algún vuelo en el transcurso de un par de días.

—¿Y…?

—Les he comentado que en enero los vuelos normalmente están llenos y que la cosa puede tardar como mínimo una semana.

—¿Quieres decir que tenemos una semana?

—No, me han ordenado reservar en primera clase si los vuelos en turista están completos.

Harry se echó a reír.

—Treinta mil pavos. ¿Presupuestos limitados? ¡Anda ya! Se están poniendo nerviosos.

Liz se reclinó en la silla y se oyó un crujido.

—¿Quieres hablar de ello, Harry?

—¿Tú quieres?

—No sé si quiero —dijo ella—. Hay cosas que conviene dejar estar, ¿no crees?

—Entonces ¿por qué no lo hacemos?

Ella giró la cabeza, subió las persianas y miró hacia el exterior. Harry estaba sentado de tal manera que la luz del sol dibujaba un halo blanco alrededor de la reluciente coronilla de Liz.

—¿Sabes cuál es el sueldo medio de un agente del Cuerpo Nacional de Policía, Harry? Ciento cincuenta dólares al mes. Hay ciento veinte mil policías en el cuerpo intentando mantener a sus familias, pero ni siquiera podemos pagarles lo suficiente para que se mantengan a sí mismos. ¿Te parece extraño que algunos de ellos intenten aumentar un poco su sueldo haciendo la vista gorda en ciertos asuntos?

—No.

Ella suspiró.

—Yo personalmente jamás he sido capaz de dejar las cosas como están. Sabe Dios que me vendría bien un dinero extra, pero eso no va conmigo. Tal vez suene un poco a promesa de boy scout, pero lo cierto es que alguien tiene que hacer el trabajo.

—Además es tu…

—… responsabilidad, pues sí. —Sonrió, cansada—. Todos tenemos una cruz que llevar.

Harry empezó a hablar. Ella fue a buscar café, comunicó en la centralita que no le pasaran llamadas, tomó unas notas, fue a por más café, miró al techo, blasfemó, y al final le dijo a Harry que se marchara para poder pensar.

Una hora más tarde le volvió a llamar. Estaba furiosa.

—Joder, Harry, ¿te das cuenta de lo que me estás pidiendo?

—Sí. Y veo que tú también te has dado cuenta.

—Me arriesgo a perder mi trabajo si acepto cubrirte a ti y a ese tal Løken.

—Ya somos dos.

—¡Vete a la mierda!

Harry se rió burlonamente.

La mujer que cogió el teléfono en la Cámara de Comercio de Bangkok colgó cuando Harry empezó a hablar en inglés. Entonces le pidió a Nho que llamara y le deletreó el nombre de la compañía que figuraba en la portada del informe que había en el despacho de Klipra.

—Averigua simplemente a qué se dedican, quién es el propietario y esas cosas.

Nho se marchó, y Harry tamborileó con los dedos sobre la mesa antes de decidirse a hacer la llamada.

—Hole —contestaron.

Era el apellido de su padre, pero Harry sabía que lo decía por costumbre, que se refería a toda la unidad familiar. Hacía que pareciera que su madre todavía estaba sentada en el sillón verde del salón bordando o leyendo un libro. Harry sospechaba que incluso había empezado a hablar con ella.

Su padre se acababa de levantar. Harry le preguntó cómo pensaba pasar el día y se sorprendió cuando su padre le dijo que iba a ir a la cabaña de Rauland.

—Habrá que cortar algo de leña —dijo—. Nos estamos quedando sin leña.

No había ido a la cabaña desde que murió la madre de Harry.

—¿Cómo te va? —preguntó su padre.

—Bien. Volveré a casa muy pronto. ¿Cómo está Søs?

—Está bien. Aunque nunca será una gran cocinera.

Sonrieron los dos. Harry se imaginó cómo habría quedado la cocina después de que Søs preparase la comida del domingo.

—Tráele algo bonito —dijo.

—Le buscaré algo. ¿Y tú? ¿Necesitas algo?

Se produjo un silencio. Harry blasfemó en su fuero interno. Sabía que los dos estaban pensando lo mismo, que lo que él necesitaba Harry no se lo podía traer de Bangkok. Siempre pasaba lo mismo: cada vez que Harry pensaba que había conseguido que su padre se abriera, decía o hacía algo que le recordaba a ella y desaparecía de nuevo, volviendo a su aislamiento autoimpuesto y silencioso. Era peor para Søs. Ella y su padre habían sido «amigos inseparables», como solía decir su progenitor. Ahora que Harry no estaba allí, su soledad era doble.

Su padre carraspeó.

—Bueno, podrías... podrías traerme una de esas camisas tailandesas.

—¿Sí?

—Sí, estaría muy bien. Y un par de zapatillas Nike en condiciones. Se supone que en Tailandia son muy baratas. Ayer busqué las viejas, pero ya no sirven para nada. Por cierto, ¿Estás en forma para correr? ¿Estás preparado para hacer una carrera en Hansekleiva?

Cuando Harry colgó el teléfono sintió un extraño nudo en la garganta.

Harry volvió a soñar con ella. El cabello rojo al viento y su mirada calmada y segura. Esperó a lo que solía venir después, que las algas empezaran a salirle por la boca y por las cuencas de los ojos. Sin embargo, no ocurrió.

—Soy Jens.

Harry se despertó y se dio cuenta de que había cogido el teléfono mientras seguía dormido.

—¿Jens? —Se preguntó por qué su corazón había empezado a latir con tanta fuerza—. Te estás malacostumbrando a llamarme a estas horas.

—Lo siento, Harry, pero es muy urgente. Runa ha desaparecido.

Harry se espabiló de golpe.

—Hilde está muy alterada. Runa tenía que estar en casa para la cena y ya son las tres de la madrugada. He llamado a la policía y han enviado un aviso a sus coches, pero también quería pedirte ayuda a ti.

—¿Para qué?

—¿Para qué? No lo sé. ¿Podrías venir? Hilde no para de llorar.

Harry podía imaginarse la escena. Y no tenía muchas ganas de presenciarla.

—Escúchame, Jens. Esta noche no puedo hacer gran cosa. Dale un Valium si no está demasiado borracha y llama a todas las amigas de Runa.

—La policía me ha dicho lo mismo. Hilde dice que no tiene amigas.

—¡Mierda!

—¿Qué?

Harry se incorporó en la cama. De todos modos no podría volver a dormirse.

—Perdona. Dentro de una hora estoy allí.

—Gracias, Harry.

42

Definitivamente, Hilde Molnes estaba demasiado borracha para tomar Valium. En realidad estaba demasiado borracha para casi cualquier cosa, excepto para seguir bebiendo y emborracharse todavía más.

Jens no parecía percatarse de ello. Entraba y salía corriendo de la cocina como un conejo perseguido en busca de más bebida y hielo.

Harry estaba sentado en el sofá escuchando a medias sus desvaríos.

—Hilde cree que ha pasado algo horrible —dijo Jens.

—Dile que en el ochenta por ciento de los casos de desapariciones la persona acaba apareciendo en buen estado —dijo Harry como si hubiera que traducir sus palabras al lenguaje de los desvaríos de ella.

—También se lo he dicho. Pero cree que alguien le ha hecho algo a Runa. Dice que tiene esa intuición.

—¡Bobadas!

Jens se sentó en el borde de una silla retorciéndose las manos. Parecía totalmente perdido y miraba a Harry con expresión suplicante.

—Runa y Hilde han discutido bastante últimamente. He pensado que tal vez...

—... se haya escapado para castigar a su madre. No es improbable.

Hilde Molnes tosió y se removió en el sofá. Consiguió incorporarse para sorber algo más de ginebra. Se había quedado sin tónica.

—A veces se pone así —dijo Jens como si ella no estuviera presente.

En realidad no lo estaba, constató Harry. Tenía la boca abierta y roncaba débilmente. Jens le miró.

—Cuando la conocí me contó que bebía tónica para evitar contraer la malaria. Contiene quinina, ¿sabes? Pero decía que sin ginebra tiene un sabor muy soso. —Sonrió débilmente y descolgó el teléfono una vez más para comprobar que había señal—. Por si ella…

—Entiendo —dijo Harry.

Se sentaron en la terraza y escucharon los sonidos de la ciudad. A través del tráfico les llegaba el agresivo rumor de los martillos neumáticos.

—La nueva autopista elevada —dijo Jens—. Trabajan día y noche para acabarla. Atravesará esta manzana justo allí. —Indicó el lugar.

—Me han dicho que hay un noruego implicado en el proyecto. Ove Klipra. ¿Le conoces? —Harry miró a Jens por el rabillo del ojo.

—Ove Klipra, sí, claro. Somos su mayor agente en Bolsa. He realizado un montón de compraventas de divisas para él.

—¿De veras? ¿Sabes a qué se dedica actualmente?

—¿Que a qué se dedica? Bueno, últimamente ha estado comprando un montón de empresas.

—¿Qué clase de empresas?

—Sobre todo pequeñas empresas de construcción. Seguramente esté aumentando su capacidad para poder asumir una mayor parte del proyecto de BERTS adquiriendo subcontratas.

—¿Y eso es conveniente?

Jens pareció animarse, obviamente aliviado por poder pensar en otra cosa.

—Mientras sea capaz de financiar las adquisiciones, sí. Y mientras las compañías no se vayan al carajo antes de recibir los encargos previstos.

—¿Te suena una compañía llamada Phuridell?

—Pues claro, hombre. —Jens se echó a reír—. Elaboramos un análisis financiero por encargo de Klipra y le recomendamos que la comprara. La cuestión sería más bien cómo conoces tú Phuridell.

—No fue una recomendación muy afortunada, ¿no?

—No, no exactamente… —Jens parecía algo perplejo.

—Ayer realicé algunas averiguaciones acerca de la compañía y resulta que, a efectos prácticos, ha quebrado —dijo Harry.

—Así es, pero ¿qué interés tienes tú en Phuridell?

—Digamos más bien que estoy interesado en Klipra. Tú estás al tanto de todos sus activos. ¿Cómo le afectará esta quiebra?

Jens se encogió de hombros.

—Normalmente no sería ningún problema, pero ha financiado tantas compras mediante préstamos en relación con BERTS que todo es como un castillo de naipes. Una ráfaga de viento podría derrumbarlo todo, no sé si me entiendes. Y entonces caería Klipra también.

—O sea que compró Phuridell basándose en vuestra… mejor dicho, en tu recomendación. Solo dos semanas más tarde la compañía quiebra y ahora corre el riesgo de que todo lo que ha construido se derrumbe por culpa de la recomendación de un agente de Bolsa. No sé mucho de análisis financiero, pero sé que tres semanas es muy poco tiempo. Seguramente ya se ha dado cuenta de que le has vendido un coche sin motor y piense que los sinvergüenzas como tú deberían estar entre rejas.

Jens pareció comprender lo que Harry estaba insinuando.

—¿No estarás pensando que Ove Klipra…? ¡Debes de estar de broma!

—Bueno. Tengo una teoría.

—¿Y cuál es?

—Que Ove Klipra asesinó al embajador en el motel y se aseguró de que las sospechas cayeran sobre ti.

Jens se levantó.

—Ahora sí que estás desbarrando, Harry.

—Siéntate y escúchame, Jens.

Jens se dejó caer en la silla con un suspiro. Harry se inclinó sobre la mesa.

—Ove Klipra es un hombre agresivo, ¿no es así? Un hombre, digamos, de acción, ¿no?

Jens dudó un instante.

—Pues sí.

—Pongamos que Atle Molnes tiene algo sobre Klipra y acude a él para pedirle una importante suma de dinero justo cuando Klipra está luchando para mantener la cabeza fuera del agua, económicamente hablando.

—¿A qué te refieres con que tiene «algo»?

—Digamos que Molnes necesita dinero y que ha conseguido cierto material incómodo para Klipra. Normalmente Klipra reaccionaría de otra manera, pero en esa situación tan tensa la presión se hace demasiado grande y se siente como una rata acorralada. ¿Me sigues?

Jens asintió.

—Abandonan la residencia de Klipra en el coche del embajador porque Klipra insiste en realizar el intercambio del material comprometido a cambio de dinero en un lugar más discreto. Por razones evidentes, el embajador no pone ninguna objeción. Dudo de que Klipra te tuviera aún en mente cuando se baja del coche delante del banco y envía al embajador al motel con antelación. Lo hace para poder llegar más tarde al motel sin que nadie le vea. Sin embargo, en ese momento empieza a pensar. Tal vez pueda matar dos pájaros de un tiro. Sabe que el embajador había ido a verte esa misma tarde y que, en cualquier caso, ibas a estar en el foco del interés de la policía. Así que empieza a darle vueltas a una idea: tal vez el bueno de Brekke no tenga ninguna coartada para esa noche.

—¿Cómo diablos podría deducir eso? —objetó Jens.

—Porque él mismo te pidió un informe de previsión financiera para el día siguiente. Llevas tanto tiempo trabajando para él que conoce tu rutina laboral. A lo mejor incluso te llama desde una cabina para confirmar que has bloqueado el teléfono y asegurarse de que nadie te pueda proporcionar una coartada. Ya huele la sangre: quiere ir más lejos y convencer a la policía de que les estás mintiendo a propósito.

—¿Y la grabación en vídeo?

—Como eras su asesor de divisas habitual, seguramente te había visitado infinidad de veces y conocía el sistema de vigilancia del aparcamiento. Es posible que Molnes le dijera de pasada que tú le habías acompañado al parking y sabía que lo mencionarías en tu declaración a la policía. Y que un investigador más o menos despierto comprobaría la grabación de vídeo.

—O sea que Ove Klipra sobornó al vigilante del parking y luego le asesinó con ácido prúsico, ¿no? Lo siento, Harry, pero me parece muy exagerado imaginar a Ove Klipra haciendo tratos con un negro, comprando opio y preparando el cóctel con ácido prúsico en su propia cocina.

Harry sacó el último cigarrillo que le quedaba en el paquete. Lo había guardado el máximo tiempo posible. Miró la hora. En realidad no tenía ningún motivo para pensar que Runa fuera a llamar a las cinco de la mañana. Sin embargo, era consciente de que mantenía el teléfono dentro de su campo visual. Jens sacó el mechero antes de que Harry tuviera tiempo de sacar el suyo.

—Gracias. ¿Conoces los antecedentes de Ove Klipra, Jens? ¿Sabías que vino aquí dándoselas de gran ingeniero y que en realidad había huido de Noruega a causa de unos desagradables rumores que corrían por allí?

—Sabía que no tenía ningún título académico en Noruega, sí. Pero lo demás es nuevo para mí.

—¿Crees que un expatriado como él, un marginado de la sociedad, tendría escrúpulos en emplear los medios necesarios para abrirse camino, especialmente cuando esos medios están más o menos aceptados en general? Durante más de treinta años, Klipra ha formado parte de una de las industrias más corruptas en uno de los países más corruptos del planeta. ¿No te suena la canción: «Soy como todo el mundo, cuando llueve me mojo»?

Jens negó con la cabeza.

—Lo que digo es que, como hombre de negocios, Klipra juega según las mismas reglas que los demás. Esa gente simplemente tiene que procurar no ensuciarse demasiado las manos. Por eso cuentan con otros para hacerles el trabajo sucio. Supongo que Klipra ni siquiera sabe de qué murió Jim Love.

Harry dio una calada al cigarrillo. No le supo tan bien como había esperado.

—Entiendo —dijo Jens al fin—. No obstante, había una explicación para la quiebra, y por eso no comprendo por qué Klipra querría culparme de ello a mí. Lo que ocurrió fue que compramos la compañía a una multinacional que no tenía garantías trimestrales de deuda en dólares, ya que sus ingresos en divisa americana provenían de otras empresas afiliadas.

—¿Y…?

—En resumidas cuentas: en el momento en que la compañía fue segregada y pasó a manos de Klipra, el dólar empezó a estar sometido a una increíble presión. Era como una bomba de relojería. Le pedí que asegurara la deuda inmediatamente vendiendo futuros en dólares, pero me dijo que quería esperar, que el dólar estaba sobrevalorado. Con las fluctuaciones normales de las divisas puede decirse que, en el peor de los casos, estaba asumiendo un riesgo prolongado. Sin embargo, resultó ser aún peor de lo imaginado. Cuando el dólar prácticamente dobló su valor con respecto al baht en las siguientes tres semanas, también se dobló la deuda de la empresa. La compañía no quebró en tres semanas, sino ¡en tres días!

Hilde Molnes se sobresaltó con la exclamación de Jens y farfulló algo en sueños desde el interior del salón. Él la miró preocupado y esperó hasta que volvió a colocarse de lado y siguió roncando.

—¡Tres días! —repitió él susurrando y mostrando con el pulgar y el índice el poco tiempo que ello suponía.

—Entonces ¿no te parece razonable que él te echara la culpa?

Jens negó con la cabeza.

Harry apagó el cigarrillo: había sido una decepción.

—Por lo que sé de Klipra, «razonable» no formaría parte de su vocabulario. No deberías subestimar el elemento de irracionalidad que reside en la naturaleza humana, Jens.

—¿A qué te refieres?

—Cuando golpeas un clavo y te das en el dedo, ¿qué es lo que arrojas contra la pared?

—¿El martillo?

—Bueno, ¿cómo se siente uno siendo el martillo, Jens Brekke?

A las cinco y media Harry llamó a la jefatura. Le pasaron con hasta tres personas antes de conseguir hablar con alguien que tuviera un nivel de inglés aceptable y que le pudiera confirmar que no tenían ninguna noticia sobre la desaparecida.

—Ya aparecerá —dijo la persona en cuestión.

—Seguramente —repuso Harry—. Imagino que en estos momentos estará en un hotel y que pronto llamará a recepción para pedir el desayuno.

—¿Cómo?

—Imagino que… olvídelo. Gracias por su ayuda.

Jens le acompañó a la escalera de la entrada. Harry miró al cielo. Estaba amaneciendo.

—Cuando acabe todo esto, me gustaría pedirte algo —dijo Jens. Inspiró con fuerza y sonrió un tanto azorado—. Hilde ha aceptado mi propuesta de matrimonio y necesito un padrino.

Pasaron un par de segundos hasta que Harry comprendió lo que insinuaba. Se quedó tan perplejo que no supo qué decir.

Jens se miró las puntas de sus zapatos.

—Sé que resulta un poco extraño que nos casemos tan poco tiempo después del fallecimiento de su marido, pero tenemos nuestros motivos.

—Sí, claro, pero yo…

—¿No me conoces desde hace tanto tiempo? Lo sé, Harry, pero si no fuera por ti yo no sería un hombre libre en estos momentos. —Levantó la cabeza y sonrió—. Por lo menos piénsalo.

Cuando Harry paró un taxi en la calle, amanecía sobre los tejados por el este. La calima, que Harry creía que desaparecía durante la noche, simplemente se había adormilado entre las casas. Ahora se levantaba con el sol pintando un amanecer rojo y majestuoso. Avanzaron por Silom Road y los pilares de la autopista arrojaban largas y silenciosas sombras sobre el asfalto teñido en sangre, como dinosaurios durmientes.

Harry estaba sentado en la cama mirando el cajón de la mesilla de noche. No se le había ocurrido pensar hasta entonces que las cartas de Runa podrían contener un mensaje sobre su paradero. Abrió el cajón, sacó el sobre más reciente y lo abrió con las llaves del piso. Como los dos sobres eran idénticos, podría ser que hubiese dado por supuesto que la última carta era de Runa. Estaba escrita a máquina, impresa con una impresora láser, y era breve y concisa:

Harry Hole. Te vigilo. No te acerques más. Aparecerá sana y salva cuando te subas al avión y vuelvas a casa. Puedo encontrarte en cualquier parte. Estás solo, muy solo. Número 20.

Sintió como si alguien intentara estrangularle y tuviera que levantarse rápidamente para recuperar la respiración.

Esto no está sucediendo, pensó él. No puede volver a suceder… otra vez no.

«Te vigilo… Número 20.»

Él sabe lo que ellos saben. ¡Joder!

«Estás solo.»

Alguien ha hablado. Descolgó el teléfono, pero lo volvió a colgar.

Piensa, piensa. Woo no se había llevado nada del apartamento. Volvió a descolgar el teléfono y abrió la tapa del auricular. Al lado del micrófono habían pegado un pequeño artilugio negro que parecía un chip. Harry ya los había visto antes. Era un modelo ruso, supuestamente mejor que el empleado por la CIA.

El dolor de su pie atenuó cualquier otro dolor cuando dio una patada a la mesilla y la tiró al suelo con gran estruendo.

43

Liz se llevó la taza de café a la boca y dio un sorbo tan ruidoso que Løken se quedó mirando a Harry con una ceja arqueada, como preguntándole qué clase de individuo se había traído. Estaban en el Millie's Karaoke, y desde una foto colgada en la pared una Madonna teñida de rubio platino les contemplaba con una mirada voraz mientras sonaba alegremente una versión digitalizada de «I Just Called to Say I Love You». Harry pulsó desesperadamente los botones del mando a distancia para intentar apagarla. Habían leído la carta, pero nadie había comentado nada al respecto todavía. Harry apretó la tecla correcta y la música enmudeció repentinamente.

—Esto es lo que tenía que comunicaros —dijo Harry—. Como podéis ver, tenemos una filtración interna.

—¿Y qué hay del micrófono que dices que instaló el tal Woo en tu teléfono?

—Eso no explica cómo la persona en cuestión sabe que le seguimos el rastro. No he dicho gran cosa por ese teléfono. Aun así, sugiero que a partir de ahora nos reunamos siempre aquí. Si encontramos al soplón es probable que pueda llevarnos hasta Klipra, pero no creo que debamos empezar por ahí.

—¿Por qué no? —preguntó Liz.

—Tengo la sensación de que el soplón está tan bien camuflado como Klipra.

—¿De veras?

—Al escribir la carta Klipra nos revela que está recibiendo información interna. Jamás lo hubiera hecho si tuviéramos alguna posibilidad de encontrar la fuente.

—¿Por qué no hacerse la pregunta más lógica? —preguntó Løken—. ¿Cómo sabes que el soplón no es uno de nosotros?

—No puedo saberlo. Pero si así fuera ya estaríamos perdidos, así que nos da igual correr ese riesgo.

Los dos asintieron.

—No hace falta decir que el tiempo no está a nuestro favor, como tampoco hace falta decir que la chica lo tiene todo en su contra. El setenta por ciento de los secuestros de esta naturaleza acaban con la muerte del sujeto secuestrado.

Lo intentó decir con la mayor neutralidad posible y evitando encontrarse con sus miradas, ya que tenía la certeza de que todo lo que pensaba y sentía se reflejaba en sus ojos.

—Entonces ¿por dónde empezamos? —preguntó Liz.

—Empezaremos descartando —dijo Harry—. ¿Dónde sabemos a ciencia cierta que ella no puede estar?

—Bueno, mientras Klipra tenga a la muchacha, es poco probable que haya cruzado la frontera del país —dijo Løken—. O que se haya registrado en un hotel.

Liz estuvo de acuerdo.

—Probablemente estén en algún lugar donde puedan ocultarse durante una temporada.

—¿Actúa solo? —preguntó Harry.

—Klipra no está asociado con ninguna de las familias mafiosas locales —dijo Liz—. No está involucrado en la clase de crimen organizado dedicado a los secuestros. Es fácil encontrar a alguien para cargarse a un tipo enganchado al opio como Jim Love. Pero otra cosa muy distinta es montar el tinglado necesario para secuestrar a una chica blanca que además es hija de un embajador. Si ha intentado contratar a alguien para ese trabajo, seguramente habrá contactado con profesionales que siempre evalúan los riesgos antes de aceptar. Y habrán comprendido que, si aceptan el encargo, tendrán detrás a todas las fuerzas policiales del país.

—Entonces ¿crees que actúa en solitario?

—Como ya he dicho, no pertenece a ninguna familia local. En el seno de esas familias existen lazos de lealtad y tradiciones. La gente que contrataría Klipra serían tipos que trabajan por cuenta propia y jamás podría confiar en ellos al cien por cien. Antes o después descubrirían para qué quiere a la chica y se arriesgaría a que, a la primera de cambio, lo utilizaran en su contra. El hecho de que se cargara a Jim Love indica que quiere eliminar cualquier posibilidad de que alguien le aseste una puñalada trapera.

—De acuerdo. Supongamos que actúa en solitario. ¿El lugar?

—Hay infinidad de posibilidades —dijo Liz—. Sus empresas seguramente cuentan con muchas propiedades inmobiliarias, algunas de las cuales deben de estar vacías.

Løken tosió con fuerza, volvió a respirar con normalidad y tragó saliva.

—Hace tiempo que sospecho que Klipra tiene un picadero secreto. A veces se lleva a uno o dos niños en el coche y no vuelve a aparecer hasta la mañana siguiente. Nunca he sido capaz de rastrear el lugar; no aparece registrado en ninguna parte, pero en cualquier caso resulta obvio que debe de tratarse de un sitio en el que puede ocultarse sin que le molesten y que no está muy lejos de Bangkok.

—¿Sería posible identificar a algunos de esos niños e interrogarles? —preguntó Harry.

Løken se encogió de hombros y miró a Liz.

—Esta es una ciudad muy grande —dijo ella—. Por la experiencia que tenemos, esos críos se esfuman en el aire en cuanto empezamos a buscarles. Además, ello conllevaría tener que implicar a otras personas.

—Olvídalo —dijo Harry—. No podemos arriesgarnos a que algo de lo que hagamos llegue a oídos de Klipra.

Harry golpeaba rítmicamente con un bolígrafo el borde de la mesa. Se percató irritado de que «I Just Called to Say I Love You» seguía resonando en su mente.

—Recapitulemos. Nuestro punto de partida es que Klipra ha llevado a cabo el secuestro en solitario y que se encuentra en un lugar resguardado a cierta distancia en coche de Bangkok.

—¿Qué hacemos ahora? —preguntó Løken.

—Voy a dar una vuelta por Pattaya —dijo Harry.

Roald Bork esperaba junto a la entrada cuando Harry viró con el enorme Toyota 4×4 y se detuvo delante de su casa. El polvo se asentó en el camino de gravilla mientras Harry forcejeaba con el cinturón de seguridad y la llave de encendido. Como era habitual, no estaba preparado para el calor que le golpeó en cuanto abrió la puerta del coche, y jadeó instintivamente. El aire tenía un sabor salado que anunciaba que el mar se hallaba detrás de las bajas colinas.

—Le he oído llegar por el camino —dijo Bork—. Vaya cochazo que trae.

—He alquilado el más grande que tenían —dijo Harry—. He descubierto que ello proporciona ciertas ventajas al conducir, lo cual es necesario. Los locos estos conducen por la izquierda.

Bork se echó a reír.

—¿Ha encontrado la nueva carretera que le mencioné?

—Sí. El único problema ha sido que no estaba acabada y la habían cerrado con sacos de arena en un par de sitios. Pero como todos pasaban por encima, yo también lo he hecho.

—Es lo habitual —dijo Bork—. No es legal del todo, pero tampoco del todo ilegal. ¿Le extraña que uno se enamore de este país?

Se quitaron los zapatos y entraron en la casa. El frío suelo de piedra refrescó las plantas de los pies desnudos de Harry. En el salón colgaban retratos de Fridtjof Nansen, Henrik Ibsen y la familia real noruega. Desde una fotografía que había sobre una cómoda, un niño miraba a la cámara. Tendría unos diez años y llevaba un balón bajo el brazo. Sobre la mesa del comedor y el piano habían documentos y periódicos pulcramente ordenados en montones.

—He estado intentando poner un poco de orden en mi vida —dijo Bork—. Averiguar qué ha pasado y por qué. —Señaló una de las pilas—. Ahí están los papeles del divorcio. Los miro e intento recordar.

Entró una chica con una bandeja. Harry saboreó el café que le sirvió y la miró perplejo al darse cuenta de que estaba frío.

—¿Está casado, Hole? —preguntó Bork.

Harry negó con la cabeza.

—Bien. Manténgase alejado. Antes o después intentarán destriparle. Tengo una mujer que me ha llevado a la ruina y un hijo ya adulto que intenta hacer lo mismo. No entiendo qué les habré hecho a los dos.

—¿Cómo acabó aquí? —preguntó Harry mientras daba otro sorbo al café.

En realidad no sabía tan mal.

—Estaba realizando un encargo para la principal compañía de telecomunicaciones de Noruega cuando instalaron aquí un par de centrales para una compañía telefónica tailandesa. Después del tercer viaje, ya no regresé.

—¿Nunca?

—Estaba divorciado y tenía todo lo que necesitaba aquí. Durante una temporada creí echar de menos el verano noruego, los fiordos y las montañas y, bueno, ya sabe, todas esas cosas… —Señaló con la cabeza hacia los retratos de la pared como si estos pudieran completar el resto—. Así que volví a Noruega dos veces. Sin embargo, las dos veces regresé tras estar una semana allí. No lo soportaba. Añoraba este lugar desde el momento en que ponía los pies en tierra noruega. Siento que este es mi hogar ahora.

—¿A qué se dedica?

—Estoy a punto de jubilarme como consultor de telecomunicaciones. Acepto algún encargo de vez en cuando, pero no muchos. Intento calcular cuánto tiempo me queda y cuánto gastaré durante ese tiempo. No pienso dejar ni un céntimo a esos buitres.

Y se echó a reír agitando los papeles del divorcio con la mano, como si alejara el mal olor.

—¿Y qué hay de Ove Klipra? ¿Por qué sigue por aquí?

—¿Klipra? Bueno, supongo que tiene una historia parecida que contar. Ninguno de los dos teníamos buenas razones para volver.

—En cambio Klipra tenía buenas razones para no volver.

—¡Puaj! Sé a lo que se refiere —espetó Bork—. Todas esas habladurías no son más que basura. Si Ove estuviera involucrado en algo por el estilo, yo jamás habría tenido nada que ver con él.

—¿Está seguro?

Bork le miró airado.

—Es cierto que ha habido un par de noruegos que vinieron a Pattaya por motivos equivocados. Como sabe, soy una especie de líder en la comunidad noruega de esta ciudad y sentimos cierta responsabilidad respecto a las actividades que desempeñan nuestros compatriotas aquí. La mayoría somos gente decente y hemos hecho lo que debíamos. Aun así, esos cabrones pedófilos han destrozado hasta tal punto la reputación de Pattaya que cuando nos preguntan dónde vivimos muchos han empezado a responder que residen en barrios como Naklua y Jomtien.

—¿Qué es exactamente lo que «debían hacer»?

—Déjeme decirle tan solo que dos de ellos han regresado a Noruega y uno de ellos ni siquiera volvió.

—¿Tal vez se cayó por una ventana? —sugirió Harry.

Bork soltó una estruendosa carcajada.

—No, no hemos llegado tan lejos. Pero probablemente sea la primera vez que la policía ha recibido por teléfono un chivatazo anónimo en un tailandés con acento del norte de Noruega.

Harry sonrió.

—¿Su hijo? —Señaló con la cabeza hacia la fotografía que había sobre la cómoda.

Bork se quedó un poco desconcertado, pero asintió.

—Parece un buen chico.

—Entonces lo era. —Bork sonrió con mirada triste y repitió—: Lo era.

Harry echó un vistazo al reloj. El viaje en coche desde Bangkok había durado casi tres horas, pero había conducido muy despacio hasta que empezó a sentirse algo más seguro con el tráfico durante los últimos kilómetros. Tal vez podría hacer el trayecto de vuelta en un par de horas. Sacó tres fotografías de una carpeta y las colocó sobre la mesa. Løken las había ampliado a un formato de veinticuatro por treinta centímetros para conseguir un mayor impacto.

—Creemos que Ove Klipra tiene un escondrijo cerca de Bangkok. ¿Nos ayudará?

44

Søs sonaba feliz a través del teléfono. Había conocido a un chico llamado Anders. Acababa de mudarse a la vivienda social de Sogn, a su mismo pasillo, y era un año menor que ella.

—Y lleva gafas. Pero no importa, porque es muy listo.

Harry se rió por dentro imaginándose al nuevo Einstein de su hermana.

—Está como una cabra. Cree que nos van a dejar tener hijos juntos. Imagínatelo.

Harry se lo imaginó y comprendió que deberían mantener unas cuantas conversaciones difíciles en el futuro. Sin embargo, en ese momento se sentía contento de oír a Søs tan feliz.

—¿Por qué estás triste?

Formuló la pregunta mientras tomaba aire, como una prolongación natural de las noticias que acababa de darle sobre la visita que le hizo su padre.

—¿Te parezco triste? —preguntó Harry, a sabiendas de que ella siempre había sido capaz de diagnosticar su estado de ánimo mejor que él mismo.

—Sí, estás triste por algo. ¿Es por la chica sueca?

—No, no es por Birgitta. Está pasando algo un poco triste, pero pronto todo estará bien. Voy a arreglarlo.

—Bien.

Se produjo un silencio. Era raro que Søs no hablara. Harry le dijo que deberían colgar ya.

—Oye, Harry.

–Dime, Søs.

Oyó cómo ella tomaba impulso.

–¿Crees que podemos olvidarnos ya del asunto ese?

–¿Qué asunto?

–Ya sabes, el asunto con aquel hombre. Anders y yo, nosotros… nosotros estamos tan bien… No quiero volver a pensar en ello.

Harry permaneció callado. Cogió aire.

–Te agredió, Søs.

En la voz de ella asomó de pronto el llanto.

–Lo sé. No hace falta que me lo repitas más. Te estoy diciendo que no quiero seguir pensando en ello.

Ella empezó a sollozar y Harry sintió cómo se le formaba un nudo en el pecho.

–Por favor, Harry…

Harry podía sentir la fuerza con que agarraba el teléfono.

–No pienses en ello. No pienses en ello, Søs. Todo irá bien.

Llevaban casi dos horas tumbados sobre la hierba de elefante esperando a que se pusiera el sol. A unos cien metros, en un extremo del bosquecillo, había una pequeña vivienda de estilo tradicional tailandés, construida con bambú y madera y con un patio en medio. No tenía verja, tan solo un sendero de gravilla que conducía a la puerta principal. Junto a la entrada, sobre un poste, había algo parecido a una pintoresca jaula para pájaros. Era un *phra phum*, o casa de los espíritus, cuyo objetivo era proteger la vivienda contra los malos espíritus.

–El propietario tiene que construirles una casa propia para que no se instalen en la principal –dijo Liz mientras se estiraba–. Luego deben ofrendarles comida, incienso, cigarrillos y cosas así para mantenerlos contentos.

–¿Y eso es suficiente?

–En este caso no.

No vieron ni oyeron señales de vida. Harry intentaba pensar en otra cosa que no fuera lo que podrían encontrarse en el interior. Solo habían viajado una hora y media en coche desde Bangkok, y sin embargo parecía que habían llegado a otro mundo. Habían aparcado detrás de una pequeña choza situada junto a la carretera, al lado de una pocilga, y habían encontrado un sendero que subía por una cuesta empinada y boscosa hasta llegar a la planicie donde, según había explicado Roald Bork, se encontraba la casita del señor Klipra. El bosque tenía color de cardenillo, el cielo era de un azul intenso y pájaros de todos los colores del arcoíris volaban por encima de Harry, que estaba tumbado boca arriba escuchando el silencio. Al principio pensó que se le habían taponado los oídos. Luego se dio cuenta de lo que pasaba: no había disfrutado de tanto silencio a su alrededor desde que partiera de Oslo.

Cuando cayó la noche, el silencio llegó a su fin. Comenzó con fricciones y zumbidos dispersos, como una orquesta sinfónica que afina sus instrumentos. A continuación comenzó el concierto de croares y graznidos y cacareos que fueron in crescendo cuando se sumaron a la orquesta los aullidos y los chillidos estridentes que provenían de los árboles.

—¿Todos esos animales llevan aquí todo el tiempo? —preguntó Harry.

—No me preguntes —dijo Liz—. Soy una chica de ciudad.

Harry sintió algo frío rozándole la piel y retiró la mano inmediatamente.

Løken se rió entre dientes.

—Solo son las ranas que han salido a dar su paseo nocturno —dijo.

Y tenía razón: en unos instantes tuvieron un montón de ranas a su alrededor saltando de aquí para allá a su antojo.

—Bueno, bueno… mientras solo sean ranas buscando comida está bien —dijo Harry.

—Las ranas también son comida —dijo Løken cubriéndose la cabeza con una capucha negra—. Donde hay ranas hay serpientes.

—¡No me jodas!

Løken se encogió de hombros.

Harry no quería preguntar, pero no se pudo contener.

—¿Qué clase de serpientes?

—Cinco o seis especies de cobra diferentes, el áspid verde, la víbora de Russell y unas cuantas más. Y mucho cuidado: dicen que de las treinta especies más comunes en Tailandia veintiséis son venenosas.

—¡Mierda! —se le escapó a Harry—. ¿Y cómo se sabe cuáles son las venenosas?

Løken le volvió a dirigir la mirada de pobre recluta.

—Harry, teniendo en cuenta las cifras que te acabo de dar, lo mejor es pensar que todas lo son.

Ya eran las ocho.

—Estoy lista —dijo Liz impaciente comprobando por tercera vez que su Smith & Wesson 650 estaba cargada y con el seguro quitado.

—¿Asustada? —preguntó Løken.

—Solo me asusta que el jefe de policía se entere de lo que está pasando antes de que todo esto acabe. ¿Sabéis cuál es la esperanza de vida de un agente de tráfico en Bangkok?

Løken colocó una mano en su hombro.

—De acuerdo. Adelante.

Liz corrió agachada a través de la hierba alta y desapareció en la oscuridad.

Løken inspeccionó la casa a través de los prismáticos de visión nocturna mientras Harry cubría la fachada con un rifle para cazar elefantes que Liz había requisado del depósito de armas de la policía junto con una pistola, una Ruger SP-101, que él llevaba en una funda tobillera a la que no estaba acostumbrado. Sin embargo, las pistoleras de hombro no eran adecuadas en países donde las americanas son unas prendas muy poco prácticas. La luna llena brillaba en lo alto del cielo, proporcionándole la suficiente luz para poder vislumbrar los contornos de las ventanas y las puertas.

Liz encendió y apagó la linterna una vez. Era la señal que indicaba que se había situado en posición bajo una de las ventanas.

—Te toca, Harry —dijo Løken al verle vacilar.

—Joder, ¿era necesario mencionar lo de las serpientes? —dijo Harry mientras comprobaba que llevaba el cuchillo en el cinturón.

—¿No te gustan?

—Bueno. Las pocas con las que me he topado me dejaron una muy mala primera impresión.

—Si te muerde alguna, asegúrate de atraparla para que te den el antídoto apropiado. Luego no tendrá importancia si te vuelve a morder.

Debido a la oscuridad, Harry no pudo ver si Løken estaba sonriendo, aunque suponía que sí.

Harry se dirigió corriendo a la casa que se alzaba en medio de la noche. Como iba a la carrera, daba la impresión de que la silueta de la cabeza de dragón con la boca abierta colocada en el caballete del tejado se estaba moviendo. No obstante, la casa parecía estar abandonada. El mango de la maza que llevaba en la mochila le golpeaba en la espalda. Había dejado de pensar en serpientes.

Alcanzó la otra ventana, hizo una señal a Løken y se sentó. Hacía tiempo que no corría una distancia tan larga. Probablemente por ese motivo su corazón latía con tanta fuerza. Entonces oyó una ligera respiración a su lado. Era Løken.

Harry había sugerido lanzar gases lacrimógenos, pero Løken lo descartó con firmeza. Estaba tan oscuro que eso les impediría ver y no tenían ningún motivo para no pensar que Klipra estuviera esperándoles con un cuchillo colocado en la garganta de Runa.

Løken levantó un puño a Harry: la señal para que se pusiera en marcha.

Harry asintió y notó que tenía la boca reseca, una clara señal de que la adrenalina fluía por su sangre en cantidades adecuadas. Su mano sujetaba el mango húmedo de la pistola. Comprobó que la puerta se abría hacia dentro antes de que Løken alzara la maza.

La luz de la luna se reflejó en el hierro, y durante un breve instante Løken pareció un jugador de tenis disponiéndose a servir antes de que la maza descendiera con una fuerza tremenda e impactara contra la cerradura causando un gran estruendo.

Harry entró como una exhalación y el haz de su linterna recorrió la habitación. La vio enseguida, pero la luz siguió avanzando como por impulso propio. Estanterías de cocina, una nevera, un banco, un crucifijo. Ya no oía los sonidos de los animales, tan solo el ruido de cadenas, unas olas que lamían el casco de un barco en un puerto deportivo de Sidney y unas gaviotas que tal vez gritaban porque Birgitta yacía sobre la cubierta irremediablemente muerta.

Una mesa con cuatro sillas, un armario, dos botellas de cerveza, un hombre en el suelo, inmóvil, con sangre bajo la cabeza, su mano oculta por el cabello de ella, una pistola bajo la silla, una pintura de un frutero y un jarrón vacío. Un bodegón. Vida inerte. *Nature morte*. El haz de luz volvió a pasar sobre ella y Harry volvió a verlo de nuevo: una mano elevada, apuntando hacia arriba, apoyada contra el pie de la mesa. Oyó su voz: «¿Lo sientes? ¡Puedes obtener la vida eterna!». Era como si intentara absorber energía en una última protesta contra la muerte. Una puerta, un congelador, un espejo. Antes de quedar cegado, se vio fugazmente a sí mismo: una figura vestida de negro con la cabeza cubierta por una capucha. Parecía un verdugo. Harry dejó caer la linterna.

—¿Estás bien?

Liz puso una mano sobre su hombro. Él quiso contestar y abrió la boca, pero no salió nada de ella.

—Este es, efectivamente, Ove Klipra —dijo Løken. Se puso en cuclillas junto al fallecido. La luz de una bombilla desnuda que colgaba del techo envolvía la escena—. Qué extraño resulta. Llevo meses vigilando a este tío.

Colocó la mano sobre su frente.

—¡No le toques!

Harry agarró a Løken por el cuello de la camisa y tiró de él.

—¡No…! —Le soltó de inmediato—. Lo siento, yo… Limítate a no tocar nada. Todavía no.

Løken no dijo nada. Tan solo le miraba.

Una profunda arruga volvió a formarse entre las inexistentes cejas de Liz.

—¿Harry?

Él se dejó caer en una silla.

—Se acabó, Harry. Lo siento, todos lo sentimos, pero ya se acabó.

Harry meneó la cabeza.

—¿Hay algo que intentas decirme, Harry?

Se inclinó sobre él y posó una mano grande y cálida en su nuca, tal y como solía hacer su madre. Joder, joder.

Él se levantó, la apartó y salió afuera. Podía oír a Liz y Løken manteniendo una conversación en voz baja dentro de la casa. Miró al cielo, buscando una estrella que no pudo encontrar.

Era casi medianoche cuando llamó a la puerta. Hilde Molnes le abrió. Harry bajó la mirada. No había llamado para avisar de que venía y supo por su respiración que la mujer estaba a punto de llorar.

Se sentaron uno frente a otro en el salón. No quedaba ni rastro de ginebra en la botella, y se la veía bastante calmada. Se secó las lágrimas.

—Iba para saltadora, ¿sabe?

Él asintió.

—Pero no la dejaban participar en las competiciones normales. Decían que los jueces no sabían cómo evaluarla. Algunos afirmaban que era una ventaja saltar con un solo brazo y que no era justo.

—Lo siento —dijo él.

Fueron sus primeras palabras desde que había llegado.

—Ella no lo sabía —dijo la mujer—. Si lo hubiera sabido no me habría hablado de aquella forma.

Su gesto se torció, comenzó a sollozar y las lágrimas fluyeron como pequeños arroyos junto a las comisuras de la boca.

—¿Si ella hubiera sabido el qué, señora Molnes?

—¡Que estoy enferma! —gritó cubriéndose el rostro con las manos.

—¿Enferma?

—¿Por qué cree usted que me anestesio de esta forma? Se me está comiendo por dentro. Mi cuerpo se está pudriendo, son solo células muertas.

Harry no dijo nada.

—Tenía intención de contárselo —susurró entre los dedos—. Los médicos me han dado seis meses. Se lo quería contar en un día bueno. —Su voz se volvió apenas audible—: Pero no había días buenos.

Harry se levantó. No podía permanecer sentado. Se acercó al gran ventanal que daba al jardín, evitando mirar las fotografías familiares de la pared porque sabía con quién se encontrarían sus ojos. La luna se reflejaba en la piscina.

—¿Le han vuelto a llamar los hombres a quienes debía dinero su marido?

Ella bajó las manos. Tenía los ojos enrojecidos e hinchados de tanto llorar.

—Llamaron mientras Jens estaba aquí y él habló con ellos. Luego no he vuelto a saber nada.

—O sea que él cuida de usted, ¿verdad?

Harry no sabía por qué le había hecho esa pregunta. Tal vez se tratara de un torpe intento de consolarla, de recordarle que todavía tenía a alguien.

Ella asintió en silencio.

—¿Y cuándo se van a casar?

—¿Tiene algún inconveniente?

Harry se giró hacia ella.

—No, ¿por qué lo iba a tener?

—Runa... —No pudo seguir, y las lágrimas volvieron a caer por sus mejillas—. No he experimentado mucho amor en mi vida, Hole. ¿Es mucho pedir desear unos meses de felicidad antes de que acabe todo? ¿Es que ella no me podía conceder siquiera eso?

Harry vio un pétalo morado flotando en la piscina. Se acordó de las barcazas procedentes de Malasia.

—¿Usted le ama, señora Molnes?

Durante el silencio que siguió, escuchó los sonidos de una fanfarria.

—¿Amar? ¿Qué más da? Soy capaz de imaginarme que le amo. Creo que sería capaz de amar a cualquiera que me ame. ¿Lo entiende?

Harry miró al mueble bar. Solo había tres pasos hasta llegar a él. Tres pasos, dos cubitos de hielo y una copa. Cerró los ojos y pudo oír cómo los cubitos de hielo tintineaban en la copa. Oyó el gorgoteo de la botella al verter el líquido marrón y, finalmente, el sonido chispeante de la soda al mezclarse con el alcohol.

45

Eran las siete de la mañana cuando Harry regresó al lugar de los hechos. A las cinco había dejado por imposible cualquier intento de poder dormir, se vistió y cogió el coche de alquiler que seguía en el garaje. No había nadie más allí. Los de atestados habían acabado por aquella noche y era poco probable que volvieran hasta al cabo de una hora. Franqueó las cintas policiales de color naranja y entró.

A la luz del día, el lugar era completamente diferente: apacible y bien cuidado. Tan solo la sangre y el contorno dibujado con tiza de los dos cuerpos en el suelo de madera maciza daban testimonio de que se trataba de la misma habitación en la que había estado la noche anterior.

No habían encontrado ninguna carta. Sin embargo, nadie tenía la más mínima duda de lo que había sucedido. La cuestión era más bien: ¿por qué Ove Klipra le disparó a ella primero y luego se suicidó? ¿Entendió que el juego se había acabado? En ese caso, ¿por qué no dejarla marchar? Tal vez no estuviera planificado. Tal vez le disparó cuando ella intentó escapar, o porque le dijo algo que le desquició. ¿Y dispararse luego a sí mismo? Harry se rascó la cabeza.

Miró el contorno de ella dibujado con tiza y la sangre que aún no habían limpiado. Le había disparado en el cuello con la pistola que encontraron, una Dan Wesson. La bala le atravesó la arteria principal, la cual tuvo tiempo de bombear la sangre que recorrió el suelo hasta el fregadero antes de que el corazón dejara de latir.

El médico dijo que perdió la conciencia enseguida, ya que el cerebro se quedó sin oxígeno, y que falleció después de tres o cuatro latidos del corazón. Un agujero en el cristal de la ventana indicaba la posición de Klipra en el momento de disparar contra ella. Harry se puso dentro del contorno de tiza del cuerpo de Klipra. Coincidía con el ángulo.

Miró al suelo.

La sangre dibujaba una aureola coagulada y negra alrededor del lugar donde había estado la cabeza de Klipra. Eso era todo. Se disparó en la boca. Harry vio que los de atestados habían señalado con tiza el lugar por donde la bala había atravesado la pared doble de bambú. Se imaginó cómo se había tumbado Klipra, girando la cabeza para contemplarla, pensando tal vez en el lugar en que ella se encontraba antes de disparar.

Salió al exterior y encontró el agujero de la bala en la pared. Miró a través del mismo y vio la pintura que había en la pared contraria. El bodegón. Qué extraño, pensó que vería el contorno de Klipra. Continuó hacia el lugar donde estuvieron tumbados sobre la hierba el día anterior, pisando con fuerza para espantar a posibles bichos desprevenidos, y se detuvo junto a la casa de los espíritus. Una pequeña figura de un Buda sonriente de vientre redondeado ocupaba la mayor parte del interior, junto con unas flores marchitas en un jarrón, cuatro cigarrillos con filtro y un par de velas medio consumidas. Un pequeño agujero blanco en la parte posterior de la figura cerámica indicaba el impacto de la bala. Harry sacó su navaja suiza y extrajo un pedazo de plomo deformado. Volvió a mirar hacia la casa. La bala había trazado una trayectoria horizontal. Naturalmente, Klipra estaba de pie en el momento en que se disparó. ¿Qué le había hecho pensar que estaría tumbado?

Volvió a la casa. Algo no cuadraba. Todo parecía tan correcto y ordenado. Abrió la nevera. Estaba vacía. No contenía nada que pudiera mantener con vida a dos personas. Al abrir el armario de la cocina, cayó un aspirador que le dio en el dedo gordo del pie. Blasfemó y volvió a meterlo dentro, pero volvió a caer antes de que le diera tiempo a cerrar la puerta. Al mirar con mayor detenimiento, descubrió un gancho para mantener sujeto el aspirador.

Un sistema, pensó. Aquí hay un sistema. Sin embargo, alguien lo ha alterado.

Quitó las botellas de cerveza que había encima del congelador y lo abrió. Descubrió una carne roja y pálida. No estaba envasada. Simplemente la habían colocado allí en trozos grandes. En algunos de ellos, la sangre se había congelado formando una capa negra. Sacó un trozo y lo examinó, antes de maldecirse por su morbosa imaginación y devolverlo a su sitio. Parecía carne de cerdo normal y corriente.

Harry oyó un sonido y se giró bruscamente. Una figura se quedó paralizada en la entrada. Era Løken.

—¡Coño, me has asustado, Harry! Estaba seguro de que no había nadie. ¿Qué haces aquí?

—Nada. Echando un vistazo. ¿Y tú?

—Solo quería comprobar si había algunos papeles que pudieran utilizarse en el caso de pedofilia.

—¿Por qué? Ahora que el hombre ha muerto, el caso se cerrará, ¿no?

Løken se encogió de hombros.

—Debemos tener pruebas sólidas de que hemos actuado correctamente, ya que con toda seguridad nuestra investigación saldrá ahora a la luz.

Harry miró a Løken. ¿Parecía un poco tenso?

—Por Dios, hombre, si tienes las fotos. ¿Qué mejores pruebas se pueden presentar?

Løken sonrió, pero no lo suficiente como para que Harry viera su diente de oro.

—Tal vez tengas razón, Harry. Supongo que solo soy un anciano angustiado que quiere atar todos los cabos. ¿Has encontrado algo?

—Solo esto —dijo Harry mostrando la bala de plomo.

—Hummm… —Løken la examinó—. ¿Dónde la has encontrado?

—En la casa de los espíritus que hay fuera. Y no me cuadra.

—¿Por qué no?

—Significa que Klipra tuvo que haber estado de pie cuando se disparó.

—¿Y qué?

—En tal caso, la sangre debería haber salpicado todo el suelo de la cocina. Sin embargo, solo hay sangre en el lugar donde yacía. Y en una cantidad muy pequeña.

Løken sostuvo la bala entre las puntas de los dedos.

—¿No has oído hablar del efecto vacío que se produce en los disparos por la boca?

—¿Cómo?

—Cuando la víctima expulsa el aire de los pulmones y cierra la boca alrededor del cañón de la pistola, se produce un vacío que hace que la sangre fluya al interior de la boca en vez de a través de la herida de bala. Luego sigue hacia el interior del estómago, dejando tras de sí estos pequeños misterios.

Harry miró a Løken con escepticismo.

—Eso es nuevo para mí.

—La vida sería aburrida si uno lo supiera todo a los treinta y pocos años.

Tonje Wiig telefoneó para decir que todos los principales periódicos noruegos habían llamado y que los más sedientos de sangre habían anunciado su llegada a Bangkok. En Noruega, los titulares se habían centrado de momento en la hija del recién fallecido embajador. A pesar de su posición en Bangkok, Ove Klipra era un nombre desconocido en el país. La revista *Kapital* le había hecho una entrevista hacía un par de años, pero dado que ni Per Ståle Lønning ni Anne Grosvold le habían tenido como invitado en sus programas, solo una minoría sabía quién era.

Los diarios nacionales informaron de que «la hija del embajador» y «el desconocido magnate noruego» habían sido disparados probablemente por intrusos o ladrones.

En cambio, en los periódicos tailandeses las fotografías de Klipra dominaban las portadas. El periodista del *Bangkok Post* puso en tela de juicio la teoría policial referente a un robo. Escribió que no se podía descartar que Ove Klipra hubiera matado a Runa Molnes antes de suicidarse. El periódico especuló libremente en torno a las consecuencias que podría sufrir el futuro del proyecto BERTS. Harry estaba impresionado.

No obstante, los periódicos de ambos países subrayaban que la información proporcionada por la policía tailandesa había sido muy escasa.

Harry condujo hasta la verja que había delante de la casa de Klipra y tocó el claxon. Tenía que admitir que empezaba a gustarle aquel enorme Toyota 4×4. El vigilante salió y Harry bajó la ventanilla.

—Soy de la policía. Fui yo quien le llamó —dijo.

El hombre le lanzó la típica mirada de vigilante antes de abrirle la verja.

—¿Me abre la puerta de la casa? —preguntó Harry.

El vigilante se subió al estribo del coche y Harry sintió su mirada escrutadora. Aparcó en el garaje. El vigilante agitó ruidosamente las llaves.

—La puerta principal está al otro lado —dijo, y a Harry estuvo a punto de escapársele que ya lo sabía. El vigilante se giró hacia Harry en cuanto introdujo la llave en la cerradura—. ¿Le he visto antes, señor?

Harry sonrió. ¿A qué se debía aquello? ¿A su colonia? ¿Al jabón que usaba? Dicen que el olor es la impresión sensorial que mejor recuerda el cerebro.

—Es poco probable.

El vigilante le devolvió la sonrisa.

—Lo siento, señor. Debía de ser otra persona. No soy capaz de distinguir a los *farang*.

Harry empezó a poner los ojos en blanco, pero se detuvo en pleno gesto.

—Dígame: ¿recuerda un coche diplomático azul que estuvo por aquí poco tiempo antes de que Klipra se marchara de viaje?

El vigilante asintió.

–Los coches no son difíciles de recordar. También era de un *farang*.

–¿Qué aspecto tenía?

El vigilante se echó a reír.

–Como ya le he dicho…

–¿Qué llevaba puesto?

Negó con la cabeza.

–¿Un traje?

–Creo que sí.

–¿Un traje amarillo? ¿Amarillo como un pollo?

El vigilante frunció el ceño.

–¿Pollo? Nadie lleva un traje del color de un pollo.

Harry se encogió de hombros.

–Pues sí. Algunos sí.

Permaneció en el recibidor en el que Løken y él habían entrado y se fijó en un pequeño agujero redondo que había en el muro. Al parecer, alguien había intentado colgar un cuadro, pero había tenido que desistir de introducir el tornillo. O podría tratarse de otra cosa.

Subió al despacho, revisó los papeles, encendió el ordenador y tuvo que introducir una contraseña. Lo intentó con «MAN U». *Incorrect*.

Un lenguaje amable, el inglés.

«OLD TRAFFORD.» Incorrecto otra vez.

Un último intento antes de ser rechazado automáticamente. Miró a su alrededor para buscar alguna referencia en la habitación. ¿Qué usaba él mismo? Se rió entre dientes. Pues claro. La contraseña más común en Noruega. «PASSWORD», y pulsó Intro.

La máquina pareció vacilar un instante. A continuación la pantalla se apagó y mostró un mensaje menos amable, en blanco sobre negro, diciendo que se le negaba el acceso.

–Joder.

Intentó apagar y encender el ordenador, pero la pantalla solo se ponía en blanco.

Revisó los papeles y encontró una lista reciente de accionistas de Phuridell. Un nuevo accionista, Ellem Ltd., tenía el tres por ciento de las acciones. Ellem. Un pensamiento descabellado pasó por la cabeza de Harry, pero lo descartó.

En el último cajón encontró el manual de la máquina grabadora. Miró la hora y suspiró. No le quedó más remedio que empezar a leerlo. Media hora más tarde estaba reproduciendo las cintas. La voz de Klipra parloteando en su mayor parte en tailandés, aunque en un par de ocasiones oyó que mencionaba Phuridell. Después de tres horas tiró la toalla. La conversación con el embajador el día del asesinato no aparecía en ninguna de las cintas. De hecho, tampoco había ninguna otra conversación del día en cuestión. Se metió una de las cintas en el bolsillo, apagó la grabadora y se aseguró de dar una patada al ordenador al salir.

46

No sintió gran cosa. Presenciar el funeral fue como ver un programa repetido. El mismo lugar, el mismo cura, la misma urna, el mismo impacto para los ojos al salir al sol y las mismas personas en la parte superior de la escalera mirándose vacilantes unas a otras. Casi las mismas personas. Harry saludó a Roald Bork.

—Veo que los encontraron —se limitó a decir.

Sus ojos vivos habían adquirido una pátina gris. Parecía cambiado, como si lo que había sucedido le hubiera hecho envejecer algún año.

—Los encontramos.

—Ella era muy joven.

Sonó como una pregunta. Como si deseara que alguien le explicara cómo era posible que pasara algo así.

—Hace calor —dijo Harry para cambiar de tema.

—En el lugar donde se encuentra Ove hace todavía más calor. —Lo dijo de un modo despreocupado, pero su voz adquirió un tono duro y amargo. Se secó la frente con un pañuelo—. Por cierto, me he dado cuenta de que necesito desconectar de este calor. He reservado un vuelo para ir a casa.

—¿A casa?

—Sí, a Noruega. Cuanto antes. Llamé al chaval y le dije que quería verle. Tardé un rato en comprender que no era él quien estaba al teléfono, sino su hijo. Je, je. Estoy chocheando. Un abuelo chocho, qué maravilla.

A la sombra de la iglesia, apartados, se encontraban Sanphet y Ao. Harry se acercó a ellos y les devolvió el *wai* que le dirigieron.

—¿Puedo hacerle una breve pregunta, Ao?

Su mirada buscó la de Sanphet antes de asentir.

—Usted clasifica el correo de la embajada. ¿Recuerda si ha recibido algo de una compañía llamada Phuridell?

Reflexionó antes de sonreír a modo de disculpa.

—No lo recuerdo. Hay tantas cartas… Si quiere, puedo buscar mañana en el despacho del embajador. Es posible que tarde algo. No era precisamente una persona ordenada.

—No estaba pensando en el embajador.

Ella se quedó mirándole sin comprender.

Harry suspiró.

—Ni siquiera sé si es importante, pero ¿sería tan amable de ponerse en contacto conmigo si encuentra algo?

Ella miró a Sanphet.

—Claro que lo hará, inspector —dijo él.

Harry estaba esperando a Liz en su despacho cuando esta entró jadeante a toda prisa. El sudor le caía por la frente.

—Por Dios —dijo—. Ahí fuera puedes sentir cómo el asfalto te atraviesa las suelas de los zapatos.

—¿Cómo ha ido la reunión informativa?

—Bastante bien. Los jefes nos han felicitado por la resolución del caso y no han realizado ninguna pregunta inoportuna respecto al informe. Incluso han aceptado la explicación de que sospechábamos de Klipra a partir de unas denuncias anónimas. Si el jefe de policía se ha olido algo raro, está claro que no tiene intención de montar ningún jaleo.

—En realidad contaba con ello. Desde luego no tiene nada que ganar.

—¿Percibo cierto sarcasmo, señor Hole?

—Para nada, señorita Crumley. No soy más que un joven e ingenuo inspector que ha empezado a comprender las reglas del juego.

—Puede ser… Pero todas las partes se alegran en el fondo de que Klipra haya muerto. Un juicio habría conllevado una serie de revelaciones incómodas, no solo para un par de jefes de policía, sino también para las autoridades de nuestros respectivos países.

Liz se quitó los zapatos y se reclinó satisfecha en la silla. Los muelles chirriaron al tiempo que un olor inconfundible a sudor de pies se extendía por la habitación.

—Desde luego, esto le ha venido curiosamente bien a muchas personas, ¿no te parece? —dijo Harry.

—¿A qué te refieres?

—No lo sé —dijo Harry—. Simplemente me parece que huele mal.

Liz echó un vistazo a los dedos de sus pies y miró suspicaz a Harry.

—¿Nadie te ha dicho nunca que eres un paranoico, Harry?

—Pues claro. Pero eso no significa que unos hombrecillos verdes no te persigan, ¿verdad?

Ella le miró, perpleja.

—Relájate un poco, Harry.

—Lo intentaré.

—¿Cuándo te vas?

—En cuanto haya hablado con el forense y la gente de atestados.

—¿Para qué quieres hablar con ellos?

—Para librarme de la paranoia. Ya sabes… esas ideas descabelladas que se me han metido en la cabeza.

—Ya, ya —dijo Liz—. ¿Has comido?

—Sí —mintió Harry.

—Mierda, odio comer sola. ¿Por qué no vienes y me haces compañía?

—En otra ocasión, ¿vale?

Harry se levantó y abandonó el despacho.

El joven forense se limpiaba las gafas mientras hablaba. Las pausas entre palabras eran tan largas que Harry se preguntaba a veces si el denso torrente verbal se habría detenido por completo. Pero entonces emitía una nueva palabra, y luego otra, y le quitaba el tapón al discurso y continuaba. Era como si temiera que Harry pudiera criticar su inglés.

—El hombre llevaba allí como mucho dos días —dijo el forense—. Si llevara más tiempo, con este calor y su cuerpo... —infló las mejillas y extendió los brazos—... sería como un enorme globo de gas. Y habrían notado el olor. En cuanto a la chica... —miró a Harry y volvió a inflar las mejillas—... lo mismo.

—¿Cuánto tardó Klipra en morir por el disparo?

El forense se humedeció los labios y Harry tuvo la sensación de que podía sentir el transcurso del tiempo.

—Fue rápido.

—¿Y ella?

El forense se metió el pañuelo en el bolsillo.

—Inmediatamente. Se rompió la vértebra cervical.

—Quiero decir, ¿es posible que alguno de ellos se moviera después del disparo, con convulsiones o algo parecido?

El médico se colocó las gafas, comprobó que las tenía bien puestas y se las volvió a quitar.

—No.

—He leído que durante la Revolución francesa, antes de la guillotina, cuando todavía decapitaban a la gente manualmente, los condenados a muerte eran informados de que a veces el verdugo fallaba y, si eran capaces de levantarse y bajar del patíbulo, quedarían en libertad. Se dice que unos cuantos lograron levantarse sin cabeza y pudieron dar varios pasos antes de desplomarse en el suelo, para gran regocijo del público, claro está. Si no recuerdo mal, un científico explicó que el cerebro puede preprogramarse hasta cierto punto y los músculos pueden seguir trabajando un buen rato si el corazón ha recibido grandes cantidades de adrenalina justo antes del momento de la decapitación. Al parecer, es lo que les ocurre a las gallinas cuando se les corta la cabeza.

El forense sonrió con sorna.

—Muy gracioso, inspector. Pero me temo que se trata de leyendas urbanas.

−¿Cómo se explica esto entonces?

Le tendió al médico una fotografía que mostraba a Klipra y Runa tumbados en el suelo. El médico estudió largamente la fotografía antes de volver a colocarse las gafas para examinarla con más detenimiento.

−¿Cómo se explica el qué?

Harry señaló la fotografía.

−Mire ahí. Su mano está cubierta por el cabello de ella.

El médico parpadeó, como si tuviera una mota en el ojo que le impedía comprender a qué se refería Harry.

Harry espantó una mosca con la mano.

−Escúcheme, usted sabe que el subconsciente puede sacar conclusiones de forma automática, ¿verdad?

El médico se encogió de hombros.

−Bueno. Sin ser plenamente consciente de ello, llegué a la conclusión de que Klipra tenía que estar tumbado en el momento de dispararse porque esa era la única forma en la que su mano podría estar debajo del cabello de la chica. ¿Me entiende? Sin embargo, el ángulo del disparo indica que estaba de pie. ¿Cómo es posible que le disparara primero a ella y luego a sí mismo, y que aun así su mano quedara debajo del pelo y no encima?

El forense volvió a quitarse las gafas y reanudó la limpieza.

−Quizá fuera ella quien disparó a los dos −dijo, pero para entonces Harry ya se había marchado.

Harry se quitó las gafas de sol y entornó sus maltratados ojos al adentrarse en el umbrío restaurante. Vio una mano que le saludaba y se dirigió a una mesa ubicada bajo una palmera. Un rayo de sol hizo brillar la montura metálica de las gafas del hombre cuando se levantó.

−Ya veo que ha recibido el mensaje −dijo Dagfinn Torhus.

Su camisa mostraba unas enormes manchas oscuras bajo las axilas y del respaldo de la silla colgaba una americana.

−La subinspectora Crumley me ha dicho que había llamado. ¿Qué le trae por aquí? −preguntó Harry estrechando la mano que le había tendido.

–Tareas administrativas de la embajada. He llegado esta mañana para resolver algún papeleo. Y tenemos que nombrar a un nuevo embajador.

–¿Tonje Wiig?

Torhus sonrió débilmente.

–Ya veremos. Hay muchas cosas que tener en consideración. ¿Qué se come aquí?

Un camarero estaba ya junto a su mesa y Harry le miró interrogante.

–Anguila –dijo el camarero–. Una especialidad vietnamita. Con vino rosado vietnamita y...

–No, gracias –dijo Harry mirando el menú y señalando con el dedo la sopa de leche de coco–. Con agua mineral.

Torhus se encogió de hombros y asintió expresando su conformidad.

–Enhorabuena. –Torhus se introdujo un palillo entre los dientes–. ¿Cuándo se marcha?

–Gracias, pero me temo que aún es pronto para felicitaciones, Torhus. Todavía quedan un par de cabos sueltos que aclarar.

Torhus dejó de hurgarse los dientes.

–¿Cabos sueltos? No es tarea suya lidiar con eso, Hole. Simplemente haga la maleta y váyase a casa.

–No es tan sencillo.

Los ojos duros y azules de burócrata refulgieron.

–Se acabó, ¿entiende? El caso se ha resuelto. Ayer se publicó en todas las portadas de los periódicos de Oslo que Klipra mató al embajador y a su hija. Pero sobreviviremos, Hole. Supongo que usted se refiere al jefe de policía de Bangkok, quien dice que no hay ningún móvil aparente y que Klipra podría sufrir alguna enfermedad mental. Algo tan simple y tan completamente incomprensible. Lo importante es que la gente se lo trague. Y de hecho lo hace.

–¿Quiere decir que el escándalo es un hecho?

–Sí y no. Hemos conseguido mantener oculto lo del motel. Lo más importante es que el escándalo no haya salpicado al primer ministro. Ahora tenemos otras cosas en las que pensar. Los periódicos han empezado a llamar a la embajada para preguntar por qué no se hizo público antes que el embajador había sido asesinado.

—¿Y qué les contesta?

—¿Qué demonios voy a decir? Problemas de idioma, malentendidos, que la policía de Tailandia nos mandó información incompleta al principio, ese tipo de cosas.

—¿Y se lo tragan?

—¡Qué va! Pero tampoco pueden acusarnos de haberles dado información errónea. En la nota de prensa se comunicó que el embajador fue hallado muerto en un hotel, y eso es cierto. ¿Cómo dijo usted que había encontrado a la hija y a Klipra, Hole?

—No lo he dicho. —Harry respiró hondo un par de veces—. Escuche, Torhus, encontré un par de revistas pornográficas en casa de Klipra que indicaban que era un pedófilo. No se ha mencionado en ninguno de los informes policiales.

—¿Eso también? Vaya, vaya. —Su voz no reveló en ningún momento que mintiera—. De todas formas, usted ya no pinta nada en Tailandia y Møller quiere que regrese cuanto antes.

El camarero sirvió la sopa de leche de coco caliente y Torhus contempló con escepticismo el interior de su cuenco. Sus gafas quedaron empañadas.

—El *VG* te sacará una bonita foto cuando aterrices en Fornebu —dijo en tono ácido.

—Pruebe uno de esos rojos —repuso Harry, señalando.

47

Según Liz, Supawadee era la persona que resolvía el mayor número de casos de asesinato en Tailandia. Sus principales herramientas eran un microscopio, unos tubos de ensayo y papel de tornasol. Sonreía resplandeciente como un sol sentado delante de Harry.

—Así es, Harry. Los trozos de cal que usted nos dio contienen el mismo colorante que el polvo de cal que había en el destornillador encontrado en el maletero del coche del embajador.

En vez de limitarse a contestar sí o no, repitió toda la pregunta de Harry para que no hubiera malentendidos. Supawadee era un hombre con inquietudes lingüísticas y sabía que en inglés, por algún motivo, se emplea la doble negación. Si Harry se hubiera equivocado de autobús en Tailandia, hubiera dudado y se hubiera dirigido a algún pasajero para preguntar: «¿Este no es el autobús para Hua Lamphong?», el tailandés en cuestión probablemente le hubiera contestado «Sí», en el sentido de «Sí, es correcto lo que dice usted, este no es el autobús para Hua Lamphong». Los *farang* que conocen un poco el tailandés lo saben. Sin embargo, el malentendido surge cuando un tailandés con un inglés avanzado contesta «No». La experiencia de Supawadee era que la mayoría de los *farang* no eran tan inteligentes y no se enteraban de nada cuando él se lo intentaba explicar, así que había llegado a la conclusión de que lo mejor era contestarles repitiendo la pregunta completa.

—También correcto, Harry. El contenido de la bolsa del aspirador de la cabaña de Klipra era muy interesante. Contenía fibras procedentes de la alfombra del maletero del coche del embajador, del traje del embajador y de la americana del propio Klipra.

Harry tomaba notas con creciente entusiasmo.

—¿Y las dos cintas que le pasé? ¿Las envió a Sidney?

Supawadee sonrió más ampliamente si cabía, porque ahora venía la parte de la que se sentía especialmente satisfecho.

—Estamos en el siglo XX, inspector. No enviamos cintas, puesto que entonces tardarían cuatro días en llegar. Las grabamos en una cinta digital DAT, guardamos los datos en el ordenador y los enviamos por correo electrónico a su experto en sonido.

—Caramba, ¿se puede hacer eso? —preguntó Harry, en parte para complacer a Supawadee y en parte resignado. Los frikis informáticos siempre le hacían sentir viejo—. ¿Y qué dijo Jesús Marguez?

—Primero le comenté que resultaría totalmente imposible determinar desde qué clase de habitación llamaba alguien basándose en la grabación de un contestador automático. Pero su amigo fue muy convincente. Explicó una serie de cosas realmente interesantes sobre áreas de frecuencias y hercios. Por ejemplo, ¿sabía usted que el oído es capaz de distinguir un millón de sonidos diferentes en un microsegundo? Creo que él y yo podríamos…

—¿Conclusión, Supawadee?

—Su conclusión fue que las dos grabaciones provienen de dos personas distintas, pero que es muy probable que fueran grabadas en la misma habitación.

Harry notó que su corazón se aceleraba.

—¿Qué hay de la carne del congelador? ¿Era carne de cerdo?

—Así es, Harry. La carne del congelador era carne de cerdo.

Supawadee le guiñó un ojo y rió de pura felicidad. Harry entendió que aún había más.

—¿Y…?

—Pero la sangre no era solo de cerdo. En parte era humana.

—¿Sabe de quién?

—Bueno, no tendré la respuesta definitiva de la prueba de ADN hasta dentro de unos días, así que ahora solo le puedo dar una respuesta con una probabilidad del noventa y seis por ciento.

Si Supawadee hubiera tenido una trompeta, Harry estaba convencido de que habría tocado una fanfarria antes de proseguir.

—La sangre procede de nuestro amigo, *nai* Klipra.

Harry logró contactar por fin con el despacho de Jens.

—¿Cómo va la cosa, Jens?

—Tirando.

—¿Estás seguro?

—¿A qué te refieres?

—Pareces… —Harry no encontraba una palabra para lo que parecía—. Pareces un poco triste —dijo al fin.

—Sí. No. No resulta fácil decirlo. Ella ha perdido a toda su familia y yo…

Su voz se quebró.

—¿Y tú?

—Olvídalo.

—Venga, Jens.

—Lo que pasa es que, si alguna vez he querido echarme atrás con esta boda, ahora es totalmente imposible.

—¿Por qué?

—Por Dios, Harry. Soy lo único que le queda. Y sé que debería pensar en ella y en todo por lo que ha pasado. Sin embargo, pienso en mí mismo y dónde estoy a punto de meterme. Seguramente soy una mala persona, pero todo este asunto me aterra, ¿lo puedes entender?

—Creo que sí.

—¡Demonios! Si solo se tratase de dinero… De eso por lo menos sé algo. Pero estos… —Buscó la palabra adecuada.

—¿Sentimientos? —sugirió Harry.

—Exacto. Es una puta mierda. —Se rió sin ganas—. Da igual. He decidido que, por una vez en la vida, voy a hacer algo que no gira solo en torno a mí. Y quiero que estés ahí para patearme el culo si detectas la más mínima señal de resistencia. Hilde necesita pensar en otras cosas, así que ya hemos fijado la fecha. El 4 de abril. ¿Qué te parecería pasar la Semana Santa en Bangkok? Ella ya ve las cosas con más optimismo y casi se ha decidido a dejar la bebida. Te mandaré tu billete de avión por correo, Harry. Recuerda que cuento contigo, así que no te vayas a echar atrás, joder.

—Si resulta que yo soy el mejor candidato a padrino, no me atrevo a imaginar cómo será tu vida social, Jens.

—He estafado a todos los que conozco al menos una vez. Esas historias no quedan bien en los discursos de padrino, ¿no crees?

Harry se echó a reír.

—Está bien. Dame un par de días más para pensármelo. En realidad te he llamado para pedirte un favor. Estoy intentando averiguar algo sobre uno de los propietarios de Phuridell, una compañía llamada Ellem Ltd., pero lo único que figura en el registro mercantil es un apartado de correo de Bangkok y una confirmación de que se ha abonado el capital social.

—Debe de tratarse de un propietario relativamente nuevo. No me suena el nombre. Pero puedo hacer un par de llamadas para ver qué averiguo y luego te llamo.

—No, Jens. Esto es estrictamente confidencial. Los únicos que conocemos esto somos Liz, Løken y yo, así que no debes mencionárselo a nadie. Ni siquiera lo saben otros policías. Los tres nos vamos a reunir en un lugar secreto esta noche, de modo que te agradecería que tuvieras algo para entonces. Yo te llamaré desde allí, ¿te parece bien?

—Sí, claro. Esto suena muy serio. Creía que se había cerrado el caso.

—Esta noche se cerrará.

El sonido del martillo neumático contra la piedra era ensordecedor.

—¿Es usted George Walters? —gritó Harry al oído del hombre con casco protector amarillo al que la cuadrilla con monos de trabajo había señalado.

Se giró hacia Harry.

—Sí, ¿quién es usted?

A unos diez metros por debajo de ellos el tráfico avanzaba muy lentamente. Parecía que se preparaba para otra tarde de atascos.

—Inspector Hole. De la policía noruega.

Walters enrolló un plano y se lo entregó a uno de los dos hombres que había a su lado.

—Ah, sí. ¿Klipra?

Hizo una señal para que parase al hombre del martillo neumático, y cuando este se apagó un relativo silencio cubrió los tímpanos como un filtro.

—Un Wacker —dijo Harry—. LHV5.

—Vaya. ¿Lo conoce usted?

—Trabajé en una obra un par de veranos. Me sacudí un poco los riñones con un martillo así.

Walters asintió. Tenía las cejas blancas y quemadas por el sol, y parecía cansado. Las arrugas ya empezaban a surcar aquel rostro de mediana edad.

Harry señaló la carretera de hormigón que se extendía como un acueducto romano a través de un entorno pedregoso de casas y rascacielos.

—¿O sea que esto es BERTS, la salvación de Bangkok?

—Sí —dijo Walters mirando en la misma dirección que Harry—. Lo está pisando en este momento.

El tono reverente de su voz, además del hecho de encontrarse allí y no en su despacho, le indicaron a Harry que el jefe de Phuridell disfrutaba más con el arte de la ingeniería que con la contabilidad. Resultaba más excitante ver cómo iba tomando forma el proyecto que involucrarse demasiado en intentar saldar la deuda millonaria de su empresa.

—Le hace pensar a uno en la Gran Muralla China —dijo Harry.

—Esto se supone que unirá a la gente en vez de dejarla fuera.

—He venido para hacerle unas preguntas acerca de Klipra y este proyecto. Y sobre Phuridell.

—Una tragedia —dijo Walters, sin especificar a cuál de los temas mencionados se refería.

—¿Usted conocía a Klipra, señor Walters?

—Yo no diría tanto. Coincidimos en algunas juntas directivas y me llamó un par de veces por teléfono. —Walters se puso unas gafas de sol—. Eso fue todo.

—¿Le llamó un par de veces? ¿No es Phuridell una compañía bastante grande?

—Tiene más de ochocientos empleados.

—¿Usted es el jefe aquí, y apenas ha intercambiado unas palabras con el propietario de la compañía para la que trabaja?

—Bienvenido al mundo de los negocios.

Walters contempló la carretera y la ciudad como si todo lo demás fuera algo que no le incumbía.

—Klipra invirtió una importante cantidad de dinero en Phuridell. ¿Intenta decirme que a él le daba igual?

—Al parecer no tenía ninguna queja con la manera en que funcionaba la compañía.

—¿Conoce usted una empresa que se llama Ellem Ltd.?

—He visto su nombre en la lista de accionistas. Hemos tenido otros asuntos en los que pensar últimamente.

—Por ejemplo, ¿en cómo solucionar el tema de la deuda en dólares?

Walters se giró de nuevo hacia Harry. Vio un reflejo distorsionado de sí mismo en los cristales de las gafas de sol.

—¿Y usted qué sabe de eso?

—Sé que la compañía necesita refinanciarse para que puedan seguir con sus actividades. No tienen la obligación de informar puesto que ya no cotizan en Bolsa, así que podrán seguir manteniéndolo en secreto para el resto del mundo durante una temporada, confiando en que aparezca un salvador con capital fresco. Sería frustrante tirar la toalla ahora que están en disposición de conseguir más contratos importantes con BERTS, ¿no es así?

Walters indicó a los ingenieros que podían tomarse un descanso.

—Mi suposición es que el salvador aparecerá —continuó Harry—. La persona en cuestión comprará la compañía por poco dinero y se enriquecerá brutalmente cuando empiecen a llover los contratos. ¿Cuántas personas conocen la situación de la compañía?

—Escúcheme, amigo…

—Inspector. La junta directiva, por supuesto. ¿Alguien más?

—Informamos a todos los propietarios. Aparte de eso, no vemos motivo para informar a la gente sobre temas que no son de su incumbencia.

—¿Quién cree usted que va a comprar la compañía, señor Walters?

—Yo soy el director administrativo —dijo Walters de modo hosco—. Me han contratado los accionistas. No me meto en cuestiones sobre propiedad.

—¿Aunque eso pudiera implicar que usted y los ochocientos empleados se fueran al paro? ¿Aunque no se les permitiera seguir participando en esto?

Harry señaló con la cabeza hacia el lugar donde el hormigón desaparecía.

Walters no contestó.

—Muy bonito —dijo Harry—. Se parece un poco al camino de baldosas amarillas. El de *El mago de Oz*, ¿sabe?

Walters asintió lentamente.

—Escúcheme, Walters, he llamado al abogado de Klipra y a un par de los pequeños accionistas que aún quedan. En los últimos días Ellem Ltd. ha comprado sus acciones de Phuridell. Ninguno de ellos estaría en condiciones de refinanciar la compañía, así que están contentos de poder salir de ella sin perder toda su inversión. Usted afirma que las cuestiones de propiedad no le competen, señor Walters, pero parece un hombre responsable. Y Ellem es su nuevo propietario.

Walters se quitó las gafas de sol y se frotó los ojos con el dorso de la mano.

—¿Sería tan amable de decirme quién está detrás de Ellem Ltd., señor Walters?

Los martillos neumáticos volvieron a la carga y Harry tuvo que inclinarse hacia él para oírle.

Harry asintió.

—Simplemente quería oírselo decir —respondió a gritos.

48

Harry no podía dormir. Oyó el sonido de algo que se arrastraba y crujía, pero desapareció en cuanto encendió la luz. Suspiró y se incorporó en la cama, y luego se inclinó para pulsar el botón de reproducción del contestador automático. La voz nasal de ella volvió a sonar como un chirrido por el altavoz:

—Hola, soy Tonje. Solo quería oír tu voz.

Seguramente era la décima vez que reproducía el mensaje, pero cada vez se sentía igual de angustiado: parecía una frase sacada de un folletín. Apagó la luz. Transcurrió un minuto.

—Joder —dijo, y volvió a encender la luz.

Pasaba ya de medianoche cuando el taxi se detuvo delante de una casa pequeña, aunque señorial, rodeada por un muro bajo de color blanco. Tonje Wiig pareció sorprendida por el telefonillo, y cuando abrió la puerta sus mejillas se mostraban febrilmente sonrojadas. Se disculpó una y otra vez por el desorden del piso mientras Harry le iba arrancando la ropa. Estaba delgada y blanquísima, y él vio cómo su pulso latía rápido y temeroso en el cuello. Tonje dejó de hablar y señaló en silencio la puerta del dormitorio. Cuando él la cogió en brazos, ella dejó caer la cabeza hacia atrás y su cabello se meció sobre el parquet. La tumbó sobre la cama, y ella gimió y jadeó cuando él hincó las rodillas en las sábanas y la atrajo hacia él.

—Bésame —susurró, pero Harry hizo caso omiso y la penetró con los ojos cerrados.

Ella le agarró por los pantalones. Deseaba que se los quitara del todo, pero él le apartó las manos. En la mesilla de noche había una fotografía de una pareja mayor, probablemente sus padres. Harry apretó los dientes, sintió unos destellos detrás de los párpados e intentó imaginársela.

—¿Qué estás diciendo? —preguntó Tonje levantando la cabeza, pero no fue capaz de discernir los conjuros que profería entre murmullos.

Ella intentaba acompasarse a sus movimientos y gemir, pero él la hacía resollar como si fuera un jinete de rodeo al que intentaba amarrar y quitarse de encima alternativamente.

Harry soltó un rugido inarticulado y en ese mismo instante Tonje clavó las uñas en la espalda de su camiseta y se contoneó mientras gritaba. Después le abrazó y él ocultó su cara en el hueco de su pecho.

—Ha estado muy bien —dijo ella, pero las palabras permanecieron en el aire como una mentira absurda e innecesaria.

Él no contestó.

Cuando notó que Tonje respiraba regularmente, Harry se levantó y se vistió en silencio. Ambos sabían que el otro sabía que ella no dormía. Se marchó.

Se había levantado viento. Bajó andando por la alameda arenosa mientras se desvanecía el olor a ella. El cordón golpeaba violentamente el asta de la bandera que había junto a la verja. Quizá el monzón llegara temprano ese año. Tal vez fuera El Niño. O tal vez fuera algo normal.

Reconoció el coche oscuro que estaba ante la entrada. Le pareció ver la silueta de alguien tras las lunas tintadas, pero no estuvo seguro hasta que oyó el zumbido eléctrico de una ventanilla que bajaba lentamente y el débil murmullo de la *Sinfonía en do menor* de Grieg proveniente del interior.

—¿Va a casa, señor Hole?

Harry asintió. Se abrió una puerta y se subió al coche. El chófer estaba al volante.

—¿Qué hace aquí a estas horas, Sanphet?

—Acabo de llevar al señor Torhus. No me merecía la pena volver a casa para dormir, ya que tengo que recoger a la señorita Wiig en unas pocas horas.

Arrancó el coche y recorrieron lentamente las silenciosas calles nocturnas de la zona residencial.

—¿Y adónde iba Torhus tan tarde? —preguntó Harry.

—Quería ver Patpong.

—Vaya. ¿Le recomendó algún bar?

—No. Parecía saber adónde iba. Cada cual sabe mejor que nadie la medicina que necesita.

La mirada de Harry se cruzó con la suya en el retrovisor.

—Supongo que tiene razón —dijo él mirando por la ventanilla.

Salieron a Rama V y el tráfico se detuvo. Una anciana desdentada les miraba fijamente desde la plataforma de carga de una camioneta. A Harry le resultó familiar. De repente, la vieja sonrió. Harry tardó un instante en darse cuenta de que ella no podía verlos, que simplemente veía su reflejo en las ventanillas negras del coche diplomático.

49

Ivar Løken sabía que todo había acabado. Ni una sola fibra de su cuerpo se había resignado, pero se había acabado. El pánico le asaltaba en oleadas, inundándole por momentos para volver a retirarse. Y todo el tiempo era consciente de que iba a morir. Era una conclusión puramente intelectual, pero la certeza recorría todo su cuerpo como el agua helada. Aquella vez que cayó en la trampa de estacas en My Lai, con un palo de bambú que olía a mierda atravesándole el muslo y otro clavado desde la planta de un pie hasta la rodilla, no pensó ni por un instante que iba a morir. Cuando yacía temblando por la fiebre en Japón y le dijeron que tenían que amputarle la pierna, él dijo que prefería morir, aunque sabía que la muerte no era una alternativa, que era imposible. Cuando le trajeron el anestésico, golpeó la mano de la enfermera para que se le cayera la jeringuilla.

Una estupidez. Pero tuvieron que dejar que se quedara con su pierna. «Mientras haya dolor, hay vida», grabó en la pared encima de su cama. Permaneció durante casi un año en el hospital de Okabe hasta que logró ganarle la batalla a su propia sangre infectada.

Se dijo a sí mismo que había vivido una larga vida. Larga. Por lo menos era algo. Y había visto a otros que lo habían pasado mucho peor. Así que ¿por qué resistirse?, pensó. Pero se resistía. Su cuerpo se negaba, de la misma manera que él se había negado toda la vida. Se había negado a cruzar la línea cuando el deseo le impulsaba; se había negado a derrumbarse cuando le expulsaron de las

Fuerzas Armadas; se había negado a sentir autocompasión cuando la humillación le azotaba y reabría sus heridas. Pero, ante todo, se había negado a cerrar los ojos. Y por esa razón lo había absorbido todo: las guerras, el sufrimiento, las atrocidades, el valor y la humanidad. Había absorbido tanto que podía decir con toda tranquilidad que había vivido una vida larga. Incluso en ese momento no cerraba los ojos, apenas pestañeaba. Løken sabía que iba a morir. Si le quedasen lágrimas, lloraría.

Liz miró su reloj. Eran las ocho y media, y Harry y ella llevaban casi una hora en Millie's Karaoke. Incluso la Madonna de la fotografía comenzaba a tener un aspecto más impaciente que voraz.

—¿Dónde se ha metido? —dijo Liz.

—Løken vendrá —dijo Harry.

Estaba de pie junto a la ventana; había subido la persiana y miraba su propio reflejo surcado por las luces de los coches que pasaban lentamente por Silom Road.

—¿Cuándo hablaste con él?

—Justo después de hablar contigo. Estaba en casa recogiendo las fotografías y el equipo. Løken vendrá.

Se frotó los ojos con el dorso de las manos. Los tenía enrojecidos e irritados cuando se despertó aquella mañana.

—Empecemos —dijo.

—¿Con qué? Todavía no has dicho lo que va a ocurrir.

—Vamos a repasarlo todo —dijo Harry—. Una última reconstrucción.

—Está bien. Pero ¿por qué?

—Porque hemos estado equivocados todo el tiempo.

Soltó la cuerda de la persiana, y al bajar pareció como si algo cayese a través de un espeso follaje.

Løken estaba sentado en una silla. En la mesa frente a él había una hilera de cuchillos. Cada uno de ellos podría matar a un hombre

337

en cuestión de segundos. De hecho, era asombrosa la facilidad con que se podía matar a un ser humano. Era tan fácil que a veces parecía increíble que la gente llegara a la avanzada edad a la que llegaba. Un movimiento circular, casi como pelar una naranja, y se le había rajado el cuello a alguien. La sangre salía borboteando a tal velocidad que provocaba la muerte en cuestión de segundos, al menos si el asesinato era cometido por alguien que conocía bien el oficio.

Una puñalada en la espalda requería una mayor precisión. Uno podía asestar veinte o treinta puñaladas sin alcanzar ningún órgano crítico, limitándose tan solo al inofensivo picado de carne humana. Pero si uno tenía conocimientos de anatomía, sabía cómo pinchar un pulmón o alcanzar el corazón. No suponía la más mínima complicación. Si se apuñalaba por delante, lo mejor era clavar de abajo arriba, a fin de llegar al interior de la caja torácica y alcanzar así los órganos vitales. No obstante, era más fácil hacerlo por detrás, clavando el cuchillo a un lado de la columna vertebral.

¿Resulta sencillo disparar a una persona? Muy sencillo. Él mató por primera vez a un ser humano con un rifle semiautomático en Corea. Apuntó, apretó el gatillo y vio caer a un hombre al suelo. Eso fue todo. Jamás le habían atormentado la mala conciencia, las pesadillas o los ataques de nervios. Tal vez fuera porque se trataba de una guerra, pero él no creía que esa fuese la única explicación. ¿Quizá carecía de empatía? Un psicólogo le había explicado que era un pedófilo porque tenía el alma herida. Lo mismo podría haberle llamado depravado.

—De acuerdo, ahora escúchame atentamente. —Harry se sentó frente a Liz—. El día del asesinato, el coche del embajador llegó a casa de Ove Klipra a las siete. Sin embargo, no lo conducía el embajador.

—¿No?

—No. El vigilante no recuerda ver a nadie con un traje amarillo.

—¿Y qué?

—Tú has visto el traje, Liz. Hace que un surtidor de gasolinera parezca discreto a su lado. ¿Crees que se puede olvidar un traje así?

—Ella negó con la cabeza lentamente y Harry continuó—: La persona que conducía el coche aparcó en el garaje, llamó al timbre de la puerta lateral y, cuando Klipra abrió, probablemente se encontró con el cañón de una pistola apuntándole. El visitante entró, cerró la puerta y pidió amablemente a Klipra que abriera la boca.

—¿Amablemente?

—Tan solo intento ponerle algo de color a la historia. ¿Vale?

Liz apretó la boca y se llevó un dedo índice a los labios.

—A continuación introdujo el cañón de la pistola en la boca de Klipra, le ordenó que apretara los dientes y disparó de modo frío y despiadado. La bala salió por la nuca de Klipra y se incrustó en la pared. El asesino limpió la sangre y… bueno, ya sabes el estropicio que se forma.

Liz asintió e hizo un gesto con la cabeza para que continuara.

—En resumidas cuentas: el asesino borró todas las huellas y, finalmente, cogió el destornillador del maletero y sacó la bala de la pared.

—¿Cómo lo sabes?

—Encontré cal en el suelo del recibidor y la marca de la bala. El departamento forense confirmó que se trataba de la misma cal encontrada en el destornillador.

—¿Y después?

—Después el asesino regresó al coche y movió el cadáver del embajador que estaba en el maletero para devolver el destornillador a su sitio.

—¿Ya había matado al embajador?

—Luego vuelvo sobre ese tema. El asesino se cambió de ropa y se puso el traje del embajador. Después entró en el despacho de Klipra y cogió unos de los dos cuchillos shan y las llaves de la cabaña. También realizó una breve llamada desde el despacho y se llevó la cinta con la grabación de la conversación. A continuación metió el cadáver de Klipra en el maletero y abandonó el lugar a eso de las ocho.

—Harry, todo esto resulta bastante confuso.

—A las nueve se alojó en el motel de Wang Lee.

—Venga ya, Harry. Wang Lee identificó al embajador como la persona que se registró allí.

—Wang Lee no tenía ningún motivo para pensar que el hombre muerto que había en la cama no fuera la misma persona que se había registrado. Lo único que vio fue un *farang* con un traje amarillo. Para él los *farang* parecen...

—... todos iguales. ¡Maldita sea!

—Sobre todo cuando se esconden tras un par de gafas de sol. Y recuerda que el embajador tenía un enorme cuchillo que distraía mucho la atención sobresaliendo por la espalda cuando Wang Lee fue a identificarle.

—Sí. ¿Qué hay del cuchillo?

—El embajador fue, en efecto, asesinado con un cuchillo, pero mucho antes de que llegara al motel. Una navaja sami, creo, ya que estaba untada con grasa de reno. Ese tipo de navajas pueden comprarse en cualquier lugar de Finnmark.

—Sin embargo, el médico dijo que la herida correspondía al cuchillo shan.

—La cuestión es que el cuchillo shan es más largo y más ancho que la navaja sami, así que es imposible ver a simple vista que se había empleado primero otro cuchillo. Ahora presta mucha atención: el asesino llegó al hotel con dos cadáveres en el maletero, pidió una habitación lo más lejos posible de la recepción para poder acercar el coche y trasladar a Molnes sin ser visto los pocos metros que lo separaban de la habitación. Asimismo, pidió que no le molestaran hasta nuevo aviso por su parte. En la habitación volvió a cambiarse de ropa y le puso de nuevo el traje al embajador. Sin embargo, tenía prisa y se descuidó un poco. ¿Recuerdas que comenté que era obvio que el embajador se iba a encontrar con una mujer porque tenía el cinturón abrochado un agujero más allá de lo habitual?

Liz chasqueó la lengua contra el paladar.

—El asesino se olvidó de comprobar los agujeros del cinturón cuando se lo abrochó.

–Un error insignificante, nada decisivo. Tan solo uno de los muchos detalles triviales que no cuadraban en todo este asunto. Mientras Molnes yacía sobre la cama, el asesino introdujo cuidadosamente el cuchillo shan en la herida previa antes de limpiar el mango y eliminar todas las huellas.

–Eso también explicaría por qué había tan poca sangre en la habitación del motel. ¿Por qué no reparó en ello el forense?

–Siempre es difícil prever la cantidad de sangre que causará una puñalada de esas características. Depende de las arterias afectadas y de hasta qué punto el propio cuchillo detiene el flujo de la sangre. No había nada que resultara fuera de lo normal. Alrededor de las nueve, el asesino abandonó el motel con el cuerpo de Klipra en el maletero y se dirigió a la cabaña de este.

–¿Sabía dónde estaba la cabaña? Entonces tenía que conocer a Klipra.

–Le conocía muy bien.

Una sombra se cernió sobre la mesa y un hombre se sentó en la silla que había enfrente de Løken. La puerta del balcón estaba abierta y daba al ensordecedor tráfico del exterior. Toda la habitación apestaba a los gases de los coches.

–¿Estás listo? –preguntó Løken.

El gigante con coleta le miró, claramente sorprendido al ver que hablaba tailandés.

–Estoy listo –contestó.

Løken sonrió débilmente. Se sentía muy cansado.

–Entonces ¿a qué estás esperando? Adelante.

–Cuando llegó a la cabaña, abrió con la llave y metió a Klipra en el congelador. A continuación limpió y aspiró el maletero para que no encontráramos rastro de ninguno de los cuerpos.

–Muy bien, pero ¿cómo sabes eso?

–El departamento forense encontró sangre de Ove Klipra en

el congelador, así como fibras procedentes del maletero y de la ropa de los dos fallecidos en la bolsa del aspirador.

—Vaya. Eso quiere decir que el fanático del orden y la limpieza no era el embajador, tal y como afirmaste al examinar el coche.

Harry sonrió.

—Me di cuenta de que el embajador no era un hombre ordenado en cuanto vi su despacho.

—¿He oído bien? ¿Estás diciendo que tú cometiste un error?

—Pues sí. —Harry levantó el dedo índice—. Pero Klipra sí era un hombre ordenado. En la cabaña todo parecía tan limpio, tan organizado, ¿recuerdas? Incluso había un gancho en el armario para sujetar el aspirador. Sin embargo, cuando yo abrí el armario, el aspirador se cayó. Como si alguien que no estuviera familiarizado con la casa hubiera sido el último en utilizarlo. Por ese motivo decidí mandar la bolsa del aspirador al departamento forense.

Liz meneó la cabeza lentamente mientras Harry continuaba:

—Cuando vi toda aquella carne en el congelador, me di cuenta de que era posible conservar allí un hombre muerto durante semanas sin que el cadáver…

Harry infló las mejillas y extendió los brazos.

—Tú no estás bien de la cabeza —dijo Liz—. Deberías ver a un médico.

—¿Quieres escuchar el resto o no?

Sí quería.

—Después regresó al motel, aparcó y entró en la habitación para meter las llaves del coche en el bolsillo de Molnes. A continuación desapareció en la oscuridad sin dejar rastro alguno. Literalmente.

—¡Espera! Cuando fuimos a la cabaña tardamos una hora y media en hacer el trayecto, ¿verdad? La distancia que hay desde aquí es prácticamente la misma. Nuestra amiga Dim descubrió el cadáver a las once y media, es decir, dos horas y media después de que, tal como afirmas, el asesino abandonara el hotel. Es imposible que hubiera podido regresar al motel antes de que Dim encontrara el cuerpo de Molnes. ¿O es que ya se te ha olvidado?

–No. Incluso he realizado el trayecto para comprobarlo. Salí a las nueve, estuve media hora en la cabaña y regresé.

–¿Y…?

–Estaba de vuelta a las doce y cuarto.

–Entonces esto no tiene ni pies ni cabeza.

–¿Recuerdas lo que dijo Dim del coche cuando la interrogamos?

Liz se mordió el labio superior.

–Ella no recordaba ningún coche –dijo Harry–. Porque no estaba. A las doce y cuarto ella y Wang Lee estaban en la recepción esperando a la policía y no se percataron cuando el coche del embajador regresó furtivamente.

–Vaya. Pensaba que nos enfrentábamos a un asesino muy meticuloso. Aun así, corrió el riesgo de que la policía estuviera en el motel cuando regresó.

–Fue muy meticuloso, pero no tenía forma de prever que el asesinato se descubriría antes de que él volviera. El trato era que Dim no acudiera a la habitación antes de que él avisara, ¿verdad? Pero Wang Lee se impacientó y estuvo a punto de estropearlo todo. Seguramente el asesino no sospechaba nada cuando entró a devolver las llaves del coche.

–¿Pura suerte, entonces?

–Prefiero considerarlo un poco de suerte en una circunstancia de extrema mala suerte. Este hombre no se basa en la suerte.

Debe de ser manchú, pensó Løken. Probablemente de la provincia de Jilin. Durante la guerra de Corea le habían dicho que la Armada Roja reclutaba en aquella zona a muchos de sus soldados porque eran muy altos. Aunque se preguntaba cuál era la lógica de aquello: se hundían más en el barro y constituían unos blancos más fáciles. La otra persona que había en la habitación estaba detrás de él canturreando una canción. Løken no estaba muy seguro del todo, pero le sonaba a «I Wanna Hold Your Hand».

El chino cogió uno de los cuchillos de la mesa, si es que se puede llamar así a un yatagán de setenta centímetros. Lo sopesó entre las manos, como un jugador de béisbol eligiendo su bate, antes de elevarlo sobre su cabeza sin decir palabra. Løken apretó los dientes. En ese mismo momento, la embriaguez causada por los barbitúricos se disipó, la sangre se heló en sus venas y perdió el autocontrol. Mientras gritaba y tiraba de las correas de cuero que ataban sus manos a la mesa, el canturreo se le acercó por detrás. Una mano le agarró del pelo, tiró de su cabeza hacia atrás y le introdujo una pelota de tenis en la boca. Sintió la superficie peluda contra la lengua y el paladar. Absorbía la saliva como si fuera una esponja y sus gritos se convirtieron en gemidos desvalidos.

El torniquete le apretaba el antebrazo con tanta fuerza que hacía un buen rato que se le había entumecido la mano, de modo que cuando el sable descendió con un golpe seco y él no sintió nada, pensó por un instante que había fallado. Entonces vio su mano derecha al otro lado de la hoja del sable. Tenía el puño cerrado, pero en ese instante se empezó a abrir lentamente. El corte era limpio. Vio cómo sobresalían dos canillas blancas cercenadas: el radio y el cúbito. Había visto los de otros, pero jamás los suyos propios. El torniquete impidió que hubiera mucha sangre. No es cierto eso que dicen de que las amputaciones repentinas no duelen. El dolor era insoportable. Aguardó el estado de shock, la condición paralizante de la nada. Sin embargo, el hombre que canturreaba introdujo una jeringuilla en su brazo, a través de la camiseta, sin ni siquiera intentar encontrarle una vena. Esa es la gran ventaja de la morfina. Se puede inyectar en cualquier lugar. Él fue consciente de que podía sobrevivir a aquello. Mucho tiempo. Todo el tiempo que ellos quisieran.

—¿Y Runa Molnes? —preguntó Liz, hurgándose entre los dientes con una cerilla.

—Pudo haberla recogido en cualquier lugar —dijo Harry—. Al volver del colegio, por ejemplo.

—Y luego la llevó a la cabaña de Klipra. ¿Qué ocurrió a continuación?

—La sangre y el impacto de bala en la ventana indican que le dispararon dentro de la cabaña. Seguramente nada más llegar.

Casi resultaba fácil hablar de ella de aquel modo, como víctima de un asesinato.

—No lo entiendo —dijo Liz—. ¿Por qué secuestrarla y matarla inmediatamente? Creía que su intención era utilizarla para que abandonaras la investigación. Y solo podía conseguir su objetivo mientras Runa Molnes siguiera con vida. Tú podrías haberle pedido pruebas que demostraran que se encontraba en buen estado antes de acceder a sus demandas.

—¿Y cómo habría accedido a sus demandas? —preguntó Harry—. ¿Regresando a Noruega, para que entonces Runa volviera a casa sana y sonriente? ¿Y así el secuestrador respiraría aliviado porque le había prometido que le dejaría en paz, aunque se quedara así sin ningún otro medio de coacción? ¿Era así como imaginabas que se desarrollarían los hechos? ¿Pensabas que él simplemente la soltaría...?

Por la mirada de Liz, Harry se dio cuenta de que había alzado la voz. Se calló.

—No estoy hablando de lo que yo pensara, sino de lo que pensaba el asesino —dijo Liz, todavía mirándole fijamente.

Había vuelto a aparecer aquella arruga de preocupación entre sus cejas.

—Lo siento, Liz. —Se apretó la mandíbula con la punta de los dedos—. Creo que estoy muy cansado.

Se levantó y se acercó de nuevo a la ventana. El frío del interior y el aire cálido y húmedo del exterior habían formado en el cristal una fina capa gris de vaho condensado.

—No la secuestró porque temiera que yo hubiera empezado a averiguar más de lo debido. No tenía motivos para creer eso; yo seguía sin ver nada más allá de mis narices.

—Entonces ¿cuál fue el móvil del secuestro? ¿Confirmar nuestra teoría: que Klipra era quien estaba detrás del asesinato del embajador y de Jim Love?

—Ese fue el móvil secundario —dijo dirigiéndose todavía al cristal—. El móvil principal era que tenía que matarla a ella también. Cuando yo…

Se oyeron unos débiles sonidos de bajo procedentes de la habitación de al lado.

—Sigue, Harry.

—Cuando la vi por primera vez, ya estaba condenada.

Liz respiró hondo.

—Son casi las nueve. Quizá deberías contarme quién es el asesino antes de que venga Løken.

Løken había cerrado la puerta de su piso a las siete y había bajado a la calle para coger un taxi que le llevara a Millie's Karaoke. Vio el coche enseguida. Era un Toyota Corolla, y el hombre que había detrás del volante parecía llenar por completo el interior del vehículo. En el asiento del copiloto vio el contorno de otra persona. Se preguntó si debía acercarse al coche para averiguar qué querían, pero decidió ponerles a prueba primero. Pensó que sabía lo que buscaban y quién les había enviado.

Løken paró un taxi, y al cabo de unas cuantas manzanas constató que, en efecto, el Corolla les estaba siguiendo. El taxista se dio cuenta instintivamente de que el *farang* del asiento trasero no era un turista y dejó de sugerirle ofertas de masaje. Sin embargo, cuando Løken le pidió que diera algunas vueltas el conductor pareció reconsiderar su primera impresión. Løken se encontró con su mirada en el retrovisor.

—¿Turismo, señor?

—Sí. Turismo.

Después de diez minutos no le cupo duda alguna. Estaba claro que lo que querían era que Løken condujera a aquellos dos policías al lugar de encuentro secreto. Løken se preguntó cómo era posible que el jefe de policía se hubiera enterado de la reunión. Y por qué parecía tomarse tan mal que una de sus inspectoras cooperara de aquel modo un tanto irregular con extranjeros. Tal vez no hubiera seguido exactamente el manual, pero sin duda había conseguido resultados.

En Sua Pa Road se produjo un atasco. El taxista se metió hábilmente en un hueco entre dos autobuses y señaló los pilares que se estaban construyendo entre los carriles. La semana anterior una viga de acero se había caído y matado a un conductor. Había leído algo sobre el accidente. También publicaron las fotografías. El taxista sacudió la cabeza, sacó un paño y limpió el salpicadero, los cristales, las figuras de Buda y la fotografía de la familia real, antes de desplegar el *Thai Rath* sobre el volante con un suspiro y buscar la sección de deportes.

Løken miró por la luna trasera. Solo les separaban dos vehículos del Corolla. Miró la hora. Las siete y media. Ya iba bastante tarde como para perder el tiempo intentando quitarse de encima a aquellos imbéciles. Løken se decidió por fin y tocó al taxista en el hombro.

—He visto a unos conocidos —dijo en inglés, y gesticuló apuntando hacia atrás.

El taxista pareció escéptico. Probablemente sospechaba que el *farang* quería marcharse sin pagar.

—Vuelvo enseguida —dijo Løken, y tuvo que apretujarse para lograr salir del coche.

Un día menos de vida, pensó al respirar suficiente CO_2 como para dejar fuera de combate a toda una familia de ratas mientras caminaba entre el tráfico hacia el Corolla. Debía de tener uno de los faros estropeados, ya que la luz le daba directamente en la cara. Preparó su discurso. Ya tenía ganas de ver sus caras de sorpresa. Løken estaba a un par de metros cuando vislumbró a los dos individuos del coche. De repente le entraron dudas. Había algo en su aspecto que no cuadraba. Aunque los policías no se caracterizaban por ser lo que se dice muy inteligentes, al menos sabían que la discreción era la regla principal cuando se seguía a alguien. El hombre que iba en el asiento del copiloto llevaba gafas de sol pese a que este se había puesto hacía ya horas, y aunque no era inusual que los chinos de Bangkok llevaran coleta, el gigante que iba al

347

volante era simplemente impresionante. Løken se disponía a dar la vuelta cuando se abrió la puerta del Corolla.

—Eh, señor —dijo una voz suave. Mal asunto. Løken intentó volver al taxi, pero un coche se había puesto en medio bloqueando el paso. Se giró hacia el Corolla de nuevo. El chino se acercaba a él—. Señor —repitió en el mismo instante que los coches del carril contrario empezaban a moverse.

La voz sonó como un susurro en medio de un huracán.

Løken había matado en una ocasión a un hombre con sus propias manos. Le destrozó la laringe con un golpe de kárate, tal y como había aprendido en el campo de adiestramiento de Wisconsin. Pero aquello había sido mucho tiempo atrás, él era joven. Y estaba aterrorizado. Ahora no estaba aterrorizado, solo cabreado.

Probablemente ello no hubiera supuesto ninguna diferencia.

Cuando sintió aquellos brazos alrededor de su cuerpo y que sus piernas ya no tocaban el suelo, supo que no suponía ninguna diferencia. Intentó gritar, pero ya le habían arrebatado el aire que sus cuerdas vocales necesitaban para poder vibrar. Vio cómo el cielo estrellado giraba lentamente sobre él antes de quedar cubierto por el techo tapizado del coche.

Percibió un aliento cálido y punzante contra la nuca y miró por el parabrisas del Corolla. El hombre de las gafas de sol estaba junto al taxi, entregando unos billetes al conductor a través de la ventanilla. El chino liberó un poco su presa, y Løken, en una larga y temblorosa inhalación, inspiró el contaminado aire como agua de manantial.

El taxista subió la ventanilla y el hombre de las gafas de sol empezó a caminar hacia ellos. De hecho, se acababa de quitar las gafas de sol, y cuando el estropeado faro del coche le iluminó Løken pudo reconocerle.

—¿Jens Brekke? —susurró, estupefacto.

50

—¿Jens Brekke? —exclamó Liz.

Harry asintió.

—¡Imposible! Tiene una coartada: la maldita cinta que demuestra de forma irrefutable que llamó a su hermana a las ocho menos cuarto.

—Así es, la llamó, pero no desde su despacho. Le pregunté cómo demonios se le ocurrió telefonear a su hermana, una adicta al trabajo, en plena jornada laboral. Me dijo que se olvidó de la diferencia horaria con Noruega.

—¿Y…?

—¿Alguna vez has oído hablar de un corredor de Bolsa a quien se le «olvida» qué hora es en otros países?

—Bueno, no, pero no viene al caso.

—Brekke llamó al contestador automático de su hermana porque no tenía tiempo para hablar con ella ni nada que contarle.

—No lo entiendo.

—Se me ocurrió cuando descubrí que Klipra tenía una máquina parecida a la de Brekke. Después de disparar a Klipra, Brekke llamó a su hermana desde el teléfono del despacho de Klipra y luego se llevó la cinta. Esta muestra la hora de las llamadas, pero no desde dónde se realizan. Nunca se nos pasó por la cabeza que la cinta pudiera provenir de otra grabadora. Sin embargo, puedo probar que ha desaparecido una cinta del despacho de Klipra.

—¿Cómo?

—¿Recuerdas que el 3 de enero, por la mañana, se registró una llamada que el embajador había realizado a Klipra desde su móvil? No se encuentra en ninguna de las cintas de su despacho.

Liz se echó a reír a carcajadas.

—Esto es de locos, Harry. ¡Esa rata elaboró una coartada a prueba de bomba y permaneció en la trena esperando el momento de mover ficha para que pareciera especialmente convincente!

—Me parece oír admiración en su voz, subinspectora.

—Solo desde el punto de vista profesional. ¿Crees que lo tenía todo planeado desde el principio?

Harry miró la hora. Su cerebro empezaba a transmitirle un mensaje en código morse advirtiéndole de que algo iba mal.

—Si hay algo de lo que estoy seguro es de que todo lo que ha hecho Brekke estaba planificado. No ha dejado ni el más mínimo detalle al azar.

—¿Cómo puedes estar tan seguro?

—Bueno —dijo colocando un vaso vacío sobre su frente—. Él mismo me lo dijo. Que odia el riesgo, que no juega si no sabe que va a ganar.

—Supongo que también has deducido cómo mató al embajador.

—En primer lugar, acompañó a Molnes al parking. Tenemos a la recepcionista de testigo. Después volvió a subir en ascensor. Es testigo de ello la chica que entró en el ascensor y a quien él invitó a salir. Probablemente mató al embajador en el parking, apuñalándole por la espalda con la navaja sami cuando se giró para subir al vehículo. Luego le quitó las llaves, metió al embajador en el maletero y después cerró el coche. Finalmente regresó al ascensor, donde se quedó esperando a que alguien apretara el botón para asegurarse de tener un testigo que lo viera subir.

—Incluso la invitó a salir para que ella no se olvidara de él.

—Correcto. Si hubiera entrado otra persona, se habría inventado cualquier otra historia. Acto seguido bloqueó las llamadas entrantes del teléfono para que pareciera que estaba muy atareado, y volvió a bajar en el ascensor para dirigirse a la casa de Klipra en el coche del embajador.

—Pero si mató al embajador en el parking, las cámaras de vigilancia lo habrían grabado, ¿no?

—¿Por qué crees que desapareció la cinta de vídeo? Por supuesto, nadie intentó sabotear la coartada de Brekke. Fue él mismo quien hizo que Jim Love le entregara la cinta. La noche que le vimos en el combate de boxeo tenía mucha prisa por volver al despacho. Y no para hablar con sus clientes americanos, sino porque había quedado con Jim para que le dejara entrar y poder grabar encima de la parte de la cinta donde se le veía matando al embajador. Y reprogramar el reloj del temporizador para que pareciera que alguien estaba intentando arruinar su coartada.

—¿Por qué no se limitó a eliminar la cinta original?

—Es un perfeccionista. Sabía que, tarde o temprano, un investigador más o menos despierto averiguaría que la grabación y la hora no cuadraban.

—¿Cómo?

—Porque utilizó la cinta de un día anterior para grabar encima de las imágenes en cuestión. Antes o después, la policía hablaría con los empleados del edificio, que podrían testificar que el 3 de enero, entre las cinco y las cinco y media, el coche pasó por delante de la cámara. La prueba de que la cinta fue manipulada es, naturalmente, que ellos no aparecían en la grabación. La lluvia y las huellas húmedas simplemente nos ayudaron a averiguarlo con más rapidez de lo previsto.

—¿Quieres decir que no fuiste más listo de lo que él esperaba de ti?

Harry se encogió de hombros.

—Pues no. Pero podré vivir con ello. Jim Love no pudo. Recibió su recompensa en forma de opio envenenado.

—¿Porque era un testigo?

—Como ya he dicho, a Brekke no le gusta el riesgo.

—Pero ¿qué hay del móvil?

Harry resopló por la nariz. Sonó como el bufido de los frenos de un camión.

—¿Recuerdas que nos preguntábamos si el hecho de disponer de cincuenta millones de coronas durante seis años era motivo suficiente para matar al embajador? No lo era. Sin embargo, disponer de ese dinero de por vida sí fue motivo suficiente para que Jens Brekke matara a tres personas. Según el testamento, Runa sería la heredera del dinero cuando cumpliera los dieciocho años, pero como en el mismo no se especifica lo que ocurriría en el caso de que ella falleciese, el dinero seguirá lógicamente la línea de sucesión. La fortuna pasará a Hilde Molnes. Y el testamento no le impide a ella disponer del dinero en este momento.

—¿Y cómo tiene previsto Brekke conseguir que ella renuncie al dinero?

—No tiene que hacer nada. A Hilde Molnes le quedan seis meses de vida. Lo suficiente para que le dé tiempo a casarse con él, pero no tanto como para que Brekke no soporte asumir el papel de caballero perfecto hasta el final.

—¿Se ha deshecho del marido y de la hija para heredar la fortuna cuando ella muera?

—No solo eso —dijo Harry—. Ya se ha gastado el dinero.

Liz le miró interrogante.

—Ha adquirido una compañía en quiebra llamada Phuridell. Si la cosa sale tal como prevé Barclays Thailand, en un par de años la compañía puede alcanzar un valor veinte veces superior a lo que ha pagado por ella.

—¿Y por qué vendieron los otros?

—Según George Walters, el jefe de Phuridell, «los otros» son un par de simples accionistas minoritarios que se negaron a vender sus participaciones a Ove Klipra cuando este se convirtió en el accionista mayoritario, ya que se olieron que se estaba cociendo algo grande. Pero cuando Ove Klipra desapareció de escena, se les informó de que la deuda en dólares estaba a punto de hacer quebrar a la compañía, de modo que aceptaron gustosamente la oferta de Brekke. Lo mismo se aplica al bufete de abogados que administra la herencia de Klipra. El precio total asciende a unos cien millones de coronas.

—Pero Brekke todavía no dispone del dinero.

—Walters afirma que la mitad de la liquidación vence ahora y la otra mitad dentro de seis meses. No sé cómo tiene previsto pagar la primera parte. Debe de haber conseguido el dinero por otros medios.

—¿Qué pasará si ella no muere en seis meses?

—No sé por qué tengo la sensación de que Brekke se encargará de que así ocurra. Él es quien le prepara los cócteles…

Liz se quedó mirando al vacío, pensativa.

—¿No temía que resultara sospechoso que él aparezca como el nuevo propietario de Phuridell justo en estos momentos?

—Pues sí. Por eso compró las acciones a nombre de una compañía llamada Ellem Ltd.

—Alguien podría averiguar que él está detrás.

—No lo está. La compañía se ha establecido a nombre de Hilde Molnes. Pero, naturalmente, él también heredará esta compañía cuando ella muera.

Liz formó una O silenciosa con los labios.

—¿Y todo esto lo has averiguado tú solito?

—Con la ayuda de Walters. Sin embargo, empecé a sospechar cuando encontré la lista de accionistas de Phuridell en casa de Klipra.

—¿De veras?

—Ellem. —Harry sonrió—. De hecho, al principio el nombre me hizo sospechar de Ivar Løken. Su apodo en la guerra de Vietnam era LM, que en inglés se pronunciaría «ellem». Pero la solución es mucho más banal.

Liz se puso las manos detrás de la nuca.

—Me rindo.

—Si le damos la vuelta a Ellem tenemos Melle. El apellido de soltera de Hilde Molnes.

Liz miró a Harry como si fuera una atracción de zoo.

—Joder, eres increíble —murmuró.

Jens miraba la papaya que sostenía entre las manos.

—¿Sabe una cosa, Løken? Cuando das un mordisco a una papaya huele a vómito. ¿Lo ha notado?

Clavó los dientes en la pulpa. El jugo le chorreó por el mentón.

—Y sabe a coño.

Echó la cabeza hacia atrás y rompió a reír.

—¿Sabe? Una papaya cuesta cinco baht aquí en Chinatown… casi nada. Todo el mundo se lo puede permitir. Comer papaya es considerado uno de los placeres más sencillos. Y como suele ocurrir con los placeres sencillos de la vida, uno no sabe apreciarlos hasta que desaparecen. Es como… —Jens gesticuló con las manos como si buscara una analogía adecuada—. Como limpiarse el culo. O hacerse una paja. Lo único que se requiere es tener una mano intacta.

Levantó la mano cortada de Løken por el dedo corazón y la colocó delante de su cara.

—Todavía le queda una. Piénselo. Y piense en todo lo que no puede hacer sin manos. Yo ya he meditado un poco sobre ello, así que déjeme que le ayude. No puede pelar una naranja, no puede poner el cebo a un anzuelo, no puede acariciar el cuerpo de una mujer, ni abrocharse el pantalón. Ni siquiera podría dispararse a sí mismo en el caso de que quisiera hacerlo. Necesita a alguien que le ayude para todo. Para todo. Piénselo.

Unas gotas de sangre cayeron de la mano cercenada, chocaron contra el borde de la mesa y salpicaron de pequeñas manchas rojas la camisa de Løken. Jens dejó la mano encima de la mesa. Los dedos apuntaban hacia arriba.

—Por otro lado, con ambas manos intactas no hay límites para lo que uno es capaz de hacer. Se puede estrangular a alguien que odias, recoger las ganancias de la mesa de juego o sostener un palo de golf. ¿Sabe lo mucho que han avanzado las ciencias médicas en la actualidad?

Jens esperó hasta estar seguro de que Løken no iba a contestar.

—Pueden volver a implantarle la mano sin dañar un solo nervio. Penetran en la parte superior del brazo y tiran de los nervios hacia abajo como si fueran pequeñas gomas. En unos seis meses apenas recordará que no la tenía. Evidentemente, depende de la rapidez con la que acuda a un médico, y de que se acuerde de llevarse la mano.

Se colocó detrás de la silla de Løken, posó el mentón sobre su hombro y le susurró al oído:

—Mire qué magnífica mano. Hermosa, ¿no? Casi como la de aquella pintura de Miguel Ángel. ¿Cómo se llama?

Løken no contestó.

—Ya sabe, la que utilizaron para el anuncio de Levi's.

Løken tenía la mirada fija en un punto en el vacío. Jens suspiró.

—Ninguno de los dos somos expertos en arte, ¿verdad? Bueno, es posible que cuando acabe todo esto compre algunos cuadros famosos, a ver si con eso se estimula mi interés. A propósito de cuando acabe todo esto, ¿cuándo cree que será demasiado tarde para que le vuelvan a implantar la mano? ¿Media hora? ¿Una hora? Quizá un poco más si la metiéramos en hielo, pero lamentablemente hoy no tenemos. Por suerte, solo se tardan quince minutos en llegar al hospital de Answut.

Cogió aire, acercó la boca al oído de Løken y gritó:

—¿DÓNDE ESTÁN HOLE Y ESA TÍA?

Løken se sobresaltó y mostró los dientes en una mueca dolorosa.

—Lo siento —dijo Jens. Cogió un trocito de papaya de la mejilla de Løken—. Es que es muy importante para mí dar con ellos. Ustedes tres son, a pesar de todo, los únicos que han comprendido la relación entre todo esto, ¿no es así?

Un áspero susurro hizo temblar los labios de Løken.

—Tiene razón…

—¿Cómo? —dijo Jens. Se acercó más a su boca—. ¿Qué está diciendo? ¡Hable claro, hombre!

—Tiene razón sobre la papaya. Apesta a vómito.

Liz cruzó las manos sobre la cabeza.

—El asunto de Jim Love. Me cuesta imaginarme a Brekke en su cocina mezclando el opio con ácido prúsico.

Harry sonrió retorcidamente.

—Eso mismo dijo Brekke de Klipra. Tienes razón: alguien le ayudó, un profesional.

—Uno no pone un anuncio en el periódico buscando a gente así.

—No.

—A lo mejor es alguien a quien conoció por casualidad. Suele frecuentar algunos ambientes de juego un tanto turbios. O... —Se calló cuando observó que él la estaba mirando—. ¿Sí? —preguntó—. ¿Qué ocurre?

—¿No es evidente? Es nuestro viejo amigo Woo. Ha colaborado con Jens todo el tiempo. Fue Jens quien le ordenó plantar el micrófono en mi teléfono.

—Parece demasiada coincidencia que el mismo tipo que trabajaba para los prestamistas de Molnes también trabaje para Brekke.

—Claro que no es una coincidencia. Hilde Molnes me contó que los matones de los prestamistas que la llamaron después de morir el embajador dejaron de insistir sin más después de hablar con Jens Brekke por teléfono. Y dudo mucho que este los intimidara, por así decirlo. Cuando visitamos Thai Indo Travellers, el señor Sorensen dijo que no tenían ninguna deuda pendiente con Molnes. Probablemente dijera la verdad. Supongo que Brekke pagó la deuda del embajador... a cambio de unas contraprestaciones, claro está.

—Los servicios de Woo.

—Exacto. —Harry miró la hora—. Joder, joder. ¿Dónde se habrá metido Løken?

Liz se levantó y suspiró.

—Intentemos llamarle. Tal vez se haya quedado dormido.

Harry se rascó el mentón, pensativo.

—Tal vez.

Løken sintió un dolor en el pecho. Jamás había sufrido problemas cardíacos, pero conocía los síntomas. Si se trataba de un infarto, esperaba que fuera lo suficientemente fuerte como para matarle. Iba a morir de todas formas, así que preferiría poder privar a Brekke de ese placer. Aunque, quién sabe, quizá él no obtuviera ningún placer de ello. Tal vez para Brekke fuera como había sido para él: un trabajo que había que hacer. Un disparo, un hombre cae y ya está. Miró a Brekke. Vio cómo se movía su boca y se dio cuenta, para su sorpresa, de que no oía nada.

—Así que cuando Ove Klipra me pidió asegurar la deuda en dólares de Phuridell, lo hizo durante un almuerzo en vez de hacerlo por teléfono —decía Jens—. No me lo podía creer. Un encargo de quinientos millones, ¡y me lo comunica verbalmente sin que haya ninguna grabación de por medio! Es una oportunidad que uno puede esperar durante toda una vida sin que se produzca nunca.

Jens se limpió la boca con una servilleta.

—Cuando volví al despacho, compré los plazos en dólares a mi nombre. Si el dólar bajaba, podía transferir más tarde la transacción a Phuridell diciendo que trataba de asegurar la deuda como habíamos acordado. Si subía, me llevaba los beneficios negando rotundamente que Klipra me hubiera encargado la compra de los plazos. Él no podía probar nada. Adivina qué pasó, Ivar. ¿Te parece bien que te llame Ivar?

Estrujó la servilleta y apuntó a una papelera que había junto a la puerta.

—Bueno, Klipra amenazó con ir a la dirección de Barclays Thailand con el asunto. Le expliqué que si Barclays Thailand le daba la razón, tendrían que indemnizarle por las pérdidas. Además perderían a su mejor corredor. En pocas palabras: no podían permitirse el lujo de no apoyarme. Empezó a amenazarme diciendo que utilizaría sus contactos políticos. ¿Y sabes qué? Nunca llegó tan lejos. Me di cuenta de que podía librarme de un problema, Ove Klipra, y al mismo tiempo hacerme con su compañía, Phuridell, la cual va a despegar como un cohete. Y cuando digo esto, no es porque lo crea y espere que así sea, como suelen hacer los patéticos especuladores de Bolsa, sino porque lo sé. Yo mismo me encargaré de que ocurra. Ocurrirá.

Los ojos de Jens brillaban.

—Del mismo modo que sé que Harry Hole y esa tía calva van a morir esta noche. Ocurrirá. —Miró la hora—. Perdóname por el melodrama, pero el tiempo pasa, Ivar. Es hora de pensar en el propio bien de uno, ¿no?

Løken le miró con expresión vacía.

—No tienes miedo, ¿verdad? Eres un tipo duro, ¿no? —Brekke se quitó levemente sorprendido un hilo suelto de un ojal—. ¿Quieres que te cuente cómo los van a encontrar, Ivar? Atados cada uno a un poste en algún lugar del río, con una bala en el cuerpo y con las caras hechas papilla. ¿Habías oído antes esa expresión, Ivar? ¿No? Quizá no se utilizaba cuando eras joven, ¿verdad? Yo nunca me había hecho bien a la idea. Hasta que mi amigo Woo me explicó que la hélice de un barco puede literalmente arrancar la piel del rostro de una persona y mostrar la carne que hay debajo. ¿Entiendes? Es un método empleado por la mafia local. Naturalmente, la gente se preguntará qué habrán hecho esos dos para cabrear tanto a la mafia, pero nunca lo sabrán, ¿verdad? Al menos no lo sabrán por ti, ya que obtendrás una operación gratuita y cinco millones de dólares solo por decirme dónde están. Tú ya tienes mucha práctica en eso de desaparecer, conseguir una nueva identidad y esas cosas, ¿no es así?

Ivar Løken veía cómo se movían los labios de Jens y oyó el lejano eco de una voz. Palabras como «hélice de barco», «cinco millones» y «nueva identidad» revoloteaban y pasaban de largo. Jamás se había considerado un héroe y tampoco tenía un deseo desmedido de morir como tal. No obstante, conocía la diferencia entre el bien y el mal y, dentro de los límites de lo razonable, siempre había procurado hacer el bien. Nadie más que Brekke y Woo llegaría a saber si se había enfrentado a la muerte con la cabeza alta o no. Nadie hablaría del viejo Løken para recordarle mientras se tomaban unas cervezas, ni los veteranos del servicio de inteligencia ni la gente del Ministerio de Asuntos Exteriores, y en realidad no podía importarle menos. No necesitaba una reputación después de muerto. Su vida había transcurrido como un secreto bien guardado, así que seguramente resultaba natural morir en consecuencia. Sin embargo, aunque aquella no era ocasión para grandes gestos, también sabía que lo único que conseguiría si le daba a Brekke lo que quería sería una muerte más rápida. Pero ya no sentía dolor, así que no merecía la pena. Si Løken hubiera oído los detalles de la propuesta de Brekke, no hubiera supuesto ninguna diferencia. Nada hubiera supuesto ninguna diferencia. Porque en ese momento el teléfono móvil que llevaba sujeto al cinturón empezó a sonar.

51

Cuando Harry estaba a punto de colgar, oyó un clic seguido de un nuevo tono y comprendió que la llamada estaba siendo desviada desde el número fijo de Løken a su móvil. Esperó, dejó que sonara siete veces antes de colgar y dio las gracias a la chica con trenzas de Mickey Mouse por dejarle usar el teléfono.

—Tenemos un problema —dijo cuando regresó a la habitación.

Liz se había quitado los zapatos y había subido los pies a la mesa para examinarse unas durezas.

—El tráfico —dijo ella—. Siempre es el tráfico.

—Mi llamada ha sido desviada a su móvil, pero tampoco lo ha cogido. Esto no me gusta.

—Tranquilo. ¿Qué puede haberle pasado en la pacífica Bangkok? Seguramente se habrá dejado el móvil en casa.

—Cometí un error —dijo Harry—. Le dije a Brekke que nos íbamos a reunir esta noche y le pedí que averiguara quién estaba detrás de Ellem Ltd.

—¿Que hiciste qué? —preguntó Liz bajando los pies.

Harry dio un puñetazo en la mesa y las tazas de café temblaron.

—¡Joder, joder! Quería ver su reacción.

—¿Su reacción? Maldita sea, Harry, ¡esto no es un juego!

—No estoy jugando a ningún juego. Le dije que le llamaría durante la reunión para vernos en alguna parte. Mi plan era quedar en Lemon Grass.

—¿El restaurante donde estuvimos?

—Está cerca y era mejor que arriesgarse a caer en una emboscada en su casa. Somos tres, así que imaginé una detención parecida a la de Woo.

—¿Y tuviste que espantarle mencionando Ellem? —gimió Liz.

—Brekke no es tonto. Se olía algo desde mucho antes. Volvió a sacarme el tema ese del padrino, para ponerme a prueba, para comprobar si le había calado.

Liz resopló.

—¡Menuda tontería típica de machos! Si los dos tenéis algún rollo personal en todo esto, deberías haberte librado de ello cuanto antes. Maldita sea, Harry, creía que eras más profesional para estas cosas.

Harry no contestó. Sabía que ella tenía razón: se había comportado como un aficionado. ¿Por qué demonios habría mencionado lo de Ellem Ltd.? Podría haber buscado miles de pretextos para encontrarse con él. A lo mejor tenía algo que ver con lo que Jens le había dicho: que hay personas a quienes les gusta el riesgo por el riesgo. Quizá él simplemente fuera uno de esos apostadores que Brekke consideraba tan patéticos. No, no era eso. Por lo menos, no solo eso. Su abuelo le explicó en una ocasión por qué nunca disparaba a las perdices nivales cuando estaban en el suelo: «No está bien».

¿Era por eso? ¿Una especie de técnica de caza heredada? ¿Espantar a la presa para poder dispararle cuando salga volando y así ofrecerle una posibilidad simbólica de escapar?

Liz interrumpió sus pensamientos.

—¿Qué hacemos ahora, inspector?

—Esperar —dijo Harry—. Vamos a darle media hora a Løken. Si no aparece, llamaré a Brekke.

—¿Y si Brekke no contesta?

Harry respiró hondo.

—En ese caso llamaremos al jefe de policía y movilizaremos a todo el cuerpo.

Liz blasfemó, apretando con fuerza los dientes.

—¿Te he contado cómo es ser aquí policía de tráfico?

Jens miró la pantalla del móvil de Løken y soltó una risita. Ya había dejado de sonar.

–Bonito teléfono, Ivar –dijo–. Ericsson ha hecho un gran trabajo, ¿no crees? Se puede ver el número de quien llama. Si llama alguien con el que no quieres hablar, simplemente no lo coges. Si no me equivoco, hay alguien que está empezando a preguntarse por qué no apareces. Porque no tienes muchos amigos que suelan llamarte a estas horas de la noche, ¿verdad, Ivar?

Lanzó el teléfono por encima de su hombro y Woo tuvo que dar un paso a un lado para atraparlo.

–Llama a información y averigua de quién es ese número y dónde está. Ya.

Jens se acercó a Løken.

–La operación empieza a adquirir carácter de urgencia, Ivar.

Entonces se tapó la nariz y miró al suelo, donde un charco se había extendido alrededor de la silla.

–Pero… agh, Ivar…

–Millie's Karaoke –se oyó por detrás en un inglés pronunciado en staccato–. Sé dónde es.

Jens dio una palmadita en el hombro de Løken.

–Lo siento, Ivar, pero ahora tenemos que marcharnos. Iremos al hospital cuando volvamos. Lo prometo, ¿de acuerdo?

Løken sintió la vibración de los pasos alejándose y esperó a sentir la ráfaga de aire del portazo. No se produjo. En cambio, oyó el lejano eco de una voz junto a su oído:

–Ah, casi se me olvida, Ivar. –Percibió su cálido aliento contra la sien–. Necesitamos algo para atarles a los postes. ¿Me prestas este torniquete? Te lo devolveré, lo prometo.

Løken abrió la boca y notó como la mucosa de su garganta se desprendía al gritar. Alguien había asumido el mando de su cerebro y ya no sentía cómo tiraba de las correas de cuero mientras veía la sangre inundando la mesa y las mangas de la camisa empapándose hasta volverse completamente rojas. Tampoco notó la ráfaga de aire proveniente del portazo.

Harry se levantó de golpe cuando alguien llamó suavemente a la puerta.

Hizo una mueca involuntaria al comprobar que no era Løken, sino la chica de trenzas de Mickey Mouse.

—¿Es usted Harry, señor?

Él asintió.

—Al teléfono.

—¿Qué te dije? —espetó Liz—. Cien baht a que es por el tráfico.

Harry siguió a la chica hasta la recepción, observando que tenía el mismo pelo negro y el mismo cuello esbelto que Runa. Se quedó mirando el vello que le nacía en la nuca. Ella se giró, sonrió brevemente y extendió su mano. Él asintió y agarró el auricular.

—¿Sí?

—¿Harry? Soy yo.

Harry notó cómo se le dilataban las venas cuando el cerebro comenzó a bombear la sangre por el cuerpo a mayor velocidad. Inspiró profundamente un par de veces antes de hablar de forma calmada y clara:

—¿Dónde está Løken, Jens?

—¿Ivar? Ahora está muy liado y no puede ir.

Por su tono de voz, Harry comprendió que la farsa se había acabado. En ese momento volvía a hablar el verdadero Jens Brekke, la misma persona con la que había hablado en el despacho la primera vez. El tono provocador y desafiante de un hombre que sabe que va a ganar, pero que quiere disfrutar de la victoria antes de dar el golpe de gracia. Harry intentó pensar con rapidez: ¿qué podría haber ocurrido para que todas las apuestas se hubieran vuelto a poner en su contra?

—He estado esperando tu llamada, Harry. —No era la voz de un hombre desesperado, sino la de quien conduce desenfadadamente con una mano al volante.

—Bueno, te has adelantado, Jens.

Jens soltó una risa ronca.

—Parece que siempre voy por delante, Harry, ¿no es así? ¿Qué tal sienta?

—Es agotador. ¿Dónde está Løken?

—¿Quieres saber qué dijo Runa antes de morir?

Harry sintió unos pinchazos en las sienes.

—No —oyó cómo respondía su propia voz—. Solo quiero saber dónde está Løken, qué has hecho con él y dónde te podemos encontrar.

—Vaya, ¡eso son tres deseos a la vez!

La membrana del auricular vibró con su risa. Sin embargo, había otra cosa que luchaba por captar la atención de Harry, algo que no era capaz de identificar. La risa cesó repentinamente.

—¿Sabes cuánto sacrificio exige llevar a cabo un plan como este, Harry? Verificarlo todo una y otra vez, dar todos esos pequeños rodeos del plan general para asegurarse de que sea infalible… Por no hablar de las molestias físicas. Matar es una cosa, pero ¿crees que a mí me gustó estar en la trena todo ese tiempo? Quizá no me creas, pero es cierto lo que dije respecto a estar encerrado.

—Entonces ¿por qué diste todos esos rodeos?

—Ya te he dicho antes que eliminar el riesgo tiene sus costes, pero merece la pena. Vaya si la merece. Como, por ejemplo, todos los esfuerzos que tuve que hacer para que pareciera que Klipra era el culpable.

—¿Por qué no hacerlo mucho más simple? Cargarte a todos y echarle la culpa a la mafia.

—Piensas igual que los perdedores a los que sueles perseguir, Harry. Vosotros, los jugadores, perdéis de vista la perspectiva general, todo lo que viene después. Pues claro que podría haber matado a Molnes, Klipra y Runa de una forma más sencilla y asegurarme de no dejar huellas. Pero no habría sido suficiente. Porque cuando me hiciera con la fortuna de Molnes y Phuridell, quedaría muy claro que había tenido un móvil para matarlos a los tres, ¿no? Tres asesinatos y una persona con un móvil para cada uno de ellos.

Hasta la policía sería capaz de llegar a esa conclusión, ¿no crees? Aunque no encontrarais ninguna prueba concluyente, podríais hacerme la vida bastante desagradable. Así que tuve que crear un escenario alternativo para ti, donde uno de los muertos fuera el culpable. Tenía que ser una solución que no fuera excesivamente difícil de deducir para ti, pero que tampoco resultara tan simple como para no satisfacerte. En realidad deberías darme las gracias, Harry. Te hice parecer un buen policía cuando te puse en la pista de Klipra, ¿verdad?

Harry solo le escuchaba a medias. Se había remontado un año atrás en el tiempo. También entonces tenía la voz de un asesino cerca del oído. En aquella ocasión fue el sonido de agua de fondo lo que le delató, pero ahora Harry simplemente oía un débil zumbido musical que podría proceder de cualquier parte.

—¿Qué quieres, Jens?

—¿Que qué quiero? Bueno, ¿qué es lo que quiero? Solo hablar un poco, supongo.

Quiere mantenerme en línea, pensó Harry. Intenta distraerme para ganar tiempo. ¿Por qué? Se oía el ligero golpeteo de una batería sintetizada y el gorjeo de un clarinete.

—Sin embargo, si quieres saber exactamente qué es lo que quiero, te diré que solo he llamado para decirte…

Harry oyó la canción «I Just Called To Say I Love You».

—… que tu compañera necesita un lifting. ¿Qué opinas, Harry? ¿Harry?

El auricular oscilaba de un lado a otro formando un arco a poca distancia del suelo.

Mientras corría por el pasillo, Harry sentía el dulce torrente de la adrenalina que fluía por todo su cuerpo como si se la hubieran inyectado. La chica con las trenzas de Mickey Mouse había retrocedido asustada y se había pegado a la pared cuando él soltó el auricular y sacó su Ruger SP-101 prestada de la funda tobillera y la cargó con un movimiento deslizante. ¿Habría oído la chica su

365

grito para que llamara a la policía? No tenía tiempo para pensar en eso. Él estaba allí. Harry abrió la primera puerta de una patada y vio cuatro rostros horrorizados por encima de la mirilla de la pistola.

–Perdón.

En la siguiente habitación estuvo a punto de disparar de puro susto. En el centro de la habitación se encontraba un tailandés diminuto y de piel oscura con las piernas muy abiertas, que llevaba un mono plateado y unas gafas de sol de estilo pornográfico. Harry tardó un par de segundos en comprender qué estaba haciendo aquel hombre, pero para entonces al Elvis tailandés ya se le había atascado en la garganta el resto de «Hound Dog».

Harry miró por el pasillo. Por lo menos habría cincuenta habitaciones en total. ¿Debería seguir buscando a Liz allí? En alguna parte de su cerebro se había encendido una señal de alarma, pero su mente estaba ya tan sobrecargada que había intentado silenciarla. Ahora podía oírla con total claridad. ¡Liz! Joder, joder. En efecto, Jens le había retenido para ganar tiempo. Avanzó corriendo por el pasillo y, al doblar la esquina, vio la puerta de su habitación abierta. Ya no pensaba, no sentía temor ni esperanza, simplemente corría sabiendo que había traspasado el límite en el que ya no es difícil matar. Ya no era como un mal sueño, no era como correr con el agua por la cintura. Irrumpió en la habitación y vio a Liz acurrucada detrás del sofá. Giró la pistola, pero fue demasiado tarde. Recibió un golpe por debajo de los riñones que le dejó sin aire, y al siguiente instante sintió que algo se tensaba alrededor de su cuello. Vio el cable del micrófono y percibió un aliento a curry abrumador.

Harry lanzó el codo hacia atrás, notó que impactó contra algo y oyó un gemido.

–*Tay* –profirió una voz, y un puño le golpeó por detrás justo debajo del oído, dejándolo aturdido.

Se dio cuenta al momento de que algo muy grave le había sucedido a su mandíbula. Entonces volvieron a tensar el cable que llevaba alrededor del cuello. Intentó introducir un dedo para tirar de él, pero le fue imposible. La lengua, entumecida, se veía empujada fuera de la boca, como si alguien le estuviera besando desde dentro. Quizá ni siquiera tuviera que pagar la factura del dentista. Todo empezaba a volverse negro a su alrededor.

El cerebro de Harry bullía. Ya no tenía fuerzas, intentaba tomar la decisión de dejarse morir, pero su cuerpo no le obedecía. Lanzó un brazo al aire instintivamente, pero esta vez no había ninguna red de piscina que le pudiera salvar. Fue una simple oración, como si estuviera en el puente de Siam Square implorando por alcanzar la vida eterna.

—¡Alto!

El cable se destensó alrededor de su cuello y el oxígeno acudió velozmente a sus pulmones. ¡Más, necesitaba más! Era como si no hubiera suficiente aire en la habitación y sentía que los pulmones le iban a estallar dentro del pecho.

—¡Suéltalo!

Liz había conseguido ponerse de rodillas y apuntaba en dirección a Harry con su Smith & Wesson 650.

Harry notó cómo Woo se agachaba detrás de él y volvía a tensar el cable, pero esta vez Harry consiguió introducir la mano por dentro.

—Dispárale —gruñó Harry con voz de Pato Donald.

—¡Suéltalo! ¡Ahora!

Las pupilas de Liz estaban negras de miedo y rabia. Un hilo de sangre le bajaba desde el oído, recorriendo la línea de la clavícula y deslizándose por el cuello de la camisa.

—No va a soltarme, tienes que dispararle —susurró Harry con voz ronca.

—¡Ahora! —gritó Liz.

—¡Dispara! —berreó Harry.

—¡Cállate!

La pistola se agitaba en la mano de Liz como si intentara mantener el equilibrio.

Harry se echó hacia atrás, hacia Woo. Era como golpearse contra una pared. Liz tenía lágrimas en los ojos y la cabeza inclinada hacia delante. Harry ya había visto aquello con anterioridad. Liz sufría una seria conmoción cerebral y les quedaba poco tiempo.

—¡Liz, escúchame bien!

El cable se tensó aún más y Harry pudo oír cómo se le desgarraba la piel de la mano.

—Tus pupilas están totalmente dilatadas. Estás a punto de entrar en estado de shock, Liz. ¿Me oyes? ¡Tienes que disparar ahora o será demasiado tarde! ¡Estás a punto de desmayarte!

Los labios de Liz temblaron en un sollozo.

—¡Joder, Harry! ¡No puedo! Yo...

El cable traspasó su carne como si fuera mantequilla. Intentó cerrar el puño, pero debía de tener algunos nervios ya destrozados.

—¡Liz! ¡Mírame, Liz!

Liz parpadeaba sin cesar mirándole con ojos llorosos.

—Todo irá bien, Liz. ¿Entiendes por qué el ejército recluta a estos chinos del norte? Joder, no hay blancos más grandes en todo el mundo. Mira a este tío, Liz. Si no me das a mí, ¡no te queda más remedio que darle a él!

Ella le miró boquiabierta, luego bajó la pistola y se echó a reír. Harry intentó detener a Woo, que había empezado a avanzar en dirección a Liz, pero era como ponerse delante de una locomotora. Ya estaban encima de ella cuando algo le estalló en la cara a Harry. Un dolor punzante recorrió sus fibras nerviosas. Un nuevo dolor, ardiente esta vez. Sintió el perfume y el cuerpo de ella cediendo bajo el peso de Woo y aplastándolos a los tres contra el suelo. El eco de un trueno salió retumbando por la puerta abierta y se alejó por el pasillo. Después se hizo el silencio.

Harry respiraba. Estaba atrapado entre Liz y Woo, pero notaba cómo subía y bajaba su pecho. Eso solo podía significar que seguía vivo. Algo goteaba sin cesar. Intentó ahuyentar el recuerdo. No había tiempo para eso ahora. La cuerda húmeda, las gotas frías y saladas en la cubierta. Esto no era Sidney. Caían sobre la frente de Liz, sobre sus párpados. Volvió a oír su risa. Los ojos de Liz se abrieron y se convirtieron en dos ventanas negras con marcos blancos en un muro rojo. Su abuelo blandiendo un hacha, golpes secos y ásperos, el ruido sordo cuando la madera caía sobre la tierra dura y compacta. El cielo era azul, la hierba le hacía cosquillas en las orejas, una gaviota aparecía y desaparecía volando de su campo visual. Quería dormir, pero todo su rostro estaba como en llamas. Podía oler su propia carne por la pólvora que le había quemado los poros.

Profiriendo un doloroso gemido, logró zafarse de aquel sándwich humano. Liz seguía riéndose. Sus ojos estaban abiertos de par en par y él dejó que continuara así.

Giró a Woo sobre su espalda. Su rostro se había congelado en una expresión de sorpresa. Su boca estaba medio abierta, como si protestara contra el agujero negro que tenía en la frente. Apartó a Woo, pero seguía oyendo aquel goteo. Se giró hacia la pared que tenía detrás y comprobó que no se trataba de su imaginación. Madonna había vuelto a cambiar de color de pelo. La trenza de Woo se había quedado pegada en la parte superior del marco del cuadro, proporcionándole una negra cresta punky que goteaba algo que parecía una mezcla de yema de huevo con azúcar y zumo de bayas rojas. Las gotas caían sobre la gruesa moqueta emitiendo suaves chasquidos.

Liz seguía riendo sin parar.

—¿Estáis celebrando una fiesta? —dijo una voz desde la puerta—. ¿Y no habéis invitado a Jens? Y yo que pensaba que éramos amigos...

Harry no se dio la vuelta. Sus ojos recorrieron el suelo buscando desesperadamente la pistola. Debía de haberse caído debajo de la mesa o detrás de la silla cuando Woo le golpeó por detrás.

—¿Estás buscando esto, Harry?

Por supuesto. Se dio la vuelta lentamente y vio su Ruger SP-101. Se disponía a abrir la boca para decir algo cuando se dio cuenta: Jens iba a disparar. Sostenía la pistola con ambas manos y se había inclinado levemente hacia delante para acusar el retroceso.

Harry vio al inspector de policía que se pasaba las horas balanceándose en la silla del Schrøder, sus labios húmedos, la sonrisa despectiva que no sonreía, pero que pese a todo estaba ahí. La misma sonrisa invisible de la comisaria cuando pidiera un minuto de silencio por Harry Hole.

—Se acabó el juego, Jens —se oyó decir a sí mismo—. De esta no te vas a librar.

—¿Se acabó el juego? ¿Quién dice cosas así? —Jens suspiró y meneó la cabeza—. Has visto demasiadas películas malas de detectives, Harry.

Curvó el dedo alrededor del gatillo.

—Pero, bueno, tienes razón: se acabó. Acabáis de hacer que esto parezca mucho mejor de lo que había planeado. ¿A quién crees que echarán la culpa cuando descubran a un matón de la mafia y a dos agentes de policía muertos por las balas de uno de ellos?

Jens cerró un ojo, algo apenas necesario a solo tres metros de distancia. No es un jugador, pensó Harry, cerrando los ojos e inspirando inconscientemente, dispuesto a recibir el golpe final.

Sus tímpanos estallaron. Tres veces. No era un jugador. Notó cómo su espalda chocaba contra la pared, o el suelo, no lo sabía. El olor a cordita le escocía en la nariz. El olor a cordita. No entendía nada. ¿Jens no había disparado tres veces? ¿Acaso no debería de haber dejado de oler cualquier cosa?

—¡Mierda! —Sonó como si alguien gritara desde debajo de un edredón.

El humo se disipó y vio a Liz, sentada contra la pared, sujetando con una mano la pistola humeante y con la otra presionándose el abdomen.

—¡Joder, me ha dado! ¿Estás ahí, Harry?

¿Lo estoy?, se preguntó Harry. Recordó vagamente la patada en la cadera que le había hecho dar media vuelta.

—¿Qué ha pasado? —gritó Harry, medio ensordecido.

—Yo he disparado primero. Le he dado. Sé que le he dado, Harry. Coño, ¿cómo ha podido salir de aquí?

Harry se incorporó, derribando las tazas de la mesa hasta que finalmente consiguió ponerse en pie. La pierna izquierda se le había dormido. ¿Dormido? Se llevó la mano a la cadera y notó que tenía el pantalón empapado. No quiso mirar. Tendió la mano.

—Dame la pistola, Liz.

Tenía la mirada fija en el pasillo. Sangre. Había sangre en el linóleo. Por ahí. Por ahí, Hole. Sigue el sendero marcado. Miró a Liz. Una rosa roja florecía entre sus dedos en la camisa azul. ¡Joder, joder!

Ella gimió y le entregó su Smith & Wesson 650.

—¡A por él, Harry!

Él vaciló.

—¡Es una orden, joder!

52

A cada paso que daba arrastraba la pierna hacia delante, esperando que no le traicionara. Todo parecía danzar borrosamente ante sus ojos y sabía que su cerebro intentaba rehuir el dolor. Llegó cojeando a donde estaba la chica del mostrador, quien parecía estar posando para *El grito*: inmóvil, sin emitir sonido alguno por la boca.

—¡Llame a una ambulancia! —gritó Harry, y ella reaccionó—. ¡Un médico!

Salió a la calle. El viento había amainado. Solo hacía calor, un calor bochornoso. Un coche estaba cruzado sobre la calzada, había marcas de frenazo en el asfalto, la puerta estaba abierta y el conductor estaba fuera, gesticulando. El hombre señalaba hacia arriba. Harry levantó los brazos y cruzó la calle sin mirar, sabiendo que si veían que le daba igual a lo mejor se pararían. Unos neumáticos chirriaron. Alzó la mirada para ver lo que aquel hombre había señalado. Una caravana de siluetas de elefantes grises se cernió por encima de él en el cielo estrellado. Su cerebro sintonizaba y desconectaba como una radio de coche medio averiada. Un solitario trompetazo llenó la noche. A todo volumen. Harry sintió la corriente del enorme camión que pasó atronadoramente rozándole y casi le arrancó la camisa.

Volvió en sí y sus ojos buscaron por encima de los pilares de hormigón. El camino de baldosas amarillas. BERTS. Sí, ¿por qué no? En cierto modo tenía su lógica.

Una escalera de hierro subía hasta un agujero abierto en la vía de hormigón sobre su cabeza, a unos quince o veinte metros de altura. Podía ver un trocito de luna a través del hueco. Sujetó el mango de la pistola entre los dientes, se dio cuenta de que llevaba el cinturón medio colgando, trató de no pensar en lo que una bala que había desgarrado el cinturón de cuero podría haberle hecho a su cadera, y empezó a subir por la escalera ayudándose con los brazos. El hierro presionaba contra el profundo corte que le había producido el cable del micrófono.

No siento nada, pensó Harry, y blasfemó cuando vio que la sangre que cubría su mano como un guante de plástico rojo le impedía agarrarse bien. Apoyó el pie derecho en el escalón y se dio impulso con la pierna. Mejor ahora. Siempre y cuando no se desmayase. Miró hacia abajo. ¿Diez metros? Decididamente no convenía desmayarse. Adelante, hacia arriba. Entonces todo se volvió oscuro. Al principio pensó que estaba perdiendo la conciencia y dejó de trepar, pero cuando miró hacia abajo pudo ver los coches y oyó una sirena de policía que cortaba el aire como una cuchilla de sierra. Volvió a alzar la vista. El agujero en lo alto de la escalera aparecía totalmente negro. Ya no se veía la luna. ¿Se había nublado? Una gota salpicó el cañón de la pistola. ¿Otro chubasco de mango? Harry intentó subir otro escalón. Sintió cómo su corazón palpitaba con fuerza, saltándose un par de latidos para volver a latir después, haciendo sin duda todo lo que podía.

¿Qué sentido tiene esto?, pensó mirando hacia abajo. En poco tiempo llegaría el primer coche de policía. Jens ya habría recorrido aquella carretera fantasmagórica riéndose como un poseso, habría bajado por otra escalera a un par de manzanas de allí y, ¡chas!, habría desaparecido entre la multitud. El jodido mago de Oz.

La gota se deslizó hasta la empuñadura, entró en la boca de Harry y penetró a través de sus dientes apretados.

Tres pensamientos pasaron a la vez por su cabeza. El primero fue que si Jens le había visto salir vivo del Millie's Karaoke no habría huido. No tenía elección, debía acabar el trabajo.

El segundo fue que las gotas de lluvia no tienen un sabor dulce y metálico.

El tercero fue que no se había nublado, sino que alguien estaba obstruyendo el agujero. Alguien que sangraba.

Entonces los acontecimientos empezaron a precipitarse.

Confió en que le quedaran suficientes nervios en la mano izquierda para poder agarrarse a la escalera. Se sacó bruscamente la pistola de la boca con la mano derecha, vio saltar unas chispas en el escalón de arriba y oyó el silbido del rebote. Notó que algo le tiraba de la pernera antes de apuntar con la pistola al agujero negro, y sintió el retroceso en su mandíbula destrozada cuando disparó. Podía ver las detonaciones por encima de su cabeza. Descargó todo el tambor y siguió apretando. Clic, clic. Aficionado de mierda.

Volvió a ver la luna, dejó caer la pistola y antes de que esta llegara al suelo ya estaba subiendo de nuevo por la escalera. Llegó arriba. La carretera, las cajas de herramientas y el pesado equipamiento de la obra estaban bañados por la luz de un globo absurdamente grande que alguien había colocado sobre ellos. Jens estaba sentado sobre un montón de arena con los brazos cruzados sobre el vientre, balanceándose adelante y atrás y riendo a grandes carcajadas.

—Mierda, Harry. No veas la que has liado. Mira.

Apartó los brazos. La sangre salía a borbotones, espesa y brillante.

—Sangre negra. Significa que me has dado en el hígado, Harry. Corro el riesgo de que el médico me prohíba tomar alcohol. Muy mal.

El volumen de las sirenas de los coches de policía iba en aumento. Harry intentó controlar la respiración.

—Yo no me preocuparía mucho, Jens. Me han dicho que el coñac que sirven en las prisiones tailandesas es pésimo.

Se acercó cojeando hacia Jens, quien seguía apuntándole con el arma.

—Venga, venga, Harry, no te la juegues. Ahora solo duele un poco. Nada que no se pueda arreglar con dinero.

—No te quedan balas —dijo Harry mientras seguía avanzando.

Jens se rió y tosió.

–Buen intento, Harry, pero me temo que tú eres el único que se ha quedado sin balas. Resulta que sé contar.

–¿De veras?

–Je, je, creí que te lo había explicado. Los números. Vivo de ellos.

Hizo cuentas con los dedos de la mano que tenía libre.

–Una para ti, otra para la bollera del karaoke y tres en la escalera. Me queda una para ti, Harry. Conviene ahorrar un poco para los malos tiempos, ya sabes.

Harry estaba a solo dos pasos.

–Has visto demasiadas películas de detectives malas, Jens.

–Las famosas últimas palabras.

Jens puso una mueca de disculpa y disparó. El clic fue ensordecedor. La expresión del rostro de Jens se transformó en incredulidad.

–Solo en las malas películas de detectives todas las pistolas tienen seis balas, Jens. Esa es una Ruger SP-101. Tiene cinco.

–¿Cinco? –Jens miró fijamente la pistola–. ¿Cinco? ¿Cómo lo sabías?

–Yo vivo de saber esas cosas.

Harry podía ver las luces azules en la calle de debajo.

–Es mejor que me la entregues, Jens. Los policías tienden a disparar cuando ven un arma.

El rostro de Jens reflejaba una total confusión cuando le entregó la pistola a Harry, quien se la metió en el cinto. Puede que la pistola se deslizara por la pernera de su pantalón porque ya no llevaba el cinturón, puede que tan solo estuviera cansado, puede que bajara la guardia cuando vio en la mirada de Jens algo que consideró una rendición. Cuando le alcanzó el golpe se tambaleó hacia atrás, desprevenido por la rapidez con que se había movido Jens. Sintió cómo la pierna izquierda le fallaba antes de que su cabeza se estampara contra el hormigón.

Perdió la conciencia durante un instante. Pero no debía perderla. La radio de su cerebro buscaba desesperadamente la emisora. Lo primero que vio fue el resplandor de un diente de oro. Harry parpadeó. No era un diente de oro, sino la luna reflejándose en la hoja de la navaja sami. Entonces el sediento acero cayó sobre él.

Harry nunca sabría si había actuado de modo instintivo o si había habido algún proceso mental detrás de lo que hizo. Su mano izquierda se alzó con los dedos extendidos, directa hacia el acero brillante. El cuchillo atravesó la palma de la mano con suma facilidad. Cuando llegó al mango, Harry apartó bruscamente la mano y lanzó una patada con la pierna sana. Alcanzó algún punto en medio de aquella sangre negra, Jens se encorvó, jadeó y cayó sobre la arena de costado. Harry se incorporó sobre sus rodillas. Jens estaba agachado en posición fetal, agarrándose el vientre con ambas manos. Chillaba. No era fácil decir si a causa de la risa o del dolor.

—Joder, Harry. Duele tanto que resulta maravilloso.

Jadeaba, gruñía y reía al mismo tiempo.

Harry se levantó. Miró el cuchillo que atravesaba su mano, inseguro de lo que debía hacer, si sacárselo o dejárselo a modo de tapón. Oyó gritar a alguien con un megáfono en la calle de debajo.

—¿Sabes qué ocurrirá ahora, Harry? —Jens había cerrado los ojos.

—No del todo.

Jens hizo una pausa y se recompuso un poco.

—Déjame explicarte lo que ocurrirá, Harry. Hoy va a ser un gran día de paga para un montón de policías, abogados y jueces. Maldito seas, Harry, esto me va a costar caro.

—¿A qué te refieres?

—¿A qué me refiero? ¿Vas a jugar otra vez a los boy scouts, Harry? Todo se puede comprar. Si tienes dinero. Y yo tengo dinero. Además… —Tosió—. Hay un par de políticos con intereses en el sector de las obras públicas que no quieren que BERTS se vaya a la mierda.

Harry meneó la cabeza.

—Esta vez no, Jens. Esta vez no.

Jens descubrió los dientes en una dolorosa mezcla entre sonrisa y mueca.

—¿Qué te apuestas?

Contrólate, pensó Harry. No hagas nada de lo que te vayas a arrepentir, Hole. Miró la hora. Pura deformación profesional. La hora de la detención que figuraría en el informe.

—Tengo una duda, Jens. La subinspectora Crumley pensó que me había expuesto demasiado cuando te pregunté por Ellem Ltd. Tal vez tenía razón. Sin embargo, hace tiempo que sabes que yo sabía que eras tú, ¿verdad?

Jens intentó fijar la mirada en Harry.

—Ya hace tiempo, sí. Por eso nunca entendí por qué te esforzabas tanto por sacarme de la prisión preventiva. ¿Por qué lo hiciste, Harry?

Harry estaba mareado y se sentó sobre una caja de herramientas.

—Bueno. Quizá no había caído todavía en la cuenta de que sabía que eras tú. Quizá quería ver tu próxima jugada. Quizá solo quería asustarte… No lo sé. ¿Cómo descubriste que lo sabía?

—Alguien me lo dijo.

—Imposible. No he dicho una palabra a nadie hasta esta noche.

—Alguien lo comprendió sin que lo dijeras.

—¿Runa?

Las mejillas de Jens temblaron. Tenía saliva blanca en la comisura de los labios.

—¿Sabes qué, Harry? Runa tenía eso que se llama intuición. Yo lo llamo capacidad de observación. Tienes que aprender a ocultar lo que piensas, Harry. No abrirte tanto al enemigo. Porque es increíble lo que una mujer es capaz de contarte si la amenazas con cortarle lo que la convierte en una mujer. Sí, porque llegó a convertirse en mujer, ¿verdad, Harry? Tú…

—¿Con qué la amenazaste?

—Los pezones. La amenacé con cortarle los pezones. ¿Qué te parece, Harry?

Harry alzó la mirada hacia el cielo y cerró los ojos, como si esperara a que lloviera.

—¿He dicho algo malo, Harry?

Harry notó el aire caliente fluyendo por sus fosas nasales.

—Ella te estaba esperando, Harry.

—¿En qué hotel te alejas cuando vas a Oslo? —susurró Harry.

—Runa dijo que tú vendrías y la salvarías, que sabías que era yo quien la había secuestrado. Lloraba como una niña, pegando golpes con la prótesis. Era muy divertido. Entonces…

El sonido de metal vibrando. Cling, cling, cling. Estaban subiendo por la escalera. Harry miró el cuchillo clavado en su mano. No. Miró a su alrededor. La voz de Jens le arañaba el oído. Empezó a sentir un dulce hormigueo en algún lugar de sus entrañas, un leve siseo en la cabeza, como si estuviera embriagado de champán. No lo hagas, Hole, aguanta. Pero lo único que sentía era una extática sensación de caída libre. Se dejó ir.

La cerradura de la caja de herramientas cedió al segundo intento. El martillo neumático era un Wacker ligero, no debía de pesar más de veinte kilos, y se puso en funcionamiento nada más pulsar el botón. Jens cerró la boca de golpe y sus ojos se dilataron a medida que su cerebro comprendía poco a poco lo que iba a suceder.

—Harry, no puedes…

—Abre la boca —dijo Harry.

El rugido de la máquina ahogó el ruido del tráfico de abajo, el ladrido del megáfono y el sonido metálico de la escalera de hierro. Harry dejó caer el peso hacia delante con las piernas separadas, el rostro alzado todavía hacia el cielo y los ojos cerrados. Estaba lloviendo.

Harry se dejó caer en la arena. Yacía tumbado boca arriba, mirando al cielo. Estaba en la playa, y ella le preguntó si le podía untar crema solar en la espalda. Ella tenía la piel muy sensible. No quería quemarse. Quemada no. Entonces llegaron: voces chillando, botas golpeando contra el hormigón y el sonido untuoso de las armas al ser cargadas. Abrió los ojos y le cegó una linterna que apuntaba directamente a su cara. Luego apartaron la luz y vislumbró el contorno de Rangsan.

—¿Y bien?

—Ninguna caries —dijo Harry.

Apenas llegó a sentir el olor de su propia bilis antes de que el contenido de su estómago le llenara la boca y la nariz.

53

Liz se despertó sabiendo que cuando abriera los ojos vería al techo amarillo con aquella grieta en forma de T en el enyesado. Llevaba dos semanas viéndola. Debido a la fractura del cráneo no le dejaban leer ni ver la tele, tan solo oír la radio. La herida por bala se curaría pronto, dijeron. Ningún órgano vital había resultado dañado.

Vital para ella, al menos.

Un médico había entrado a verla y le había preguntado si pensaba tener hijos. Ella negó con la cabeza y no quiso oír el resto. Él la dejó tranquila. Ya habría tiempo más adelante para las malas noticias. Ahora intentaba concentrarse en las buenas. Como que no tendría que dirigir el tráfico durante los próximos años. Y que el jefe de policía había ido a visitarla y le había dicho que se podía tomar unas semanas de vacaciones.

Su mirada deambuló hacia el alféizar de la ventana. Intentó girar el cuello, pero le habían puesto en la cabeza algo que parecía una plataforma petrolífera y que le imposibilitaba moverlo.

No le gustaba estar sola. Nunca le había gustado. Tonje Wiig había pasado a verla el día anterior y le había preguntado si sabía dónde se había metido Harry. Como si se hubiera puesto en contacto con ella mediante telepatía mientras estaba en coma. Pero Liz comprendió que la preocupación de Wiig iba más allá de lo profesional y no hizo ningún comentario al respecto. Solo le dijo que ya aparecería.

Tonje Wiig parecía muy sola y perdida, como si acabara de descubrir que había pasado su último tren. En fin, sobreviviría.

Tenía pinta de ello. Le habían comunicado que sería la nueva embajadora y que tomaría posesión del cargo en mayo.

Alguien carraspeó. Liz abrió los ojos.

—¿Cómo estás? —dijo una voz ronca.

—¿Harry?

Se oyó el chasquido de un mechero y ella notó el olor a tabaco.

—Entonces ¿has vuelto? —preguntó Liz.

—He salido un rato a la superficie.

—¿En qué andas metido?

—Estoy experimentando —dijo él—. Buscando el método definitivo para estar inconsciente.

—Dicen que te largaste del hospital.

—No podían hacer nada más por mí.

Ella rió con cuidado, soltando el aire en pequeñas dosis.

—¿Qué te dijo? —preguntó Harry.

—¿Bjarne Møller? Que llueve en Oslo y que parece que la primavera se va a adelantar. Por lo demás, me pidió que te enviara sus saludos y que te dijera que no hay ninguna novedad. Todos están felices y contentos y respiran aliviados por ambas partes. El subdirector Torhus trajo flores y preguntó por ti. Me pidió que te transmitiera sus felicitaciones.

—¿Qué te dijo Møller? —repitió Harry.

Liz suspiró.

—De acuerdo. Le transmití tu mensaje y él lo comprobó.

—¿Y…?

—Sabes que es muy improbable que Brekke tuviera algo que ver con la agresión a tu hermana, ¿no?

—Sí.

Ella oía el crepitar del tabaco cuando inhalaba.

—Tal vez deberías dejarlo estar, Harry.

—¿Por qué?

—La ex mujer de Brekke no comprendía las preguntas. Le dejó porque le resultaba aburrido, no por ninguna otra razón. Y… —Tomó aire—. Y él ni siquiera estaba en Oslo cuando pasó lo de tu hermana.

Liz intentó oír cómo se tomaba aquello.

—Lo siento —dijo ella.

Oyó caer el cigarrillo y una suela de goma aplastándolo contra el suelo de piedra.

—Bueno —dijo él—, solo quería ver cómo te iba.

Las patas de la silla arañaron el suelo.

—¿Harry?

—Estoy aquí.

—Solo una cosa. Vuelve. Prométeme que lo harás. No te quedes allí.

Ella oyó cómo contenía la respiración.

—Volveré —dijo de modo inexpresivo, como cansado de aquel estribillo.

54

Observó cómo el polvo danzaba en un solitario haz de luz que penetraba a través de una grieta del suelo de madera por encima de sus cabezas. La camisa se le pegaba al cuerpo como una mujer aterrorizada, el sudor le escocía los labios y el hedor del suelo de tierra le daba náuseas. Pero entonces le pasaron la pipa, una mano agarró la aguja y esparció el negro alquitrán sobre el agujero. Sujetó la pipa firmemente sobre la llama, y la vida volvió a adquirir un contorno más suave. Tras la segunda inhalación, aparecieron Ivar Løken, Jim Love y Hilde Molnes. Tras la tercera, llegaron los demás. Sin embargo, faltaba alguien. Inhaló el humo, lo mantuvo en los pulmones hasta que creyó que iban a estallar, y al fin apareció ella. Estaba en la puerta de la terraza, con el sol dándole en un lado de la cara. Dos pasos y salió flotando por el aire, negra y arqueada desde la planta de los pies hasta la punta de los dedos, trazando una suave curva de interminable lentitud, penetrando la superficie del agua con un beso suave, y hundiéndose más y más hasta que el agua se cerró sobre ella. Se produjo un leve borboteo; una ola lamió suavemente el borde de la piscina. Luego todo quedó en silencio y el agua verde volvió a reflejar el cielo, como si ella nunca hubiera existido. Inhaló una última vez, recostándose en la esterilla de bambú y cerrando los ojos. Entonces oyó el suave chapoteo de sus brazadas.